자기만의
산책

자연과 세상을 끌어안은
열 명의 여성 작가들을 위한 걷기의 기록

자기만의
산책

케리 앤드류스 지음 | 박산호 옮김

이 책을 두 사람에게 바칩니다.

먼저 아담 로빈슨,

나와 함께 이번 생을 걸어가겠다고 말해줘서 고마워.

지도가 없는 이 길을 같이 걷는 나의 동행에게.

그리고 우리 아들 피오나르,

이 책이 그랬던 것처럼 내 속에서 성장한 나의 아이.

너를 위한 모든 길이 열려 있는 아이에게.

차례

서문

우리는 걷기를 통해 인간이란 존재로 규정된다. 우리는 다리가 두 개인 유인원이다. 우리는 걷고, 말한다. 우리는 생각하는 마음을 갖고 있으며, 대개는 언어로 생각한다. 우리의 걷는 리듬과 생각하는 리듬은 일치한다. 그런데 인류의 절반은 걷는 게 힘들다. 왜 여자는 아무 부담 없이 자신이 태어난 세상을 혼자 걸어서 탐험하면서 생각을 할 수 없는 걸까? 어느 누구에게도 피해를 끼치지 않는데 말이다. 훤한 대낮에 밖에 나가 두려움 없이 걸을 수 있게 해달라는 게 지나친 요구인가? 물론 우리는 그 이유를 알고 있다. 하지만 우리는 그렇게 조롱받고 두려움에 시달리면서도 밖으로 나가서 걸었고, 오랜 세월 걸어왔다.

이 책에서는 3백 년이라는 시간 속을 걸어온 여성들의 역사를 찾아냈다. 이 책에 나온 열 명의 여성은 글을 쓰는 작가이자 관찰자다. (걷는다는 건 관찰하는 일이기도 하니까.) 우리는 1717년 출생한 엘리자베스 카터부터 리베카 솔닛과 린다 크랙넬 같은 현대 작가에 이르기까지 그들의 삶과 작품과 걷기를 살펴볼 것이다. 물론 언덕과 계곡의 관찰자인 도로시 워즈워스도 있고, 산을 관찰한 낸 셰퍼드도 있고, 도시 산책자인 아나이스 닌도 있다. 단순히 움직이면서 자신의 몸을 쓰는 행위를 즐기는 여성이 있는가 하면 끔찍한 결혼 생활을 열심히 걸으면서 극복한 여성도 있다. 어떤 여성은 걸으면서 건강이 좋아졌고, 또 어떤 여성은 걸으면서 창의력이 샘솟았다.

우리가 이 책을 읽을 수 있는 건 순전히 작가 케리 앤드류스 덕분이다. 그녀가 동반한 이 책 속의 여성들만큼이나 케리 역시 지적이고 활기가 넘치는 사람이다. 이 책의 여성들이 걸었던 거리를 다 합치면 몇 마일이 될지는 아무도 모른다. 물론 깜짝 놀랄 만한 숫자가 나오겠지. 그러나 숫자는 중요하지 않다. 중요한 점은 모든 여성, 그럴 수 있는 여성은 전부 밖으로 나가서 우리의 생득권을 주장해야 한다는 것이다. 우리 모두 한 점의 두려움 없이 즐겁게 걸을 수 있어야 한다. 어쨌든 바깥세상은 우리의 세상이기도 하니까.

이 책 덕분에 우리는 혼자 걷더라도 결코 혼자가 아니라는 사실을 알게 됐다. 우리에게는 걷기를 권장하는 아주 훌륭한 여성들의 역사와 전통이 있으니까.

— 캐슬린 제이미 Kathleen Jamie

자기만의 산책

출발

그해 여름은 눈부시게 아름다웠다. 매주 화창한 날이 이어졌고, 나는 대부분 시간을 스코틀랜드의 먼로Munro(3,000피트가 넘는 높이의 산)를 계속 오르며 하나씩 정복해 갔다. 그렇게 오른 산이 백 개에 가까워져서 백 번째를 기념하기 위해 특별한 산을 고르고 싶었다. 그런 의미에서 에오나치 이가치Aonach eagach보다 더 기억에 남을 만한 산이 있을까? 나는 처음 그 이름을 들었을 때 전율을 느꼈다. '새김눈 모양의 산마루'라는 명칭은 게일어(스코틀랜드 켈트어 – 옮긴이)의 남성적이고 근육질적인 발음과 비교해 보면 시시하게 느껴졌다. 이 산으로 가는 길은 스코틀랜드에서 가장 험난한 등산로로 유명하다. 서해안 가까이 있는 글렌코(스코틀랜드 서부의 하일랜드주에 있는 산골짜기 – 옮긴이) 위로 우뚝 솟은 두 개의 산을 연결한 좁디좁은 길로 가야 한다. 이 산과 한 판 승부를 벌이려면 목숨을 걸고 정신을 집중해야 한다. 그곳으로 가는 안전한 길은 시작되는 곳과 끝나는 곳밖에 없다. 다른 길로 빠져나간 사람들은 모두 죽었다.

나와 남편 아담과 친구 이완은 8월의 어느 주말에 그곳을 오르기로 했다. 아주 조짐이 좋은 주말이었다. 이완은 전에도 그 산에 올라간 적이 있었다. 그는 282개의 먼로를 다 올라갔었고, 우리는 그의 경험에 의지할 수 있어서 기뻤다. 우리는 차로 글렌코의 산책로가 끝나는 지점인 12마일까지 올라갔다가 거기서 내려서 암 보다치의 바위투성이 절벽 밑을 걸어갔다. 등산로는 가파르긴 했지만 단순했고, 주위에 황홀한 풍경이 펼쳐지는 동안 세 자매 산의 바위투성이 표면을 마주 보며 걸었다. 주위에서 가장 높은 산인 비덴 남 비안이 우뚝 솟아 있었다. 일기예보에 나온 것보다 구름이 훨씬 낮게 깔려서, 우리는 암 보다치 정상에 오르기도 전에 안개에 휩싸였다. 원래는 거기서 남은 하루를 보낼 예정이었는데, 그 계획은 축복이기도 하고 저주이기도 했다. 날씨가 좋았다면 우리가 걸어가야 할 그 칼날처럼 삐죽삐죽한 산봉우리가 날이 선 바위 위에 서 있는 모습을 보게 됐을 것이고, 비도 내리지 않았을 것이다. 하지만 비가 내리기 시작했고 (스코틀랜드는 온몸을 흠뻑 적시는 보슬비로 유명하다) 그때 우리는 돌아서서 내려와야 했다. 하지만 우리는 피가 끓고 있었고, 난코스를 공략한다는 스릴은 도저히 거부할 수 없을 정도로 유혹적이었다.

바로 첫 번째 시련이 찾아왔다. 우리는 두껍고 평평한 바위로 이뤄진 암 보다치 길을 내려가야 했다. 경사는 그렇게 가파르지 않았지만 빗물에 젖은 바위는 미끄러웠다. 구름이 그 바위 너머의 풍

자기만의 산책

경을 가리고 있었지만 그 밑으로 떨어지면 목숨을 부지하지 못한다는 사실을 알고 있었다. 우리 셋은 바위를 타는데 각자 다른 기술을 사용했다. 우리 부부보다 훨씬 기량이 뛰어난 등산가인 이완은 시선을 정면으로 향하고 몸을 바위에 찰싹 붙인 채 몸의 중심을 바위 안쪽에 두는 스타일이었다. 아담과 나는 좀 더 본능적으로 바위를 타면서 시선을 멀리 두는 편을 선호하는 스타일이었다. 이런 식으로 방향을 잡으면, 바위의 어느 부분을 손으로 잡아야 할지 볼 수 있고 좀 더 쉽게 먼 곳을 볼 수 있으며 다리를 일종의 브레이크처럼 쓸 수 있다. 하지만 통제력을 잃으면 잡고 매달릴 곳이 사라지게 된다. 이완보다 우리의 기술이 좀 더 위험했지만, 손으로 잡을 수 있는 지점이 몇 피트씩 떨어져 있어서 잘 보이지 않는 매끄러운 바위 표면에선 훨씬 더 효과적이었다. 우리는 상대적으로 쉽게 내려왔지만, 이완은 손으로 잡을 곳을 찾기 위해 무수히 바위를 더듬어야 했고, 발을 디딜 곳을 감으로 찾는 걸 꺼리는 바람에 아주 힘겹게 내려왔다.

마침내 우리 셋 다 내려와 아주 좁은 길 위에 섰다. 그 길은 첫 번째 먼로의 정상인 밀 디어르그를 향해 물결 모양으로 기분 좋게 뻗어 있었다. 우리는 그 길을 따라 가볍게 걸었다. 힘들게 바위를 타고 내려오느라 극도로 긴장한 후에 평탄한 길을 걸으니 맥이 풀리는 느낌이었다. 우리는 별 고생 없이 정상에 있는 이정표에 도착해서 점심을 먹으며 앞으로 가게 될 코스를 생각했다. 밀 디어르그에서 스톱 코이어 리스로 가는 길은 바위로 된 줄타기를 하는 것처럼 높이가 계속 변했다. 그다음 2마일을 가는 데만 다섯 시간이나 걸렸다. 전반적으로 신나는 코스이기는 했다. 마치 계속 모양이 바뀌는 삼차원 퍼즐 게임처럼 바위에 맞춰 우리의 몸을 움직이며 민첩하게 움직여야만 살아남을 수 있었기 때문이다. 몸과 마음을 집중하고 전력을 쏟아부어야 했기 때문에 진이 빠지면서도 아주 만족스러웠다. 그 즐거움도 크레이지 피너클이 나타나면서 끝났지만.

에오나치 이가치의 끄트머리라는 아주 잔인한 위치에 있는 크레이지 피너클은 주위에 아무것도 없이 그야말로 허허벌판에 우뚝 솟은 곳으로, 이 코스에서 가장 난이도가 높은 곳이다. 그날 우리는 그 산봉우리를 정복하려는 다른 등산객 무리를 지나쳤는데 그중 한 부자가 있었다. 그들과 같이 힘든 코스를 내려가고 있을 때 나는 그 부자의 길을 막지 않기 위해 먼저 가라고 양보했다. 그래서 그 부자가 피너클이 시작되는 곳에 갔을 때 우리는 그들 뒤에 있었다. 나는 노련한 등산가로부터 "가는 길에 의심이 들면 무조건 높은 곳에 있으라"는 경고를 들었지만, 피너클의 뾰족뾰족 솟은 산봉우리를 올려다보자 그 충고가 터무니없게 느껴졌다. 지금 내 눈에 보이는 사방에 노출된 바위를 올라가거나 돌아갈 수 있는 길은 없을 것 같았다. 그저 내려다보기만 해도 속이 울렁거리는, 안개 속으로 사라지는 거대한 급경사 길만 보였다. 내 앞에 있는 부자도 나만큼이나 무서웠는지 첫 번째 피너클을 피해 바위를 타고 내려가는 길을 택했다. 우리는 그들이 내려가다가 곧 시야에서 사라지는 모습을 지켜봤다. 그들이 잘 알고 선택했으리라 짐작한 우리는 그들을 따라가기로 했다. 우리 셋 중에서 가장 체력이 좋은 남편이 먼저 출발했지만 이내 들려오는 비명 소리에 사태가 심상치 않다는 걸 알게 됐다. 남편은 바위를 잡고 간신히 우리가 있는 곳으로 다시 올라와서 헉헉거리면서 쓰러졌다. 그러더니 그 부자가 간 길을 따라갔다가 이내 두 팔로 바위를 껴안고 대롱대롱 매달려 있는 처지에 빠지고 말았다고 설명했다. 그 밑으로는 아찔한 허공만 있었다. 그 부자는 밑으로 뛰어내린 게 분명했다. 그렇게 높은 곳에서 밑에 있는 좁디좁은 길로 뛰어내린다는 건 믿을 수 없을 정도로 위험한 일이었다.

이제 우리에게는 위로 올라가는 것만이 유일하게 남은 길이었다. 다시 한번 앞장선 남편이 아주 희미하게나마 길이 있는 걸 발견했을 때 우리는 크게 안도했다. 하지만 그 길로 가려면 아무것도 없는 허공에 몸을 완전히 드러낸 채 계속 바위에 매달려 가야 했다. 아담이 사지를 휘둘러서 앞에 있는 심연을 넘어가는 모습을 지켜보는 동안 나는 극한의 공포를 맛보았다. 그전 산행에선 피부가 기분 좋게 따끔거릴 수준으로 아드레날린이 넘쳐 흐르는 감각을 경험했지만, 지금의 두려움은 그야말로 원초적인 감각이었다. 남편이 추락한다 해도 나는 어떤 방법으로도 그를 도울 수 없기 때문에 남편이 두 팔로 바위를 붙잡고 아슬아슬하게 침니(암벽 지대에서 타고 올라갈 수 있게 세로로 갈라진 곳 – 옮긴이)와 침니 사이를 가는 동안 간이 오그라들 것 같았다. 잠시 후 내 차례가 됐고, 남편이 바위 타는 방법을 봐

됐기 때문에 체중의 중심을 낮게 잡고 팔꿈치와 무릎으로 몸을 들어 올리면서 나아가는 방법을 택했다. 그 순간 품위나 찢어진 옷 같은 건 안중에도 없었다. 바위에 몸을 찰싹 붙이고 있을 수 있는 것만으로도 기뻤다.

그러다 모든 게 끝났다. 크레이지 피너클을 넘어간 뒤에는 아무 장애물도 없이 탁 트인 길이 가파르게 솟아 있었지만 어려운 부분은 하나도 없었다. 우리는 작은 정상을 지나 두 번째 먼로를 거쳐서 마지막 먼로인 스고르 남 피아나이드에 도착했다. 이제 몸과 마음이 지칠 대로 지쳐 비가 본격적으로 내리기 시작한 것도 느끼지 못했다. 비에 흠뻑 젖은 데다 몸도 제대로 가눌 수도 없었던 우리는 로크 레벤과 러프 바운드가 멀리 보이는 팝 오브 글렌코를 향해 내려가기 시작했다. 그렇게 마침내 구름 속에서 빠져나와 그 밑에 있는 벨라출리시에서 잠자리에 들었다.

*

7년 전 나는 처음으로 산에 올랐다. 친구 몇 명과 웨일스에 휴가를 가서 함께 걷자는 초대를 받았다. 우리는 스노든산을 오를 계획이었다. 나는 웨일스 북부는 한 번도 가본 적이 없었고, 제대로 된 산도 본 적 없었다. 그래서 앞으로 어떤 일이 펼쳐질지 전혀 모르고 있었다.

다른 사람들과 (제니와 사라와트와 사라와트의 남자친구인 매트와 매트의 아버지와 남동생) 이야기를 나누며 우리는 주차장에서 출발했다. 나는 하늘에 낮게 깔린 구름의 회색 가장자리 너머에 있는 산비탈을 보느라 다른 생각을 할 겨를이 없었다. 흐린 구름 아래로 가파른 길이 구불구불하게 뻗어 있는 풍경이 보였다. 출발해서 5분 정도 지나자 짙은 안개 때문에 시계는 몇 미터 안으로 줄어들었지만 난 괜찮았다. 볼 수 없다면, 겁이 날 것도 없으니까. 그러나 얼마 못 가 시련이 시작됐다. 힘과 활기가 넘치는 남자들은 신나게 달려갔지만 나는 20미터 정도 터덜터덜 걷고 나면 한 번씩 쉬어야 했다. 남자들은 그런 나에게 인내심을 잃었고, 그들이 먼저 올라갔다가 정상에서 내려오는 길에 데리러 오겠다고 했다. 그 말에 나는 상처를 받았다. 언뜻 나를 배려해서 편히 있으라는 말 같았지만 따지고 보면 자기들 편하려고 하는 말이었으니까. 그들은 내 대답도 기다리지 않고 산 위에 떠 있는 안개 속으로 사라지고 말았다. 나는 울지 않으려고 애를 썼지만, 내가 등산에 실패했고, 너무 약하다는 평가와 무시를 받았다는 생각에 크게 실망하고 말았다. 하지만 고개를 떨군 내 옆에 제니와 사라와트가 앉았다. 남자들은 가버렸지만 그들은 남아 있기로 했고, 아무리 오래 걸리더라도 나와 같이 정상까지 갈 거라고 말했다. 나는 그 말을 듣고 기뻐서 눈물이 났다. 그들의 친절과 우정, 진심에서 우러나온 다정한 지지가 고마워서 울었다. 그들은 날 앞세워서 걸었다. 그동안 수많은 산을 오르면서 쌓은 경험을 통해 등반 속도를 내가 조절하도록 맡긴다는 뜻이었다는 걸 이제는 안다. 곧 짧게 올라갔다가 길게 쉬는 패턴이 생겼고, 매번 출발할 때마다 호흡이 거칠어지곤 했다. 그건 끝나지 않는 고문 같았고, 안개 때문에 모든 풍경이 똑같아 보였고, 몇 시간 동안 아무 생각도 하지 못한 채 그저 계속 다리를 움직일 수 있는 힘을 찾으려고 애를 쓰다가 그 길을 올라가는 수많은 사람들을 보고 깜짝 놀랐다. 마침내 정상을 알리는 이정표에 도착했다. 정상이다! 사람들이 기뻐서 정상 주위를 빙빙 돌고 있었다. 우리와 같이 출발했던 세 남자는 정상에 오른 기쁨을 충분히 만끽했는지 사람들로 소란스러운 곳에서 조금 떨어진 곳에 앉아 있었다. 그들은 빨리 내려가고 싶어 했지만, 제니와 사라와트와 나는 정상에서 느긋하게 시간을 보냈다. 나는 영원히 끝나지 않을 것 같던 고통스러운 감정 대신 복잡한 감정을 음미했다. 기쁘기도 하고 지치기도 했지만, 한편으로 깊은 고마움을 느꼈다. 혼자였다면 나는 포기했을 것이다. 내가 정상까지 갈 수 있었던 건 친구들이 있었기 때문이다.

*

이 책은 지난 300년 동안 걷기가 여성으로서, 작가로서, 그리고 한 인간으로서 자신의 정체성을 형성하는 데 빼놓을 수 없는 일부라는 사실을 알게 된 여성들의 이야기를 담고 있다. 그동안 이 주제로 출판된 다른 책과 자료를 봐서는 알 수 없었겠지만, 사실 걷기의 역사는 언제나 여성들의 역사였다. 1782년 장자크 루소Jean-Jacques Rousseau의《고독한 산책자의 몽상The Reveries of a Solitary Walker》이 출간된 후, 걷기는 윌리엄 워즈워스William Wordsworth, 사무엘 테일러 콜리지Samuel Taylor Coleridge, 토머스 드 퀸시Thomas de Quincey, 존 키츠John Keats, 존 클레어John Clare를 비롯한 유명한 남성 작가들이 글을 쓰는데 핵심적인 역할을 했다. 이 작가들은 현역으로 활동하던 시대에도 독자들이 있었고, 그들의 문학적 성취뿐 아니라 육체적인 위업으로 많은 이들의 존경을 받았다. 드 퀸시는 윌리엄 워즈워스가 평생 180,000마일에 달하는 거리를 걸었을 것으로 추산했다. 워즈워스는 그건 "쓸 만한 다리가 있는 평균적인 체력이 있는 인간이라면 누구나 갈 수 있는 거리"라고 겸손하게 묘사했다. 드 퀸시도 매주 70마일에서 100마일 정도 걸었고, 키츠는 1818년 잉글랜드 북서부의 레이크 지역과 스코틀랜드를 여행하는 두 달 동안 642마일을 걸었다. 낭만파 시인들의 명성과 그들의 산책 습관은 아주 긴밀하게 연결돼 있었기 때문에 걷기는 '강렬한 감정이 자연스럽게 흘러넘치는' 경험을 할 수 있는 이상적인 수단이었다. 윌리엄 워즈워스는 글을 쓰는데 산책이 꼭 필요하다고 여겼다.

많은 이들이 이런 전통을 따랐다. 레슬리 스티븐Leslie Stephen, 헨리 데이비드 소로Henry David Thoreau, 프리드리히 니체Friedrich Nietzsche, 엠마누엘 칸트Emmanuel Kant, 로버트 루이스 스티븐슨Robert Louis Stevenson, 에드워

드 토마스Edward Thomas, 베르너 헤어조크Werner Herzog, 로버트 맥팔레인Robert Macfarlane 같은 작가들이 바로 그랬다. 이들은 자신의 걷기에 대해 글을 쓸 때, 선배 남성 작가이자 산책자를 회고한다. 심지어 걷기를 주제로 가장 최근에 나온 책인 로버트 맥팔레인의《그 오래된 길The Old Ways》도 다른 남성 작가이자 산책자를 언급하고 있다. 맥팔레인의 책에서 단 하나의 예외가 있다면 케언곰을 소재로 쓴 낸 셰퍼드Nan Shepherd의 산문시 같은 책인《살아 있는 산The Living Mountain》에 찬사를 보낸 것이다.

걷기에 관한 글은 남자들이 그동안 전적으로 독점하다시피 했기 때문에 리베카 솔닛은 다소 비통한 마음으로 그것을 일종의 클럽, 그러니까 진짜 걷기 클럽은 아니지만 회원들이 언제나 남자라는 공통의 배경을 가진 암묵적인 클럽과 다름없다고 묘사했다. 2014년 재발간된 민슐 던컨Minshull Duncan의《방랑하는 동안: 걷기에 대한 글While Wandering : a Walking Companion》선집은 솔닛의 이런 주장을 증명하고 있다. 이 책에 나온 저자 중 90% 이상이 남성으로, 270개의 꼭지 중에서 단 26개만 여성 작가가 쓴 글이었다. 솔닛의 주장이 유효하다는 점을 분명히 보여주는 또 다른 사례로 프레데리크 그로Frédéric Gros가 쓴《걷기, 두 발로 사유하는 철학A Philosophy of Walking》이 있다. 이 책은 오로지 남성 산책자들의 예만 들었고, 끝에서 두 번째로 지나치듯 슬쩍 여성 산책자가 한 번 언급됐을 뿐이다.

두 성을 다 다룬 것처럼 보이는 제목과 달리 남성의 걷기 철학만 탐구한 것이다. 다시 말해 책의 주제로 남성의 걷기만 연구했을 뿐 아니라 걷는 사람을 묘사하기 위해 쓴 대명사를 '그he'라고 표현해 두 성을 다 넣어버렸다. 프랑스어는 남성 명사와 여성 명사가 있으니까 프랑스어를 영어로 번역하면서 생긴 어쩔 수 없는 부작용일 수도 있지만, 동시에 걷기가 남성의 활동이라는 메시지를 강력하고 분명하게 강조한 셈이다. 캐롤 캐드월더Carole Cadwalladr 는 〈가디언The Guardian〉에서 그로의 책을 설명하며 이렇게 말했다. "이 책은 걷기가 저작 활동에 필수적이었던 다양한 사상가들의 철학을 분석하고 있다. 사상가로는 니체, 랭보, 칸트, 루소, 소로가 있다. 이들은 모두 남자고, 여성이 걷거나 생각을 하긴 했는지는 이 책에 나와 있지 않다."

*

여자들도 걷는다. 그리고 그들의 걷기와 그들의 생각에 관해 글을 쓰고, 수 세기 동안 그렇게 해왔다. 딜 출신 목사의 딸인 엘리자베스 카터Elizabeth Carter 는 1720년대 어린 소녀였을 때부터 평생에 걸친 배회를 시작했다. 두려움이 없고, 대담하며, 방랑자를 꿈꿨던 카터는 켄트 지방의 수천 마일에 달하는 길을 종종 홀로, 때로는 친구와 같이 걸었다. 그렇게 걸으면서 나중에 영국의 가장 탁월한 학자 중 한 명이 될 철학적인 질문을 조용히 생각할 수 있는 한갓진 곳을 찾아다녔다. 카터는 친한 여자 친구들에게 자신이 한 산책에 대해 유쾌하고 친근한 편지들을 써서 보냈다. 그 편지에서 그녀는 가끔 일어났던 불운한 사고를 자신이 한 대담한 행동에 대한 재미있는 에피소드로 바꾸곤 했다. 그녀는 변덕스러운 영국 날씨 때문에 겪는 그 어떤 시련에도 굴하지 않았고, 특히 18세기의 혹독했던 겨울이 (그 시기는 영국의 '작은 빙하기'로 알려져 있다) 극에 달했을 때 더 즐거워 했다. 젊은 시절의 그녀는 캔터베리에 사는 친구에게 이런 편지를 보냈다.

내 여동생이 회복되면서, 나도 이제 과거의 명랑하고 자유분방한 기질을 거의 다 회복해서 온 세상을 날아다니고 싶은 지경이야. 요즘 날씨가 내 특별한 재능을 가둬놓고 있어. 라플란드 사람들이 그렇듯 나와 같이 달빛을 받으면서 눈에서 걷고 여행하겠다는 사람을 하나도 만날 수가 없거든. 내가 캔터베리에서 지낼 수 있다면, 우리가 그 많은 길로 다니면서 별나지 않은 사람들은 몸서리를 칠 만한 날씨를 마음껏 즐길 수 있을 텐데 말이야.

카터가 쓴 '별나다'와 '자유분방한'이란 말은 그녀를 표현하기에 아주 적절하다. 카터는 진심으로 자유롭게 떠돌아다니길 원했고, 그 지역 치안판사의 눈에 자신이 부랑자로 보이길 바랐다. 또한, 이런 단어들은 카터가 쓴 글에 짜릿한 맛을 더해주는 표현이기도 했다. 관대한 아버지 덕분에 여성이 갖춰야 할 예의범절이라는 전통적인 개념을 따르지 않아도 됐던 그녀의 가장 큰 꿈은 (종종 현실에서 이뤄지기도 했지만) 평생 야생의 아이처럼 이 바위에서 저 바위로 뛰어다니는 것이다.

걷기의 리듬이 만들어낸 사색의 공간을 음미하거나, 문학 작품을 쓸 때 걷기가 풍부한 소재가 된다는 사실을 엘리자베스 카터만 알게 된 건 아니다. 윌리엄 워즈워스가 문화적으로 훨씬 더 큰 인정을 받긴 했지만, 그의 여동생인 도로시 워즈워스 Dorothy Wordsworth 역시 열정적인 산책자로 성년이 막 됐을 때는 거의 매일 산책하러 나갔고, 거기서 떠오른 생각, 추억, 창의적인 통찰력에 대해 광범위하게 글을 썼다. 처음에는 오빠와 그들의 친한 친구인 사무엘 테일러 콜리지와 같이 도보 여행을 다녔지만, 나중에는 올케 언니인 메리 워즈워스와 메리의 여동생인 조안나 허치슨과 같이 다녔다. 세 여자 모두 여행에 대한 경험을 글로 썼지만 도로시의 글이 가장 생기가 넘치며 작가로서, 여성으로서, 그리고 인간으로서 산책이 가지는 의미를 철저하게 탐구한 것이었다. 하지만 윌리엄 워즈워스의 엄청난 걷기가 시인인 그의 명성에 보탬이 됐던 반면, 도로시의 걷기는 여성으로서의 매력을 반감시키는 행위로 보는 사람들도 있었다.

워즈워스 양의 매력을 가장 심하게 감소시키고, 그녀의 성격, 그녀의 내력, 그녀와 오빠의 관계를 둘러싼 사람들의 넘치는 관심이 줄어들게 만드는 가장 큰 요인은 그녀가 날쌔게 걷는 재빠른 움직임과 다른 상황에서 보이는 그녀의 행동거지(예를 들어 걸을 때 보이는 구부정한 자세)다. 그것 때문에 그녀가 밖에 있을 때는 우아해 보이지 않고 심지어 성적 매력이 떨어지기도 한다.

드 퀸시의 묘사에는 도로시 워즈워스뿐만 아니라 여성의 걷기를 제한하는 문화적 이유가 보인다. 당시 여성적이지 않은 육체적 특징과 여성적이지 않은 수준의 육체 활동은 사람들의 비난을 받기 십상이었다. 즉, 이 시대 제대로 된 숙녀들은 육체적으로 강하지 않아야 한다는 말이다. 걸을 때 도로시는 그녀의 여성성과 심지어 인간미까지 잃게 된다고 드 퀸시는 말한다. 그녀가 걸을 때 여성적이지 않다 한들 그녀가 대체 여성이 아니라면 뭐란 말인가?

하지만 도로시 워즈워스의 일기장과 편지를 읽어보면 이런 문화적 편견이나 '걸을 때 구부정한 자세' 같은 것은 그녀가 오빠와 맞먹을 정도로 열정적으로 하는 산책에 아무런 장애가 되지 못했다는 점을 분명히 알 수 있다. 1794년의 어느 화창한 날 도로시는 윌리엄과 같이 켄달에서 그래스미어를 거쳐 케직까지 33마일을 "지금까지 본 중 가장 마음에 드는 시골 풍경을 거쳐서" 걸었다. 며칠 후에 도로시 워즈워스는 대고모인 크랙큰소르프가 조카딸이 시골길을 돌아다니고 있다는 말을 듣고 야단을 친 것에 반박하기 위해 편지를 썼다.

이것이 고모님이 제게 한 비난이라고 생각하고 보니, 저에게 자연이 물려준 힘을 쓰는 용기가 있다는 말을 들으면 제 친구들은 좋아했을 거란 생각이 듭니다. 그 힘은 제가 사륜마차에 앉아 있을 때 느끼는 기쁨과는 비할 수 없을 정도로 무한한 기쁨을 주는 데다 적어도 30실링을 아낄 수 있는 수단이 되기도 하니까요.

도로시 워즈워스의 대답은 걷기가 그녀에게 육체적으로 이득이 될 뿐만 아니라 아마도 도덕적인 '용기'를 내게 해주는 일이기도 하다는 점을 보여주고 있다. 걷는 것은 신이 주신 육체를 쓰는 것이기도 하거니와 가정 경제를 돌보는 여성, 즉 절약하는 여성이란 통념에 부합하는 영리한 행동이기도 하다. 육체적인 기쁨을 준다는 언급은 보수적인 대고모를 당혹스럽게 만들었을지도 모르지만, 자신의 걷기에 대한 도로시의 변호는 그녀에게 있어 걷기란 육체, 정신, 그리고 영혼의 행복과 안녕을 위해 꼭 필요하다는 점을 보여주고 있다.

그런 여성은 워즈워스 말고도 많았다. 도로시 워즈워스와 동시대를 살아갔으며 그녀와 친척이기도 했던 사라 스토다트 해즐릿Sarah Stoddart Hazlitt 은 유명한 수필가인 윌리엄 해즐릿William Hazlitt 의 아내로 알려져 있지만, 그녀 또한 열성적인 산책자로 에든버러에서 사는 한 달 동안 스코틀랜드의 중심부 근처에서 두 번이나 도보 여행을 하면서 어마어마한 거리를 걸었다. 그보다 더 놀라운 건 그녀가 종종 혼자 걸었다는 점이다. 그 고독은 그녀에게 큰 위로가 됐으며 남편과 빨리 이혼할 수 있도록 에든버러의 사창가에 있는 매춘부와 함께 남편의 간통에 공모해야 하는 끔찍한 고통으로부터 잠시나마 놓여날 수 있는 순간이었다고 한다. 윌리엄이 에든버러에서 했던 짓에 대해 판사에게 위증해야 했던 사라는 혼자 있는 고독에서 위로받았을 뿐 아니라 도보 여행을 하면서 일부러 혹독하게 몸을 움직여서 마음의 안정을 찾았다. 그녀는 중앙 하일랜드, 글래스고, 웨스트 로디언을 거쳐 스털링에서 에든버러까지 8일 동안 170마일을 걸었고, 일기장에 그날 걸은 거리를 자랑스럽게 기록했다. (가장 많이 걸었던 날은 32마일이었다.) 그녀는 그때 느낀 만족감과 육체적으로 지쳤지만 정신적으로는 아마도 안도했을 심정을 이렇게 적었다.

숙소에 들어왔을 때 나는 아주 기뻤고, 말 그대로 발에 묻은 먼지를 씻어냈다. 사실 머리부터 발끝까지 아주 깨끗이 목욕해서 굉장히 편안했다. 먼지투성이로 걷다가 깨끗한 옷으로 갈아입으니 이런 경험을 해보지 못한 사람은 상상도 할 수 없을 만큼 상쾌했다. 그리고 나자 기운이 어쩌나 나는지 피로가 다 가신 느낌이었다.

감정적이 아니라 육체적으로 탈진했을 때 상당히 큰 해방감을 느낀다는 말은 누구나 이해할 수 있다. 사라가 먼지가 묻은 발을 씻을 때 남편의 불륜에 공모하고 있다는 윤리적인 불결함도 같이 씻어냈다고 상상해도 지나치진 않을 것 같다. 그녀는 분명 그렇게 육체적으로 지치는 경험을 하고 기록하면서 마음이 편안해졌던 듯하다. 심지어 그 이혼 프로젝트 때문에 에든버러에 몇 주 동안 머물러 있어야 했을 때도 그녀는 도시 안과 주변을 매주 수십 마일씩 걸으면서 관찰한 점을 정성스럽게 기록했다. 그 일기장이 사라의 걷기에 대한 유일한 기록으로 1822년 4월 중순부터 7월 중순까지 딱 석 달밖에 작성되지 않았으며, 그녀 살아생전에는 출판되지 않았다. 하지만 그 기록이 존재한다는 사실 자체가 걷기와 그에 대한 글쓰기가 개인적으로 지극히 고통스러운 시기에 살아남을 수 있었던 데 큰 보탬이 됐다는 점은 분명하게 입증한다.

사라 스토다트 해즐릿과 도로시 워즈워스가 스코틀랜드를 걷고 있을 때 엘렌 위튼Ellen Weeton 또한 걷기를 통해 개인적인 시련에서 탈출구를 찾고 있었다. 그녀의 경우 가정교사라는 갑갑한 삶이 문제였고, 나중에는 그녀를 학대하는 남편과의 불행한 결혼 생활이 문제였다. 그녀는 랭커셔 남부, 레이크 지역, 맨섬과 웨일스를 터벅터벅 걷고, 스노든산을 오르는 것을 비롯해 다른 성취도 이뤘다. 해즐릿처럼 위튼도 걸었던 일을 편지에 썼다. 산책에 대해 쓰면서 여성 산책자로서 위튼의 자신감은 점점 자랐고, 그만큼 개인적인 성취감과 충족감도 커졌다. 1812년 그녀는 맨섬을 거의 혼자서 돌았는데 그녀가 보낸 편지에서 혼자 다닐 때 공격을 받을까 두려워하는 (이런 걱정은 그 당시나 그 이후나 남자 산책자들은 거의 경험하지 못하는 감정이다)

마음을 품고 있었다는 점이 드러났지만, 그보다는 자신이 이룰 수 있었던 위업에 대한 기쁨이 두드러졌다. 이는 1812년 6월 5일에 35마일을 걸었던 기록에서 아주 잘 나타난다. 위튼은 '경치를 본다는' 이유만으로 산에 올랐다가 이런 글을 남겼다.

> 나는 걸으면서 종종 고개를 돌려 내 발밑에 펼쳐진 아름다운 풍경을 실컷 눈요기했어. 이곳의 공기는 아주 청명했어. 잉글랜드, 아일랜드, 스코틀랜드, 웨일스 모두 뚜렷한 개성이 있었는데 … 나는 컴버랜드와 웨스트모어랜드에 있는 산을 다녀왔다는 표시를 할 수 있었고, 거기다 스키도, 새들백, 헬벨린, 코니스톤과 다른 산도 다녀왔지. 그 표시를 보는 것만으로도 기쁨이 샘솟았어. 내 발로 그곳들을 걸었고, 내 인생에서 가장 행복한 시간을 보냈으니까! 앤! 이런 장엄한 풍경 속에서 내가 멋대로 돌아다니면서 느꼈던 기쁨을 네가 안다면, 내가 왜 그렇게 무모한 행동을 하는지 궁금해하지도 않을 거고, 그런 만족을 얻기 위해 내가 그렇게 지치게 되는 활동을 하는 이유를 궁금해하지도 않게 될 거야.

위튼에게 걷기는 자유를 의미했다. 그녀에게 자유란 그 어떤 규제나 통제도 없이 멋대로 돌아다니는 것이고, 그것은 아주 확실하고 큰 기쁨을 가져다줬다. 위튼은 그 기쁨을 무모해 보이거나 사회적 관습에 따라 괴짜로 보이는 대가보다 중요하게 여겼다. 또한 위튼이 사라 스토다트 해즐릿처럼 걷기의 결과로 독특한 감각을 경험했다는 점 또한 주목할 만하다. 사라에게 있어 자신의 발을 씻는 간단한 행동에서 느끼는 상쾌함은 그런 시련을 겪지 않은 사람은 상상할 수 없다고 했고, 위튼의 친구 앤이 친구의 정신적 상태를 완전히 이해하려면 그녀가 직접 멋대로 돌아다녀야 알 수 있는 것이라고 했다. 만약 걷기가 공간을 가로지르는 행위일 뿐 아니라, 어떤 느낌이자 존재하는 것이자 아는 것이라고 한다면 스토다트 해즐릿과 위튼은 그들의 이야기 속에서 자신을 이해하는 새로운 방식, 세상과 자신의 관계에 대해 생각하는 새로운 방식을 손에 넣었다고 볼 수 있다. 게다가 이들의 이야기는 새롭게 찾은 그 지식을 다른 사람들과 공유하고 싶어 한다. 다른 사람들도 걷기를 통해 그들이 발견한 '느낌과 존재와 앎'의 방식을 접하길 바란 것이다.

그와 대조적으로 해리엇 마티노Harriet Martineau는 걸을 수 없는 것이 어떤 것인지 잘 알고 있었다. 1839년에서 1844년까지 5년 동안 그녀는 설명하기 힘든 건강상의 이유로 침실 밖을 나가지 못한 채 살았다. 최면술로 그 증세를 고친 그녀는 건강이 회복된 수준을 그녀가 걸을 수 있었던 거리로 측정했다. 처음에는 몇백 야드에 그치다가 1마일 정도 걸었지만 이내 3마일, 5마일, 10마일로 늘어났다. 그 후 그녀는 레이크 지역으로 이사했고, 도로시 워즈워스와 그녀의 오빠인 윌리엄처럼 열성적인 산책자가 되고 싶은 마음이 그 지역의 복잡한 사회적·지리적·문학적 역사와 한데 뒤엉켰다. 레이크 지역에서 태어난 워즈워스 남매와 달리 마티노는 40대에 그곳에 왔기 때문에 그동안 잃어버린 시간을 벌충할 수 있기를 간절히 바랐다.

이제 건강이 회복되자마자 나는 레이크 지역을 알아가기 위해 무진 애를 썼다. 이곳은 여전히 미지의 나라와 같으며, 마음의 눈으로 보면 환한 안개에 휩싸인 것처럼 보인다. 이곳에 땅을 산 지 1년째 될 무렵 나는 호수 두 개를 제외하고는 모든 호수를 알게 됐고 (내 생각에는) 거의 모든 산에 올랐다. … 그건 정말이지 무척이나 즐거운 노동이었고, 탐험하면서 레이크 지역이 서서히 그 모습을 드러냈을 때는 다시 건강을 회복했을 때만큼 기뻤다. 그 풍경은 마치 산꼭대기에서 내려다보는 것처럼, 지도처럼, 내 앞에 펼쳐졌다.

마티노는 레이크 지역에 지은 집이 완공되자, 이곳으로 탐험을 떠나, 여기저기 있는 언덕들의 윤곽과 등고선을 발로 따라다니며 그 풍경을 기억에 새겼다. 그녀는 레이크 지역 위에 서 있는 자신의 모습을 상상하며, 그곳이 품은 신비가 이제 그녀에게 완전히 모습을 드러냈다고 생각했다. 그녀가 이렇게 말할 수 있었던 이유는 이곳을 정복해서가 아니라 두 발로 열심히 걸어 다니며 육체적으로나 정신적으로나 완벽하게 파악할 수 있기 때문이었다.

더 많은 여성 작가와 산책자가 20세기에도 이 길을 따랐다. 버지니아 울프Virginia Woolf는 여러 권의 일기와 편지에서 걷기 덕분에 몇 권의 소설을 구상하고 아이디어를 개발할 수 있었을 뿐만 아니라 작가이자 인간으로서 자신감이 생겼다고 썼다. 울프에게 걷기는 세상 속에서 자신의 자리를 이해할 수 있도록 도와주는 역할을 했다. 또한 그녀는 마음을 불안하게 흔드는 이 세계의 기묘한 면들을 탐구하길 두려워하지 않았다. 그런 기묘함이 그녀 속에 자리 잡고 있었기 때문에 그녀는 쓴다는 행위 자체를 근본적으로 이상하고 낯설게 봤다. 이런 이상한 면들은 그녀가 종종 혼자 걸을 때, 그리고 런던을 걸을 때 나타났다. 《등대로To the Lighthouse》를 쓰는 도중 울프는 스스로에게 질문했다. 이 질문은 그녀가 런던 시내를 걸을 때 있었던 으스스하면서도 좀처럼 잊히지 않는 이야기에서 나왔다.

그건 뭘까? 내가 그걸 찾기 전에 죽게 될까? 그때 (어젯밤 내가 러셀 광장을 걷고 있을 때) 하늘에서 여러 개의 산과 아주 큰 구름 무리를 봤다. 그리고 페르시아 위로 솟아오른 달도 봤다. 순간 아주 대단하고 놀라운 감각을 느꼈다. 그게 정확히 말해 아름다움이란 뜻은 아니다. 그 자체로 충분하고 만족스럽고 완성된 것이다. 나의 기이한 감각, 지상에서 걷고 있다는 느낌도 있고, 인간이라는 처지에서 끝없이 이상한 점도 있다. 나는 달도 뜨지 않은 어두운 러셀 광장을 따라 머리 위에 그 산과 구름을 인 채 걸어가고 있다. 나는 누구이고, 나는 무엇일까, 그런 의문들을 생각하며.

울프는 걷기와 쓰기라는 각기 다른 (하지만 분명히 연관성이 있는) 작동 방식을 통해 정체성, 자신의 본질, 지상에서 인간으로서 우리가 가지고 있는 목적의 진수에 대한 심오하면서도 사람을 동요하게 만드는 여러 가지 의문에 접근할 수 있었다. 이러한 자기 성찰은 걷기라는 신체적 활동을 통해 이뤄졌고, 그 결과는 쓰기를 통해 기록됐다. 로버트 맥팔레인과 다른 작가들이 주목한 것처럼, 걷기는 사람을 내적으로나 외적으로 움직이게 만들 수 있다. 걷기는 사람이 '보면서 생각하도록' 유도하는데, 그런 이중성은 버지니아 울프의 경험에서도 잘 나타나 있다. 울프의 일기에서 질문을 던지는 내면의 '나'는 의문을 품고 (천천히 거니는) 확실한 존재이면서 또한 그녀가 런던의 밤거리를 걷는 동안 흘낏 바라본 뭔가의 가장자리이자, 훨씬 더 크고 두려움이 일 정도로 알 수 없는 완전한 어떤 것의 일부이기도 하다.

아나이스 닌Anaïs Nin 또한 도시를 걷는 산책자였고, 걷기는 '존재의 창의적인 원천'에 접근할 수 있는 중요한 수단이었다. 하지만 닌에게 걷기의 중요성과 그 기능은 살아가면서 계속 바뀌었다. 다양한 시기에 걷기가 그녀를 위로해 주고 창의력의 근원이 되는 역할을 했지만, 뉴욕과 파리의 인파로 붐비는 거리를 걷고 있는 도중에도 느끼는 근본적인 고독을 보여주는 역할을 하기도 했다. "나는 종종 산꼭대기에서 혼자 있는 듯한 느낌을 받았다." 그녀는 십 대 시절 일기에 이렇게 썼다. "내가 그들을 관찰하고 있는 동안 그들에게서 분리돼 있는 느낌이었다." 또한 걷기는 닌이 우울증에서 복막염까지 다양한 병이 나을 수 있게 자신에게 부과한 처벌이자 치료 행위이기도 했다. 미국에 있는 친지들은 마르고 병약했던 닌을 응석받이로 키웠다. 미국에서 "가장 숭배받는 이들은 건강하고 탄탄한 몸매의 소유자들"이라고 닌은 썼다. 그래서 그녀도 건강해지기 위해 '냉수 샤워'와 '기나긴 산책'을 하며 자신을 어떻게 '고문했는지' 자세히 적었다. 하지만 그렇게 외롭고 힘들었던 걷기가 결국 힘의 원천이 되면서 그녀는 작가가 되겠다는 야심을 본격적으로 추구하기 시작했다. "나 혼자만을 위해 글을 쓰는 것도 이젠 지쳤다." 1927년 닌은 일기장에 이렇게 적었다.

나는 내가 다른 사람들을 울게 만들 수 있고, 그들이 대단히, 맹렬하게 살아 있는 느낌이 들게 만들 수 있다는 걸 안다. 그들이 하고 싶은 말과 할 수 없는 말을 내가 할 수 있다는 걸 안다. 그리고 어떤 사람들에게, 내 글, 내가 혼자 걸으면서 쓰게 된 글이 그들에게 가닿는다면, 우리 중 몇 명은 다른 이들도 혼자 걷는다는 사실을 알게 될 것이고, 그걸 아는 건 좋은 것이다.

문학을 통해, 그리고 걷기를 통해 닌은 상상의 공동체를 만들 기회를 봤다. 걷기를 통해 닌과 다른 사람들은 함께 고혹적인 이야기들 속을 걸어갈 수 있을 것이고, 그래서 닌의 걷기는 소외감을 유대감으로 바꿀 힘을 가지게 된다.

걷기가 변화를 일으키는 힘이란 사실을 깨닫게 된 사람은 닌 하나만이 아니었다. 세계대전 사이에 글을 쓴 낸 셰퍼드Nan Shepherd 역시 걷기란 경험의 근본적인 기묘함, 자신 속으로 여행을 떠나는 동시에 더 큰 세상 속으로 걸어 들어가는 기묘함이라는 것을 예민 하게 인식했던 인물이다. 셰퍼드는 케언곰 산맥 사이를 걷고, 걷기 를 통해 그 장소와 자신에 대해 각기 다른 종류의 '앎'을 추구했다.

강의 수원지를 보기 전까지는 그 강을 제대로 알 수 없지만, 거기 로 가는 이 여행을 가볍게 받아들여선 안 된다. 우리는 자연 속에 서 걸어가지만, 자연이란 인간이 다스리거나 억제할 수 있는 대 상이 아니다. 우리의 내면에도 바람이나 눈처럼 예측할 수 없는 자연과 접촉해서 깨어난 부분이 있다.

이런 산속에서, 이런 장소에서의 걷기를 통해 셰퍼드는 인간과 지구 사이에 당혹스러우면서도 본질적인 연관성이 분명히 존재한 다고 암시하고 있다. 즉, 이곳에서 걷지 않았더라면 알 수 없었을 우 리의 일부, 산이나 강이나 하늘이 우리와 하나라는 점을 주장하는 우리의 일부를 '깨운다는' 것이다.

1995년 셰릴 스트레이드Cheryl Strayed는 주로 남자들이 하는 것으 로 생각되는 일종의 장기 도보 여행을 떠났다. 미국 서부를 걸어서 횡단한 존 뮤어John Muir의 걷기가 오랫동안 이 거대한 대륙의 다양한 풍경을 탐험하고 싶어 하는 작가를 (주로 남성 작가들) 위한 시금석이 됐지만, 퍼시픽 크레스트 트레일이라는 수백 마일에 걸친 길에서 여성인 스트레이드가 겪는 고난과 구원에 대한 지극히 개인적인 이야기는 개인과 걷기와 자연의 관계에 대해 남성들의 그것과는 다른 새로운 시각을 제공해 준다. 중독, 상실, 결혼 생활 붕괴라는 인생의 크나큰 문제들을 해결하려고 애쓰던 스트레이드는 걸으면서 자신이 왜 인생에서 처참하게 실패하게 됐는지 받아들이고 힘을 낸다.

혼자서 석 달 동안 걸었던 그 길 자체가 강력한 변화의 동인이었고, 매일매일 걸어야 하는 힘겨운 나날 속에서 자신의 몸과 마음이 서서히 변해가는 걸 알게 된다. 그것은 그전까지 그녀가 겪었던 힘든 일들을 다 지워버릴 만큼 혹독하고 무자비한 경험이기도 했다. 처음에는 자신의 육체적 능력이 미덥지 못하고, 혼자 걷는 여성 여행자라는 처지도 불안하고, 자신이 몇 주 동안 야생에서 살아남을 만한 기술이 있을지 확신하지 못해 망설였던 그녀의 자신감은 점점 더 커진다. 두 남자가 그녀가 가는 길을 따라오고 있다는 말을 들은 그녀는 '그들이 따라잡은 여자가 아니라 먼지바람을 남긴 채 앞서간 여자로서' 그들을 맞이하겠다고 굳게 다짐한다. 그리고 그녀가 허락하기 전까지는 그들이 절대 따라잡을 수 없게 힘차게 전진하자고 결심한다. 자신이 여성 여행자라는 점을 의식하면서 글을 쓴 스트레이드는 생리, 폭력에 대한 취약성과 자신감을 포함해 여성의 외적 현실과 내적 현실에 대해 그리고 걷기를 통해 여성이 세계를 이해하게 된 방식에 대해 고민한다. 그녀의 책은 잔혹하면서도 아름다운 미국의 풍경에 보내는 연애 편지이며, 계속된 걷기로 인한 육체적 고통이 어떻게 자신을 돌아볼 수 있게 도와주는지를 분명히 표현한다.

린다 크랙넬Linda Cracknell은 걷기가 어떻게 역사를 통해 여성들을 이어주고, 인간의 오래된 존재 방식을 유지하는 데 도움이 되는지를 입증하려고 노력했다. 스코틀랜드의 가축을 몰고 가는 길들, 오래된 샛길들, 과거의 우편 배달로를 걸어 다니면서 크랙넬은 오랜 시간의 흐름에도 아랑곳하지 않고 이전의 사람들이 남긴 발자취가 계속 반향을 일으키는 방식에 주의를 기울였다. 예를 들어 1715년 자코바이트(제임스 2세와 그 자손의 지지자 – 옮긴이) 봉기 후 영국 군인들의 이동을 원활하게 하려고 하일랜드에 닦은 군사 도로인 웨이드 도로에서 크랙넬은 "자코바이트들, 하노버 왕가 지지자들이 걸어갔던 곳에서 이제는 소 떼를 몰고 가는 사람들, 신발 만드는 사람들, 길을 닦는 사람들"의 발소리가 울려 퍼졌고, 이제는 '새로운 분주함' '새로운 사람들'이 다닌다는 사실에 주목한다.

크랙넬의 길에서는 이전에 그 길을 걸어간 여성 산책자들의 목소리가 울려 퍼진다. 스코틀랜드 전역을 여행하면서 그녀는 벅스 오브 애버펠디에서 도로시 워즈워스와 마주치고, 네스 호수의 산비탈에서 제시 케슨Jessie Kesson과 마주치고, 아버펠디에 있는 크랙넬의 집 근처인 글렌 리온에서 알렉산드라 스튜어트Alexandra Stewart 와 마주친다. 여성의 걷기는 통과했거나 통과하는 중인 그녀들만의 다양한 삶의 방식을 표현하고 있다는 점에서 가치가 있다고 크랙넬은 설명한다. 예를 들어 스튜어트는 지나치게 속도가 빨라서 그들이 여행하는 곳의 풍경도 제대로 보지 못하고 지나치는 현대 여행객들을 못마땅해했고, 자신은 그런 풍경과 하나가 되려고 열심히 노력했다. "그런 풍경에는 항상 볼 만한 것이 있고, 기억할 만한 뭔가가 떠오르며, 빛과 소리가 달라지고, 생각해 볼 만한 시의 편린과 그 지역에만 전해져 내려오는 이야기가 있다." 스튜어트는 "박식한 지성은 그 자체만으로도 좋은 벗"이며 "걸으며 보낸 오랜 시간은 낭비된 시간이 아니다. 가능한 한 빨리 어딘가에 시간 맞춰 가려고 애를 쓰느라 자기들이 지나치고 있는 풍경을 음미할 수 없는 요즘 사람들은 기계화된 군대와 같다"고 썼다. 우리의 몸이 달력이나 시계를 볼 필요 없이 발로 시간을 몸에 새기는 방식에 관심이 많은 크랙넬은 역시 같은 방식으로 시간을 통과한다. 한 시간의 3분의 1은 '마일웨이'로 알려져 있다. 그것이 그 시간 동안 걸을 수 있는 거리이기 때문이다. 걷는 속도로 움직이는 것은 우리가 지금 실감하고 있는 것보다 훨씬 더 정확하게 우리 인간이 느끼는 시간 감각을 규정하고 있을 거라고 그녀는 썼다.

*

이 여성 산책자이자 작가들의 작품은 인간의 창의성에서 걷기가 수행하는 역할에 대해 새로운 통찰력을 제공하고, 여자들이 가끔은 남자들과 같은 목적으로 걷지만, 그 경험 자체는 종종 다른 의미가 있다는 점을 입증하고 있다. 시간이 흐르면서 여성 작가들에게 걷기의 의미 또한 변해왔고, 각기 다른 배경이 있는 여성들, 그러니까 그들이 노동자 계급이거나, 중산층이거나, 영국인이거나, 미국인이거나, 도시를 걷거나 시골을 걷는가에 따라 각기 다른 역할을 했다. 이렇게 다양하고 풍부한 차이점이 존재하는데도 여성의 걷기를 문화적이거나 역사적 현상으로 보고 그에 관한 논의를 하는 경향은 거의 없었다. 인간으로서 여성이 겪은 다양한 경험이 그들의 걷기와 글쓰기를 어떻게 형성해 갔는지, 또는 그들의 걷기나 글쓰기가 인간으로서의 그들의 경험을 어떻게 형성했는지에 대한 논의는 더더욱 없었다. 이는 걷기가 우리에게 어떤 의미가 있는지, 어떤 의미가 될 수 있었는지를 이해하는 데 손해가 된다.

이 문제의 중요한 점은 여성이 걷거나 글을 쓰거나, 깊이 생각하는 능력에 환경이 미치는 영향을 고려하거나 인지하지 못했다는 것이다. 예를 들어 도로시 워즈워스가 설 수 있었던 기회는 오빠네 집에서 살면서 의무적으로 해야 할 가사 노동 때문에 상당히 제한돼 있었다. 가정교사이자 엄마인 엘렌 위튼 역시 해야 할 일이 많아서 걸을 기회가 별로 없었다. 그와 대조적으로 윌리엄 워즈워스는 언제든 마음이 내킬 때면 도보 여행을 떠나거나, 사무엘 테일러 콜리지를 만나기 위해 케직까지 걸어갈 수 있었다. 대부분의 집안일과 육아를 집안 여자들이 걷기를 포기하고 해냈으니까 윌리엄 워즈워스는 그럴 수 있었다. 리베카 솔닛Rebecca Solnit은 여성의 걷기에 대해 문화적으로 성적 편견이 반영된 가정을 이렇게 설명했다.

남성과 여성 둘 다에게 부과된 법률적 조치, 사회적 관습, 성희롱에 암시된 위협, 강간 그 자체 모두 다 언제 어디서든 걸을 수 있는 여성의 능력에 한계를 설정한다. 여성의 옷과 신체를 구속하는 물건들은 (하이힐, 발에 꽉 조이거나 부러지기 쉬운 신발, 코르셋과 거들, 폭이 지나치게 넓거나 좁은 스커트, 망가지기 쉬운 천, 시야를 가리는 베일) 법과 공포만큼이나 효과적으로 여성을 불리한 조건에 처하게 만드는 사회적 관습의 일부다. … 심지어 영어라는 언어 자체도 여성의 걷기에 성적 특징을 부여하는 단어와 표현으로 가득 차 있다.

솔닛은 사회가 여성 산책자에게 부과한 엄격한 한계에 관한 사고 실험에 독자들도 참여하도록 권해서 자신의 주장에 강력한 결론을 내린다.

걷기는 일반적으로 아리스토텔레스의 소요학파부터 뉴욕과 파리의 거리를 배회하는 시인에 이르기까지 깊이 생각하고 글에 대한 아이디어를 만들어내는 방식으로 여겨졌다. 걷기는 작가, 예술가, 정치 이론가와 다른 사람들에게 상상할 수 있는 공간뿐 아니라 수많은 만남과 경험을 제공해서 자신이 하는 일에 영감을 받게 해줬다. 따라서 위대한 남성 지식인 중에서 많은 이들이 마음대로 온 세상을 돌아다닐 수 없었더라면 어떻게 됐을지 도무지 알 수 없는 일이다. 아리스토텔레스가 집에 갇혀 있는 모습을 상상해 보라. 뮤어가 폭이 넓은 스커트를 입고 있는 모습은 또 어떻고. … 만약 걷기가 세상에 존재하는 주된 문화적 행위이자 세상을 살아가는 아주 중요한 방식이라면, 마음껏 걸어갈 수 있는데도 그 권리를 빼앗긴 이들은 단순히 운동이나 여가를 보낼 수 있는 권리뿐만 아니라 그들의 인간성 중 막대한 부분을 박탈당한 것이나 다름없다.

이 사고 실험은 도발적이면서 동시에 우리가 이 문제를 아주 쉽게 이해할 수 있도록 도와준다. 걷기에 관한 글을 써서 명성을 얻은 수십 명의 남성 작가들이 혼자 밖에 나와 있는 여성들과 같은 사회적 구속을 당한다면 그렇게 자유롭게 돌아다닐 수 있었을까? 만약 스트리트워커(길거리에서 대상을 찾는 매춘부라는 뜻－옮긴이)란 말이 여성뿐 아니라 남성에게도 같은 의미로 사용됐더라면 어땠을까? 이런 질문에 대한 답이 "아니요"라면 이제 우리가 해야 할 질문은 "여성들이 걸었나?"라는 것이 아니라 "그들이 그런 환경에서도 어떻게 그렇게 많이 걸을 수 있었을까?"로 바뀌어야 하지 않을까? 만약 걷기가 한 개인의 '인간성'을 형성하는 데 중요한 역할을 한다면, 각기 다른 사람들이 걷기를 어떻게 경험했는지 이해하게 되면 우리의 인간성을 좀 더 잘 이해할 수 있지 않을까? 하지만 걷기의 역사를 쓴 작가들은 주로 남성들의 경험에만 초점을 맞췄다. 즉, 걸을 만한 시간과 여유가 있는 사람, 사회적 관습에 따라 혼자서 자유롭게 이동할 수 있도록 허용된 사람, 신체 활동을 열심히 하라고 격려받고 심지어 기대까지 받는 사람들의 경험 말이다. 그런 사람들의 이야기들만 토대로 한 이해는 불완전할 뿐이다. 왜냐하면, 지금까지는 남성들의 경험을 모든 인류의 경험으로 추정했으니까.

*

그래서 이 책은 이전에는 미처 인정받지 못했던, 열 명의 여성 문인들이 걷기에 관해 쓴 글의 넓이와 깊이와 특징을 보여줌으로써 기존과 다른 걷기에 대한 시각을 제시하려고 한다. 이 책의 내용이 포괄적이라는 주장은 하지 않겠다. 대신 이 책을 다 읽고 흥미가 생긴 독자들이라면 부록을 읽어보길 추천한다. 거기에 걷기를 경험한 여성에 대한 예가 더 많이 나와 있으니까. 물론 그보다 더 많은 여성이 걸었고.

장자크 루소에서 윌리엄 워즈워스, 레슬리 스티븐, 존 뮤어와 같은 남성 산책자이자 작가의 영향을 여러 작품에서 느낄 수 있을 것이다. 하지만 이 책에는 남성과 다른 관점과 경험, 걷기 그 자체와 세상에서 걷기가 차지하는 위치에 대해 이해하는 방식과 걷기에 대한 여성적인 감각도 눈에 띈다. 그리고 각기 다른 우선순위뿐만 아니라 친숙한 장소에 대한 색다른 시각도 찾아볼 수 있다. 낸 셰퍼드는 남성의 글쓰기에서 흔히 나오는 표현을 피한다. (예를 들어 로버트 맥팔레인이 묘사한 것처럼 '정상을 향한 등산가의 갈망과 자기 고양') 대신 산과 걷기에 대해 좀 더 중립적으로 접근해서 '자기 고양' 대신 '드러내지 않고 겸손하게' 같은 표현을 집어넣고, '계속해서 산을 가로질렀다'라는 식의 표현을 썼다. 도로시 워즈워스, 사라 스토다트 해즐릿, 셰릴 스트레이드는 여성의 공간에 관해 썼고, 특히 여성의 시각에서 글을 썼다. 그에 반해 린다 크랙넬은 여러 곳을 돌아다니며 살았던 제시 케슨과 알렉산드라 스튜어트를 다시 소환해서 걷기에 대한 자각을 통해 창의력이 나온다는 점을 입증했다. 결국 이 여성들이 보여준 각기 다른 방식의 걷기, 보기, 존재하기에서 우러나온 활력과 다양성과 의의 덕분에 우리가 보유한 걷기의 역사를 재평가하게 된다. 그 역사는 항상 여성들에 의해 쓰여왔으니까.

1장

엘리자베스 카터
Elizabeth Carter

당신이 내 인생 전체와 내가 나눈 대화를 모두 담은 진실한 이야기를 바란다면, 우선 아침에 나의 잠을 깨워주는 독특한 장치에 대해 알아야 한다. 내 침대 머리맡에는 벨이 하나 있고, 그것에는 노끈과 납 조각이 하나 달려 있다. 내가 부서진 유리창 사이로 들어오는 부드러운 산들바람 소리에 깨어 있을 때, 그 노끈은 유리창의 갈라진 틈을 통해 밑에 있는 정원으로 내려가 섹스톤의 손아귀에 들어간다. 섹스톤은 새벽 4시에서 5시 사이에 일어나 마치 내 머리맡에 있는 종을 치는 것처럼 있는 힘껏 그 노끈을 잡아당긴다. 이렇게 아주 기이한 발명품 덕분에 나는 간신히 일어나게 되고 … 아침 6시에 대체로 내가 하는 일은 내 지팡이를 집어들고 걷는 것이다. 가끔은 혼자 걷고, 또 가끔은 동행과 같이 걷기도 한다. 가는 길에 그 사람 집에 들러서 반쯤 잠들어 있는 사람을 끌어내 동행으로 삼는 편인데 … 그렇게 나와 함께 긴 여정에 동참하는 동행들은 대부분 인내심을 시험당하기 마련이다. 그들은 가끔 탁 트인 공유지에서 이글이글 내리쬐는 태양에 반쯤 구워진 후에, 옥수수밭 한가운데에 난 좁디좁은 길로 끌려가다가, 아침 이슬에 흠뻑 젖고, 마지막엔 새들 말고는 어떤 동물도 발길을 들인 적 없는 그늘지고 갑갑한 덤불 사이를 헤치고 나오기 마련이다. 요컨대, 산책이 끝날 무렵이면 우리의 몰골은 한숨이 나올 정도로 너덜너덜해져서, 신중한 시골 판사가 우리를 본다면 부랑자로 착각해 걸어 다니는 천재인 우리를 감옥에 집어넣지 않을까 싶다. 그런 우려가 떠올랐지만 그다지 두렵진 않다고 생각하고 있을 때 예의 바른 청년들 몇 명이 우리를 보고 모자를 벗었다. 그리고 서로 눈짓하며 감탄하는 목소리로 내가 카터 목사의 딸이란 말을 하는 걸 들었다. 그보다는 차라리 우리에게 다가와 "좋은 아침입니다, 아가씨"라거나 "지금 내기를 하느라 걸고 계시는가요?" 같은 말을 했더라면 더 좋았을 텐데.

— 엘리자베스 카터가 캐서린 텔벗에게 보낸 편지, 1746년

엘리자베스 카터는 목사의 딸로 태어나 18세기에 남녀를 통틀어 가장 유명한 지식인 중 한 명이 됐다. 하지만 그녀는 사람들이 자신을 방랑자로 착각하길 바라는 마음도 품고 있었다. 그녀는 '걸어 다니는 천재'로 비범한 지성의 소유자인 데다 거의 한평생 살아온 딜 근처 켄트 해안을 걷는 것에서 가장 큰 기쁨을 느꼈다. 걷기에 대한 카터의 욕망은 실로 강렬해서 그녀는 땅의 수호신이 아니라 여행

　　　　　　　　　　　자기만의 산책

의 신에게 사로잡혔다고 표현하는 것이 나을 듯하다. 카터는 걷기가 마음을 달래줄 뿐 아니라 유용하다는 점을 발견했다. 자연에서 걸을 때면 적어도 한동안은 사회적 예의범절과 처신에 대해 남들의 눈치를 보거나 신경 쓸 필요 없이 자유로웠기 때문에 걷기를 통해 해방감을 한껏 즐겼다. 또한 자신의 짧은 인생을 생각하면서 자신이 걷는 그 땅의 오랜 역사를 떠올리며 지적 호기심의 자극을 받곤 했다.

18세기 여성들은 (실은 그 후로도) 잘 가꿔진 정원을 걷는 것 이상으로 수고롭게 걷는 행동은 거의 하지 않았다는 통념이 오랫동안 전해져왔다. 여성들이 자유롭게 배회할 수 있기에는 개인적인 안전과 더불어 신경 써야 할 것이 너무 많다는 말도 계속해서 나왔다. 하지만 18세기에는 순전히 재미로 걷는 남자들도 별로 없었다. 자주 걸어 다녔던 사람들은 이동해야 할 이유가 있어서 그랬다. 예를 들어 우리 집 근처 스코틀랜드 국경에 있는 오래된 헤링 로드는 람메르무어 힐스의 높은 황야 지대를 횡단해서 던바에서 로더까지 뻗어 있는데, 북해에서 잡은 물고기로 가득한 바구니를 머리에 인 여자들이 시장으로 가기 위해 그 길을 걸어 다녔다. 레이크 지역과 스코틀랜드의 서해안에 사는 사람들이 시신을 무덤까지 운반하기 위해 '관의 길'을 걸어 다녔던 반면, 에든버러 남쪽에 있는 펜트랜드 힐스 주민들은 일요일마다 10마일씩 걸어서 교회에 갔고, 다시 집까지 10마일을 걸어서 왔다. 영국 전역에서 소나 양을 모는 사람들, 생선 장수들, 하인들, 땜장이들, 군인들, 집시들과 거지들은 모두 18세기와 그 이후까지 걸어 다녔던 것으로 밝혀졌다. 다만 자신의 신원을 제대로 증명할 수 없었던 부랑자들은 그렇게 돌아다니다 법의 처벌을 받았다.

엘리자베스 카터가 걷기에 대한 애정이 특별했던 이유는 단순히 그녀가 여성이라는 이유만이 아니라 재미로 걷는다는 생각 자체가 특이했기 때문이다. 당시 재력이 있는 사람들은 보통 말을 타거나 마차를 타고 가는 식으로 여행을 다녔다. 캐서린 탤벗Catherine Talbot에게 보내는 편지에 여성이기에 모욕당할 위험에 대해 언급하긴 했지만, 그녀가 밖에 나가서 걸어 다닐 때 두려워한 건 그게 아니었다. 그보다는 자신의 사회적 지위와 계급에서 완전히 벗어나지 못할까 봐 두려워했다. 그녀가 진정한 소속감을 느낀 순간은 자연에 있을 때였고, 그곳을 걸어 다닐 때 자연을 가장 가깝게 접할 수 있었다.

그녀가 동시대인들과 달랐던 점은 걷기에 대한 애정만이 아니었다. 그녀는 어렸을 때부터 특출나게 머리가 좋았을 뿐만 아니라 독립적인 기질도 눈에 띄었다. 1734년에 열일곱 살의 나이로 작품을 공개한 시인인 그녀는 그 후 20년 동안 시인으로서 그리고 놀랄 정도로 뛰어난 언어 구사 능력 덕분에 '잉글랜드에서 가장 높은 평가를 받는 박식한 여성'이라는 명성을 얻었다. 그녀의 가장 훌륭한 작품은 1758년 출간됐다. 《에픽테토스의 모든 작품All the Works of Epictetus》이란 책을 그리스어에서 영어로 번역한 번역서로 에픽테토스는 고전 스토아 철학자 중에서 굉장히 영향력 있는 학자 중 하나다. 카터의 번역서는 20세기 초까지 그 분야 학술서의 척도로 남아 있었다. 그리스어는 그녀가 유창하게 구사하는 아홉 개의 언어 중 하나에 지나지 않았다. 1806년 거의 아흔이었던 카터는 계몽주의 시대에 아주 큰 영향력 있는 명사 중 한 명으로 큰 존경을 받았다.

딜 지방의 목사인 니콜라스 카터의 딸로 태어난 그녀는 노르마 클라크Norma Clarke가 묘사한 "여러 개의 가정으로 변해간" 집에서 성장해 나중에는 계모와 (카터의 친모는 그녀가 열 살 때 사망했다) 생기 넘치는 여섯 자매와 같이 한집에 살았다. 집안일이 많았지만, 카터는 원하는 대로 완전히 독립적으로 살았고, 자신만의 서재와 사적인 공간을 쓸 수 있었다. 그녀는 또한 자신만의 걷기와 학문 연구 리듬에 맞춰 시간을 분배했다. 그러자니 종종 밤늦게 잠자리에 들었다가 아침 일찍 일어났고 잠은 적게 잤다.

그녀가 한 산책에 대한 자세한 내용은 주로 친구들에게 보낸 방대한 편지에서 찾을 수 있다. 그 편지에는 종종 그녀와 그녀의 동행들이 겪은 다양한 곤경에 대한 재미있는 일화로 가득 차 있었다. 1744년 캐서린 탤벗에게 보낸 편지에서 카터는 마침 그녀의 집에서 걸어서 갈 수 있는 거리에 사는 한 불쌍하고 불운한 친구를 무자비하게 고문했던 이야기를 썼다.

난 요즘 아주 적극적이고 맹렬하게 건강해지려고 노력하고 있어. 새벽 4시에 일어나서, 한 시간 동안 독서를 한 후에, 산책을 시작해. 잘난 체하려는 건 아니지만 난 이 시대 가장 근사한 산책자인 척하고 있어. 처음에 서너 명을 이 산책 프로젝트에 끌어들여서 그들의 원성을 들었지. 길을 나섰을 때 우리가 얼마나 걷게 될지 말해주지 않았거든. 하지만 그렇게 고통받는 산책 동료들을 보다 보니 너무 불안해지더라고. 그들은 어느 정도 걷더니 그다음부터 헐떡거리면서 투덜투덜 어쩌나 힘들어하는지 말이야. 마치 고난의 언덕을 올라가다 마침내 절망의 구렁텅이에 빠지는 기독교인들 같아 보였어. (너 《천로역정 Pilgrim's Progress》 읽어봤어?) 내가 종종 산책 도중에 몇십 마일 떨어진 곳을 보러 원래 정했던 길을 벗어나는 바람에 다들 미친 듯이 악을 쓰며 울어댔지. 다들 나 때문에 죽겠다고 난리였어. 집으로 돌아오는 길에 나의 충동적인 결정 때문에 그들이 얼마나 끔찍한 피해를 봤는지 모른다고 다들 불평했어. 그러면 내가 그렇게 그들에게 손해를 끼쳤는지 몰랐다고 반박하곤 하지. 나무 몇 그루의 뿌리를 잡아당기고, 풍차 날개를 뜯어내거나 내가 가는 길에 서 있던 한 타 정도 되는 오두막집의 절반 정도를 손으로 탁탁 치고 간 것 빼곤 별것 없지 않았냐고 했지.

내 여동생은 날아가는 법을 배우기 전까지 더는 나와 같이 산책 가고 싶지 않다고 했고, 또 다른 산책 친구는 어젯밤 내게 전갈을 보내서 더는 나와 같이 모험을 떠날 수 없겠다고 했어. 지난번 나와 같이 산책하러 나갔다가 모든 뼈가 탈구돼 버렸다면서. 그래서 이제 막내 여동생 말고는 의지할 동행이 없어. 그 아이는 작은 조랑말처럼 엄청 튼튼해. 아주 민첩하게 내 뒤를 따라 걸어오면서 내가 북극까지 걸어간다고 해도 절대 나를 버리지 않겠다고 약속했어. 이렇게 매일 산책하면서 살아가는 방식을 개선하는 동안, 나는 언젠가는 옥스퍼드서에 있는 너와 아침 식사를 같이하는 기쁨을 누리고, 그다음엔 런던에 있는 워드 양을 보러 가서 같이 저녁을 먹겠다고 다짐했어. 그다음엔 캔터베리에 있는 린치 양과 차를 마시고 딜로 돌아와 내 친구들에 대한 꿈을 꾸는 거지.

이 편지는 현실 세계에서 판타지 세계로 순식간에 옮겨갔지만, 산책자로서의 카터의 능력뿐 아니라 그녀의 유머 감각이 어느 정도인지 엿볼 수 있게 해준다. 카터에게 걷기란 기분 좋은 오락을 넘어서 '삶의 방식'이란 점이 뚜렷하게 드러나 있다. 걷기는 건강에 좋고 친구들과 우정을 쌓을 수 있을 뿐만 아니라 다른 여성들과 어울리는 것을 중요하게 생각하는 카터의 자존감을 높여준다.

이 편지는 카터가 평소에 어떤 식으로 편지를 쓰는지 잘 보여주는 전형적인 예다. 즉, 장난기 많고, 유쾌하면서 엉뚱한 면이 잘 나타나 있다. 카터는 고독을 음미했지만, 가능하면 산책할 때 다른 여자들과 같이 가는 편을 즐겼다. 하지만 그런 경우는 흔치 않은 선물과 같아서 카터의 집 근처에 살거나 딜에 사는 그녀를 보러 오는 친구는 거의 없었다. 그래서 그보다는 친구들과 같이 걷는 상상을 더 자주 하면서 그들이 쓴 책을 산책길에 가지고 가거나, 머릿속으로 그들과 대화를 나누는 상상을 했다. 카터는 육체적으로나 정신적으로나 또는 책의 형태로 친구와 같이 산책하지 않은 적이 거의 없었다. "간밤에 리딩에서 널 아주 많이 그리워했어." 카터는 1759년 봄 셰익스피어를 연구하는 학자인 엘리자베스 몬테규Elizabeth Montagu에게 편지를 보냈다.

> 오래된 수도원의 폐허 사이로 달빛을 받으며 걸으면 너는 알게 될 거야. 이 소원이 천 번의 연설보다 너에 대한 내 마음을 더 잘 표현하고 있다는 걸, 이런 곳에서 같이 있고 싶은 사람으로 선택되는 사람이 소수라는 점을 생각하면 너도 내 마음을 알게 될 거야.

여성에 대한 그녀의 애정은 그들과 같이 걷고 싶다는 바람으로 종종 표현된다. 그런 욕망이 충족되건 그렇지 않건 말이다. (엘리자베스 몬테규는 카터와 달리 걷는 게 그다지 내키지 않았다. 그녀는 인간이 있는 문명 세계를 떠나게 된다면 겁을 집어먹을 성격이었기 때문에.) 캐서린 탤벗과 엘리자베스 베시Elizabeth Vesey를 비롯해 친구들에게 자주 산책을 권유했던 것에서도 그들에게 느끼는 애정이 잘 드러난다. 베시는 카터처럼 자주 병치레를 했다. 카터는 베시에게 다음과 같은 걱정이 담긴 질문을 했다.

사랑하는 베시 부인, 당신은 혼자 걸을 때 나를 데려가나요? 내가 얼마나 자주 당신과 산책하는지 고려한다면 당신도 마땅히 그래야만 공평합니다. 당신이 당연히 누려야 할 휴식을 취한 덕분에 이제는 눈이 좋아졌기를 빕니다. 그렇게 쉬면서 재미있는 시간을 보냈으면 좋겠군요. 날씨가 너무 궂어서 밖에 나갈 수 없을 때 말입니다. 하지만 가능한 한 자주 걸으세요. 그래야 몸과 마음이 건강해질 거라고 나는 믿습니다.

걷기 덕분에 카터는 정서적으로 그리고 지적으로 친구들과 연결될 수 있었고, 친구들도 마찬가지였다. 카터에게 걷기란 운동 이상이었고 지적 추구의 근본이 됐다. 카터는 걷기 전에 대개 책을 읽었고, 산책하러 나갈 때 종종 책을 가지고 나갔다. 걷기는 카터가 읽은 내용을 정신적으로 소화해서 글을 쓸 수 있게 준비해 주는 작용을 하는 듯하다. 노년에 이르러 병약해지면서 카터와 친구들의 걷는 능력에도 한계가 오기 시작했을 때도, 카터는 여전히 생각을 정리하려면 몸을 움직여서 걸어야 한다고 했다.

너와 우리 색슨 조상들의 모든 흔적을 찾아 같이 걸을 수 있다면 얼마나 좋을까? 그들이 처음 방치된 왕국을 손에 넣었다가 나중엔 이렇게 위엄이 넘치고 영광스러운 왕국을 일으켜 세운 곳에서 말이야. 역사도 우리 여행에 동참해서 그 모든 기념물을 원래 형태대로 복원하면 좋을 텐데. 반면 상상은 그 황량한 폐허들을 가리키면서, 거기에 깃든 시적이고 감상적인 비애를 달래주는 매력을 불어넣어 줄 텐데.

카터가 한 상상의 힘은 잃어버린 문명의 이미지들과 함께 소중하지만 이 자리에 없는 친구를 불러온다. 이렇게 역사나 친구와 좀 더 친밀하게 접촉하고 싶은 마음은 책을 읽거나 친구들에게 다정한 편지를 쓰는 것으로 실현할 수 있다고 암시한다. 카터가 혼자 걸으면서 이런 근사한 공동체에 대해 강력한 상상을 해냈다는 점은 실로 아이러니하다. 허구가 아니라 실제로 살아 움직이는 사람과 같이 걸었더라면 그런 지적이거나 창의적인 재능을 쓸 필요가 없었을 테니 말이다. 카터는 이렇게 혼자 한 산책을 여자 친구들에게 편지로 씀으로서 그녀가 갈망하는 자매들의 공동체를 만들어내고 그 안에서 살아갈 수 있었다.

평생 켄트의 해변을 거닐었던 카터는 바닷소리가 생각을 끌어내고 친구들을 떠올리는 데 도움이 되는 것을 발견했다. 해변에서 역동적으로 움직이는 물의 근원적인 소리를 곰곰이 생각하면서 카터는 인간으로서 자신의 덧없는 인생과 그녀를 둘러싼 불멸의 자연환경과 친구라는 존재 사이의 관계를 즐겨 탐구했다. 그녀는 친구인 엘리자베스 몬테규에게 그런 풍경을 찾아 홀로 걸었던 경험에 대해 말했다.

요전에 산책하러 나갔는데 네가 봤다면 정말 숭고한 풍경이라고 감탄했을 거야. 나는 나지막한 산꼭대기까지 올라가서 내 발밑에서 다채롭고도 거대한 풍경이 펼쳐지는 걸 봤어. 완벽한 고독 속에서만 누릴 수 있는 어마어마한 자유를 느끼며 그 장엄한 풍경을 마음껏 감상했지. 집 한 채, 사람 하나 보이지 않았어. 침묵 속에서 그저 자연의 소리, 삑삑 울리는 휘파람 소리 같은 바람 소리와 굽이치는 파도 소리만 들렸어. 그 풍경에 깊은 경외감을 느꼈고, 이 상황에 강렬한 인상을 받았어. 그걸 보고 처음에 든 생각은 내가 얼마나 작은 존재인가, 라는 것이었지. 나를 둘러싼 대자연 속에서 나란 존재는 점점 작아지다 무로 사라지는 것 같았어. … 그 자리에서 계속 그런 생각을 하다가 그만 압도돼 지치고 말았지. 그리고 아주 흡족한 마음으로 산 밑으로 내려와 좀 더 겸손한 마음으로 내 운동과 일로 돌아갔지.

카터는 대자연과 함께 있는 유일한 인간이 됨으로써 허락된 '자유'에 큰 기쁨을 느꼈다. 그 숭고한 풍경과 만남은 그녀가 사회적 지위를 벗어던질 수 있는 공간에 접하는 또 다른 수단이 됐고, 거기서 그녀는 그저 한 인간으로 존재할 수 있었다. 카터가 묘사한 장소에는 본질적으로 황량한 고독이 자리 잡고 있지만, 한편으로 동지애도 있다. 자연 속을 혼자 걸으면서 고립돼 있다는 느낌이 든다면, 그 경험을 친구와 공유함으로써 그 의미를 탐구하고 글을 쓸 수 있는 추동력이 나오는 것이다. 카터의 창의력을 위해서는 연구와 결합한 산책, 우정과 손잡고 가는 고독이 필요했다.

자신의 삶을 풍요롭게 만드는 다양한 요소와 혼자라는 고독 간의 균형을 잡는 것이 그녀의 행복과 안녕을 유지하는 데 필수적이었다. 이런 균형은 주로 걷기를 통해 이뤄지고 유지될 수 있었다. 그녀보다 지위가 높은 사람들이 그랬던 것처럼, 카터 역시 다년간 켄트에 있는 자신의 고향 집과 런던에서 시간을 보냈다. 정확한 시기는 그때그때 달랐지만 대체로 겨울에는 도시에서 살았고, 여름에는 시골에서 살았다. 심지어 18세기에도 무더운 여름의 런던은 악취가 심하고 지내기 불편한 곳이었다. 중류층 출신에 부자도 아니었지만, 성공을 거둔 덕분에 그녀는 경제적으로 꽤 풍요롭게 살았고 런던 사교계에 있는 사람들과 어울려 지낼 수 있을 정도로 한가했다. 런던에서 극장에 다니고, 오후에는 친구 집을 방문하고, 공원에서 산책하고 저녁에 모이는 것이 일상이었다.

카터는 주로 12월 말이나 1월 초에 시골로 갔지만 다른 계절에도 도시에 있는 친구들을 찾아갔다. 런던에 있을 때는 지적인 여자 친구들과 어울리는데 푹 빠져 있었고, 밤이면 각기 다른 그룹과 만나 문학 작품을 쓰는 데 도움이 되는 대화를 즐기는 것이 습관이었다. 카터가 고향에서 별 관심을 끌지 못했다면 런던에선 달랐다. 좀 더 엄격하고 정교한 행동 규범의 지배를 받는 사교계에서 낯선 사람들에게 둘러싸인 카터는 마음대로 거닐 수 있는 자유가 훨씬 줄어들었다. 어느 해 여름 런던에서 카터는 캐서린 탤벗에게 자신의 그런 상황을 찬양하는 동시에 안타까워하는 내용의 편지를 보냈다.

> 나는 엔필드의 쐐기풀 숲을 신나게 뛰어다닐 때만큼 행복하진 않아. 요즘은 런던의 매연 속에서 숨을 쉬려고 헐떡이고 있어. 활동적인 내가 이렇게 갇혀 지내자니 슬프기 그지없어. 하지만 읽고, 쓰고, 노래하고, 놀고, 뛰면서 최선을 다해 즐겁게 지내고 있어. 그리고 매일 오후에는 건강을 유지하기 마치 마법에 걸린 것처럼 열심히 산책하고 있지.

카터는 분명 런던의 신나는 생활을 한껏 즐겼고, 지나칠 정도로 춤을 추곤 했다. 젊었을 때 그녀는 친구에게 이런 편지를 보냈다. "지난 이틀 동안 미친 듯이 카드를 치느라 새벽 세 시까지 놀았어. 그래도 어제는 나를 지구 밖으로 날려버릴 것 같은 강풍이 부는데도 3마일이나 걸었지. 그 후에 9시간 동안 춤을 추고 다시 걸으러 나갔어." 이는 전력을 다해 탈진할 때까지 즐기는 청춘에 대한 묘사였지만, 나이가 들면서 런던에서의 사교 생활이 온몸으로 바람을 맞으며 켄트에서 걷는 것보다 훨씬 더 피곤하다는 사실을 깨닫기 시작했다. 유난히 피곤했던 며칠을 보낸 후 엘리자베스 몬테규에게 보내는 편지에서 카터는 자신의 상태를 이렇게 묘사했다.

수요일 밤에 카드를 치느라 너무 지쳤고, 다음 날 아침에는 어쩔 수 없이 오랫동안 산책을 해야 해서 정말이지 글을 제대로 쓸 수가 없어. 너처럼 시골에서 사는 여자들은 런던에서 지내는 우리 같이 우아한 귀부인들이 견뎌야 할 피로가 어떤 수준인지 상상도 못 할 거야.

카터는 자신의 오락을 일종의 방탕한 행위로 묘사했다. 그녀가 '카드놀이'에 흠뻑 빠져 있다는 말은 밤늦게까지 사교계 사람들과 어울리는 생활을 유머러스하고 과장되게 표현한 것이다. 다만 '어쩔 수 없이' 산책하러 나가야 했다는 표현이 인상적이다. 카터가 억지로 산책하러 나갈 필요를 느꼈다는 건 희귀한 일이기 때문이다. 하지만 카터에겐 삶의 균형을 지키는 것이 중요했다. 그 균형이 깨지면 가장 중요한 기쁨인 산책마저도 즐길 수 없기 때문에.

카터는 대체로 자신의 일상을 아주 신중하게 관리했다. 런던에 있을 때는 '대대적인 규모의 친구들이' 그녀와 시간을 보내고 싶어 하고, 카터가 매일 저녁 외식을 하는 걸 즐기긴 했지만, 매일 밤 10시 전에 자기 방으로 돌아왔다. 이런 습관 덕분에 카터는 광범위한 독서와 사색에 필요한 고독과 그녀가 도덕적 규범이라고 바라고 믿는 타고난 사교성 간의 균형을 잡을 수 있었다. 딜에서 지낼 때 카터는 학구적인 삶과 활동적인 삶을 정확하게 양분해서 유지하기 위해 규칙적으로 밖에 나가 걸었다. 노르마 클라크가 쓴 것처럼 오랫동안 열심히 진지하게 연구하면서 중간중간 정원을 가꾸고, 요리하고, 친구들과 가족을 돌보고 무엇보다 넓은 시골길이나 해변을 따라 걷는 긴 산책 사이에서 균형을 잡고 살아가는 것이 그녀가 생각하는 가장 이상적인 삶이었다. 이런 생활은 날씨에 상관없이 계속됐다. 카터는 나이가 들어서도 특히 폭풍우 치는 날씨를 아주 좋아했기 (가끔은 그런 마음을 잘 숨겼지만) 때문이다. 카터가 60대 초반이었던 1779년 딜에서 엘리자베스 베시에게 쓴 편지에서 친구인 샤프 양과 한 산책에 대해 이렇게 묘사했다.

> 샤프 양이 지난주에 우리 집에 다시 왔는데, 그녀의 건강이 훨씬 나아져서 정말 기뻤어. 요전에 같이 산책하러 나갔을 때 그녀는 물에 빠져 죽을 뻔했고, 바람에 날려갈 뻔하기도 했거든. 그날 아침은 날씨가 무척 화창해서 잠깐 외출했거든. 그런데 집에서 1마일쯤 나왔을 때 하늘이 흐려지더니 폭풍이 치는 것처럼 바람이 불면서 비가 쏟아지지 뭐야. 주위에 비를 그을 곳이 하나도 없는 허허벌판에서 어마어마하게 폭풍이 몰아치더라고. 샤프 양은 우산이 하나 있었으면 했지만, 비바람이 그렇게 미친 듯이 몰아치니 설사 있었더라도 아무 소용이 없었을 거야. 라플란드 마녀처럼 그걸 소쿠리로 바꾸지 않는 이상 말이야. 우린 둘 다 흠뻑 젖었지만, 집에 도착하자마자 옷을 갈아입어서 감기는 걸리지 않았어. 샤프 양에게 그건 두고두고 이야기할 만한 모험이었을 거야.

평생 그렇게 비에 홀딱 젖어본 적이 없었을 테니까.

불쌍한 샤프 양, 이제 막 건강을 회복한 그녀는 카터의 지나친 열정에서 비롯된 작은 재난에 휘말려 죽을 뻔했다. 하지만 카터의 짓궂은 유머를 보면 샤프 양이 어떤 피해도 입지 않았을뿐더러 그 시련을 통해 오히려 소득이 생겼다고 베시를 안심시키고 있다. 하지만 샤프 양이 전에는 한 번도 이렇게 홀딱 젖은 적이 없었을 거라고 한 카터의 말에 조금은 불쌍해하는 느낌이 든다. 카터 본인은 켄트 해안의 그 알싸한 공기와 거칠 것 없이 날뛰는 폭풍을 좋아하고 거기서 기쁨을 느꼈으니까.

그렇다고 카터가 항상 날씨를 기분 좋게 여겼던 건 아니다. 특히 그 계절에 맞는 날씨라고 생각하지 않을 때 더 그랬다. 7월에 다른 지방에 있는 친구들이 따뜻한 여름 날씨에 몸을 녹이고 있을 때, 켄트 지방은 카터가 보기에 부당한 고통을 겪고 있었다. 그녀는 엘리자베스 베시에게 이렇게 불평했다.

나도 이 날씨가 근사할 거라고 믿었을 거야. 하지만 이렇게 사방에 아무것도 없이 노출된 지역에서는 하늘에서 불어온 바람 때문에 너무나 세차게 흔들리게 돼. 언제든 산책하러 나갈 때마다 모자를 힘껏 움켜쥐고 있어야 해. 안 그러면 모자가 굿윈 사주로 (영국 잉글랜드 동남 해안의 먼바다 –옮긴이) 날아가 버리는 아주 큰

자기만의 산책

곤경에 처하게 될 테니까.

하지만 계절에 어울리는 날씨는 카터의 삶에서 주된 기쁨 중하나였고, 동네 샛길로 들어가기만 하면 언제든 산책의 기쁨을 누릴수 있었다. 추분을 지나 가을바람이 불어오자 길마다 인적이 뜸해지는 가운데 카터는 1769년 엘리자베스 몬테규에게 이런 편지를 썼다. "내 발로 갈 수 있는 온갖 산과 계곡을 실컷 다녀보려고 해." 하지만 가끔은 그토록 열광하는 거친 날씨 때문에 마음껏 걸어 다니는 것을 가로막는 요인들이 여럿 생겼다. 엘리자베스 베시에게 보낸편지에서 카터는 "길을 나섰을 때 날씨가 너무 나빠서 미쳤다는 비난을 받지 않도록 신중하게 행동해야만 했어"라고 썼다. 그녀가 택한 해법은 다른 사람들이 나무랄 수 없도록 동이 트기 전에 출발하는 것이었다. 카터는 그토록 즐기고 싶었던 1747년 봄 폭풍의 희열에 대해 캐서린 탤벗에게 이렇게 썼다.

굳은 날씨에도 내가 신경 쓰지 않게 해달라고 네가 기도할 필요는 없어. 난 울부짖는 바람과 몰아치는 눈보라 같은 유쾌한 참상을 놓치게 돼서 너무 슬프니까. 난 이런 것들이 겨울 날씨로는 제격이자 겨울의 장식품이라고 생각하거든. 그래서 화창한 겨울날은 겨울답지 못하다고 생각해서 아주 불쾌한 마음으로 그런 풍경을 바라보는 편이야. … 지난번 눈보라가 몰아치는 날에도 여기저기 막 쏘다녔어야 했지만, 그날 저녁에 밖에 나갈까 생각한다고 했더니 식구들이 대경실색하면서 들고 일어나더라고. 마치 내가 목이라도 매겠다고 진지하게 말한 것처럼 말이지. 그래서 내가 돌아버렸다는 소문이 돌지 않도록 어쩔 수 없이 난롯가 옆에 조용히 앉아 멀리서 들리는 폭풍우 소리를 듣는 것으로 만족할 수밖에 없었어.

카터는 '유쾌한 참상'으로 가득 차 있는 궂은 날씨가 지닌 힘을 간절히 기대했고, '겨울답지 않게' 화창한 겨울 날씨보다 궂은 날씨를 더 선호했다. 그녀가 쓴 기록을 보면 다른 때는 항상 산책하러 나갈지 말지, 언제 갈지, 어디로 갈지 철저하게 혼자서 결정했다. 그러니까 이날 폭풍이 평소보다 훨씬 더 거셌을 가능성이 크다. 하지만 카터처럼 용감하고 의지가 굳으며, 종종 비바람에 흠뻑 젖고 그보다 더한 악천후를 만나도 아무렇지 않게 다니면서 즐겼을 사람에게 이건 정말 혹독한 시련이었을 것이다.

카터는 풍요롭고 충만한 삶을 사는데 걷기가 빠질 수 없다는 점을 알았다. 날씨가 이례적으로 안 좋거나, 건강이 안 좋거나, 선의로 하는 일이지만 귀찮게 참견하는 친구나 가족 때문에 걷지 못하면 좌절하고 초조해했다. 결과적으로 '길고 힘이 넘치는 산책'으로 지루함을 털어버리는 것이 카터의 육체적, 정신적 건강을 유지하는 데 필수적이었다. 걷기는 권태에서 슬픔까지 모든 것을 낫게 해주는,

카터가 지극히 선호하는 치료법이었다. 한 번은 몸이 힘들 정도로 오랫동안 대형 사륜마차를 타고 가야 했던 카터가 캐서린 탤벗에게 이런 편지를 보냈다. "그렇게 바보 같고 피곤한 마차 여행을 한 후에 … 그 17마일을 걷는 육체적 활동과 느낌이 다시 생기를 되찾는데 아주 절실하게 필요했어." 그리고 1774년 아버지가 돌아가신 후 카터는 그 슬픈 장례식이 끝나자마자, "난 걸을 거야. 바람을 쐬면서 그렇게 운동하고 나면 훨씬 더 좋아질 거야"라고 했다. 엘리자베스 카터에게 걷기란 가장 소중히 여기는 만병통치약이었다.

건기에 대한 카터의 애정을 식구들은 아주 잘 알고 있었다. 그녀의 조카이자 전기 작가인 몬테규 페닝턴Montagu Pennington은 그녀에 관해 쓴 《회고록Memoirs》에서 걷기에 대한 카터의 열광적인 애정을 이렇게 기억했다. 그는 감탄하는 마음을 담아 이렇게 썼다.

카터 이모는 딜에서 약 5마일 정도 떨어진 곳에 살고 있는 나의 어머니와 같이 아침을 먹으려고 걸어가곤 했다. 카터 이모는 날씨가 안 좋을 때도 전혀 지치는 기색 없이 걸어갔다. 가끔은 눈이 너무 많이 내려서 마차 한 대 지나갈 수 없을 정도로 도로가 꽉 막힌 날에도 우리에게 약속한 대로 딜로 돌아왔다. 이모는 눈에 젖지도 않았고, 피곤해하지도 않았다.

이모에 대한 페닝턴의 기억을 읽다 보면 카터가 그 어떤 해도 입지 않고 휘몰아치는 눈보라 속을 둥둥 떠서 오는 마녀처럼 보인다. 하지만 카터는 자신이 조카가 생각하는 것처럼 천하무적이 아니며 평범한 사람들처럼 잘 다칠 수 있다고 생각했다. 대개 도보 여행을 다니는 사람들이 겪는 일반적인 위험이란 햇볕에 심하게 타거나, 길을 잃거나, 발에 물집이 잡히거나, 악천후의 피해를 보는 것이다. 하지만 카터가 여성이라서 생기는 걱정도 있었다. 1763년 유럽에서 친구들과 인기 있는 술집을 돌고 있을 때, 카터는 산책하느라 혼자 나가면 안 된다는 말을 들었다. 숲에 악당들이 어슬렁거리고 있어서 혼자서 걸으면 위험하다는 이유에서였다. 정 나가고 싶다면 보호자가 따라붙겠지만, 그녀가 엘리자베스 베시에게 편지로 쓴 것처럼 "그렇다면 나 혼자 걸어 다니면서 생각할 수 있는 자유를 다 잃게 되는" 사태가 벌어지게 되니까 사양했다. 걷기는 '자유'와 '생각' 없이는 제대로 즐길 수 없을 것처럼 보였고, 남자들이 따라오는 산책에서 그렇게 하기란 불가능했다. 하지만 남자가 아니라 여자가 따라오는 건 좋았다. 1743년 딜은 정력이 넘치는 선원 무리로 넘쳐났다. 그런 남자들이 축제 분위기에 한껏 들떠서 돌아다니는 경향이 있는 걸 항구 도시에서 오랫동안 살아온 카터는 잘 알고 있었을 것이다. 하지만 이 선원 무리가 빚어내는 떠들썩한 분위기가 평소보다 더 요란했던 게 분명했다. 카터가 쓴 편지에 그들에 대한 언급이 한 자리를 차지했던 걸 보면 말이다. 캐서린 탤벗에게 쓴 편지에서 카터는 이렇게 전했다.

자기만의 산책

나는 요즘 혼자서 걸어 다니는 재미를 빼앗겨서 조금 낙심했어. 배에서 내려서 우리 지역을 쏘다니는 난봉꾼들 때문에 아주 소란스럽거든. 그래서 요즘은 아마존 여전사처럼 용감한 친구와 같이 나가지 않는 한 감히 걸을 생각을 못 하고 있어. 그 친구는 유령과 두꺼비 말고는 두려워하는 상대가 없거든. 그래서 그런 것들로부터 내가 안전하게 지켜주겠다고 약속했어. 만약 내가 가장 두려워하는 왕풍뎅이와 남자로부터 그녀가 나를 보호해 준다면 말이야. 이 동맹의 힘으로 우리 둘 다 아주 안전하게 걷게 될 거야.

혼자 걷는 것이 카터가 가장 좋아하는 산책 방식임이 분명하지만, '아마존 여전사' 같은 친구와 힘을 합쳐 걷게 돼서 마음이 편안해졌다고 적고 있다. 여자가 안전하게 다니는데 샤프롱(과거 사교 행사 때 젊은 미혼 여성을 보살펴주던 나이 든 여인 – 옮긴이)이나 용감한 기사나 근육질의 보호자 같은 전통적인 존재는 필요하지 않다. 여자끼리 서로 보호해 줄 수 있으니까. 다만 선원들이 벌레만큼 두렵고, 그녀의 수호자가 두꺼비를 두려워한다고 기발하게 묘사하는 걸 보면 편지에 나오는 위험이나 보호자를 진지하게 받아들일 필요는 없을 것 같다.

다만 카터도 아주 가끔은 자신의 안전을 고려해야 했다. 그녀가 보낸 편지를 보면 걸을 때 의식하는 유일한 대상은 바로 그녀의 계급이었고, 여성으로서의 성은 대체로 부수적으로 간주했다. 카터는 다른 도보 여행자들과 같이 여행을 갔다가도 동행들과 헤어져서 다른 길로 가는 것을 아무렇지 않게 생각했다. 예를 들어 1750년 여름이 절정에 달했던 어떤 날 그녀 일행이 보트를 타고 멀리까지 나갔다가 다시 육지로 돌아올 때의 일이었다. 다른 사람들은 샌드위치처럼 여섯이나 일곱 명씩 끼어서라도 마차를 타고 돌아오는 쪽을 선호했지만, 카터는 길을 알려줄 안내인 몇 명과 함께 처음부터 끝까지 걸어서 오는 쪽을 선택했다. 다른 편지에서 카터가 자신의 성에 대해 언급한 부분이 있다면, 두려워서라기보다는 유머러스한 맥락에서였을 것이다. 예를 들어 그녀와 그녀의 동행이 길을 가다 야생 마들과 우연히 마주쳐서 낭패를 봤던 경우처럼 말이다. 카터는 캐서린 탤벗에게 쓴 편지에서 이 이야기를 들려줬다.

간밤에 너와 헤어진 후로 수많은 산과 계곡을 걸었어. 날씨가 너무 좋아서 눈을 뗄 수 없었고, 저물어가는 가을의 아름다움이 주는 즐거움을 놓치고 싶지 않았지. 그래서 동행과 나는 나침반을 맞췄어. 만약 우리가 하늘을 날아간다면, 7, 8마일 정도 날았다는 결과가 나올지도 몰라. 하지만 우리가 걸었던 땅을 측정하기란 쉽지 않았지. 우리는 길을 가다 친절한 사람들을 만났어. 그들은 우리에게 차를 대접해서 기운을 되찾게 해줬지. 덕분에 집에 오는 길에 아주 매력적인 달구경을 할 기회를 얻었어. 바닷가 근처 너른 초록색 들판 위에 뜬 아름다운 달 덕분에 그 산책이 얼마나

자기만의 산책

즐거웠는지 몰라. 하지만 이를 어쩌면 좋아! 그런 분위기는 오래 가지 못했어. 좁은 길에 들어섰는데 마침 아주 격렬하게 날뛰는 야생마 몇 마리와 마주쳤거든. 주인에서 도망친 놈들이었어. 나와 같이 가던 동행이 어찌나 큰 소리로 비명을 질렀는지 몰라. 나는 그 말들을 피하기 위해 울타리를 훌쩍 뛰어 넘었어. 너무 놀라고 혼란스러워서 그랬던 거지. … 나는 미친 듯이 도망치느라 비참한 몰골이 됐어. 몇 발자국 걷고 나서 보니 입고 있던 앞치마와 옷의 주름 장식이 다 사라졌더라고.

카터의 글을 보면 그녀는 자신이 마음먹은 대로 걸을 수 있었던 자유가 사회적 보호를 받을 수 있었던 자신의 사회적 지위 덕분이란 점을 알고 있었다. 결혼도 안 했고, 독립적으로 살 수 있는 재산이 있었기 때문에 그녀는 '여성스러운' 외모나 올바른 처신이라는 사회적 통념의 순응 여부를 고민할 필요가 없었다. 그녀에겐 비위를 맞춰야 할 구혼자도 없었고, 타인에게서 재정적인 보호를 받아야 할 필요도 없었고, 사회에서 어떤 특정한 위치를 차지하고 있지도 않았기 때문에 가부장적인 규범을 피할 수 있었다. 하지만 나이가 들어가자 켄트 지방을 수천 마일씩 걸었던 카터의 몸도 쇠약해지기 시작했다. 그녀의 조카는 이렇게 기억했다.

걷거나 그와 비슷한 일이 이모에게는 너무 버거워졌다. 이모는 기꺼이 운동하려고 했고, 그럴 필요성도 느꼈지만, 육체적인 나른함과 부담이 커지고, 몸의 통증이 격렬하진 않지만 계속 커지면서 이모는 종종 이전의 기력을 되찾지 못했다.

건강이 안 좋아서 걷는데 제약을 받으면서도 카터는 생의 마지막에 이를 때까지 할 수 있는 한 계속 걸었다. 예를 들어 거의 일흔이 다 된 나이에도 가끔 여기저기 걸어 다니는 즐거움을 맛보았고, 즐겨 가는 곳에 혼자서 걷곤 했다. 노인이 된 카터가 가끔 훨씬 젊었을 때 열광했을 만한 궂은 날씨에 걷는 모습을 볼 수도 있었다. 그리고 그녀는 사람들의 발자국이 없는 길이란 생각만 해도 몸서리를 치는 평범한 사람들의 회의에 찬 시선에 개의치 않고 걷고 싶을 때는 언제나 걸었다. 걷기에 대한 애정이 시들지 않은 채 평생 걸어 다니면서 살았던 그녀는 그걸 계속함으로써 "노환으로 인한 노곤함, 나태와의 분투"를 유지했고, 그러다 결국 굴복하긴 했지만, 그 노력이 헛되기만 했던 건 아니었다. 그녀는 모험과 흥미로운 경험으로 가득 찬 인생을 살았기 때문에 (한평생 걷는 사람으로 살아온 인생) 죽음을 앞두고도 두려워하지 않았다. 그보다 그녀는 오랜 여행을 마치고 "영원히 푸른 초목이 우거진 곳으로" 가게 돼서 행복해했다. 그녀는 그곳에서 영원히 만족스럽게 거닐 것이다.

*

자기만의 산책

엘리자베스 카터와 모험에 대한 그녀의 애정과 여자 친구들의 중요성에 대한 글을 쓰고 있을 무렵 친구 캐시와 스코티시 보더스 근처로 하이킹을 하러 갔다. 캐시는 내가 대학에 있을 때 만난 동료로 그녀와 마지막으로 이야기를 나누고 몇 년 후 피블스에서 우연히 다시 만났다. 그 재회 이후로 우리는 그 지역에서 같이 몇 번 걸었다. 캐시는 이곳의 여러 산에 대해 많이 알고 있었다. 봄이 시작된 어느 화창한 날이었다. 등에 내리쬐는 따뜻한 햇볕을 느끼면서 우리는 농장을 따라 난 길에서 출발했다. 나는 차를 타고 가면서 그 지역을 여러 번 지나쳤지만, 강 위에 있는 산에 그렇게 웅장한 원형 등산로가 있는 건 모르고 있었다. 세차게 흘러내리는 캐돈강을 따라 2, 3마일 정도 올라가자 우리 위로 보더스의 산이 우뚝 솟아 있었다. 산은 여기저기 남아 있는 겨울 풀과 이제 막 피어나는 야생화로 옅은 초록색과 진한 갈색으로 얼룩져 있었다. 학기가 끝난 시점이었는데, 캐시는 지난 몇 달 동안 일 때문에 스트레스가 심했다. 그래서 우리는 일에 관해 이야기를 나누면서, 그곳의 특이한 점을 보며 웃었고, 명랑한 분위기와 부드러운 산들바람 덕분에 기분이 한결 가벼워졌다. 우리 밑에 펼쳐진 들판은 양으로 가득 차 있었는데, 그중 몇 마리는 태어난 지 얼마 안 되는 새끼였다.

길을 따라 캐돈강을 거슬러 올라가자 가파르게 올라가는 등산로가 나왔고 거기서 돌아가면 전보다 더 높은 산이 나왔다. 캐시와 나는 엘리자베스 카터에 관한 이야기와 걷기를 사랑하게 된 우리의 경험에 관해 이야기를 나누면서 올라갔다. 그리고 우리의 우정과 걷기가 우리의 관계를 형성하는 데 얼마나 중요한 역할을 했는지에 대해 이야기했다. 하지만 산길에 올라서자 모든 대화가 중단됐다. 교향곡 같은 산의 소리가 들렸기 때문이다. 종달새가 절절하면서도 열정적으로 노래를 불렀는데, 그 끊이지 않는 음악 소리가 갑자기 찾아온 멜로디의 소나기처럼 우리에게 쏟아졌다. 그와 동시에 마도요의 소리가 들렸다. 한 마리가 저음으로 짧은 멜로디를 반복해서 부르는 동안 다른 새들은 그에 맞춰 대조적인 멜로디를 불렀다. 황무지의 풀숲 사이로 바람이 속살거렸고 토끼 두 마리가 갑자기 소리 없이 우리를 지나쳐서 산 위로 달려갔다. 그들은 우리와 달리 산이 부르는 이 유혹의 노래에 홀리지 않았다. 오랜 시간이 흐른 후에야 캐시와 나는 움직일 수 있었고, 그러고도 한참 지나 다시 입을 뗐다. 하지만 굳이 말할 필요도 없었다. 이렇게 황야에서 함께 있는 특권을 누릴 수 있는 것만으로도 충분했다.

자기만의 산책

2장

도로시 워즈워스

Dorothy Wordsworth

나는 매일 아침 6시 정도에 일어나. 같이 걸을 사람이 없으니까 8시 반까지 책을 들고 걸어. 날씨가 좋으면 … 가끔 우리는 아침에 걸어. … 차를 마신 후에 다 같이 8시까지 걷지. 그러고 나서 정원에서 혼자 오랫동안 걸어. 특히 달빛을 받으며 걷거나, 황혼이 질 무렵 걷는 게 좋아. 이럴 때 곁에 없는 친구들을 생각해.

— 도로시 워즈워스가 제인 폴라드에게, 1791년 3월 23일

1799년 12월 도로시 워즈워스는 오빠인 윌리엄과 함께 더럼주의 삭번에서 출발해 웨스트모어랜드에 있는 켄달까지 70마일을 걸었다. 둘은 그들이 태어난 고향인 레이크 지역으로 돌아오는 중이었다. 1783년 고아가 된 후로 도로시는 형제자매들을 떠나 오랫동안 다른 곳에서 살았다. 울퉁불퉁한 길과 산길을 거쳐서 윌리엄과 도로시 남매는 그들이 같이 살기로 계획한 곳을 향해 걸어가고 있었다. 그곳은 불과 몇 주 전에 윌리엄이 그래스미어에서 찾은 도브 코티

지였다. 페나인을 횡단한 그들의 여행은 눈보라가 몰아치고 도로가 꽝꽝 어는 데다 긴 여행 끝에 지치기도 하고, 한겨울이라 날이 금방 저물어서 어둠 속에서 몇 마일씩 걷는 등 무척 힘들었다. 하지만 둘은 나란히 서서 굳세게 산을 넘고 어마어마한 거리를 빠르게 걸었다. 그들은 앞으로도 몇 년 동안 이렇게 같이 걷게 된다. 마침내 켄달에 도착했는데 전날에는 4시간도 안 되는 시간 동안 무려 17마일을 걸었다. 그것은 "도로시가 앞으로도 오랫동안 이야기하게 될 경이로운 위업이었다"고 윌리엄은 썼다. 켄달에서 가구를 산 남매는 현명하게 역마차를 타고 새집으로 가는 마지막 여정을 출발해서 여러 개의 산 사이로 해가 질 무렵 그래스미어에 도착했다.

도로시 워즈워스와 그녀의 오빠가 집으로 가는 여행을 시작했을 무렵, 재미로 하는 걷기는 엘리자베스 카터가 켄트 지방을 배회할 때보다는 덜 색다르게 여겨졌다. 지난 20년 동안 많은 도보 여행자들이 유명한 관광지, 역사적 유적과 신비로운 기념물을 찾아 영국 곳곳을 찾아갔다. 도로시 워즈워스가 세상을 떠날 무렵 등산은 상대적으로 흔한 취미가 됐고, 워즈워스 본인은 나중에 인기 있는 스포츠가 될 등반을 개척하는 데 많은 역할을 했다. 그녀는 친구인 매리 바커, 가이드와 함께 1818년 스코펠 봉을 오른 사람 중 하나다.

하지만 재미로 걷는 능력은 엘리자베스 카터가 그랬던 것처럼 여전히 일정 수준의 재정적 자유와 사회적 지위 여하에 달려 있었다. 도로시 워즈워스는 걸을 수 있는 자유를 힘들게 얻어냈다. 그녀는 일찍 고아가 됐고 열두 살에 전국에 흩어져 있는 친척들이나 친구들과 살아야 했다. 가끔은 그런 생활이 행복하기도 했다. 예를 들어 노리치에 있는 외삼촌 윌리엄 쿡선과 살 때 그랬다. 도로시는 유년기의 몇 년을 그곳에서 보냈다. 스톡턴에 있는 부모의 오랜 친구인 허친슨 네에서 살 때도 행복했다. 하지만 비참할 때도 많았다. 특히 매정하고 엄격한 할머니와 펜리스에서 살 때 그랬다. 어쨌든 그녀는 20대 초반까지는 타인의 자비와 허락에 의지해야 했고, 그것도 그녀를 거둬주는 사람들의 형편이 괜찮을 때까지였다. 그녀의 오빠들은 남성이기 때문에 대학이나 바다, 유럽으로 갈 수 있었던 반면 도로시는 친척들이 뭘 제안하든 그걸 받아들여야 했다.

그녀에게 도브 코티지는 새집 이상의 의미가 있었다. 그 집은 그녀에게 독립과 자유의 상징이었고, 도로시와 윌리엄이 어렸을 때 잃어버린 가족의 집을 되살릴 뿐만 아니라 그들이 원하는 방식으로 시간을 보낼 기회를 제공했다. 그들은 걷고 싶었다. 도브 코티지는 그야말로 그들의 '꿈이 이뤄진 곳'이었다. 그들에게 이래라저래라할 사람이 없었기 때문에 남매는 자유롭게 시간을 보낼 수 있었다. 기분이 내키면 정원에서 식물을 채집하고, 피곤하면 자고, 집안일을 하다가 걷고 싶으면 밖으로 나갔다. 열정적이고 유능한 산책자인 도로시는 그래스미어에 도착한 초기 몇 달 동안 거의 매일 나가서 그 지역의 구석구석을 걸어 다녔다. 산책은 종종 현실적인 목적이 있었다. 워즈워스 남매는 집은 있어도 돈이 별로 없었다. 그래서 도로시는 걸어서 우편물을 받으러 가고, 장작을 주워오고, 숲에서 식물을 캐고, 이웃을 방문했다. 하지만 갔던 길로 다시 돌아오는 경우는 거의 없었다. 그보다는 한적하고 외딴곳을 거니는 편을 선호했다. 그러면서 사람들이 덜 다니는 길을 알아냈다. 도로시가 나이 들어가면서 서서히 건강이 안 좋아지다가 마침내 치매로 침실 밖을 나오지 못하게 될 때까지 그런 산책이 그녀의 생활 방식이었다.

도로시 워즈워스는 도브 코티지에서 처음 맞이한 봄부터 그래스미어 주변과 그 너머로 다닌 산책의 세세한 점을 일기에 적었다. 윌리엄과 또 다른 형제인 존이 요크셔로 가는 여행을 시작했을 때 도로시는 "윌리엄 오빠가 다시 집에 돌아올 때 기뻐할 수 있도록" 매일매일 그녀가 하는 일을 적겠다고 다짐했다. 그녀는 오빠들과 헤어질 때 대단히 슬펐고, 윌리엄에게 작별 키스를 한 후 "눈물이 비 오듯 쏟아지려는 것을" 겨우 참았다. 아마도 윌리엄과 떨어져 지낸 시간이 굉장히 길었고 그 헤어짐이 고통스러웠기 때문일 것이다. 하지만 걷기는 그녀가 느끼는 강렬한 감정을 이해하고 감싸줬다. 예를 들어 오빠들이 떠나고 이틀 후에 그녀는 집에서 4마일 떨어진 앰블사이드로 우편물을 가지러 출발했다. 그녀는 "라이넬은 반짝거리는 강철 창 모양의 시냇물이 흐르는 아주 아름다운 곳이었다. 그리고 해 질 녘 그래스미어는 아주 장엄해 보였고, 그 광경을 보자 마음이 고요해졌다"라고 썼다. 그녀는 그 점을 아주 소중하게 생각했는데 "집에 오는 길에 아주 우울했다. 슬픈 생각이 너무 많이 떠올라 눈물을 참을 수 없었다. 하지만 그래스미어에 도착했을 때 그게 내게 좋은 영향을 끼쳤다"고 느꼈기 때문이었다.

도로시에게 걷기는 자신의 독립을 체험하는 수단이기도 했다. 6월 내내 그녀는 북반부의 기나긴 낮을 이용해서 혼자 앰블사이드로 걸어가느라 종종 한여름의 해가 막 진 밤 10시가 넘은 시간에 집에 돌아오곤 했다. 도로시는 보통 동행과 하는 산책을 즐기지만, 이렇게 늦은 밤에 걸을 때는 철저하게 혼자인 편을 선호했다. 1800년 6월 2일 앰블사이드에서 돌아오는 길은 지인인 니콜슨 부인이 동행했다. 그 후에 도로시는 일기에 이렇게 썼다. "부인은 친절하게도 그길을 나와 같이 걸었다. 하지만 달빛이 비치는 호수를 걸을 때는 혼자 걸을 수 있어 무척 기쁘다." 이렇게 쓴 이유는 아마도 그녀가 이미 그래스미어에 있는 길 대부분을 잘 알고 있어서 달빛이 환하게 비치는 밤에 익숙한 길로 다닐 때는 두려워할 이유가 없기 때문일 것이다. 도로시 워즈워스는 자신이 좋아하는 길을 반복해서 걸었고, 그중에서도 특히 좋아하는 풍경과 소리를 음미하기 위해 종종 샛길로 빠지기도 했다고 적었다. 도로시에게 새집에 익숙해진다는 말은 집 주변을 걸어 다니면서 언제 어느 때 어떤 길로 가더라도 다 익숙해진다는 뜻이었다.

도로시에게 산책은 그래스미어의 아름다움을 탐험하고 경험하는 중요한 방식이었지만, 좋아하는 길을 다시 걷고 그 길을 따라 추억이 쌓이면서 산책로에 새롭고 강력한 의미가 생겼다. 도브 코티지에 온 지 2년 뒤 도로시는 이렇게 썼다.

윌리엄은 제대로 못 자서 피곤하고 두통이 있었다. 우리는 두 개의 호수 주위를 걸었다. 그래스미어는 아주 완만했고 라이델 호수는 초원 쪽에서 보면 숨이 멎을 정도로 아름다웠다. 냅 스카 위에 높이 떠 있는 구름 때문에 그 산은 보기에 불편할 정도로 높아 보였다. 우리는 여기저기 오랫동안 앉아 있었다. 난 그렇게 걷는 걸 좋아하는데, 그 길이 처음 라이델과 그래스미어에 갈 때 걸었던 길이기도 하고, 우리가 사랑하는 콜리지도 좋아하기 때문이다. 6년 반 전 윌리엄과 같이 여기 왔을 때는 막 해가 지던 무렵이었다. 호수에 그윽한 노란색 태양과 호수의 모습이 비치고 있었다. 오늘은 날씨가 좀 온화했지만 하늘은 맑진 않았다. 윌리엄은 콜리지와 같이 이 길을 왔을 때 날씨가 바로 이랬다고 했다. 그래스미어에 도착하기 전에 해가 졌다. 우리는 호수 기슭에 있는 도로변에서 메리가 자신의 이름을 새겨놓은 돌 가까이에 앉았다.

이 글에서는 빛, 시간, 동행, 날씨와 같은 길을 걷고 또 걷는 행위 등 다양한 요소가 합쳐져서 추억과 연상이 연결된다. 펜을 쥐고 있는 사람은 도로시지만, 그녀가 기록하는 추억과 감각은 그녀의 기억과 오빠의 그것이 독특하게 섞여 있을 뿐만 아니라 두 남매가 공유한 경험도 여기저기 들어가 있다. 글에서 '우리는'이라는 주어는

자기만의 산책

'내가'로 슬그머니 바뀌었다가 다시 '우리'가 돼서 어떤 감정이나 기억이 어느 사람의 것인지 구분하기가 힘들다. 이 길을 되짚어가는 행위는 남매를 구분 짓는 것을 의미 없게 만들고, 둘이 같이 있는 현재로 여러 개의 과거를 끌어들인다. 그런 의미에서 루시 뉼린Lucy Newlyn은 이렇게 썼다. "그들은 그들의 기억을 서로에게 주는 선물(애정의 징표)이자 그간 떨어져 지낸 세월의 보상으로 봤다." 추억을 만들고 교환하면서, 특히 같은 길을 계속 다시 걷는 것이 그간 남매가 누리지 못한 과거를 만드는 데 도움이 됐다.

도로시 워즈워스의 걷기는 (그게 전부는 아니지만) 주로 이런 식으로 익숙한 곳을 반복해서 다니는 것이었다. 갔던 길을 되짚어 다니기는 지금 곁에 없는 친구들, 과거의 그들, 과거의 경험들과 (그녀가 글을 쓰는데 너무나 중요한) 관련된 강력한 상상력을 불러일으킬 수 있는 중요한 수단이었다. 리베카 솔닛은 "같은 길을 걷는 것은 뭔가 심오한 행위를 반복하는 것과 같다. 같은 공간을 같은 방식으로 거쳐 간다는 것은 그와 같은 사람이 되고, 같은 생각을 한다는 뜻이기도 하다"라고 말했다. 그런 익숙한 걷기 중 하나가 바로 케직에서 그래스미어로 돌아오는 여행이었다. 워즈워스의 친한 친구인 로버트 사우디와 사무엘 테일러 콜리지는 케직에서 한집에 살고 있어서 두 마을 사이를 자주 오갔다. 도로시와 윌리엄과 콜리지는 이런 여행을 종종 했지만, 콜리지가 1801년 런던에 가기 위해 레이크 지역을 떠나게 되면서 이 길은 온통 그의 기억으로 가득 찬 저장소가 됐다.

불쌍한 C(콜리지)는 우리를 떠났고, 우리는 함께 집에 돌아왔다. 우리는 2시에 케직에서 출발했지만 9시가 돼서야 G(그래스미어)에 도착했다. … 마차를 타고 떠난 C는 잘 갔지만 길에서 만난 모든 풍경과 소리가 우리의 소중한 친구인 그를 떠올리게 했고 그가 우리를 보러 왔던 그 수많은 낮과 밤의 여정들 그 모든 것들이 떠올랐다. 나는 너무 우울해서 말을 할 수 없었고 마침내 울음을 터뜨려 울적한 마음을 달랬다. 윌리엄은 내가 신경이 예민해서 우는 거라고 그랬다. 전혀 그렇지 않은데.

콜리지는 1797년 이후로 워즈워스 남매의 산책에 자주 동행했다. 그들 셋이 서머셋의 콴탁 언덕이라는 평화롭고 한적한 곳에서 살 때 일이다. 이 세 친구는 수백 번도 넘는 도보 여행을 같이 다니면서 아마 수천 마일이 넘는 거리를 걸었을 것이다. 그들은 콴탁에서뿐만 아니라 독일과 레이크 지역에 있는 산을 같이 걸었다. 물리적인 공간을 같이 걸으면서 시간이 쌓여갔고, 그렇게 친해지고, 같이 작업을 하기도 하고, 서로 거리를 두는 시간도 있었다. 그리고 콜리지는 중독에 빠졌다. 케직과 그래스미어 사이를 오가는 것은 같이 여행한 친구와 우정을 쌓는 것이며, 이 길을 걷는 것은 이 풍경에 그 우정의 가치를 새기는 것이기도 했다. 도로시의 이야기에서 워즈워스 남매가 돌아오는 길과 여행의 기억이 겹쳐지면서 감정이 넘쳐흐르기도 했다. 기묘하게도 이 길을 걸으며 이 장소에서 그간 같이 걸었던 모든 추억을 재현하는 방식으로 도로시와 콜리지가 연결될 수 있었던 반면 오빠와의 연결은 끊어져버렸다. 오빠는 도로시의 그런 감정적 반응이 "신경이 예민해서"라고 주장했고 도로시는 "전혀 그렇지 않다"고 평소 그녀답지 않게 퉁명스럽게 일축한다. 평소와 다르게 이 걷기는 남매간의 유대관계를 강화시키는 역할을 하지 못했다. 오직 곁에 없는 콜리지의 생각이 계속 떠오를 뿐.

이 사건이 도로시 워즈워스에겐 고통스러웠고, 쓸쓸해했던 것으로 보이지만, 그와 같이 걸었던 길을 또 걸으며 그녀는 종종 위로받았다. 그렇게 해서 한때 같이 지냈지만 지금은 옆에 없는 이들을 추억 속에서 떠올릴 수 있으니까. 윌리엄이 1802년 3월 초에 다시 집을 떠났을 때 도로시는 오빠와 같이 걸었던 길을 일부러 찾았다.

오빠는 햇빛이 환하게 빛나는 날 떠났다. 아침에는 된서리가 내렸지만, 울새들이 다정하게 지저귀었다. 이제는 내가 산책 가야지. 나는 바쁘게 보낼 것이고, 윌리엄 오빠가 돌아올 때를 대비해 아주 건강하게 보낼 것이고, 잘 지낼 것이다. 아, 보고 싶은 오빠! 여기 오빠가 먹다가 놔둔 사과가 하나 있네! 이건 도저히 불에 던져버릴 수가 없구나. 얼른 씻고 출발해야지. 나는 라이델 풋에 있는, 두 개의 호수 주위를 걷다가 그걸 가로지르는 징검돌 위로 걸어갔다. 오빠와 항상 같이 앉던 자리에 앉아 있는데 마음속이 온통 오빠 생각으로 가득하다. 그에게 신의 가호가 내리길. 나는 러프릭 밑의 호수 기슭에 있는 우리 집으로 돌아왔다.

도로시의 글을 읽다 보면 그녀와 오빠가 항상 그랬고, 앞으로도 그 징검돌 주위에서 같이 앉아 있을 것 같다는 인상을 받게 된다. 윌리엄의 몸은 그곳에 없지만, 도로시의 상상을 통해 이 순간 이 장소에 그의 뭔가가 깃들게 된다. 사실 "오빠와 항상 같이 앉던 자리"라는 말 자체가 도로시가 완전히 혼자일 수 없게 만든다.

도로시는 남동생인 존 워즈워스가 세상을 떠났을 때도 그를 생각하며 길을 걸었다. 존은 1805년 2월 웨이머스만에서 난파된 얼 오브 애버거베니호의 선장이었다. 시간이 날 땐 언제나 도브 코티지를 찾아오던 존은 대개 그래스미어와 패터데일 사이에 있는 높은 산인 던메일 레이즈에서 형제들과 작별했다. 그가 죽고 4개월 후 도로시는 친구인 마가렛 버몬트 귀부인에게 이런 편지를 썼다.

윌리엄은 패터데일에 있어. … 그래스미어에서 그쪽으로 가다 보면 산이 하나 있지. 내 올케언니(윌리엄의 아내 메리)와 나는 존과 그 산꼭대기까지 같이 갔다가 헬벨린산의 일부인 탄 근처에서 헤어졌어. 존이 마지막으로 그래스미어에 왔을 때 윌리엄과 나는 그 탄 근처에서 작별 인사를 했어. 우리가 있는 곳에서 울스워터 호수가 시작되는 부분이 보였지. 존이 더는 보이지 않을 때까지 그 자리에 서서 그가 그 돌투성이 산을 내려가는 모습을 지켜봤어. 아! 사랑하는 친구여, 우리가 그곳을 사랑하는 이유를 넌 궁금해하지 않겠지. 존이 세상을 떠난 후 나는 그곳에 두 번 가봤어. 처음엔 너무나 괴로웠지만, 이제는 다른 감정이 들어.

콜리지와 헤어질 때 도로시는 감정이 북받쳤다. 이 편지를 보면 그녀는 극심하게 괴로운 감정을 겪었다. 두 감각 모두 그때 그 상황, 추억, 상상과 익숙한 길을 따라 새로운 경험들이 계속 겹쳐지고 합쳐져서 일어난 것이다. 하지만 그에 대한 도로시의 반응은 그때그때 달랐다. 이 길을 걸을 때마다 다른 의미와 반향과 회상이 계속 떠오르면서 매번 새로운 연결과 새로운 의미가 만들어졌기 때문이다. 도로시는 이 길을 두 번째로 되짚어가면서 다른 감정을 가지고 자연으로 들어간 것이 아니다. 그녀가 느끼는 이 감정은 과거의 고통에서 어느 정도 거리를 둔 것으로 보인다. 이곳을 걸음으로써 도로시는 그동안 쌓인 모든 감각과 기억을 접할 수 있었기 때문에 다시는 이 산을 넘어 그래스미어로 돌아올 수 없는 남동생과 상상 속에서 연결되며 고통에서 회복될 수 있었다.

도로시 워즈워스가 레이크 지역의 산과 정서적으로 끈끈하게 연결돼 있었다는 점은 이론의 여지가 없지만, 가끔은 그보다 훨씬 더 멀리 떨어진 곳으로 모험을 떠났고, 50세가 될 때까지 야심만만한 도보 여행을 했다. 그녀는 그런 여행에 관한 기록을 남겼는데 스코틀랜드로 갔던 두 번의 여행(1803년, 1822년)과 유럽 여행(1820)의 기록이 포함돼 있었다. 여행의 기록에서 도로시는 같이 갔던 일행과 일정, 자신의 걷기에 관해 썼을 뿐 아니라, 정서적으로나 창의적으로나 의미심장했던 사람들과 풍경의 만남에 관해 썼다. 이런 일화를 보면 도로시에게 걷기는 다른 사람들과 연결되는 상상력의 원천이자 다양한 느낌과 생각이 떠오르는 소재가 되기도 한다. 그녀가 거닌 곳들의 풍경과 같이 걸었던 사람들 때문에 걷기는 도로시에게 아주 중요한 의미를 가지지만 또한 자신을 구체적으로 이해하고 타인들의 삶과 계속 연결되는 방식을 깨닫는 데도 큰 역할을 했다. 로버트 맥팔레인은 말했다. "걷기는 한 사람이 지식에 이르게 되는 행동일 뿐만 아니라 그 자체가 앎의 수단이다." 1803년 8월과 9월에 윌리엄과 콜리지와 같이 처음으로 간 스코틀랜드 여행의 초입에서 이들은 경장 이륜마차(바퀴가 두 개이고, 좌석의 방향이 거꾸로 돼 있으며, 말 한마리가 끄는 마차)를 타고 출발했지만 자주 내려서 걷곤 했다.

우리는 햇살을 받으며 유쾌하게 걸었다. 우리 둘 다 맨몸이었고, 윌리엄 오빠만 마차를 몰고 와야 했다. … 나는 오늘보다 더 가볍고 즐거운 마음으로 여행해 본 적이 없다. 우리가 가는 길은 고층 습원 옆을 따라 길게 뻗어 있었다. 나는 황야 지대를 걸을 때는 항상 발걸음이 가벼워진다. 세상 그 어떤 곳보다 자연에 더 가까워지는 것 같다. 아니면 자연이 발휘하는 힘을 조금 더 강하게 느끼는 것 같기도 하고. 울적하거나 재미없게 느껴지는 환경에서

자기만의 산책

즐거움을 찾아낼 수 있는 나에게 좀 더 만족하게 되기도 한다.

이곳을 걸으면서 도로시 워즈워스는 고층습원의 옆을 따라 걸을 뿐만 아니라 자신의 내면으로 들어갈 수 있었다. 이렇게 걷는 사람이 되면서 도로시는 자신에 대해 더 많은 걸 알아가고, 또한 자신이 다른 사람들과 어떤 관계를 맺고 있는지 이해하게 됐다. 여행이 5주 차로 접어들었을 때(콜리지는 2주도 안 됐을 때 떠났지만 그가 떠난 이유는 세 사람이 모두 다르게 말한다), 도로시는 로몬드 호수를 건너는 나룻배에서 가난한 여자를 한 명 만났다.

나룻배 사공은 마침 한 가난한 남자와 그의 아내, 아이를 태우고 호수를 건너려고 준비를 마친 참이었다. 세 살 정도 된 어린 여자아이는 가는 내내 물이 무서워서 울었다. 헤어질 때가 됐을 때 이들은 호수 아래쪽으로 갔고, 우리는 위쪽으로 갔다. 나는 그 불쌍한 여자와 우리의 상황을 비교해 보지 않을 수 없었다. 남편과 같이 온 그 여인은 일자리가 없어서 고향에서 내몰렸고 다른 곳에서 일자리를 찾기 위해 긴 길을 떠났다. 그 여인이 가는 걸음걸음은 고통스러울 정도로 힘들었다. 아이를 안고 가거나, 무거운 짐을 들어야 했으니까. 나도 그 여인처럼 걷지만 나는 좋아서 걷는 것이고. 만약 거기에 괴롭고 힘든 일이 수반된다면, 그것이 즐겁다 해도, 그 즐거움은 먼 훗날 추억 속에서나 존재할 것이다.

우연히 만난 여성의 사정을 알고 공감하는 도로시의 마음은 전적으로 걷기에서 비롯됐다. 그녀는 이 글에서 자신의 물질적·육체적 환경과 그 '불쌍한 여자'의 그것을 비교해서 둘 사이에서 두드러지는 가련한 차이점을 나타냈다. 하지만 여기서 도로시가 느끼는 진실하고도 통렬한 공감은 두 여성이 같은 방식으로 움직이고 있다는 점을 아는 데서 비롯된 것이다. 두 사람은 같은 생명 활동과 같은 생리에, 같은 몸을 가지고 있다. 도로시가 사람들이 걷는 이유의 차이를 대강 설명하긴 했지만, 한편으로 그들이 걷는 방식이 어떻게 동일한 지도 의식하고 있다.

도로시와 이 여성의 만남, 그리고 그에 대한 그녀의 반응은 여성의 물질적 환경이 도로시처럼 자유롭게 신체를 움직일 수 있는 능력에 얼마나 중요한 영향을 미치는지 잘 보여준다. 리베카 솔닛은 이런 말을 했다. "세상으로 나가 재미로 걷는 데는 전제 조건이 세 개 있다. 자유 시간과 갈 곳과 질병이나 사회적 구속의 제약을 받지 않는 몸이 있어야 한다." 도로시 자신도 그 불쌍한 여자가 이 중 하나도 갖고 있지 못한 반면 자신은 그 모든 걸 갖추고 있음에 주목했다. 이 여인에게 걷기는 걸으려는 욕망보다는 어쩔 수 없이 해야 하는 일이고, 또한 아내이자 어머니라는 위치 때문에 더 크고 복잡한 의무에 얽매이게 됐지만 도로시는 평생 그 어느 쪽도 되지 않았다. 또 중요한 점은 걷기를 통해 축적된 다양한 경험을 반추할 수 있는 능력의 유무다. 도로시는 그녀와 달리 '추억'이라는 '기쁨'을 갖게 될 것이다. 그렇게 추억하려면 자유 시간과 생각할 곳과 재미로 걸을 만큼 튼튼한 몸이 있어야 한다. 도로시의 이야기에서 그녀와 그 불쌍한 여자 사이에 걷는 사람이라는 동류의식이 나타나긴 하지만, 큰 차이를 보여주기도 한다. 도로시에게는 이 경험의 의미를 명확하게 표현할 수 있는 수단(시간, 돈, 여가)이 있지만, 아내이자 어머니로서 역할을 다 해야 하는 그 익명의 여성은 침묵을 지켰다.

그 '불쌍한 여자'와의 만남은 도로시 워즈워스가 가는 길에 생길 수많은 만남 중 하나였다. 그녀는 걷는 여자였으니까. 여성 보행자라는 그녀의 위상 덕분에 그녀는 종종 남자들이라면 하지 못했을 만남을 갖거나 눈치채지 못했을 점을 알아채곤 했다. 여성 보행자의 독특한 장점은 도로시와 콜리지가 스코틀랜드를 횡단하는 여행에서 글래스고 근처를 걸어 다니다 한 경험에 대해 각각 쓴 이야기를 통해 볼 수 있다. 도착한 다음 날 이들은 클라이드강의 마지막 곡류가 있는 북쪽 강둑에서 지금은 글래스고 그린으로 알려진 빨래터로 걸어갔다. 콜리지는 노트에 그때 경험을 이렇게 썼다.

큰 세탁소 두 채와 빨래를 말리는 곳이 있는 걸 보고 매우 기뻤음. 네 개의 회랑이 있는 탁 트인 광장의 한가운데 가마솥 하나. 물 한 통 반 사는데 0.5페니, 손님들이 없는 한가한 때에는 뜨거운 물 한 통에 1페니, 빨래를 봐주는 사람에게 1페니를 냄. 그렇게 가난한 사람들이 빨래로 생계를 해결할 수 있다.

정확한 정보에 관심을 가진 콜리지의 글은 마치 보고서를 보는 것 같다. 대조적으로 도로시의 일기는 인간적인 경험을 생생하게 담았다.

> 그 광장 한가운데 세탁소가 하나 있다. 이 큰 마을의 주민들은 부자건 가난하건 모두 이곳에 세탁물을 보내거나 직접 빨래하러 온다. 세탁소에는 아주 큰 방이 두 개가 있는데, 방마다 한가운데 뜨거운 물탱크가 있다. 그리고 방 가장자리마다 여자들이 자기 빨래통을 올려 놓을 수 있는 벤치가 있다. 그렇게 많은 여자가 모두 팔과 머리와 얼굴을 움직이며 평범한 가사 노동을 하느라 바쁜 모습을 보니 아주 재미있었다. 빨래하는 모습은 모두 익숙하게 봐온 것이지만 평소에는 기껏해야 한곳에서 여자들 서너 명이 하는 게 고작이니까. 그 여자들은 아주 공손했다. 나는 그들에게서 이 세탁소의 규정을 배웠지만, 구체적인 내용은 잊어버렸다. 그 요지는 뜨거운 물 한 통마다 '얼마'를 내고, 찬물은 '얼마'를 내고, 하루 동안 빨래를 할 수 있는 특권에 대한 값은 얼마고, 표백하려고 놔둔 세탁물이 없어지지 않게 지켜주는 사람들에게는 '얼마'를 내는지에 대한 것이었다.

콜리지의 글을 읽어보면 그도 세탁소에서 빨래하는 여자들과 이야기를 나눈 것처럼 보이지만, 도로시는 여자들이 그녀에게 '매

우 공손했다'는 점을 중요하게 여겼고, 그녀가 그들에게서 '배웠다'
고 했다. 즉, 콜리지에게는 여러 가지 사실을 알아내는 만남이었지
만 도로시에게는 인간 대 인간의 만남이었던 것이다. 콜리지는 권위
적이지만, 도로시는 겸손하게 그 여성들에게 배우는 학생과 같았다.
그 여성들은 그녀를 깨우쳐주고 재미있게 해줬다.

　도로시가 걷기에 관해 쓴 글을 보면 이런 사건들이 종종 일어
난다. 그녀가 오빠와 콜리지와 함께 트로서크스로 가는 도중에 쉬려
고 들어간 집에서 사적인 영역까지 들어오라는 허락을 받았던 일도
있었다. 그런 영역은 대개 집안 여자들이 독점하는 공간인데 도로시
는 거기에 초대받아서 여자들과 이야기를 나눴다. 그런 순간에 대한
도로시의 글은 남성 보행자들은 거의 기록하지 않는 풍경과 사람에
대한 독특한 시각을 제공하고 있다. 아마도 가장 특별한 경험은 도
로시 워즈워스가 1822년에 두 번째로 스코틀랜드에 여행을 갔을 때
일어난 일일 것이다. 그때 도로시는 사돈인 조안나 허치슨과 같이
있었다. 현재와 과거 시제를 오가는 도로시의 문학적 스타일은 그녀
와 조안나가 동네 여자들과 공유한 가슴 뭉클하면서도 고통스럽고
또 한편으로 다정한 순간을 생생하게 묘사해 냈다.

　조안나가 날 지나쳐 간다. 금방이라도 비가 내릴 것처럼 험악한
　하늘에서 장대비가 쏟아졌다. 나는 둑 밑에서 비를 피하고, 조안
　나는 비에 흠뻑 젖을까 두려워 날 지나쳐 갔다. 비가 거의 그쳤을

때 그녀를 따라갔다가 작은 시골집 안에 안주인과 같이 서 있는 모습을 발견했다. 그 안주인은 슬퍼 보였고, 뺨에 눈물 자국이 있었다. 그들 옆에 아주 예쁜 아이 서너 명이 몰려 있었다. 조안나가 내게 말했다. "저 안에 시신이 있어." 그 안주인은 내가 그곳에 들어가길 바랐다. 나는 조안나를 바깥쪽 방에 남겨두고 안으로 들어갔다. 아주 작고 어두운 방 한가운데 불이 활활 타오르고 있었고, 방 한쪽 구석에 깨끗한 리넨으로 덮인 아이의 시신이 있었다. 죽은 아이의 엄마(안주인과 자매)는 그 관 끝에 앉아 있었다. 그 집은 아주 작았지만, 아이에게 젖을 먹이고 있는 또 다른 여자도 있었다. 거기다 안주인의 자식만 해도 최소한 네 명이나 있었다. 번철에서 케이크가 구워지고 있었고 … 비탄에 젖은 엄마가 다른 식구들이 모두 바쁜 걸 보고 고인에 대한 마지막 의무를 잠시 중지하고 케이크를 뒤집으러 갔다가 자리로 돌아왔다. 내가 이 초라한 불가에 앉아 가난과 평화, 죽음과 무덤에 대해 곰곰이 생각하고 있는 동안 안주인이 안방으로 들어왔다. 그녀는 우유를 한 그릇 가져와서 나에게 공손하게 권했다. 나는 따뜻한 빵도 좀 달라고 부탁했다. 비가 그쳤고, 우리는 그 집을 나오면서 꼬마들에게 반 페니짜리 동전을 좀 줬다. 도리에 어긋나는 모욕처럼 느낄 것 같아서 선량한 안주인에게는 돈을 줄 수 없었다.

도보 여행자들이 여행하다 받게 되는 환대에 돈을 지불하는 풍

습은 일반적이었기 때문에 도로시와 조안나는 그들이 받은 우유와 빵에 대해 돈을 줘야 한다고 생각하고 있었다. 하지만 도로시가 안주인에게는 돈을 줄 수는 없었다고 한 말은 빵과 우유를 가리키는 말은 아니었을 것이다. 그보다는 도로시가 그 여성들과 만나서 한 경험 자체를 가리키는 것이며, 그것은 어떤 돈으로도 살 수 없는 특별한 것이었다. 하지만 그들이 받은 접대는 일반적으로 거래로 여겨지기 때문에, 도로시와 조안나는 아이들에게 돈을 줌으로써 그들이 그런 면에서 둔감하지 않다는 점을 입증했다. 도로시와 조안나는 가족의 애도라는 아주 사적인 순간에 참여해도 된다는 허락을 받았다. 그것은 그녀들이 여성이었고, 여행 중이었기 때문이다.

이 두 여행자의 사이가 항상 좋지만은 않았다. 도로시가 건강하고 아주 잘 걷는 사람이었던 반면, 조안나 허치슨은 그녀보다 기력이 떨어졌다. 조안나의 상대적으로 약한 체력 때문에 도로시는 가끔 불만스러워했다. 1822년 도로시의 일기장에는 천천히 걷는 조안나에 대한 묘사로 (불평으로) 가득 차 있었다. 건강하고 활력이 넘치는 자신의 모습과는 아주 대조적인 셈이었다. 바로 그런 육체적 활력 때문에 도로시는 여성스럽지 못하다는 비판도 받았다. 아가일에 있는 인버레리로 가는 길에 도로시는 이렇게 썼다.

우리는 나란히 서서 아주 천천히 출발했다. 햇빛이 찬란하고 산들바람이 부드럽게 불었다. 나는 조안나를 놔두고 계속 앞으로 갔다. 그녀는 길가에 앉아 아름다운 풍경을 감상하고 있었다. 그 호수는 아주 잔잔해서 물소리는 거의 들리지 않았다. … 가끔 멀리서 돛을 단 어부의 배가 보였고, 노 젓는 소리가 들렸다. … 조안나는 나를 지나쳐 간다. 얼마 전부터 잔뜩 흐리던 하늘에 비가 후두둑 쏟아졌다. 나는 강둑 밑에서 비를 피하고, 조안나는 비에 젖을까 두려워 나를 지나쳐 갔다. 비가 거의 그쳤을 때 그녀를 따라갔다가 그녀가 한 시골집 안에 서 있는 모습을 봤다. 우리는 종종 이렇게 떨어져 있곤 한다. 비는 이제 내리지 않는다. 길이 어찌나 조용하던지! 호수는 너무 잔잔해서 아무 소리도 들리지 않았고, 물소리도 들리지 않았다. 다만 실개천에서 물이 졸졸 흐르는 소리가 희미하게 들렸다. 조안나는 내 뒤에서 아주 멀리 떨어져 있다. 나는 어서 인버레리의 풍경을 보려고 서둘러 걸어갔다.

이렇게 의식의 흐름을 따라 쓴 글은 도로시가 평소 쓰는 스타일과 다르고, 글의 흐름을 탁탁 끊고 있는데 이는 그녀가 길을 걷는 속도를 반영한 것이다. 이 생각에서 저 생각으로, 이 장면에서 저 장면으로 갑작스레 변하는 도로시의 산문 스타일은 이리지리 시선을 돌리며 걸어가는 경험과 아주 비슷하다. 그 결과 독자는 도로시의 걷는 리듬에 빠져들게 되고, 글에 감정을 이입하는 기분 좋은 경험을 하게 된다. 도로시가 길을 가다 멈출 때 독자도 같이 멈추게 되는 것이다. 다만 이는 도로시만의 독특한 경험이다. 조안나의 걸음은 완전히 다른 패턴의 멈춤과 휴식으로 이뤄져 있다. 따라서 이 글은 도로시와 조안나의 경험이 문학적으로나 물리적으로나 분리된 점을 나타내고 있다. 조안나는 문학적으로나 물리적으로나, 즉 그녀의 몸과 글이 도로시보다 '한참 뒤쪽에' 있다는 점을 나타냈다. 도로시는 인버레리의 찬란한 풍경을 보기 위해 애를 쓰면서 독자만 그 길에 데려갔고, 조안나는 저 멀리 뒤에 놔두고 갔다.

　도로시의 신체적 강건함 때문에 두 여자 사이에 거리가 벌어졌다면, 둘 다 여성이라는 점 때문에 계속 다시 합치게 된다. 스코틀랜드 남쪽 클라이드강의 수원 근처에 있는 높은 산들을 둘러보는 여행의 막바지에서 도로시와 조안나는 오직 여성 여행자들만 할 수 있는 경험을 공유하게 된다. 엘반풋에 당도했지만 타고 갈 차편이 하나도 없었고, 주위는 온통 황야로 둘러싸여 도로시와 조안나는 15마일 정도 떨어진 모팻까지 걸어가기로 했다. 거기서 차편을 구하고, 모팻까지 갈 수 없는 경우엔 6마일 거리에 있는, 통행료를 징수하는 도로에 쳐진 장벽인 톨바에서 하룻밤 묵었다가 출발하는 대안을 생각했다. 엘반풋을 떠난 지 얼마 후에 그들은 체격이 크고 힘이 센 노인과 마주쳤다. 도로시는 그를 '떠돌이'로 묘사했고, 그에게 길을 물었다. 그 직후 도로시는 여성 여행자인 자신이 얼마나 취약한 입장에 처해 있는지 생각해 보고 그렇게 행동한 걸 후회했다.

　그에게 말을 걸다니 즉시 경솔했다고 느꼈다. 하지만 마음을 가라앉히고 대답했다. "아뇨, 우린 그저 마차를 기다리려고 거기 가는 겁니다." 불쌍한 조안나는 계속 땅만 쳐다보면서 걸어갔는데 … 표정을 보니 고통스러워하는 게 역력했고, 이윽고 그녀가 외쳤다. "이렇게 외진 곳에서 그런 남자에게 말을 걸다니 어쩌면 그렇게 경솔할 수 있어?" 조안나는 마치 내가 이렇게 외진 곳은 한 번도 다녀본 적이 없는 것처럼 말했다. 조안나와 나란히 터덜터덜 걸어가고 있을 때 … 조안나는 상당히 멀긴 하지만 한 남자가 바쁘게 산을 넘어 우리를 향해 다가오고 있는 걸 봤다고 생각했다. 그 후에 조안나는 한 번도 뒤를 돌아보지 않고 그녀로서는 거의 초인적인 속도로 걸어갔다.

이 일기 내내 두 사람의 걷는 리듬은 철저하게 어긋났지만, 위험을 감지하고 공유하는 순간 그들의 걸음은 하나가 된다. 그 '떠돌이'에게서 벗어난 두 여자는 숙박을 할 수 있는 가정적인 농가에 들어갔다.

하지만 우리가 자리를 잡고 앉기도 전에, 우리가 여기까지 오게 된 사건에 대해 제대로 설명하기도 전에, 갑자기 문이 열리더니 여행자 두 명이 들어왔다. … 두 사람의 태도와 분위기는 아주 거칠어서 이들과 길에서 마주쳤더라면 완전히 당황할 뻔했다. … 우리가 이 남자들이 여기서 나가주길 간절히 바랐다고 생각할지

　　　　　　　　　　　　자기만의 산책

도 모르겠다. 특히 이 중 하나가 조안나가 봤다는 그 남자일 것이고, 그들이 우리를 따라잡기 위해 그토록 서둘러 왔다고 우리는 확신하고 있었으니까. 게다가 그들이 나누는 대화의 분위기로 봐서 그들이 우리에 대해 뭔가 들은 게 분명하다고 의심했다.

이 두 여성은 자신들이 위험에 처했다고 '확신'하고 둘 다 이 남자들을 '의심'했다. 여기서는 조안나 도로시의 생각이 다르지 않았다. 이들은 여성 도보 여행자라는 처지 때문에 하나로 힘을 합쳤다.

여자로 산다는 건 도로시 워즈워스가 걷는 데 있어서 규칙적으로 제약을 받게 된다는 뜻이고, 특히 오빠 윌리엄이 1802년에 메리 허친슨과 결혼하면서 그 정도가 더 심해졌다. 두 사람이 식을 올린 후 얼마 못 가 앞으로 태어날 다섯 아이 중 첫째가 태어났다. 오빠가 결혼하기 전에도 도로시는 오빠가 산책하는 동안 집안일을 하기 위해 집에 남아 있어야 했다. 그녀는 1800년 9월에 친구인 제인 마셜에게 보내는 편지에 이런 말을 했다. 어느 날 윌리엄과 존이 집을 나가 있는 동안 자신은 파이와 덤플링을 만들기 위해 '집에 남아 있어야' 했다고. 일을 다 마치고 그들을 따라 나갔지만 길이 엇갈렸다고 했다. 가사에 깊숙이 관여했던 도로시는 세월이 흐르면서 집안일이 더 많아졌고, 나중엔 조카들까지 돌봐야 했다. 가끔은 조카들에 대한 애정과 걷기에 대한 애정을 합칠 수 있는 순간도 있긴 했다. 첫 조카인 존을 안고 도로시는 "찬바람이 조카의 몸에 닿지 않도록 플란넬로 꽁꽁 싸서" 안고 밖으로 나가서 아이가 "자신의 얼굴에 스치는 바람을 기분 좋게" 맞도록 했다. 하지만 그렇게 나갈 수 있는 것도 한계가 있었다. 존과 갓난쟁이 동생인 도라를 돌봐야 했던 도로시는 간신히 몇 마일 정도만 걸을 수 있었다고 친구들에게 한탄했다. 하루에 40마일은 거뜬히 걸을 수 있었던 여성에게 이는 큰 구속으로 느껴졌겠지만, 가장 큰 시련은 윌리엄과 같이 나가는 산책이 줄어든 것이다. "아주 가끔 메리와 나는 오빠와 같이 걸었어"라고 그녀는 캐서린 클락슨에게 썼다. 하지만 여자들이 항상 존을 데리고 나가려고 애를 쓴 반면, 윌리엄은 육아의 책임에서 전적으로 자유로웠다. 여성 산책자 도로시 워즈워스의 삶은 여성이기 때문에 더 풍부해지기도 했고, 여성이라서 제한을 받기도 했다.

도로시 워즈워스는 다른 사람들과 같이 걷는 걸 즐겼지만, 그녀의 이야기에서 가장 강하게 공감하고 상상 속에서 연결됐던 사람은 그녀의 오빠 윌리엄이었다. 따로 떨어져 살아야 했던 고통스러운 유년기의 시간을 걷기를 통해 보상받으면서 두 남매의 유대관계가 형성됐고, 둘이 함께 산 몇십 년의 세월 동안 걷기를 통해 그 관계가 유지되고 계속 깊어질 수 있었다. 비록 몸은 오빠와 같이 밖에 나갈 수 없더라도 상상에서 오빠의 산책길에 따라갔다. 여성이라는 성과 영국의 지리적 환경으로 인해 행동의 제약을 받았던 도로시 워즈워스는 알프스 지도를 펼쳐놓고 천 마일 떨어진 곳에서 오빠가 떠난 저렴한 가격의 유럽 그랜드 투어 경로를 손가락으로 따라갔다. 그러다 30년이 지난 후 마침내 윌리엄이 청년이었을 때 밟았던 그 땅에 설 기회가 생겼다. 젊은 날 도로시의 영혼은 현재 나이 든 그녀보다 먼저 이곳에 왔던 것처럼 보인다. 1820년에 쓴 이 '유럽 그랜드 투어'에 대한 기록은 일종의 영혼 여행처럼 여러 개의 경로를 되짚어 가는 도로시의 모습이 뒤섞여 있다. 즉, 오빠 윌리엄이 다녔던 알프스의 길을 손가락으로 따라다니며 도로시가 했던 상상의 여행이 30년이 지난 후 이곳을 걷고 있는 물리적 현실과 중첩된 것이다.

이 기록에서 가장 의미심장한 순간은 윌리엄이 1790년 걸었던 스위스와 이탈리아를 연결하는 높은 산길인 생플롱 고개를 오르는 일행에 대한 묘사다. 이 경험은 윌리엄에게 한 인간이자 시인으로서 변모하는 계기였고, 윌리엄의 시적 상상력에 중요한 영향을 미쳤다. 도로시의 글은 과거와 현재의 자신, 그리고 윌리엄과 도로시의 개별적인 자아의 경계를 무너뜨렸다. 이곳에 대한 창의력이 넘치는 도로시의 반응이 모이면서 결과적으로 생플롱 고개를 걷는 것은 그녀의 몸뿐만 아니라 상상력도 자유롭게 움직이는 하나의 접점이 됐다.

우리의 시선은 종종 그 다리와 가파르게 치솟은 고갯길로 향했다. 이것이 우리가 그토록 자주 들었던 길이구나, 라는 생각을 조금 했다. 스위스에서 이탈리아로 가던 중인 윌리엄 오빠와 로버트 존스는 엉뚱한 길로 가고 있었다. 그들이 열심히 산길을 오르고 있을 때 농부 하나가 어디로 가느냐고 물었다가 대답을 듣고 더는 올라갈 필요가 없다고 했다. "이미 알프스를 넘어왔어!" 이 소식에 야심 찼던 청년들은 실망하고 서글픈 마음을 안고 내려왔다. 우리와 같이 온 여행자들이 다시 그 길에 섰을 때 윌리엄은 그 길을 보여주려고 기다리고 있었다. 윌리엄이 그 초록색 벼랑 위에 서서 젊은 자신을 유혹했던 그 풍경이 하나도 변하지 않은 걸 보고 얼마나 감동했는지 말로 표현할 수 없다. 그때 그 느낌이 어제처럼 생생하게 돌아왔고, 30년이란 세월이 희미하게 묻어났다. 우리는 오두막집 사이에 숨겨진 그 길을 눈으로 따라갔다. 그때 그들이 길을 잘못 접어들었다는 말을 들었던 바로 그 길을.

두 사람의 경험과 두 자아가 겹치는 데는 도로시가 이곳을 올라간 날짜와 윌리엄이 과거에 했던 여행의 날짜가 비슷하다는 우연도 도움이 됐다. 윌리엄 워즈워스와 로버트 존스는 1790년 8월 17일 생플롱 고개를 올라갔고, 이 등반의 30주년이 되고 딱 3주 후에 도로시 그룹이 그 길을 다시 따라갔다. 이것이 분명 도로시의 이야기에서 시점이 자꾸 바뀌는 중요한 역할을 했을 것이다. 농부가 한 말은 윌리엄의 《서곡The Prelude》에서 나왔지만, 현장에서 직접 그 풍경을 본 도로시의 묘사에는 윌리엄의 기억이 단편적으로 섞여 있다. 이런 변화들은 글에 나온 대명사들이 바뀌는 것으로 표현돼 독특한 효과를 자아낸다. 예를 들어 도로시인 '나'의 경험에 윌리엄의 느낌이 들어가거나, 윌리엄과 도로시의 합쳐진 자아인 '우리'가 '그 길을 따라

자기만의 산책

가는' 순간을 공유하다가 갑자기 젊은 날의 윌리엄 워즈워스와 로버트 존스를 지칭하는 '그들'로 바뀐다. 그리고 '30년이란 세월이 희미하게 묻어났다'는 표현도 마찬가지다.

앞으로 계속 가기 위해 노새가 다니는 아주 오래된 길을 갈지 아니면 나폴레옹이 놓은 현대식 군사 도로를 갈지 결정해야 했을 때, 도로시와 윌리엄과 메리 워즈워스는 윌리엄이 30년 전 했던 여행 경로를 따라가기로 했다. "우리 책에 보면 그 오래된 길로 가면 도보 여행자들이 가야 할 길이 몇 마일 줄어들 것이라고 나와 있었다. 그래서 우리 일행 중 하나인 윌리엄 오빠가 그 길로 가기로 했다. 전에도 거기로 가본 적이 있으니까. 메리와 나는 그의 감정에 공감해서 같이 가기로 했다." 워즈워스 가의 세 명이 이 길을 고른 이유는 윌리엄이 전에 이 길을 밟았기 때문이다. 이들이 이 길에 들어선 이유는 50세인 시인의 심정에 '공감'했기 때문이지만, 그런 결정을 통해 도로시는 또한 스무 살 오빠에게 '공감'하는 경험을 할 수 있었다. 2주 전 알프스의 또 다른 고갯길에서 도로시는 자신이 어떠했는지 적었다. "산을 돌아가기가 꺼려져서 나는 작은 호수에 있는 바위에 걸터앉았고 … 그가 놀랍게도 그 노력의 결실은 거뒀지만 이미 알프스를 넘어왔다는 말을 들었을 때 젊은 날 오빠가 느꼈을 슬픔과 실망 속으로 들어갔다. 그리고 나는 하스피탈을 향해 천천히 내려왔다." 젊은 윌리엄 워즈워스가 알프스에서 했던 경험과 느꼈던 감정을 도로시가 같은 장소에서 그대로 느끼게 된다. 그래서 그녀의 반응은 오빠의 반응에 공명한다. 워즈워스 일행이 생플롱 고개 정상 근처에서 이탈리아로 내려가려고 준비하고 있을 때 도로시는 계속 오빠의 지난 행적을 되짚어가면서 이런 느낌을 또 받게 된다.

하스피탈을 떠난 직후, 우리는 벼랑 사이로 난 길을 따라갔는데, 전에 왔을 때보다 훨씬 더 어둑어둑하고 끔찍했다. (지금 우리는 이렇게 널찍하고 평평한 길을 가지만 비가 추적추적 내리고 수증기까지 피어오르는 와중에 좁은 길로 가야 했을 오빠의 심정은 어땠을까!)

알프스를 횡단하는 여정 내내 도로시가 어떤 길에 서기 전에 항상 젊은 날의 윌리엄이 먼저 나타나는 것처럼 보인다. 그래서 그녀의 걷기와 생각은 그녀와 오빠 사이에서는 흔한, 동작을 통해 형성되는 정서적이며 창의적인 연결을 만들어내고 강화하려는 의식적 시도의 일부가 된다. 수잔 레빈이 말했듯 도로시는 "과거의 여행자들과 그들의 경로를 강조하고, '되짚어가다'란 말을 반복해서 사용해 자기 일기장의 이미지를 그 자리에 없는 존재의 상징으로 만들려고" 했다. 30년 전 윌리엄이 갔던 길을 자신의 발로 되짚어가거나, 그 경험을 다시 씀으로써 도로시 워즈워스는 자신은 아는 게 거의 없는 스무 살 오빠의 모습에 생기를 불어넣을 수 있다. 이렇게 시간과 공간이 겹쳐진 가운데 같이 걷는 경험을 글로 써서 오빠와 오랫동안 떨어져 살았던 경험을 다시 새롭게 쓸 수 있는 것이다.

이렇게 걷기를 통한 상상과 공감으로 유대관계를 이뤘기 때문에 도로시 워즈워스에게 걷기가 그토록 중요했던 것이다. 걷기를 통해 그녀는 자신이 사랑하는 사람들과의 관계를 이해하고 세상에 드러냈다. 팀 잉골드Tim Ingold와 조 리 버건스트Jo Lee Vergunst는 걷기가 '대단히 사회적 활동'이라고 주장한다. "같이 걷는 타이밍, 리듬, 억양에서, 발은 다른 이들의 존재와 활동을 인지하는 목소리와 같은 역할을 하기 때문이다. 사회적 관계는 제자리에 가만히 있을 때 형성되는 것이 아니라 길을 걸어가면서 일어나게 된다." 이 말이 도로시 워즈워스보다 더 잘 적용되는 사람은 없다. 다른 사람과 같이 걷든 혼자 걷든 도로시는 인생의 모든 경험과 느낌과 추억을 '걸어가면서' 겪었다. 그 모든 것이 그녀가 사랑하는 이들과 한층 더 가까워지는 데 도움이 됐다. 그들이 어디에 있건 상관없이.

　　이런 사회적 걷기의 장점은 결국엔 걷기로 인해 풍성해진 삶의 기억을 통해 반향을 불러일으키게 된다. 1828년 도로시는 조안나 허치슨이 살고 있는 맨섬으로 마지막 여행을 갔다. 거기서 도로시는 걸었고, 그런 그녀에게 감탄하며 이렇게 외친 한 낯선 사람의 말을 일기장에 자랑스럽게 적었다. "저 여인은 아주 가볍게 걷는군. 마치 걷기 위해 태어난 사람 같아." 그녀는 또한 자신이 사랑한 레이크 지역의 산을 보면서 기쁨을 느꼈다. 그녀가 30년 동안 걸어 다닌 그 산길을 '희미하게' 바다 건너편에서 보면서. 이 추억은 도로시의 기억 속에 보관된 수집품 목록에 마지막으로 추가될 보물이 됐다. 다음 해 그녀는 심신이 급격히 쇠퇴하는 질병에 걸려 더는 집 밖으로 나갈 수 없었다. 이어서 그녀는 그보다 더 큰 타격을 받게 됐다. 루시 늘린은 이렇게 적었다. "육체적 강건함은 도로시의 정서적 건강과 오빠와 함께하는 창의적 생활에서 아주 중요한 역할을" 했지만, 도로시의 건강이 나빠지면서 걷는 즐거움은 대리만족을 통해 또는 추억을 떠올리는 것으로 충족시킬 수밖에 없었다. 일기장에서 도로시는 윌리엄 오빠와 함께였던, 수도 없이 비를 맞으며 걸었던 추억을 서글프면서도 또 한편 행복한 마음으로 회상했다고 적었다.

그 후 10년 사이에 심각한 정신질환, 아마 노인성 치매였을 병에 걸려 도로시의 정신은 무너졌다. 도로시는 단기기억상실에 걸렸지만, 과거의 기억은 한층 더 생생해졌다. 루시 늘린은 그런 그녀가 "과거에 애착을 가지게 됐다"고 표현했다. 그런 도로시의 심정은 그녀가 마지막으로 쓴 시 중 하나인 〈병상에서 한 생각들〉에 잘 나타난다. 1832년 봄에 쓴 시로 조카딸인 도라가 꺾어서 선물한 이른 봄꽃을 받고 영감을 받아 썼다. 도로시는 그녀의 삶에 대한 기억을 실타래처럼 술술 풀어놨다. 기억 여행을 통해 그녀는 강력한 감정의 자극을 받아 질병과 고통에 시달리며 오랫동안 벗어나지 못했던 테라스를 떠나 산으로 그리고 과거로 가게 된다.

이 외로운 방에 죄수는 없다,

나는 초록색 강둑을 봤고,

당신의 예언과 같은 말을 떠올렸네,

어렸을 때부터 시인이자 형제이자 친구인 당신!

움직일 필요도, 기운도

심지어 숨을 들이마실 필요도 없다.

나는 자연의 가장 아름다운 풍경들을 생각하고,

그 추억과 함께 거기에 있다.

오빠와 함께 걸었던 기억은 그녀가 거리와 시간을 뛰어넘어 이동할 수 있을 만큼 강력했다. 도로시는 오빠와 같이 창작을 시작한 1798년으로 돌아간 느낌이 들었다고 한 게 아니라 실제로 거기 있으면서 그 순간을 다시 살았다. 몸의 한계를 땅을 디디고 걸어 다닌 세월에 대한 기억으로 넘어선 그녀는 "그 산들을 다시 걸었다"고 당당하게 말한다. 그녀는 20년 동안 병상에 누워 있다가 1855년 사망했다. 그녀는 다시는 걷지 못했지만 이 시를 통해 산책자로서 느꼈던 삶의 기쁨을 다시 찾았다.

*

2008년 봄 나는 친구인 팀과 그의 아들 아노쉬와 같이 그래스미어 쪽에서 던메일산을 올랐다. 우리는 헬벨린산의 정상까지 올라간 후에 스릴이 넘치는 스트라이딩 에지를 지나 패터데일로 가려

했다. 그 전날 우리는 워즈워스 가족과 그 산의 정상에서 그들이 나 눴던 울적한 작별 인사에 관한 이야기를 나눴다. 마침내 그 산 정상에 있는 여러 갈래로 갈라진 길을 봤을 때, 돌멩이로 가득 차 있는 강바닥에서부터 올라오느라 아직도 땀을 흘리고 있었지만 그 남매들이 어디서 마지막으로 작별 인사를 했을지 상상해 보려 했다. 그 길이 다른 길과 달라 보일 것 같진 않았다. 내셔널 트러스트(영국에서 시작한 자연보호와 사적 보존을 위한 민간단체 - 옮긴이)에서 지정한 산길을 제외하면 풀이 길게 자라 있는 저 황무지와 돌투성이 산의 옆면이 그 길이지 않았을까, 라고 생각했다. 5월 초인데도 흐리고 쌀쌀한 데다 을씨년스러웠다. 궂은 날씨 때문에 풍경마저 울적해 보여서 산 속의 작은 호수 옆에 서서 생각에 잠긴 우리의 분위기에 공감해 주는 듯했다. 유령은 보지 못했지만 우리는 그곳에서 일어난 일에 대한 기억과 도로시의 슬픔을 마음에서 떨쳐버릴 수 없었다.

유령은 나오지 않았지만 나의 레이크 지역 걷기는 이 길에서 생겨난 관계와 경험에 대한 추억으로 가득 찼고, 도로시 워즈워스의 걷기도 그랬을 것이다. 이런 식으로 나는 그녀에게 더 가까이 다가 갈 수 있었다.

3장

엘렌 위튼

Ellen Weeton

얼마 떨어지지 않은 곳에서 가이드와 함께 내려오는 신사 한 명을 봤다. 그들도 나를 봤다. 나는 사람들이 평소 다니는 길에서 조금 벗어나 있었다. 내 갈망을 채우기 위해서 그랬던 것인데, 이제는 거기서 더 멀어지게 됐다. 그들이 혹시라도 나를 다른 곳에서 볼 때 아까 본 사람이란 걸 알아차리지 못하도록, 내 옷이나 내 얼굴을 알아보지 못하게 하려고 그런 것이다. 길을 가다 그들이 이런 말을 하면서 손가락으로 나를 가리킬까 두렵다. "저 여자가 바로 스노든산을 내려올 때 봤던 그 사람이야. 여자 혼자서 내려오더라고!"

─ 엘렌 위튼, 가정교사 잡지

1825년 6월 중순의 어느 화창한 날 랭커셔에 사는 48세의 가정교사 엘렌 위튼은 웨일스 지방을 여행하다가 혼자서 스노든산에서 내려오고 있었다. 그녀는 자신감에 차 있고 강인했으며, 레이크 지역에 있는 높은 산도 올라본 노련한 등산가였다. 그러나 높이 3,560 피트에 달하는 스노든산처럼 높은 산은 처음이었다. 1777년 (정확한 날짜는 알려지지 않음) 위건 근처에 있는 업홀랜드에서 태어난 위튼은 크면서 웨일스의 산을 보고 자랐을 것이다. 업홀랜드는 머시 계곡 위 고원지대에 자리 잡고 있고, 남쪽으로는 스노도니아 산지가 보였다. 물론 위튼이 최초로 등산을 한 여성은 아니다. 1818년 스카펠 파이크산을 오른 도로시 워즈워스는 그 무렵 비슷한 설렘과 흥분을 찾아 산에 오른 여러 여성 중 한 명이었다. 하지만 위튼 같은 신분의 사람이 산에 오르는 건 흔한 일이 아니었다. 재미로 걷는 건 여전히 여가 시간을 즐길 수 있을 정도의 재력이 있는 사람들의 전유물이었으니까.

또 여성이 혼자 산을 오르는 걸 '목격당하는' 일도 흔치 않았다. 사람들이 짐작하는 전형적인 이유인 성폭행을 당하거나 강도를 만날까 두려워서는 아니었다. 당시 사람들은 등반할 때 종종 가이드의 도움을 받았다. 스노든산을 오르는 위튼이 독특한 이유는 그녀가 용감하기 때문이었다. 내려오는 길에 남성들에게 '목격을 당한' 위튼은 그들을 피하려고 했다. 사람들에게 괴짜라고 불리고 싶지도 않았을 뿐더러 혼자 알아서 내려가고 싶었기 때문이다.

그 가이드는 내가 길에서 벗어난 걸 보고 (마침 그 길에 그가 있어서 그랬다) 나를 큰 소리로 불렀지만, 나는 못 들은 척했다. 그는 계

자기만의 산책

속 소리를 질러서 어쩔 수 없이 그 소리를 들어야 했다. 그는 내게 구리 길로 계속 가라고 말했다. 나는 그 길을 완벽하게 알고 있었다. 집에서 지도와 안내서를 철저하게 조사하고 나왔으니까. 그 신사가 한 말로 봐서 내가 그 가이드의 집에 찾아가 안내해 달라고 부탁하려 했지만, 가이드가 이미 산에 오른 걸 보고 그를 만나기 위해 여기까지 왔다고 생각하는 것 같았다. 그 신사는 가이드에게 자길 놔두고 내게 가라고 간청했으니까. … 나는 단호하게 그들을 외면한 채 최대한 빨리 걸었고 … 그 가이드는 다시 내게 소리를 질러 길을 알려주고 있었다. 물론 선의에서 그랬으리라고 믿는다.

가이드의 선을 넘은 참견도 위튼의 결의는 이기지 못해서 결국 그녀는 혼자 산을 내려왔다. 그녀는 가이드가 산을 내려오면서 이런 심정이었을 거라고 상상했다. '이거 고민되는데 … 누구든 내 도움 없이 산을 오른 경우는 본 적이 없는데, 그것도 여자 혼자서 가다니!' 그녀의 상상에서 가이드가 한 생각은 직업적인 자부심이 달린 문제였고, 그녀가 여성이라는 사실은 그저 부차적일 뿐이었다.

끈질기게 도와주겠다고 하는 사람들에게서 벗어나 위튼은 계획했던 등산을 계속했다. 그녀는 베트위스Bettws 쪽에서 정상을 넘어 린베리로 내려갈 계획이었다. 그 길은 위튼이 이미 알고 있는 것처럼 매우 힘들고 험난했지만 그녀는 그 풍경을 모든 각도에서 보고 싶어 했다.

산을 오르면서 그녀는 모든 것에서 뚝 떨어져 있는, 아주 장엄한 기분을 느꼈다. "나는 마치 뾰족한 산봉우리 꼭대기에 앉아 있는 까마귀처럼 산마루에 걸터앉아 있다. 어딜 봐도 사람은 흔적도 보이지 않는다. 잘은 모르겠지만 내가 이 산을 독차지하고 있나 보다." 이는 기묘한 서술이다. 산에 혼자 있다고 기뻐하는 감정에 좀 더 근본적인 뭔가가 자리 잡고 있다. 까마귀들은 영국의 산에서 종종 발견된다. 그들은 소용돌이치는 바람 속에서 유유히 날아다니거나, 조용하고 느긋하게 산꼭대기를 맴돈다. 산마루에 혼자 있는 이 순간 위튼은 인간이 아니라 이 야생의 동물들과 동류의식을 느끼고 있다. 잠깐 산을 올랐을 뿐 여기에서 산다는 것이 어떤 것인지도 모르고, 이 생태계의 일원도 아닌 인간이 까마귀와 공감한다.

위튼의 산문에서는 초조해하는 분위기가 느껴진다. 자신이 까마귀와 같은 종족이 됐다고 상상하는 그녀는 언제 어느 때 그 정상에서 뛰어내려 하늘로 솟아오를 수 있을지 모른다. 산에서 위튼의 인간성은 사라져서 이제 인간이라기보다는 새처럼 보인다. 하지만 위튼은 상상 속 세계에서나 실제의 세계에서나 날아갈 수 없고, 대신 초조한 마음으로 묶여 있는 지상 세계로 돌아와야 한다. 스노든 산의 산마루에 앉아 사방에 노출돼 있자 그녀는 현기증을 느끼고 이어서 공황이 엄습할 것 같은 느낌을 받는다.

내 앞에서 그리 멀지 않은 곳에 있는 길은 보기만 해도 가슴이 철렁해지는 벼랑을 따라 구불구불 흘러갔다. 이 산에 올라온 후 처음으로 깜짝 놀랐다! 이건 정말 예상하지 못했던 일인데 … 나는 잠시 망설였다. 여기서 다시 집으로 돌아가려면 아까 올라왔던 그 길로 내려가거나 아니면 위로 계속 올라갔다가 내려가는 길밖에 없는데 거기는 … 나는 카나번에 오는 길에 미리 대책을 마련해서 카드에 내 주소를 적었다. 내 숙소의 주소와 프레스콧의 우리 집 주소 둘 다 적고 주머니에 넣어서 혹시 내게 사고가 일어나면 나를 발견한 사람이 누구든 어디에 연락을 취해야 할지 알 수 있도록 말이다. … 기묘한 감성과 생각이 마구 뒤섞였다! 다음 순간 나는 하늘에 계신 그분에게 기도를 올렸다.

산마루 양쪽으로 간담을 서늘케 하는 절벽이 보이는 상황에서, 위튼이 등반하기 전에 읽었던 안내서에는 언급되지 않았던 길을 보면서 그녀는 여기서 떨어지면 자기 몸은 어떻게 될지 생각하고 있다. 산에 오르기 전에 산에서 죽을 수도 있는 가능성을 생각했다는 점은 등반이라는 현실을 지극히 객관적으로 바라봤다는 점에서 아주 인상 깊다. 하지만 그런 생각은 별 도움이 되지 않는다. 용기와 무모함이 섞인 상태로 위튼은 계속 산마루를 올라갔지만 아드레날린이 넘쳐 흐르는 상황이라 자세한 상황은 묘사할 수 없었다.

산마루를 가로지르는 동안, 아마 100야드, 200야드 또는 그보다 더 멀리 간 것 같지만 너무 두려워서 확실히 알아낼 순 없었다. 내 오른쪽과 왼쪽에 있는 절벽 모두 너무 무서워서 제대로 생각을 할 수 없었다. 오른쪽으로 아주 살짝 발이 미끄러지기만 해도 그 무엇도 나를 구할 수 없을 것이다. 아! 저기로 떨어지면 끝도 없이 추락할 것 같다. 어질어질한 머리로 추정해 보건대 반 마일 내려온 것 같다.

너무 무서워서 앞으로 나가지도 못하고 뒤로 물러서지도 못하는 상태에 (이런 상황은 사무엘 테일러 콜리지에 의해 아주 잘 알려져 있다. 그는 스카펠산의 브로드 스탠드에 올라갔다가 너무 두려운 나머지 절벽에서 선반처럼 튀어나온 바위를 붙잡고 그대로 꼼짝하지 못했다) 빠지기 직전으로 보이는 위튼은 새로운 해결책을 택했다. (콜리지라면 하지 못했을 방법이며, 걷는 사람에게 여성용 복장이 도움이 된 경우를 입증한 예이기도 하다.) "보닛을 내 오른쪽 뺨으로 기울여서 바짝 묶어 그쪽이 보이지 않게 했다." 이런 모습은 조금 전까지 위튼이 느꼈던 자유와 서글픈 대조를 이룬다. 위튼이 쓴 그 눈가리개는 자유롭게 날아가는 까마귀보다는 성마른 짐마차 말을 연상시키니까.

스노든산을 오르면서 육체적으로 그리고 심리적으로 어려움을 겪었지만 그래도 그녀는 그 경험에서 아주 큰 기쁨을 느꼈다. 초저녁에 아직도 12마일을 더 걸어야 했지만 그녀는 원래 가야 하는 길에서 이탈하지 않을 수 없었다. 그 길로 가는 대신 그녀는 똑바로 앞으로 나가면서 그 산에 있는 무수한 구석과 구멍에 들어가 봤다. 이렇게 평소에 걸을 때 하던 행동을 재개한 위튼은 다시 대담한 성격으로 돌아와 피곤하지도 않았고 심지어 "두려워하는 것도 잊어버렸다. 나는 다양한 풍경과 계곡과 란베리스 호수를 봐서 굉장히 즐거웠다"라고 했다. 높은 스노든산의 정상을 돌아본 그녀는 자신이 "우뚝 솟은 산의 여왕"이라고 선언했고, 마침내 "나와 같은 종족에게 돌아왔다. 그들과 같은 높이로 내려와서"라고 적었다. 위튼이 자신을 까마귀로 상상했던 것처럼 여기서도 일종의 환생이 일어났다는 힌트들이 보인다. 걷기는 위튼에게 힘을 주면서 또한 그녀를 불안하게 만드는 비인간적인 시각을 접할 수 있는 길을 열어줬다.

엘렌 위튼에게 걷기는 위로, 자부심, 깊은 환희와 어마어마한 만족을 느끼는 원천이었다. 그게 없었다면 그녀의 인생은 좌절, 불행, 폭력과 두려움으로 얼룩졌을 것이다. 걷기는 위튼에게 넓은 세상에서 자신을 인식하는 핵심적인 요소였지만, 또한 가끔은 힘들고 단조로운 일 그리고 나중엔 지극한 슬픔으로 가득 찬 인생의 탈출구가 되기도 했다. 걷기는 위튼이 독립적인 사고방식과 생활 방식을 가지고 온전히 자력으로 살아가는 존재가 되도록 이끌어준 여행 방법이기도 했다. 걷기는 위튼에게 자유의 원천이자 자유로 가는 길이었다.

위튼은 지방의 가정교사로 사람들의 눈에 띄지 않는 인생을 살았다. 가정교사는 이 시대 여성들이 구할 수 있는 몇 안 되는 점잖은 직업 중 하나였다. 위튼은 기나긴 편지를 쓰고 열정적으로 일기를 썼지만 살아 있을 때 출판된 책은 한 권도 없다. 그녀가 쓴 글 중에서 지금까지 살아남은 것은 네 권에 달하는 편지와 일기였다. 그 내용을 1969년 J. J. 베이글리J. J. Bagley가 편집해서 《위튼 양의 가정교사 일기Miss Weeton's Journal of a Governess》란 제목으로 두 권의 책을 냈다. 한 권은 1807년부터 11년의 기록을 담았고, 또 한 권은 1811년에서 1825년까지 작성된 기록이었다. 자전적인 단편들, 산발적으로 적은 일기와 친구와 가족에게 보낸 편지를 포함한 위튼의 작품은 원래는 일반 독자가 아니라 오직 '극소수의 사람들과 특히 내 아이만' 볼 수 있게 적은 것이었다. 도로시 워즈워스도 일기를 썼는데 그건 친구와 가족만 볼 수 있었다. 이런 결정을 했다고 해서 워즈워스나 위튼이나 문학적 기량이 부족했다고는 볼 수 없다. 모리스 마플스Morris Marples는 이 책이 나오기 전에 위튼을 걷는 여성이자 작가로 논한 유일한 책 《도보Shanks's Pony》에서 이렇게 말했다. "그녀에게는 야생의 낭만적인 기질이 있어서 남들이 다 가는 길을 이탈했고, 걷는 즐거움이 있었고, 아마도 걷고자 하는 심리적 충동이 있었기 때문에 … 세속 걸었을 것이다." 이런 '야생의 낭만적 기질'은 위튼의 활발하고 솔직하며 유쾌한 산문에서 잘 나타난다. 무서워 흔들거리면서도 험준한 바위들을 붙잡고 정상에 올라갔을 때 느끼는 크나큰 기쁨이나 산양이 그러하듯 가파른 산길을 달려 올라가면서 그렇게 자유롭게 배회할 수 있는 데서 깊은 만족감을 느낀다는 글에 그런 기질이 선명하게 드러나 있다.

위튼이 걸을 기회는 몇 가지 외부적 요인에 의해 조성되는데 그중에는 가정교사이자 여성 동반자로 일한 것과 나중엔 아내와 엄마 역할까지 포함된다. 한동안 레이크 지역에서 일할 무렵 위튼은 고용주가 집을 비울 때면 몰래 집에서 빠져나와 걸었다. 하지만 위튼의 걷기 또한 그녀가 여성이라는 점에 영향을 받았다. 다른 사람들이 그녀를 어떻게 인식하는가, 라는 면에서 그렇고 (또는 그들이 자기를 어떤 시선으로 보는지 위튼이 상상한 예도 있다. 그녀가 쓴 편지 몇 통에는 남자들이 자기를 '모욕할까 봐' 걱정하는 내용이 적혀 있었다) 자신이 걷는 여성이라는 위튼의 자각도 그렇다. 이런 생각이 그녀가 어디를, 언제, 어떻게 걷는지에 영향을 미쳐서 그녀의 걷기가 유감스러울 정도로 제한된 경우도 여러 번 있었다. 친구인 화이트헤드 부인에게 쓴 편지에서 그녀는 이렇게 그 사정을 설명했다.

얼마 전에 나는 잔뜩 흥분한 상태에서 아주 무모한 계획을 하나 세웠어. 웨일스를 도보로 여행하는 계획이지. 내가 엄청난 부자였다고 해도 나는 그런 여행 방식을 선호했을 거야. 하지만 여자가 혼자 다니다가 받을지도 모를 무수히 많은 모욕을 생각해 보고 그 계획이 실현될 수 없다는 점을 깨달았어. 웨일스어를 모르는 것도 또 다른 장애물이야. 내 계획은 웨일스에서 적당한 농장을 하는 점잖은 가족과 친해져서 그들을 통해 다른 웨일스 사람을 소개받는 거지. 그렇게 가능한 한 많은 사람을 알아두고, 각각의 집에 머무는 거야. 내게 있는 옷 중에서 가장 소박한 옷을 입으면 남의 시선도 훨씬 덜 끌게 될 거고. 그런 계획을 실행에 옮긴다는 생각은 절대 하지 말아야겠지. 하지만 내가 남자라면 당장 그렇게 할 수 있을 텐데.

도보 여행에 대한 위튼의 야심은 1790년 워즈워스가 그 지방을 여행하면서 남긴 발자취를 따르려는 도보 여행자들의 그것과 같았다. 만약 그녀가 웨일스 지방을 걸어서 돌아보겠다는 계획에 성공했다면 그녀 역시 워즈워스의 발자취를 따르려 했을 것이다. 젊은 여성인 위튼은 유감스럽게도 여자 혼자 여행을 다녀선 안 된다는 사회적 통념에 대한 걱정 때문에 자신이 야심을 실천에 옮기지 못하고 좌절하고 있다는 사실을 깨달았다. 당시 예법에 따르면 젊은 여성들이 밤중에 농가 문 앞에 도착해서 하룻밤 묵을 방을 찾는 것은 용납되지 않았다.

사회적, 그리고 현실적 문제로 위튼의 행동반경은 제약을 받았지만 그래도 걷기를 통해 만족을 추구하고 찾았다. 휴가 때 걷고, 친구들과 같이 걷고, 나중에는 점점 자신감이 커져서 '모욕'에 대한 두려움을 극복하고 혼자 걸을 수 있게 됐다. 계속 사람들이 혼자 걷는 여자를 어떻게 생각할지 걱정하긴 했지만, 타인의 기대가 미치는 영항에 좌우되는 횟수가 점점 줄어들었다. 걷기가 온갖 종류의 가능성을 열어젖혔다. 그녀는 맨섬에서 걸으며 보냈던 휴가에 대해 친구인 앤에게 이런 편지를 썼다. "여기서 보낸 시간은 정말 사치스러운 시간이었어! 완전히 혼자가 된 내 생각은 여러 가능성으로 한없이 커져갔지. 그리고 마시는 공기만큼이나 자유롭고 그 어디에도 구속받지 않는 나는 인간으로서 느낄 수 있는 최고의 행복을 맛보았어." 걷기에서 비롯된 자유는 몸과 마음에 효과를 나타낸다. 위튼이 할 수 있는 생각들은 지평선만큼이나 커졌다. 그녀의 글 속에서 그녀 자신은 사르르 녹아 산들바람처럼 형체도 없고, 구속할 수도 없는 존재가 된다.

자신의 소멸은 위튼이 자신의 경험을 이해하는 하나의 방법이었지만, 다른 일기와 편지에서 그녀는 걷기가 어떻게 자신을 구체화했는지, 그것이 어떻게 각각 다르면서도 얼마나 의미심장한 기쁨과 자유를 가져다줬는지에 집중해서 썼다. 1810년 7월 8일 그녀는 레이크 지역에서 만끽했던 산책에 대해 친구인 윙클리 양에게 이렇게 썼다.

로도스 양이 온 후 여기서 몇 마일 떨어진 높은 산인 페어필드 꼭대기에 갈 그룹이 결성됐어. 나도 거기 들어갔지. 우린 다 해서 열다섯 명이었고, 여기 합류해서 음식을 들고 갈 남자들이 네 명 있었어. 페더 부인, 로도스 양, 바턴 양과 나는 새벽 5시에 집을 나와 마차를 타고 갔어. 페더 씨는 조랑말을 타고, 그의 하인이 뒤에 탔지. 우리는 여기서 2마일 떨어진 앰블사이드에 있는 스캠블러 씨 집에서 아침을 먹었어. 나머지 일행도 우리와 같이 아침을 먹었지. 6시가 조금 넘어서 우리는 다시 길을 떠났어. 숙녀들은 마차를 타고, 신사들은 걸어갔지. 고령인 페더 씨와 파트리지 씨만 제외하고 말이야. 우리는 아주 가파르고 바위투성이인 험준한 산길을 5, 6마일 정도 올라갔어. … 평소엔 내가 두려움이 없는 편이지만 이번에는 두려움을 떨쳐버릴 수 없었어. 그러다 이제부터 걸어서 가야 할 지점에 도착하자 걱정은 사라져버렸어. 마차를 타고 가는 동안 다른 숙녀들은 마차가 뒤집히거나 벼랑으로 굴러떨어질까 두려워 비명을 몇 번 질렀지. … 이끼와 바위를 한두 시간 정도 넘어가면서 가파른 길을 힘들게 올라간 후에 … 우리 모두 땅바닥에 앉아 푸짐한 식사를 즐겼어. 송아지 고기, 햄, 닭고기, 구스베리 파이, 빵, 치즈, 버터, 양고기, 와인, 흑맥주, 럼, 브랜디, 비터즈(칵테일에 쓴맛을 내는 술—옮긴이)가 나왔어. 배를 채운 후에 우리는 주위를 거닐며 드넓은 풍경을 마음껏 감상했지. 우리에겐 망원경이 몇 개 있었고 공기도 아주 맑았어. 난 아주 기뻤고 사방에 있는 거대한 바위와 절벽을 보며 경외심을 느꼈어. 그 바위 중 몇 개에 올라갔다가 하나에 앉았더니 내가 있는 앞쪽만 제외한 나머지 방향은 모두 천 길 낭떠러지로 떨어지는 풍경을 보게 됐어.

자기만의 산책

그 산은 마치 편자처럼 생겼어. 우리는 편자의 한쪽 끝에서 위로 올라갔다가 반대편 끝으로 내려와서 적어도 8에서 10마일 정도 한 바퀴 돌았을 거야. 그게 12마일 정도라고 말하는 사람들도 있었어.

내려올 때 비탈길에 제대로 발을 디딜 수 있도록 신발 밑창에 못을 박는 준비를 하지 않은 한두 사람은 어쩔 수 없이 종종 바닥에 앉아서 엉덩이로 미끄러져 내려와야만 했어. 못을 박지 않은 신발을 신고 산길을 걸으면 산에 있는 잡초와 이끼 때문에 길이 미끄러워서 제대로 서 있을 수가 없거든. 거기다 땅바닥이 평평하지 않아서 안전하게 걸을 수도 없지.

… 내 평생 그렇게 즐거운 여행은 처음이었어. 그렇게 손으로 바닥에 짚어가며 기어 올라가는 스타일이 바로 내 취향이야. 나는 평평한 땅에서 앞으로 똑바로 걸어가는 건 별로 재미를 못 느끼겠어. 정원이나 유원지에서 인위적으로 격식을 갖춰 걷는 것보다 잘 생기고 위엄이 넘치고 험준한 산을 오르는 것이 훨씬 더 매력적이야.

위튼의 기쁨은 다양한 욕구들을 관능적이고 지극히 물질적으로 묘사한 면에서 명확히 드러난다. 이런 욕구들은 페어필드를 오르면서 한껏 자극을 받았다가 결국 충족된다. 가장 인상적인 점은 산 정상까지 운반된 거의 부적절하게 보일 정도로 긴 음식과 음료 명단이었다. 그 연회에서 그녀가 먹고 마신, 아마도 파괴했다고 하는 편이 더 나은 표현일 음식과 음료를 상세하게 늘어놓으면서 태연하게 즐기는 모습도 인상적이다. 또 흥미로운 점은 그런 험준한 바위산을 당시 여성의 복장으로 올라가려면 무척 힘들었을 텐데 위튼은 그런 산을 기어오르면서 즐거움을 느꼈다는 점이다. 걷기와 등산의 중간 정도에 있는 이 동작은 도전의식을 북돋는 가파른 산길에서 온몸을 써서 때로는 망설이고 때로는 발을 질질 끌면서 나아가는 행동이다. 이렇게 가려면 손도 잘 써야 하고 팔로 몸의 균형을 잘 잡아야 하지만 더는 걸어갈 수 없는 경우엔 바위에 온몸 그러니까 팔꿈치, 무릎, 어깨와 심지어 엉덩이까지 바짝 붙이면서 가기 때문에 훨씬 안전해진다. 이런 산길을 가려면 대부분의 산책로를 걸을 때보다 정신적으로나 육체적으로나 훨씬 집중해야 하고, 종종 위험할 때도 있다. 하지만 그만큼 자연과 더 가깝게 접할 수 있다. 위튼은 자신의 발을 (뇌에서 제일 멀리 떨어져 있지만) 통해 그 산을 느끼진 못했을 것이다. 하지만 바위를 붙잡고, 움켜쥐고, 거기 의지하듯 온몸을 바위에 붙이고 움직이는 방식에서 친근함을 느꼈을 것이다. 일행 중 몇 명은 창피하게도 내려오는 길에 엉덩방아를 찧기도 했다. 여행 준비를 제대로 하지 않았기 때문인데 위튼은 아니었다. 그녀는 그 방면의 지식이 풍부하고, 철저하게 준비하고, 자신감과 기량을 갖춘 도보 여행자로 이런 힘든 지형에서 편안함을 느낄 뿐만 아니라 삶의 질을 높여주는 기쁨을 맛본다.

산을 기어오르면서 자유를 즐기고 싶은 위튼의 열망은 넉 달 후에 남동생에게 보낸 편지에서 분명하게 드러난다. 위튼을 가정교사로 고용한 페더 부부가 집을 비웠을 때, 위튼은 친구이자 페더 부인의 동생인 로빈슨 양과 같이 호수를 걸었다.

나는 페더 부인의 아버지가 사시는 농장인 홀름 헤드에서 이틀을 보냈어. 그곳은 여기서 4마일 떨어져 있어. 첫날 로빈슨 양이 날 데리고 코니스톤으로 가서 호수를 보여줬어. 거기 갔다 집에 돌아오는데 12마일을 걸었어. 우리는 아주 즐거운 산책을 한 후에 저녁을 먹으러 돌아왔지. 다음 날 아침 우리는 8시에 일어나 3, 4마일 정도 걸으려고 했어. 하지만 일이 하나 생기고 또 하나가 생겨서 해치우다 높은 산봉우리가 두 개 있는 랭데일즈 파이크 기슭에 도착했어. … 정상까지 올라가 보지 않고는 집으로 돌아갈 수 없었지. 그래서 오랫동안 산길을 기어 올라가 결국 목표를 달성했어. 고생할 만한 가치가 있었다고 생각해. 한눈에 봐도 무척이나 험준하고 가파른 길에 끌리고 말았지. 나는 산에 오르는 걸 정말 좋아하거든. … 우리는 저녁 식사 시간인 5시에 맞춰 홀름 헤드로 돌아왔어. 9시간 동안 아무것도 안 먹은 데다 산의 맑은 공기를 실컷 마신 우리의 식욕이 얼마나 왕성했을지 너도 상상할 수 있겠지. 그땐 정말 아무리 먹어도 먹어도 부족할 것 같았어.

위튼은 여기서 스티클 파이크와 해리슨 스티클의 매력적인 정상 등반을 그녀만의 독특한 시각으로 바라본다. 정상에 오르는 것도 재미있고 중요하지만, 그녀에겐 정상에 도달하는 과정 자체가 그곳에 올라가는 위업과 똑같이 중요하다. 정상을 공략하는 과정에 대한 묘사에서 그 길이 험난하고 가파르며 오르기 힘들기 때문에 반드시 가고야 말겠다는 단호한 결단력이 엿보인다. 그리고 단순히 할 수 있다는 이유로 이곳을 올라갈 기회를 잡는 위튼의 모습에서 특유의 활력까지 느껴진다. 이런 생기 넘치는 인상은 위튼이 어려운 상황을 즐기고 육체적 활동을 열정적으로 추구하는 면과 합쳐져 더 커졌다. 음식에 향한 욕망은 걷기를 통해 자극되고 구현된 수많은 육체적 욕구를 대변하고 있다. 살짝 숨이 가쁜 어조로 "그땐 정말 아무리 먹어도 먹어도 부족할 것 같았어"라고 한 말은 언뜻 보기에는 음식을 먹고 싶다는 말처럼 보이지만, 산에 있고 싶고, 거기서 바위를 잡고 기어 올라가서 기쁘고, 자신 속에 있는 '거칠고 낭만적인 기질'에 흠뻑 빠져들 수 있어서 기쁘다는 뜻을 담고 있다. 그 기질 때문에 그녀는 아무리 먼 길을 돌아가야 하고, 그 지형이 아무리 험난해도 상관없이 자신의 방랑하는 성향을 만족시키기 위해 계속 움직였다.

위튼은 죽기 전까지 여러 번 혼자 걸었지만, 첫 번째로 간 본격적인 도보 여행은 1812년 여름 맨섬에서였다.

도착한 후 28일에 처음으로 오래 걸었다. 더글라스 헤드에 있던 날, 멀리 있는 산을 보고 너무 멀지만 않다면 정상까지 올라갈 생각으로 길을 나섰다. 그전에 사둔 지도를 꼼꼼하게 살펴봤기 때문에 어느 길로 가야 할지, 거기까지 거리가 얼마나 될지, 어떤 곳을 찾아봐야 할지 물어볼 필요가 없었다. 나는 여행 안내서를 손에 들었고, 그것 말고는 아무것도 원하지 않았다. 이번 여행과 지금까지 했던 모든 도보 여행에서 난 항상 혼자 다녔다. 혼자가 더 좋다. 그러면 아무 거리낌 없이 마음대로 가다 멈출 수도 있고, 아니면 계속 갈 수도 있고, 앉거나, 오른쪽이나 왼쪽으로 갈 수 있으니까. 나랑 같이 12, 15, 20마일이나 30마일을 재미있게 갈 수 있는 좋은 동행을 찾는다고 해도, 그녀의 취향은 여러모로 나와 잘 맞지 않을 테니까 결국 우린 서로에게 못되게 굴 것이다. 나는 별 관심도 없는 그녀의 이야기를 들어야 할 것이고, 그녀는 관심 없는 풍경을 지켜봐야 할 것이다. 하지만 그렇게 오래 걸으면서 내 취향과 바람과 호기심을 모든 면에서 잘 맞춰주는 사람을 찾을 가능성은 희박하니까 나와 같은 종족이 발을 들이는 경우가 드문 곳에 혼자 가는 편을 선택한다. 그래서 내 생각은 내 발만큼이나 마음대로 배회할 수 있다. 마을에 들어가 사람들을 만날 때면 동행이 있었으면 싶지만, 자연의 경이로움이 나를 정복할 때, 내 영혼이 그 대자연의 아름다움이나 웅장한 산의 풍경에 대한 경탄과 황홀경에 가득 차 있을 때면, 내 남동생을 제외한 그 누구와도 같이 있고 싶지 않다.

이 이야기에는 위튼의 성격이 드러난다. 되도록 높은 산에 오르고 싶은 야망과 바람, 독립하기 위한 준비와 갈망이 그렇다. 위튼은 마음이 자유로워지려면 육체적으로 그리고 사회적으로 자유로워야 한다는 점을 분명하게 밝히고 있다. 이런 생각은《고독한 산책자의 몽상》이라는 아주 적절한 제목의 책에서 장자크 루소가 한 말과 똑같다. 루소는 "내가 걷다 멈추면 내 생각도 멈춘다. 내 마음은 다리가 움직일 때만 움직인다"라고 말했다. 오직 몸이 현실적, 물리적, 사회적 제약에서 벗어날 때만 위튼처럼 걷는 작가들의 마음이 자유로워질 수 있을 것이다.

위튼은 맨섬에서 이런 자유를 발견했다. 거기서 만난 사람들의 예상치 못했던 친절함 덕분에 그녀의 생각이 바뀌면서 그 효과가 지속됐다. 그 여행 초반부에 나갔던 소풍에 대해 그녀는 이렇게 썼다.

나는 그날 걸었던 것에 아주 만족하며 돌아왔다. 13마일을 걸었다. 길에서 만난 사람은 몇 안 되는데 그들은 날 그냥 지나쳐 가거나 아주 정중하게 말을 걸었다. 그래서 자신감이 생겼다. 사실 처음에 여기서 걸을 때는 내 옆에 아무도 없어서 모욕을 당할까 상당히 불안했다.

맨섬에서 머무는 동안 혼자 걷는 여성으로서 위튼의 자신감은 상당히 커졌고, 자신의 육체적 능력에 비례해 더 커졌다. 앤 윙클리

자기만의 산책

에게 쓴 같은 편지에서 그녀는 가려고 했던 길을 자연스럽게 더 연장해서 원래는 갔다가 오는 일직선 코스로 12마일 되는 거리를 16마일로 늘렸다. "이렇게 걷고 돌아와도 별로 피곤하지 않아서" 용기가 생긴 그녀는 그보다 더 먼 거리를 다니기 시작했다. 걸으면서 점점 더 강해진 위튼은 그렇게 혼자 멀리까지 걸어갔다가 마주친 남자와 자발적으로 대화를 나눴다. 위튼은 이렇게 썼다. "그는 나이가 많고 꽤 약해서 강도로 돌변한다 해도 내가 그를 제압할 수 있겠다는 자신감이 생겼다." 모든 근심이 사라진 건 아니지만, 대부분의 걱정이 시시해진 이유는 그녀의 육체적 강인함 덕분이었다. "어쨌든 나는 그보다 다섯 배는 더 빨리 달릴 수 있다고 생각한다." 걷기와 그 덕분에 강해진 몸과 마음으로 무장한 그녀는 '남녀 둘 다에게 지워진 사회적 관습과 성희롱의 위협'이라는 구속에서 벗어났다. 위튼은 걷기를 통해 우월해진 신체 능력과 자신의 몸과 힘에 의지하게 되는 그런 세상을 접할 수 있는 권리를 획득했다. 이것이 위튼으로서는 진정한 자유였다.

위튼은 맨섬을 광범위하게 탐험하면서 그 자유를 계속 키워갔고 소중하게 간직했다. 그리바산을 오르기로 한 (다소 자그마한 산으로 높이가 1,385피트다) 위튼은 어린 소녀에게 길을 물었다. 그 소녀의 집 정원에서 길 안내를 받은 위튼은 "바로 바위 위로 올라가기 시작했는데 아주 가팔랐다" 그러면서 "좀 더 평탄한 길로 올라갔을 수도 있지만, 이쪽 길이 더 가깝다"고 했다. 이렇게 까다로운 코스를 올라갈 기회를 붙잡은 이유는 "바위들이 내게는 아주 작은 장애물에 불과하다는" 자신감 때문이었다.

며칠 뒤 그녀가 인내심이 강한 도로시 워즈워스마저 부담을 느꼈을 장시간의 등반을 하게 된 경험의 이면에는 아마도 이런 확신이 깔려 있었을 것이다.

내가 6월 5일에 35마일을 걸었다고 하면 넌 아마 안 믿겠지. 나는 9시 반에 집에서 나왔어. 원래는 캐슬타운에 갔다가 그 후에 갈 수 있을 때까지 더 가려고 했지. 그래서 집에 잘 돌아오기 위해 지도와 비망록과 삶은 달걀 세 개와 빵 껍질을 가방에 넣었어. 그렇게 준비하고 길을 나섰지. 캐슬타운 근처에 갈 때까지는 눈여겨볼 만한 건 하나도 없었어. … 캐슬타운에서 2, 3마일 더 걸어가 고지대에 올라서자 사방이 다 보였어. 길가에 있는 높은 잡목림 위에 올라가서 앉아 허리를 달래고 눈요기도 하는 두 가지 즐거움을 누렸지. 그다음에 왔던 길을 조금 돌아가서 필로 방향으로 꺾었어. 좀 더 너른 경치를 보고 싶어서 조금만 더 가볼 생각이었거든. … "조금만, 조금만 더 가야지. 예쁜 집이 나오거나 저기 저 위로 올라가는 길의 끝까지만 가자." 그렇게 되뇌다가 캐슬타운을 넘어 5마일이나 더 가버렸어. 왔던 길로 다시 돌아가건, 아니면 필을 통과해서 가건 둘 다 15, 16마일 거리였어. 나는 잠시 그 자리에 서서 어떻게 해야 할지 망설였지. 내 손목시계를 봤

자기만의 산책

더니 세상에 4시 반이더라고! 사실 조금 놀랐지만 더는 지체할 시간이 없었기 때문에 한 노파가 알려준 산길로 필을 향해 갔지. 그 길로 가는 편이 더 나았어. 사실 거기가 다른 길보다 훨씬 더 낮은 길이었거든. 거기다 나는 경치도 보고 탁 트인 전망도 보고 싶었어. 여기서 더 피곤해지는 건 신경 쓰이지 않았지. 그렇게 계속 걸어가면서 종종 고개를 돌려 발밑에 펼쳐진 장관을 실컷 감상했지. 산 공기는 아주 맑고 깨끗했어. 잉글랜드, 아일랜드, 스코틀랜드, 웨일스 모두 뚜렷하게 보였어. 아일랜드 산 일부는 아주 가까워 보여서, 보트를 타고 노를 저어가면 거기 닿을 수 있을 거라고 상상했지. 그 산은 석양에 물들어 진한 보라색이었는데 그 얼마나 아름답던지! 컴버랜드와 웨스트모어랜드에 있는 산들도 또렷하게 구분할 수 있었어. 스키도, 새들백, 헬벨린, 코니스톤과 다른 몇 개의 산이 보였지. 그 산을 보자 기뻤어. 거긴 다 내 발길이 닿은 곳이고, 거기서 아주 행복한 시간을 보냈거든! 섬에서 30분 만에 세 왕국과 하나의 공국이 있는 풍경을 보는 건 결코 흔한 일이 아니었어.

이 편지에서도 걷기와 음식과 생에 대한 위튼의 갈망이 여실히 나타난다. 그녀는 "허기를 달랠 수 있어" 기뻤고 그와 동시에 그녀의 눈으로 풍경을 실컷 "감상할 수 있어서" 즐거웠다고 했다. 걷는 동안 위튼은 자신의 몸과 마음에 그들이 원하는 양분을 줬다. 이번 걷기에서 위튼은 자신이 원래 의도한 것보다 훨씬 더 멀리 갈 수 있다는 점을 알게 됐다. 하지만 대부분의 도보 여행자들이 여행을 시작한 지점으로 다시 돌아올 수 있는 자신의 능력에 대해 불안해할 상황에서, 그녀는 자신의 몸에 대해 자신감을 느끼고 있다. 오후 4시 30분이고, 집까지 15마일을 걸어야 하는 상황에서 그녀는 다시 어려운 길을 택하고, 안전보다 도전과 아름다운 경치를 선호했고 그런 용기 덕분에 큰 보상을 받았다. 그녀 앞에 펼쳐진, 석양이 천천히 번져가는 풍경은 거의 손에 잡힐 수 있는 기록이 될 것만 같다. 그녀가 지금까지 해낸 육체적 성취뿐만 아니라 그녀의 인생에서 가장 행복했던 순간에 대한 기록으로. 시각과 추억이 합쳐져서 소환된 과거의 기쁨이 현재와 만난다. 그것도 위튼의 발을 통해 두 개의 시간대가 만난 것이다. 지금 그녀가 서 있는 곳에서 그녀의 발길이 닿았던 순간이 찾아왔다가 잠시 멈춘 후 걷기라는 행위를 통해 이 기억과 추억이 다시 이 풍경에 새겨진다. 그 후에 그녀는 아주 기쁜 마음으로 걷는다.

6시에 필에 도착했어. 거기까지 가느라 산을 내려오고, 계곡을 따라 걸으면서 사람들이 일궈놓은 사랑스럽고 예쁜 땅도 보고, 언덕 위에 지은 작고 낭만적인 오두막집도 보고, 바위투성이 바닥 위로 사납게 흐르는 개울도 몇 개 봤어. 이런 풍경에는 단순하면서도 소박하고 위엄이 넘치는 아름다움이 깃들어 있었어. 그걸 보자 표현할 수 없을 정도로 강렬한 열정이 내 마음에서 솟아났어. 난 감탄했어! 경이로워하고! 흠모했지! 오, 앤! 풍경 사이를 멋대로 달리면서 내가 느꼈던 그 기쁨을 네가 안다면, 내가 왜 그렇게 무모하게 굴었는지, 또는 그런 만족을 얻기 위해 왜 그렇게 지치도록 걸었는지 의아해하지 않을 텐데.

엘렌 위튼은 걷기를 통해 자신의 몸과 마음이 커지는 걸 알고 아주 큰 기쁨을 느꼈다. 자신의 육체적 기량, 몸과 마음의 강인함에 전적으로 의지할 수 있는 자신의 능력을 묘사한 이 글에는 어마어마한 자부심이 배어 있다. 걷기는 또한 그녀에게 배출, 치유, 회복, 피난처와 위로의 원천이 되기도 했다. 특히 생의 후반에 그랬다. 맨섬 여행이라는 굉장히 신나는 경험을 하고 불과 2년 후 위튼은 위건 출신의 상처한 방적공인 애론 스톡과 결혼했다. 그로부터 얼마 못 가 위튼은 그를 "나의 공포, 나의 불행"으로 묘사했다. 1815년에 첫 딸인 메리가 태어났지만, 스톡의 폭력이 극단으로 치달아서 위튼은 "내가 이곳을 떠나지 않는 한 메리를 가르칠 수 있을 때까지 살 수 없을 것 같은" 공포를 느꼈다. 1821년 스톡은 아내를 폭행한 혐의로 법정에 출두했다. 이 시기 위튼의 일기장에는 "거의 죽을 때까지 두들겨 맞았다"와 "온몸에 멍이 짙게 든 것을 발견했다"라는 말이 적혀 있었다. 그 직후 위튼은 남편과 이혼 소송을 했고 그 과정에서 딸의 양육권을 포기했다. 위튼은 그 후로 7년 동안 메리를 보지 못했다. 이 시기에 걷기는 위튼을 위로하고 정서적 힘을 주는 원천이었다. 1825년 50번째 생일이 다가올 때 그녀는 이렇게 말했다.

내가 뼈가 튀어나올 정도로 마르긴 했지만, 내 뼈들은 바싹 마른 게 아니라 분명 골수와 지방으로 가득 차 있을 것이다. 그렇지 않았다면 이렇게 오랫동안 걸었는데 거의 피로가 느껴지지 않을 수 없다. 발은 가끔 붓지만, 나는 새끼 양처럼 바위 사이를 깡충깡충 뛸 수 있고, 그것도 10마일이나 12마일 정도 걸은 후에 그 스포츠를 즐길 수 있다.

어떤 면에서는 다소 노골적인 묘사다. 위튼은 분명 고통을 겪었다. 그러나 믿음직스러워 보이지 않는 살 밑에 눈으로 볼 수는 없지만 느낄 수 있는 힘이 있다. 그것은 육체적 강인함뿐만 아니라 정신적 강인함과 정서적 탄력성과 용기가 있기에 계속 걸을 수 있는 여성, 걷기와 삶이 이토록 탄탄하게 결합한 여성에게 잘 어울린다.

*

엘렌 위튼과 달리 나는 대개 동행과 같이 걷는다. 하지만 아들이 태어난 후 걷는 것이 힘들어졌다는 사실을 깨달았다. 유도분만을 한 후 골반이 제대로 회복되지 않았고, 꼬리뼈는 출산하다가 뒤로 휘어졌다. 1마일 정도 걷고 나면 온몸의 뼈들이 함께 맞물려 갈려나가는 것 같았고, 그런 고통이 며칠 동안 계속됐다. 아이를 낳은 몸을 제대로 관리하는 법을 배우지 못했기 때문에 걸으러 나갔다가도 중단하고 돌아와야 했다. 그리고 함께 하이킹을 하러 온 사람들을 실망시킬까 봐 걱정이 커져갔다.

한 가지 해결책은 혼자서 내 몸을 시험해 보는 것이었다. 나는 평소에 잘 알고 있는 길인 야로우포드에서 민치무어 도로를 걸어 올라가고 싶어 며칠 동안 근질근질했다. 결국 야로우 계곡에 있는 작은 마을에서 출발해 왕과 소몰이꾼, 노상강도와 도둑의 발자취를 쫓아서 언덕 밑의 등고선을 따라 있는 고대의 길을 착실하게 올라갔다. 길의 험준한 기세는 절대 누그러지는 법이 없었지만 급경사는 없었고, 아름다운 풍경 때문에 계속 위로 올라갔다. 높은 곳에 이르자 바람이 좀 쌀쌀하게 느껴졌다. 그래서 잠시 앉아 점심을 먹으며 잉글랜드와 접한 스코틀랜드 국경을 내려다봤다. 갈 길이 얼마나 남았는지 보다가 기가 죽었다. 남은 길이 멀기도 했고, 날씨도 쌀쌀하고, 몸을 따뜻하게 덥힐 옷이 코트밖에 없다는 사실에 겁이 났다. 나는 공황상태에 빠져 이렇게 멀리까지 갈 수 있을까 초조해하면서, 만약 그래야 할 경우가 생긴다면 어떻게 산을 안전하게 내려올 수 있을지 고민했다. 그러다 남은 거리는 고민하지 않고, 중간에 도달해야 할 목표를 몇 개 정하고, 여기서 탈출할 길도 찾아냈다. 그렇게 놀란 마음을 어느 정도 다스리자 이 외출에서 좀 더 기쁨을 느낄 수 있었다. 얼마 후에는 높은 곳에서 세상을 굽어보면서 영혼을 뒤흔드는 기쁨을 정말 오랜만에 느꼈다. 나는 방금 찾아낸 지름길을 무시하고, 대신 야로우와 트위드 계곡 사이에 있는 산등성이를 따라 계속 걸었다. 그러다 야로우를 표시하는 안내판을 발견했을 때 안도했고 내가 정한 길을 끝까지 갈 수 있을 거라는 확신이 들었다.

길을 내려오다 꿩들이 덤불 밑에서 돌아다니는 아름다운 자작나무 숲을 발견했다. 내가 다가가자 꿩들은 낙엽 위로 잽싸게 달려가서 더 어두운 구석으로 들어가 버렸다. 다시 계곡으로 나와서 원래 출발했던 평평한 길에서 1마일 남은 곳에 이르자 마침내 해냈다는 유쾌한 흥분이 치솟는 걸 느꼈다. 나 혼자 산속에서 하루를 보내며 다시 제멋대로 돌아다닐 수 있어서 정말 기뻤다.

4장

사라 스토다트 해즐릿

Sarah Stoddart Hazlitt

그들은 호기심이 아주 많은 것 같았다. 특히 하일랜드 사람들이 더 그랬다. 그리고 그들은 질문을 던지기 전에 대개 이런 식으로 말문을 뗐다. "오늘은 무지 덥지요." "아, 정말 덥네요." "오늘 얼마나 멀리 나왔는지 말해줄 수 있나요?" "저는 크리프와 C를 거쳐서 왔어요." "와! 진짜 무지하게 피곤하겠어요. 그래서 어데로 가요?" "스털링이요." "아이구, 거긴 아주 먼디. 밤에나 도착하겄어요." "아, 전 아주 잘 걸어요. 3주 전에는 170마일이나 걸었어요." "맙소사! 그럼 당신은 크리프 사람이 아니구먼요?"

― 사라 스토다트 해즐릿, 1822년 6월 1일 일기

1822년 4월 21일 리스 스맥 수퍼브호를 타고 에든버러에 도착한 사라 스토다트 해즐릿은 그야말로 한 치 앞을 가늠할 수 없는 미래를 향해 부두에 올라섰다. 그녀는 템스강에서 7일 동안 동해안을 따라왔다. 14년 동안 결혼 생활을 이어온 남편이자 수필가인 윌리엄 해즐릿William Hazlitt과 이혼하기 위해서였다. 그는 런던에서 하숙하고 있는 집의 십 대 딸에게 정신없이 빠져 있었다. 영국 법에 따라 이혼하기에는 돈도 사회적 영향력도 부족했던 해즐릿은 에든버러에서 창녀의 품에 안겨 있는 자신을 아내에게 '들킨다는' 계획을 짰다. 에든버러에서는 스코틀랜드 법에 따라 잉글랜드보다는 좀 더 신속하고 저렴한 비용에 이혼할 수 있었다. 사라가 에든버러에서 석 달을 머무는 동안 남편의 친구들에게 괴롭힘을 당하고, 위증을 해야 하고, 그런 추잡한 계획에 공모해야 하는 현실에 죄책감과 불안을 느껴서 병이 난다. 그 시기에 그녀는 마음속에 소용돌이치는 그 복잡한 감정을 간결하게 일기에 적었다. 그녀는 일기에 자신이 이혼하게 된 정황과 틈이 날 때마다 몇 마일이나 걸었는지 썼다. 걸으면서 숨이 막힐 것같이 갑갑한 변호사 사무실과 앞으로 혼자 살아가야 하는 고통스러운 미래의 전망과 그에 따라 찾아올 자유 비슷한 것을 즐기며 에든버러와 그 근교를 배회할 수 있었다. 걷기는 남편의 강압적인 행동 때문에 약해진 그녀의 심신을 회복시키는 중요한 해독제가 됐다.

에든버러에 도착한 초반의 몇 주 동안 사라의 시간은 법적인 문제 처리와 도시 탐험으로 양분됐다. 남편과 그녀 둘 다 우연히 에든버러에 왔다는 사기극을 유지하기 위해 남편인 윌리엄과의 연락은 변호사나 중재인을 통했다. 윌리엄이 사라의 에든버러 체재 비용을 대고 그 대가로 그녀는 남편이 바람을 피우는지 전혀 몰랐다는 거짓 증언을 해서 이혼이 성립되도록 하는 것이 이 부부가 맺은 계약 조건이었다. 사무변호사들이 법적 서류를 갖추거나 그저 간단한 질문에 대한 솔직한 대답을 들어보려고 기다리는 며칠 동안 사라는 에든버러와 그 너머까지 걸어 다니면서 유명한 관광지(칼튼 힐, 아서 시트)나 외진 곳에 있는 장소(라스웨이드, 로슬린 글렌)나 똑같은 열의를 품고 찾아다녔다. 이런 소풍을 갈 때 그녀는 대개 혼자 걸었는데 몇 시간씩 걷는 건 예사고, 때로는 몇 마일씩 걸었다.

5월 중순에 윌리엄은 에든버러를 잠시 떠나 글래스고에 있는 앤더슨 대학에서 강의하고, 그 후에 하일랜드 남부를 걷기로 했다. 그가 에든버러를 떠나서 법적 절차를 진행하는 것도 일시적으로 중단됐기 때문에 사라도 잠시 에든버러를 떠날 수 있었다. 그녀는 5월 14일 리스로 돌아와 다른 배를 탔다. 이번에는 포스를 따라 스털링까지 북서쪽으로 향했다. 돈도 별로 없고, 일기장에 별다른 언급도 하지 않은 채 사라는 아주 특별한 모험을 시작할 참이었다.

1820년대에는 최남단에 있는 하일랜드를 통과해서 여행하는 관광객을 흔하게 볼 수 있었다. 특히 그 지역을 배경으로 월터 스콧 Walter Scott 경이 쓴 무수한 작품들을 읽고 온 사람들이 많았다. 그 작품들이 인기를 끌면서 스콧 경이 그토록 아름답게 묘사한 호수와 언덕을 보기 위해 점점 더 많은 여행자가 찾아왔다. 스코틀랜드도 아닌 다른 지방에서 온 여인이 그곳을 혼자 걸었다는 이야기는 듣도 보도 못한 일이었지만, 사라는 그렇게 했다. 동행도 없고, 가끔

가이드만 동반한 채 스틸링에서 하일랜드로 1주일 동안 지속될 최남단 투어를 시작했다. 명소도 많이 갔지만 (레니 폭포, 카트린 호수, 클라이드 폭포) 때로는 일반적인 관광 코스를 벗어날 때도 꽤 많았다. 이 여행에서 사라는 매일 20마일에서 30마일을 걸었고, 여러 곳에서 육체적 위험에 처했지만 대개 용기와 명랑한 성품으로 버텨냈다. 이 여행에서 그녀는 에든버러로 돌아가기까지 180마일을 걸었다. 여행 도중에 마주치는 뜻밖의 만남과 우연을 즐겼고, 힘들게 걸은 후에 먹고, 씻고, 자는 아주 단순한 행동에서 큰 기쁨을 느꼈다.

5월 13일 월요일 그녀는 일기장에 여행을 계획하고 있다는 그 어떤 서두도 없이 갑자기 뉴헤이븐 항구에서 스틸링까지 혼자 7마일을 올라가는 항해를 했다고 적었다. 거기서부터 걷기 시작했고, 이틀 후 일기장에 스콧이 1810년에 쓴《호수의 여인The Lady of the Lake》으로 유명해진 트로서크스 계곡에 있는 캐서린 호수까지 걸어갔다고 썼다. 웅장한 레디산과 로몬드산 밑의 대접처럼 움푹 파인 곳에 자리 잡은 그 호수의 독특한 위치는 혼자 걷는 사라를 매료시켰다. 그래서 그녀는 그 호수의 "각각 다르고 아름다운 굽이"들을 둘러보게 해줄 뱃사공을 고용했다. 그곳들을 모두 둘러본 후에 그녀는 배에서 내려 캐서린 호수와 로몬드 호수 사이에 있는 산길을 향해 출발했다. 그 길에서 남쪽으로 가면 러스에서 하룻밤 묵을 곳이 나온다. 그곳은 로몬드 호수의 서쪽 둑에 있었다. 하지만 이번에 그녀가 가야 할 호수 사이에 있는 땅은 외져서 여행객도 별로 없었다. 기상

자기만의 산책

이 악화되자 그녀는 자신이 위험에 처한 걸 깨달았다. 1822년 5월 16일 목요일 그녀는 일기에 이렇게 적었다. "캐서린 호수 너머 황무지에서 가장 지루하고, 습지가 많고, 길도 없는 부분을 지나갔다. 거센 폭풍우가 몰아치는데 몸을 피할 곳도 없었고, 산을 오르자니 덥고, 이렇게 외딴곳에서 길을 잃을 것 같은 두려움이 엄습했다." 사라에겐 그녀를 도와줄 지도나 나침반이 하나도 없었지만, 그런 상황에서도 이렇게 적었다.

나는 할 수 있는 한 최선을 다해 어느 방향으로 가야 할지 정했고, 마침내 아주 기쁘게도 다시 길을 찾았다. 하지만 그 길은 습지로 가득 찬 널찍하고 음울한 황무지 위로 뻗어 있는데 돌투성이라 걷기가 쉽지 않았다. 그 길을 따라 인버스네드 개리슨까지 갔다가 (거기까지 가라는 안내를 받았다) 연락선을 타고 로몬드 호수를 건너 둑길에서 아주 즐거운 산책을 했다.

치명적인 재난이 될 수도 있었던 일은 결국 사라를 열광시킨 대단한 모험으로 끝났다. 그녀는 러스에 대략 밤 10시쯤 도착했다고 의기양양하게 적었다. 그리고 "오늘 도보 여행은 정말 황홀했고, 하루 내내 걸으면서 보기 드물게 진귀하고 아름다운 풍경을 수도 없이 지나쳤다"고 적었다.

러스에 도착하자 사라는 다시 글래스고와 트로서크스 사이에 있는 인기 많은 관광 코스를 택했다. 다만 그녀가 그 여행의 나머지 일정 동안 경험했던 육체적인 어려움을 버틸 관광객은 많지 않았을 것 같다. 그런 어려움을 그녀처럼 아무렇지 않게 받아들이고 심지어 즐기기까지 한 관광객도 별로 없을 것 같고. 사라는 질척거리는 로몬드 산기슭을 지나 15마일 떨어진 덤바턴까지 걸어갔다. 거기서 글래스고로 가는 배 위에서 "지독한 감기에 걸려서 제대로 숨을 쉴 수도, 고개를 들 수도 없고, 온몸이 다 아픈데 특히 오른쪽 무릎이 시큰거린다. 인버스네드 연락선에서 내릴 때 이쪽 무릎을 접지르는 바람에 이렇게 됐다"고 고통을 호소했다. 이렇게 몸이 안 좋은데도 그녀는 다음 날 덤바턴으로 가는 여행을 중단하지 않았고, 그 다음 날은 래나크에서 웨스트 캘더까지 17마일을 걸었다.

사라는 래나크에서 도로시 워즈워스와 존 컨스터블(19세기 영국의 대표적인 낭만주의 풍경화가 – 옮긴이)에 이르는 여행자들이 찾았던 일련의 작은 폭포들로 이뤄진 클라이드 폭포의 아름다움을 기쁘게 감상했다. 또 로버트 오웬(영국의 선구적인 사회주의자 – 옮긴이)이 지은 진기한 시설들도 구경했다. 클라이드 둑을 따라 시범적으로 건설한 그 정착지의 진취적인 경영자였던 오웬은 자신의 공장에서 일하는 직원들을 위한 다양한 복지 프로그램을 실험했다. 클라이드의 가파른 협곡에서 사라는 가장 힘든 하루를 시작했다.

이 모든 아름다운 곳들을 떠난 후 나는 상상할 수 있는 가장 황량

자기만의 산책

하고 쓸쓸한 곳을 걸었다. 래나크를 떠나자마자 곧바로 널찍하고 시커먼 습지로 가득 찬 황무지로 들어가 무려 17마일이나 걸어야 했다. 날씨는 푹푹 찌고, 나무 한 그루 없고, 태양이 이글거리는데 사방에 그늘 한 점 없었다. 도저히 더는 갈 수 없을 것 같아 땅바닥에 몇 번 주저앉았다. 하지만 그랬다가 몸이 너무 뻣뻣하게 굳어져서 더 갈 수 없을까 두려워 한 번에 몇 분 이상 쉬질 못했다.

카트린 호수에서 길을 잃었을 때처럼 여기서도 그녀가 몹시 취약한 처지에 처했다는 점이 뚜렷이 드러난다. 동행도 없이 혼자 걷는 사라는 위험에 무방비로 노출돼 있고, 그녀를 도와줄 사람 하나 없다. 그리고 그녀가 돌아오지 못할 경우에 그녀를 걱정하며 찾을 사람도 없어 보인다. 하지만 이 일기에 표현된 걱정은 대개 여성이 걸을 때 보통 하게 되는 성희롱이나 폭행이 아니라 성별에 상관없이 그때나 지금이나 혼자 다니는 여행자들에게는 익숙한 종류의 위험에 대한 것이다. 사라가 혼자 걸어 다닌다고 해서 남들과 다르게 위험에 취약한 처지에 놓일 거라고 생각하거나, 그것 때문에 자신이 남들 눈에 유별난 존재로 보일 거라고 의식하는 점은 전혀 보이지 않았다. 그보다는 자신이 처한 물리적 현실과 극도로 힘들지만 끝까지 걸어야 한다는 생각만 드러난다. 이런 경험이 유쾌하진 않지만 그녀는 그날 밤 "더위와 피로 때문에 완전히 탈진했고" 발이 "너무 붓고 아파서 오랜 시간이 흐른 후에야 간신히 잘 수 있었다"고 적었다. 그녀는 고통이 찾아오길 기다리기보단 적극적으로 고생하는 쪽을 택했다. 걷기를 통해 사라는 자신의 감정에 대한 자유뿐만 아니라 그 감정을 어디서 어떻게 느껴야 할지까지 선택하는 자유를 행사할 수 있었다.

걷기의 어려움은 사라에게 중요했다. 포스와 클라이드 계곡 근처에서 여행이 끝날 무렵, 사라는 아주 깔끔하고 꼼꼼하게 그간 걸어온 거리를 정리했다.

- 5월 13일 월요일   4마일
- 　　 14일 화요일   20마일
- 　　 15일 수요일   32마일
- 　　 16일 목요일   27마일
- 　　 17일 금요일   21마일
- 　　 18일 토요일   21마일
- 　　 19일 일요일   28마일
- 　　 20일 월요일   17마일

총 170마일

이 계산에는 20일 아침에 웨스트 캘더에서 에든버러까지 걸었던 17마일도 포함돼 있었다. 발이 너무 붓고 아파서 잠을 잘 수 없었다고 한 다음 날 그녀는 또 이렇게 걸었다. 그녀는 이렇게 적었다. "아픈 발을 이끌고 짧은 여행을 힘겹게 끝냈다." 하지만 그 걷기의 중요성은 마일로 측정됐다. 황량하고 험난한 지형 위로 흘러간 거리, 갈증과 더위와 위험으로 가득 찬 거리, 그녀가 걷고 싶었기 때문에 걸었던 거리, 그리고 육체적으로 걸을 수 있었기 때문에 걸었던 거리, 역경을 통과한 걷기가 사라에게는 일종의 카타르시스이자 힘이 솟아나는 경험이었다. 무엇보다 이혼 절차 때문에 겪어야 하는 끝없는 고통과 대조적으로 걷기는 얼마나 큰 고통을 겪을지 그리고 언제 그것에서 풀려날 수 있을지를 통제할 수 있었다.

그녀는 갑자기 에든버러의 용무로 돌아왔다. 며칠 못 가 그동안 느꼈던 기쁨과 행복은 복잡하고 혼란스러운 법적 절차 속에서 사라져버렸고, 사라의 몸은 그 상황에 고통스럽게 반응했다. "오늘은 아주 초조하고 몸이 좋지 않다." 그녀는 기쁨에 차서 여행에서 돌아온 지 불과 나흘 만에 이렇게 일기장에 적었다. 따라서 일주일 후인 1822년 5월 31일 두 번째 걷기 여행을 떠나기로 한 결정은 그녀의 몸과 마음에 쌓인 긴장과 초조를 풀어줬을 것이다. 이번에 그녀는 하일랜드에서 좀 더 동쪽으로 탐험할 계획으로 포스에서 출발해 퍼스를 향해갔다. 거기서부터 던켈드, 크리프 그리고 마지막으로 스털링으로 갔다.

사라의 두 번째 여행은 처음에 배를 잘못 타서 파이프 연안을 따라 올라가 테이로 가는 대신 포스에서 에든버러로 가는 반대편 코스인 파이프로 가서 결국 번티스랜드에 도착했다. 번티스랜드에서 퍼스까지 데려다줄 마차를 마다하고 그녀는 걷는 쪽을 택했다. 그 길을 가려면 필연적으로 하게 될 고생은 아랑곳하지 않고 말이다.

나는 번티스랜드에서 킨로스까지 14마일을 걸었다. 그 길은 나무가 울창하게 우거진 근사한 곳도 있었고, 나무 한 그루 없이 황량하고 음울한 풍경만 있는 곳도 있었다. 그래도 레븐 호수와 메리 여왕이 갇혀 있었던 성이 보이기 시작했다. 그 호수 풍경을 보며 몇 마일을 갈 수 있었다. 댐 헤드의 통행료 징수소를 넘어가자 돌투성이에 언덕이 많은 길이 약 4마일 정도 이어졌고, 그 후엔 가로수가 양쪽에 늘어서 있는 아주 멋진 길이 나타났다. 킨로스에서 12마일을 가자 아이르네Ayrne의 아름다운 마을인 브릭이 나타났다. 여기서 아주 예의 바르고 친절한 사람들이 있는 편안한 여관을 찾아냈다.

'아이르네의 브릭' 또는 '브리지 오브 언'은 퍼스 남쪽에서 5마일 정도 그리고 번티스랜드에서 26마일 떨어져 있는데 이 거리를 하루 만에 걸은 것이다. 그녀는 이 길을 아주 가볍고 경쾌하게 걸었다. 이 부분에서 묘사한 사라의 가벼운 발걸음을 따라 독자도 아주 가볍게 퍼스까지 따라간다.

어떤 상황에 처하든 끝까지 걷고자 하는 그녀의 의지는 다음 날 적은 일기에서 확인할 수 있다. 그녀는 여기 퍼스에서 북쪽으로 향해 던켈드에 있는 작은 마을로 가는 여정을 묘사했다. 사라는 그 거리를 "사람들은 15.5마일이라고 했지만 잉글랜드의 계산법으로 하면 20마일은 족히 돼 보였다"라고 적었다. 그녀는 자신의 상태를 호들갑스럽게 수선 피우지 않고 담담하게 적었다. "운 나쁘게 길가에 튀어나온 돌멩이에 걸려 발목을 접질리는 바람에 걷는 게 아주 고통스러웠다." 그녀는 스코틀랜드식으로 계산하면 15마일의 상당 부분을 그렇게 다리를 접질린 상태로 걸어갔다. 법적 절차를 밟느라 스트레스를 받아서 건강이 급속도로 나빠졌다고 에든버러에서 적은 일기와 대조적으로, 이렇게 육체적으로 힘든 상황에서도 사라의 몸은 잘 회복됐다. 그녀는 하룻밤 잘 자고 고급 스코틀랜드 위스키를 마셔서 다음 날 아주 편하게 움직일 수 있었다고 했다. 그녀는 그 위스키를 발목과 무릎에 문질렀는데 아주 효과가 좋았다고 했다. 이는 물론 추천할 만한 치료법은 아니다. 하지만 당시에는 지극히 현실적인 치료법으로 그녀의 일기에 면면히 흐르는, 자신의 굳은 의지를 별것 아닌 것으로 깎아내리는 성향을 볼 수 있다. 이 글이 대중을 의식해서 쓴 것이라면, 이런 묘사가 단순한 허세가 아닌지 의심할 수 있다. 하지만 일기장을 보면 그녀는 이런 사고의 과정을 숱하게 겪었기 때문에 새삼스럽게 윤색할 필요도 없었다. 그래서 나는 그녀가 정말 용감했다고 믿는 쪽으로 마음이 기울어진다. 걸을 때 사라는 자신의 의지에 맞춰 몸을 쓸 수 있었을 것이다.

퍼스에서 던켈드로 가는 여행에서 사라는 스코틀랜드의 저지대와 고지대 사이의 변화가 표시된 단층대인 하일랜드 바운더리 폴트를 지나갔다. 이 단층은 스코틀랜드의 아란섬에서 글래스고의 남서쪽까지 대각선으로 가르며 내려가서 애버딘 근처의 스톤헤이븐까지 이어져 있다. 퍼스에서 북쪽으로 간 사라는 아주 천천히 걷더라도 알몬드 계곡의 초록색 언덕과 비옥한 평야가 있는 완만한 저지대에서 좀 더 거칠고 험난한 하일랜드로 풍경이 갑작스럽게 바뀌는 모습을 목격했을 것이다. 저지대가 넓게 펼쳐지는 언덕 꼭대기에 올라선 그녀는 언덕을 내려가 테이 계곡으로 들어갔다. 그곳은 바위투성이 절벽과 나무가 울창한 곳이 곳곳에 있었다. 발밑에 있던 바위가 중부 지대 특유의 퇴적물로 생긴 사암에서 하일랜드의 불로 인한 변성암으로 바뀐 걸 눈치채지 못할 사람은 없을 것이다. 사라는 그런 지리적 변화를 풍경뿐만 아니라 사람들을 보며 알아챘다. 그녀는 이날 하일랜드 사람들을 만났다고 일기에 적었다. 그리고 동행도 없이 혼자 걷는 그녀를 만난 사람들의 반응에 대해 적었다. 크리프에서 스털링까지 25마일을 걷던 도중 그녀는 그 지역 사람들과 기억에 남을 만한 대화를 즐기게 된다. 그중 한 사람이 이렇게 말했다. "오늘은 무지 덥지요." "아, 아주 덥네요." 사라 스토다트 해즐릿은 아주 유쾌하게 대답한다.

"오늘 얼마나 멀리 나왔는지 말해줄 수 있나요?" "나는 크리프와 C를 거쳐서 왔어요." "와! 진짜 무지하게 피곤하겠어요. 그래서 어데로 가요?" "스털링이요." "아이구, 거긴 아주 먼데. 밤에나 도착하겠어요." "아, 전 아주 잘 걸어요. 3주 전에는 170마일이나 걸었어요." "맙소사! 그럼 당신은 크리프 사람이 아니구먼요?"

당시 크리프에 사는 여성이 하루에 얼마나 걷는지는 알 수 없으나, 사라는 분명 상대가 칭찬으로 한 말에 기뻐한 것으로 보인다. 사라는 하일랜드에서 혼자 걷는 여성으로 관심을 끌기도 했지만, 그 관심은 항상 친절하고 세심히 배려하는 마음에서 나온 것이었다. 그녀는 "전반적으로 예의 바르고 친절한" 사람들 사이에서 "그 어떤 모욕이나 희롱도 당하지 않은 채 그 지방의 곳곳을 걸어 다닐 수 있었다고" 적었다. 홀로 걸을 때 그녀는 가장 큰 기쁨을 맛보았고, 그녀의 걷기는 큰 의미를 지니게 됐다. 던켈드를 하루 동안 둘러본 후 사라는 서쪽으로 향해서 브란강을 따라 상류로 갔다가 브란 협곡과 알몬드 협곡 사이에 있는 황량한 산길을 건너갔다. 산속 깊은 곳에서 사라는 가장 간담이 서늘해지는 황량한 고지와 마주하게 됐다. "내가 전에 봤던 그 어떤 곳보다 내가 생각하는 하일랜드의 모습과 잘 어울리는 곳이었다. 엄청나게 높은 황량하고 적막한 산들이 끝없이 미로처럼 얽혀 있었다"라고 묘사했다. 그녀가 묘사한 '간담이 서늘해지는 황량한' 곳 중에서도 '가장 그런 곳'이라는 묘사는 당시 사람들이 생각하는 장엄하고 웅장한 곳이라는 개념과 부합했다. 그래서 그녀가 한 묘사가 유달리 놀랍거나 독창적이진 않다. 사라의 이야기가 독특한 이유는 풍경과 그곳을 여행하는 수단 사이의 관계가 중요하기 때문이다. 알몬드를 떠나 언강을 향해 출발하면서 그녀는 이렇게 썼다.

이어서 올라가야 할 산들이 아직 남아 있었다. 가장 힘든 길이었는데 거길 오르느라 어찌나 지치고 덥던지 도중에 산속에 있는 샘을 발견하지 않았다면 아마 기진했을 것이다. 나는 거기 앉아서 얼굴을 씻고 미칠 듯한 갈증을 달래기 위해 물을 마셨다. 처음에는 서투르게 마셨지만 곧 아주 잘 마실 수 있게 됐고, 기분이 상쾌해졌다. 그리고 이런 돌투성이 바위 속에서 물을 주신 신에게 감사드렸다. 이런 길을 걸으면 신심이 더 깊어지면서 행복해지고, 그 어떤 책이나 교회에서도 느낄 수 없는 신의 사랑과 자비를 좀 더 생생하게 느끼게 된다. 신이 만드신 모든 작품에서 그의 보살핌과 친절이 보이는 것 같다. 여기 있는 그 어떤 것도 모순되는 것이 없다.

그녀는 다시 상당한 육체적 통증과 불편에 관해 썼지만, 이 일기에서 그 고통은 심오하고 심지어 영적인 의미를 지닌 경험으로 승격된다. 여행과 신자에게 시련을 주는 전통적인 종교적 시험이 비슷한 건 아마 우연의 일치가 아닐 것이다. 산길을 오르고 또 오르면서 받는 고통은 결국 사라를 그녀의 '신'과 일종의 교감을 하게 만드니까. 신의 뜻을 육체적으로 그리고 본능적으로 이해하게 된다는 그녀의 말은 의미심장하다. 걷는 행위 그 자체, 매일 한 발씩 내딛는 행위로 인해 사라는 신심이 더 깊어지고 행복해진다. 진실로 걷기는 창조의 수단 자체가 된다. 사라는 걷기로 인해 신심이 더 깊어졌다. 그녀에게 억지로 강요된 행위가 아니라 걷기라는 과정을 통해 그 신심의 모양이 만들어지고, 형성되고, 창조된 것이다. 그녀는 신심이 깊어졌다고 느낀 것이 아니라 정말 깊어졌다. 그녀는 걷는 사람으로 존재하고 있으니까. 사라 스토다트 해즐릿에게 걷기란 자신이라는 존재를 경험하고 세상 속에서 자신의 위치를 이해하는 데 핵심적인 역할을 한다.

이 두 번째 여행에서 그녀가 걸은 거리 역시 첫 번째 여행만큼 인상적이다.

• 5월 31일 금요일	28마일
• 1일 토요일	25마일
• 2일 일요일	15마일
• 3일 월요일	21마일
• 4일 화요일	23마일
	총 112마일

사라는 또 도보 여행에 대한 자신의 육체적, 정서적 반응을 적

었다. 스털링에서 에든버러로 돌아오는 길에 그녀는 "하나도 피곤하거나 발이 아프지 않다고 느꼈다. 그저 이 여행이 너무 즐거웠다"고 적었다. 그것은 그 어떤 모욕이나 희롱도 당하지 않은 채 그 지방 곳곳을 걸어 다닐 수 있었던 여행이었다.

사라 스토다트 해즐릿에게 걷기는 자신이 완전한 존재이며 이 세상에 속한다는 느낌을 뒷받침해 주는 역할을 했다. 걷기가 어떻게 신, 풍경, 땅, 그리고 더 큰 창조주와 연결돼 있다는 심오한 느낌을 받게 해줬는지를 보여준다. 자신의 발로 걸으면서 그녀는 길에서 만나는 사람들, 특히 여성들과 진정으로 의미 있는 대화를 나눌 수 있었다. 또한 그녀에게 걷기란 지적, 정서적, 창의적 의미로 가득 찬 행위이기도 했다. 어떤 면에서 그것은 저항하는 행위이기도 했다. 참담한 이혼으로 강요된 구속에 저항하는 행위이자, 억지로 에든버러에 오게 만든 남편에 대한 저항이자, 자신의 의지에 반해 어쩔 수 없이 행동해야 하는 자신의 무력함에 저항하는 행위였다. 하지만 걷기는 자신을 주장하는 행위이자 자신을 알아가는 행위였다. 길에서 지칠 대로 지친 하루를 보낸 후 잠자리를 찾지 못하거나 음식이 부족하거나 그 어떤 문제가 생겨도 거기서 조금 더 걷는 것으로 해결하지 못할 상황은 없었다.

사라 스토다트 해즐릿은 1822년 6월 5일 에든버러로 돌아온 후더는 도보 여행을 하지 않았지만, 종종 시내 산책을 했다. 한 달 후 모든 이혼 절차가 끝났지만, 정식 판결은 8월 2일에 나왔다. 그 유감스러운 일을 끝낸 후에 사라는 런던으로 돌아갈 준비를 했다. 그녀는 마지막으로 일기장에 이렇게 썼다. "난 이제 스토다트 양이 됐다. 별로 기쁘진 않다. … 이혼을 하기 전 상황도 지금과 크게 달라진 건 없으니까." 그녀는 카트린 호수와 로몬드 호수 사이에서 위험한 산길을 넘어갈 때 그랬던 것처럼 불확실한 미지의 미래를 마주했을 때도 용감했다. 사라 스토다트 해즐릿은 일기장에 적은 대로 수백 마일을 걷느라 신발을 닳게 했을지 모르고, 홀로 걷는 여성 도보 여행자로 그 기나긴 길을 갈 때보다 더 취약한 처지가 될 이혼에 어쩔 수 없이 동의했을지 모르지만, 고통을 참을 수 있는 육체적 능력이나 걸으면서 기운을 낼 수 있는 정신적 능력은 절대 소진하지 않았다.

*

나는 걸을 때 종종 사라를 생각한다. 에든버러에 있을 때 올드 타운의 구불구불한 거리를 돌아다니면서 사라의 발이 이곳을 지나쳤을지 생각했다. 나는 던켈드 위에도 올라갔다. 그곳은 나무가 무성하게 우거진 테이 계곡이 그보다 좀 더 황량한 황무지와 만나는 곳이었다. 나는 거기서 사라가 성큼성큼 걸어서 산속으로 들어가는 모습을 상상했다. 하지만 그녀가 걸으면서 느꼈던 그 장엄한 기분을 좀 더 가깝게 느꼈던 곳은 로몬드 협곡이었다. 로몬드 협곡의 정상 밑에서 카트린 호수가 펼쳐진 환상적인 풍경을 볼 수 있었지만,

그보다 더 내 눈에 띄었던 풍경은 복잡하게 얽힌 황무지 속에서 마치 산이 분출하는 것처럼 우뚝 솟아 있는 풍경과 그 산의 가장자리를 덮어주던 호수의 풍경이었다. 이는 흙뿐만 아니라 물로 이뤄진 풍경처럼 보였다. 정상을 가리키는 이정표 옆에 서서 사라가 1822년 그날 지나쳤을 만한 곳을 상상하며 내려다봤다. 나는 여행자들이 낸 넓은 길을 따라 로몬드 협곡으로 올라갔다. 하지만 사라는 그 누구의 도움도 받지 않은 채 길도 없는 땅을 오로지 자신의 힘과 용기로 횡단했다. 관광 코스를 따라 내려가는 대신 나는 타미간 산길을 내려왔다. 좀 더 거칠고 황량해서 도전의식을 북돋아주는 길이었다. 사라가 스코틀랜드를 걸을 때 보여준 용기에 비하면 아무것도 아니었지만, 나로선 대단한 도전이었다.

5장

해리엇 마티노
Harriet Martineau

나는 생애 최초로 자유롭게 마음대로 살 수 있습니다. 그리고 나는 여기 사는 것이 좋습니다. 다년간 무기력하게 질병에 시달린 후 이제 내 인생은 (이 계절에) 거칠 것 없이 방랑하는 인생이 됐죠. 나는 잉글랜드와 스코틀랜드 경계 지방에 사는 사람처럼 말을 타고 도붓장수처럼 걷고 등산가처럼 산을 오르고 가끔은 친절하고 유쾌한 이웃들과 짧은 소풍을 가고 가끔은 하루 내내 산에서 혼자 시간을 보내기도 해요.

— 해리엇 마티노가 랄프 왈도 에머슨에게, 1845년 7월 2일

해리엇 마티노는 노픽에서 유니테리언 교파 목사와 그의 아내가 낳은 여덟 자식 중 여섯째로 태어났다. 15년에 걸친 문학적, 지적 경력을 통해 마티노는 사회학자, 노예 폐지론자, 소설가, 여성과 빈민을 위한 활동가로 국제적 명성을 쌓았다. 또한 전문 기자이자 여행 작가로 미국과 이집트와 중동에 다녀와서 쓴 여행기가 선풍적인

인기를 끌었다. 그녀는 영국에서 법률 개혁과 사회 정책에 관한 상담을 해주는 컨설턴트로도 활동했다. 그녀의 지적 관심사가 미치는 범위는 무시무시하게 넓었고, 그녀가 그런 분야를 정력적으로 공략하는 모습만 봐도 지칠 정도였다. 말년에 쓴 정치경제학에서 사회학 방법론과 레이크 지역의 도보 여행 안내서까지 포함해서 총 35권의 책을 썼다. 1845년 여름 가까운 친구인 미국의 수필가 랄프 왈도 에머슨Ralph Waldo Emerson에게 편지를 썼을 때 그녀는 40대 초반이었지만, 그 전해 가을까지 그녀는 뉴캐슬 근처 해안가에 있는 마을인 타인머스의 집 침대에 5년 동안 몸져누워 있었다. 온갖 치료를 받아도 허사로 돌아간 위험하고 끈질긴 병에 시달려서였다. 그렇게 침대에 누워 있는 동안에도 그녀는 계속 글을 썼고, 바닷가가 보이는 침실에 준비된 망원경 덕분에 바깥세상과 어느 정도 연결될 수 있었다. 하지만 그녀는 온몸에 내리쬐는 햇빛을 받고 싶었고 다시 한번 살아 있는 초록색 나무를 볼 수 있기를 간절히 바랐다. 둘 다 침대에서는 보이지 않았기 때문이다. 처음 병에 걸렸을 때 해리엇은 자신의 상태에 체념하고 그런 상황에 만족한다고 생각했다. 다만 그 시기에 놀랄 정도로 유쾌한 편지들을 친구들에게 보낸 심리 이면에는 그녀를 걱정하는 그들을 위로하고자 하는 마음이 깔려 있었을 것이다. 멘토인 윌리엄 존슨 폭스William Johnson Fox에게 그녀는 이런 편지를 썼다.

내부 질환이 오랫동안 말썽을 부렸지만 작년 여름 베니스에서 지낼 때까지는 저도 제가 아프다는 사실을 알아차리지 못했습니다. 이 병은 아무래도 오래갈 것 같고 (아마 1년이나 2년 정도) 아주 심각합니다. 전 회복할 가능성이 크고, 그러면 완치될 것 같지만, 미래를 자신하기엔 아직 위험 요인이 많은 것 같습니다. 그동안 저는 여동생 집에서 조용한 생활을 실컷 즐기고 있습니다. 책도 많이 읽고, 일하고, 이야기도 많이 하고, 할 수 있을 때 글도 조금 쓰고 있답니다.

이 '내부 질환'에 대해 다양한 진단이 내려졌지만, 지금까지도 문학적 명성과 권력의 정점에 서 있던 그녀를 앓아눕게 만든 병의 정체가 뭐였는지 확실히 알아내기란 불가능하다. 그 병의 정체를 몰라 당혹스러워했던 의사들은 해리엇의 고통을 아편으로 치료하는 것 외에는 해줄 수 있는 것이 없었다. 그래서 그녀는 아편에 의지한 채 모든 희망을 포기하고, 몇 년 동안 소파와 침대를 오가며 살아야 했다. 1844년 6월 해리엇은 새로운 기법인 최면술을 시험해 보기 시작했다. 그것은 자석과 화려한 손동작과 어마어마한 쇼맨십을 발휘해 피험자를 무아지경에 빠뜨리는 기법인데 1830년대 영국에서 인기를 끌었다. 최면술의 대중적인 평판을 보고 의학계와 과학계는 주춤하는 경향이 있었지만, 1840년대에 되살아났고 그 후 수십 년 동안 사회 각계각층에서 인기를 끌었다. 의학이 계속 발달하는 과정에서 다양한 방법과 기법이 용인됐는데 그중 최면술도 있었다. 최면술의 과학적 위상이 낮은 것과 상관없이 해리엇은 그 효과를 즉각적으로 경험했다. 거의 5년 동안 작은 방이란 좁은 세계에 갇혀 지내던 그녀가 첫 최면 치료를 받고 석 달 만에 자신의 상태를 발표했다. "이제 나는 그저 몸이 약할 뿐이지 전혀 아프지 않다. 난 모든 약을 끊었고, 모든 고통과 통증이 사라졌다. 상태가 좋은 날에는 1마일씩 걷고 아주 젊고 기운찬 사람처럼 곳에서 햇볕을 기분 좋게 쬐고 있다. 이렇게 해서 결국 완치될지는 시간이 지나면 알게 될 것이다."

해리엇의 건강이 저절로 회복됐거나 (그녀 스스로도 처음 병에 걸렸을 때는 그럴 거라고 믿었다) 그녀가 강력한 위약 효과를 경험했을 거라고 믿을 만한 근거가 있긴 하지만, 해리엇에게 기적으로 보이는 회복은 전적으로 최면술의 힘 덕분이었다. 그녀는 그 효과를 너무나 확신한 나머지 그녀 자신이 최면술사이자 열렬한 옹호자가 되는 바람에 죽기 전까지 식구들과 불화를 겪었다. 원인이 무엇이건 이 회복은 삶을 바꿔놓는 경험이 돼 해리엇의 삶은 침대에 매여 살던 병자에서 10년 넘게 계속될 '육체적 활력과 건강한 영혼'의 시기로 변했다. 최초의 흥분이 아직 가시지 않은 상태에서 해리엇은 환경을 완전히 바꾸기로 했다. 그녀는 뉴캐슬에서 레이크 지역으로 이사해 언덕 사이에 집을 지었다.

건강이 차츰 나아지면서 걷기는 해리엇이 자신의 활력을 측정하는 기준이 됐을 뿐 아니라 몸이 건강해지면서 회복된 것을 축하

하는 수단이 되기도 했다. 해리엇에게 걷기는 경이로운 것이었다. 레이크 지역에 있는 친구 집에 손님으로 간 첫 주에 대해《자서전 Autobiography》에서는 이렇게 회상했다.

어느 쌀쌀한 아침에, 나를 초대한 집주인과 같이 워터헤드로 걸어가면서 우리는 "이 얼마나 근사한 일이 일어났단 말인가!"라며 이야기를 나눴다. 우리는 그날 지난 12개월을 돌아봤다. 모두 짐작했던 것처럼 나는 타인머스의 집에 있는 침대에 누워 병마와 고통에 시달리고 있었다. 그때 만약 어떤 예언자가 그로부터 12개월이 지난 후에 한 번도 만난 적이 없는 집주인과 함께 내가 눈보라 속을 걷고 있을 거라고 말했다면 어떻게 대꾸했을지 궁금해했다. 그리고 레이크 지역 주민으로서 내 삶을 변화시켜줄 오두막집을 찾고 있다고 했다면 나는 뭐라고 말했을까!

걷기를 통해 해리엇은 환자에서 야외 생활을 좋아하는 여성으로, 침실의 문지방을 힘없이 넘어가던 발걸음과 대조적으로 "안정되고 거의 남성적으로 성큼성큼 걷는 걸음걸이로" 완전히 변했다. 이제 그녀가 기분 좋게 쬐는 햇빛 덕분에 몸과 얼굴은 갈색으로 변했다. 건강한 구릿빛 안색은 걷기라는 치료법이 그녀에게 얼마나 효과적인지 뚜렷하게 드러난 증거였다.

걷기는 십 대 시절부터 해리엇의 삶에서 필수적이었다. 그녀가 당시 쓴 편지를 보면 걷기는 그녀의 오랜 습관이자 형제자매들과 관계를 맺고 유지하는 데 중요한 수단이기도 했다. 해리엇의 지적인 발전 또한 부분적으로는 걸으면서 일어났다. 올케인 헬렌에게 쓴 편지에서 해리엇은 남동생과 그의 친구와 같이 걷는 것이 얼마나 즐거웠는지 이야기한다. "넌 아마 상상도 못 할 거야. 우리가 함께했던 그 기나긴 산책을 내가 얼마나 즐거워했는지. 그리고 우리가 했던 그 길고 깊이 있는 논쟁을 네가 들을 수 있었다면 아주 재미있었을 텐데." 1824년 해리엇의 형제자매들은 스코틀랜드로 도보 여행을 가서 토론할 기회가 아주 많았다. 그때 그들은 한 달 동안 500마일 넘게 걸었다. 헬렌에게 보낸 해리엇의 편지는 그 여행의 야심과 전체적인 규모까지 묘사하진 않았지만 그래도 일부는 언급했다.

우리가 만나면 이런 일에 관해 이야기를 나누겠지만, 글로 쓰는 건 말로 하는 것과 다르니 다시 만날 때까지 이 아름다운 여행의 자세한 정황은 남겨놓을게. 우리처럼 스코틀랜드를 제대로 본 사람도 없을 거야. 아름답고 근사한 그곳을 걸어서 여행한 사람은 거의 없으니까 말이야. 우리는 언제고 내킬 때마다 멈춰서 마음껏 풍경을 감상할 수 있었어. 서로의 즐거움 말고는 신경 쓸 게 하나도 없었지. 우린 그 즐거움을 철저하게 만끽했어. 또다시 이렇게 행복한 한 달을 보낼 수 없으리라는 내 말은 진심으로 하는 말이야. 이 시간을 떠올리는 것 역시 굉장히 즐겁고 영감이 넘치

자기만의 산책

는 경험이 될 거라는 말도 크게 틀리지 않을 거고. 나는 무엇보다 카트린 호수가 좋았지만 이 편지에서나 다른 곳에서나 그곳의 그 형언할 수 없고, 상상할 수도 없는 아름다움을 묘사하려는 시도는 절대 안 할 거야. … 그다음으로는 특히 킬리크랭키, 쉔모어, 오글 협곡, 트리바디, 글렌 카펠, 오우 호수의 산들, 롱 호수, 로몬드 호수의 서쪽 둑을 따라 내려오는 길 전부와 글래스고에서 인버레리로 가는 아름다운 항해, 아란과 부트를 지나 파인 트위드데일 호수만큼이나 아름답고 고귀한 클라이드 폭포, 끝내주게 근사한 리키스, 멜로즈, 커로크가 마음에 들었어. 얼마나 대단한 여행이었는지. 로슬린과 호손든으로 갔던 우리의 기분 좋은 소풍도 절대 잊어선 안 되고.

이렇게 걸으면서 이 형제들은 하일랜드 퍼스샤이어와 스털링샤이어를 걸었고, 저지대도 상당히 돌아봤다. 하지만 그들이 얼마나 멀리 걸었는지 기록한 사람은 바로 동생 제임스였다. 그는 노트에다 그들이 간 곳들을 다 적었다.

북쪽으로는 브루어 폭포까지 서쪽으로는 오우 호수까지 갔다. 런던에서 에든버러까지 증기선을 타고 가서, 거기서 대형 사륜마차를 타고 퍼스로 갔다. 거기서 배낭을 짊어지고 바구니를 들고 하루 평균 15마일하고 4분의 1을 걸어서 총 530마일을 걸었다.

하일랜드로 가는 여행자 대부분, 심지어 윌리엄과 도로시 워즈워스까지도 여행을 다닐 때 중간중간 마차를 탔지만, 마티노 형제는 여행을 시작하고 끝날 때 증기선을 탄 것 외에는 처음부터 끝까지 걸었다. 그것은 놀라운 위업이었고, 올케에게 보낸 해리엇의 편지를 보면 그 경험이 젊은 작가에게 영원히 지워지지 않는 황홀한 인상을 남겼다는 점이 나타나 있다. 이 여행이 너무 특별해서 고작 스물두 살이었던 해리엇은 평생 이런 여행은 다시 오지 않을 거라고 예상한다. 하지만 한 달 동안 스코틀랜드를 걸어서 돌았던 마법 같은 시기에 사실 걷기가 어떤 면에서는 위험하다는 걱정도 있었다. 스코틀랜드에 남동생과 같이 도착한 직후 헬렌에게 보낸 편지에서 해리엇은 에든버러 남쪽에서 보낸 어느 하루의 즐거웠던 소풍에 대해 이렇게 묘사했다.

우리는 근처를 아주 많이 걸었어. 그리고 어제 제임스와 나는 로슬린과 호손든에서 아주 기분 좋은 하루를 보냈지. 우리는 일찍 아침 식사를 한 후에 로슬린으로 걸어가서, 지금까지 본 중 가장 아름다운 풍경 속을 몇 시간 동안 돌아다녔고 *그곳의 징교하고 세련된 예배당을 보며 감탄하고*, 집으로 걸어오는 길에 아주 재미있는 대화를 나눴지. 우리는 8시에 집에 도착했는데 17마일이나 걸었는데도 하나도 안 피곤했어. … 우리는 내일 킨로스로 가서 레븐 호수를 보고 모레는 걸어서 퍼스까지 갈 거야. 다음 날에는 던디로 가고 그다음엔 타인머스, 켄모어, 스킬린(킬린)에서 하일랜드 서쪽으로 가려고 해. 무슨 일이 일어날지 모르겠지만, 앞으로도 어제와 같은 날을 보내게 된다면, 우리가 어떻게 될지 말하기가 쉽지 않겠어. 네가 걸을 때 조심하라는 경고를 했다고 캐서린이 전해주던데, 우리 모두 명심할게.

그 경고는 해리엇의 건강에 관련된 것으로, 이후 건강이 나빠졌을 때 그녀는 이 여행이 원인이라고 생각하게 된다. 해리엇은 나중에 이 스코틀랜드 여행을 아버지가 그녀와 남동생에게 허락해 준 '도락'으로 묘사했으며, "이제는 분명 그 여행 때문에 나의 위장 문제가 악화됐다고 확신한다"고 선언했다. 심지어 올케에게 보낸 편지에도 그런 장거리 도보 여행의 여파에 대해 망설이는 기미가 보인다. 해리엇은 여행을 마친 후 '우리가 어떻게 될지' 잘 모르겠다고 썼다.

장거리 도보 여행이 여성의 몸에 미칠 수 있는 부정적인 효과에 대해 해리엇은 일반적인 사람들보다 훨씬 더 걱정했다. 하지만 20년 후에 건강을 완전히 회복하고 나서도 그녀는 다음과 같은 말을 듣게 된다. 아이러니하고 슬프게도 그런 안타까운 예로 나온 사람이 바로 도로시 워즈워스였다. 도로시의 가족들은 그녀의 건강이 급격하게 악화된 이유로 뭐든 비난하고 싶은 마음에 걷기를 탓했다. 《자서전》에서 해리엇은 윌리엄 워즈워스와 나눈 대화를 기록했다.

윌리엄은 친절하게도 내가 지나치게 걷지 않기를 간절히 바랐다. 그와 워즈워스 부인은 계속해서 누이인 도로시를 본보기로 삼으라고 말했다. 도로시는 무모할 정도로 지나치게 걸어서 건강을 잃었고, 그 후엔 온전한 정신을 잃었다고 했다. 워즈워스 부인은 도로시가 한 번도 아니고 자주 하루에 40마일을 걸었다고 했는데, 그녀가 아니라 다른 사람이 그런 말을 했더라면 믿지 못했을 것이다. 나는 그들에게 그런 무모한 행동은 하려고 생각조차 안 했고, 해본 적도 없으며, 힘들게 되찾은 건강이 너무 소중해서 그걸 위태롭게 할 어떤 방종한 생활도 감히 하지 못한다고 안심시키려 했지만 허사였다. 그들은 내가 종일 걷는다고 굳게 믿고 있었다. 어느 날 오후 앳킨스 씨와 나는 라이달 도로에서 그 부부와 마주쳤다. 그들이 우리에게 어디 갔었냐고 물어서 대답했다. 우리는 러프릭 테라스에서 그래스미어로 넘어왔는데 그 정도면 터무니없이 오래 걸은 건 아니었다. "거봐, 그거 보래도!" 워즈워스는 앳킨스 씨의 팔에 손을 대며 말했다. "조심하라니까요! 정말 조심해야 해요! 해리엇 때문에 덩달아 그렇게 따라다니지 말아요. 해리엇이 이 나라 신사들 절반은 죽이고 있다니까!" 나는 그 때나 지금이나 윈더미어에서 나를 재워줬던 집주인 말고는 나랑 같이 걸었던 신사가 하나라도 있는지 기억도 안 나는데 말이다.

이 일화는 강인한 여성 산책자에 대한 윌리엄 워즈워스의 반응

을 보여준다. 즉, 근심에 찬 경고와 숨김없는 감탄이 섞인 반응이다. 도로시 워즈워스는 윌리엄 워즈워스에게 산책자로서 동등한 존재였지만 이제는 바깥출입을 하지 못하고, 도로시의 가족들이 보기에 그녀의 강점이었던 것이 이제는 측은한 약점이 돼버렸다. 윌리엄은 해리엇도 그런 비슷한 일을 당할까 봐 걱정하는 것처럼 보인다.

하지만 해리엇은 이 가정이 틀렸다는 것을 보여주는 살아 있는 증거다. 걷기는 여성인 그녀의 몸에 생기와 힘을 불어넣었다. 회복의 첫 조짐을 경험하고 1년이 지난 후 해리엇은 레이크 지역에서 남자 지인들에게 마치 따발총을 쏘는 것처럼 무수한 편지를 보냈다. 그런 편지에서 그녀는 같이 걸었던 불운한 두 신사를 희생해서 자신의 육체적 능력을 실컷 자랑했다. 오가는 편지가 늘어날수록 그 신사들은 점점 더 불쌍하게 묘사됐다. 1845년 6월 18일 해리엇은 리처드 몽크톤 밀네스에게 산길을 걸을 때 그렉 씨와 로밀리 씨가 어떻게 자신의 속도를 따라잡지 못했는지 썼다. 어느 지점에서 피로를 느꼈는지 확인할 수 없지만 말이다. 같은 날 윌리엄 존스톤 폭스에게 보낸 편지에서 해리엇은 신사들이 자기들을 기진맥진하게 만들지 말라고 애걸했다고 썼다. "산길에서 나는 그들을 완전히 따돌렸어요." 엿새 후에 해리엇은 헨리 크랩 로빈슨에게 "산길에서 그렉 씨와 로밀리 씨가 내 속도를 따라갈 수 없어서 자비를 베풀어달라고 애원했다"는 말을 전했다. 해리엇이 자신의 육체적 강인함에 무너진 두 남자의 우스꽝스러운 이미지를 묘사하긴 했지만, 여기에는 인상적인 성 역할의 전환이 일어난다. 여성이 힘과 통제력을 지닌 위치에 섰다. 남자들은 그녀에게 '자비'를 '애걸하고' 그녀는 그들과 같이 가거나 아니면 놔두고 가버릴 수 있는 신체적 기량이 있다. 해리엇은 이 남자들보다 더 빨리 걸었을 뿐만 아니라 아주 특별해진 신체로 평범한 인간의 힘을 넘어서는 육체적 능력을 키운 것처럼 보인다.

걷기와 그것이 그녀의 건강을 유지하거나 파괴하는 데 수행하는 역할에 대한 그녀의 태도는 종종 같은 글 안에서도 모순되게 나온다.《자서전》에서 그녀는 걷기 때문에 병에 걸렸다고 주장하면서 또 같은 책에서 1845년 어떻게 걷기를 통해 다시 세상으로 나왔는지에 대한 내용이 나와 있다. 예를 들어 1833년 건강이 악화됐을 때 그녀는 "이 중병은 힘든 일과 걱정 그리고 2년 전 안개와 진흙 속에서 오랫동안 걸었기 때문에 시작됐다고 확신한다"고 적었다. 하지만 1845년 병에서 회복된 후에는 다시 한번 마음껏 걸을 수 있게 돼서 얼마나 경이롭고 기쁜지 표현할 수 없을 정도라고 적혀 있었다. 건강을 회복하기 시작한 지 불과 몇 달 후인 1845년 봄에 노팅엄 근처에 있는 렌튼으로 휴가를 간 해리엇은 트렌트 근처에 있는 목초지를 탐험했다. "그곳은 일 년 중 몇 주 동안 근처의 풀을 다 감출 정도로 크로커스가 무성하게 피어난다." 이 아름다운 곳에서 그녀는 형언할 수 없는 기쁨을 느끼며 꽃이 활짝 피어난 정원을 마음껏 돌아다니지만 "건강을 회복한 환자만이 몇 마일씩 거닐고, 클리프톤 숲이나 울라톤으로 걸어가서 들판을 내리쬐는 햇빛을 마음껏 들이켜고, 초록색 대로의 서늘한 그늘에 서 있는 기분을 상상할 수 있을 것이다"라고 썼다. 해리엇은 자연에 대한 이런 갈망을 '갈증'으로 묘사했고, 이렇게 아름다운 곳에서만 해갈할 수 있으며, 일반적으로 건강한 사람은 이해할 수 없는 너무나 강렬한 '갈증'이라고 썼다. 이 글과 다른 글에서 그녀는 병 때문에 걷기의 감정적, 육체적, 지적 힘에 예민해지게 된 것처럼 쓰고 있다.

이 상황이 더 혼란스러워지는 이유는, 해리엇이 전에 쓴 글에서는 걷기와 지적 활동과 정신적, 육체적 건강이 모두 연결돼 있다고 했기 때문이다. 올케인 헬렌에게 쓴 편지에서 해리엇은 엄격하게 지켜야 할 하루 루틴을 권했는데 그에 따라 헬렌은 한 시간 동안 독서를 하고, 그다음 한 시간은 읽은 내용의 개요를 적고, 그다음 한 시간은 프랑스어 공부를 한다. 그렇게 매일 아침 한 달 동안 공부하라고 권하고 있다. 그다음엔 헬렌에게 정원에서 열심히 일하고, 아주 많이 걸으라고 했다. 친구를 만나기 위해 걷는 게 아니다. 그러면 꾸물거리기 쉬워지니까. 아주 기분 좋게 지칠 때까지 빠른 속도로 몇 마일씩 걷고, 일찍 잠자리에 들면 푹 자게 될 거라고 했다. 해리엇은 보아하니 게으름을 피우거나 수다 떠는 걸 좋아하지 않았고, 올케에게도 몸과 마음을 부단히 단련하는 엄격한 일정을 권했다. 해리엇의 루틴은 아마 그보다는 덜 금욕적이었을 것이다. 적어도 어딘가를 방문했을 때는 말이다. 1827년 더들리에서 동생인 로버트와 같이 머무는 동안 그녀는 헬렌에게 이런 편지를 썼다.

여기 와서 정말 기뻐. 여긴 나에게 아주 잘 맞는 곳이야. 내킬 때면 언제든 평소에 하는 일을 할 수 있고 대화를 나누고 싶을 땐일을 그만둘 수도 있거든. … 난 요즘 아주 멀리까지 거닐고 있어. 매일 늦게까지 6마일에서 10마일 정도 걷지. 이 지방의 아름다움에 난 놀라고 있어. 가까스로 매연을 벗어났는데 어떻게 다시 돌아가야 할지 모르겠어. 제인은 요즘 아주 잘 걷진 못하지만그래도 그럭저럭 걷는 편이야. 그래서 나는 처음 6마일에서 8마일은 혼자 걷고 다시 돌아와서 그녀와 캐슬 근처를 걷곤 해. 요즘은 이렇게 많이 걷는 게 시간 낭비라고 생각하지 않아. 걷기는 내게 좋은 영향을 미치고 글 쓰는 데도 도움이 돼. 글 쓰는 것이 나의 중요한 목적이기도 하고. 글쓰기만큼 내 마음을 완전히 사로잡는 일도 없어. 거기다 내게 아주 이로운 일이기도 하지. 편지쓰는 것을 제외하면 글 쓰는 게 정말 즐거워.

여기서 걷기는 그녀의 몸을 망가뜨리는 원인이라기보다는 몸과 마음을 강하게 만드는 중요한 수단처럼 보인다. 또한 즐거운 산책과 생산적인 글쓰기 사이에 명백한 관계가 보인다. 걷기에 시간을 투자하면 글쓰기에서 결과물이 나온다.

1845년 해리엇이 건강을 회복했을 때 그녀는 걷기의 고무적인 특징을 바탕으로 엄격한 산책 시스템을 정립했고, 건강이 단계적으로 회복되자 그 회복 정도를 자신이 걸을 수 있는 마일로 측정했다. 1844년 10월 그녀는 친구인 헨리 크랩 로빈슨에게 편지를 썼다.

목요일 정오 이후로 아편은 손도 대지 않았어. 아무리 그전에 양을 줄이고 희석한다고 해도 중독에서 해방될 수는 없거든. 며칠 동안 힘든 나날을 보내는 건 어쩔 수 없지. 하지만 아편의 유혹을 받지 않게 다른 곳에 숨겨놨고 … 몸의 모든 기능은 정상적으로 작동하고 있어. 이제는 그저 힘이 없을 따름인데, 그 증상도 곧 물러갈 거라고 생각하고 있어. 나는 하루에 2마일 이상 걷고 있어. 가끔은 운동 시간을 몇 시간 넘게 늘리고 있고, 때때로 바위 위에서 햇볕을 듬뿍 쬐고 있지.

그달 말에 해리엇은 매일 3마일에서 5마일을 지치지 않고 걸었고, 3주 동안 아편을 하지 않았다. 1월이 되자 그녀는 산을 오르고 초여름에는 펜윅 양에게 이런 짧은 편지를 보냈다. "난 지금 몹시 서두르고 있어. 터너 부인과 함께 사흘 동안 하게 될 도보 여행을 막 시작했거든." 마침내 매일 아침 날씨에 상관없이 걷는 일상이 정착됐다. 언제든 친구나 손님이 찾아오면 낮에도 같이 걸었다. 1847년 그녀는 앳킨스 씨에게 이런 서정적이고 아름다운 편지를 보냈다.

나는 항상 날이 채 밝기도 전에 밖에 나간답니다. 그리고 화창한 날이면 아침에 교회 뒤에 있는 언덕에 올라가요. 거기는 커크스톤 도로인데 아주 높아서 윈더미어에서 라이달까지 가는 길이 절반 정도 보여요. 달이 손톱만큼 남아 있고, 샛별이 윈스펠 위로 올라오는 태양의 호박색 구름 속에 떠 있을 때, 그때가 정말 근사하죠. 비가 많이 오는 날에는 펠터 다리로 갔다가 다시 집으로 돌아와요. 가끔은 그 계곡의 남쪽 끝을 돌아오기도 하고. 이렇게 아침 일찍 가는 산책(나는 아침 7시 반에 밥을 먹어요)은 일을 하기 위해 마음을 가다듬는 데 아주 좋아요. 이건 아주 진지한 일이랍니다.

병이 들기 전에 그리고 회복되고 난 후 해리엇의 일은 많은 면에서 '마음'을 '가다듬기 위해' 걸을 수 있는 능력에 달려 있었다. 그녀는 일하는 동안 사실상 전문적인 산책자가 됐다.

1832년 서른 살의 나이에 해리엇은 최초의 문학적 성공을 거뒀다. 그해 그녀는 《정치경제학의 실례들Illustrations of Political Economy》을 발표했는데 저명한 정치 이론가늘과 성제학사들의 이론을 일반 독자가 이해할 수 있게 만든 것으로, 아담 스미스와 토머스 맬서스의 이론도 포함돼 있었다. 여기서 해리엇은 처음으로 노예제도에 반대하는 주장을 펼쳤다. 그녀가 보기에 이 제도는 윤리적으로 사악하고 경제적으로 어리석은 것이었다. 그녀는 그때부터 평생 노예제도에 반대하는 캠페인을 벌였다. 1834년부터 1836년까지 2년 동안 그녀는 미국을 여행하면서 남부 농장 노예들을 목격하고 과거 영국의 식민지였던 주들이 어떤 삶을 살아가고 있는지 경험했다. 영국으로 돌아온 그녀는 이때 관찰한 내용을 토대로 《미국 사회Society in America (1837)》라는 저작을 출간했다. 사회학자로서 명성이 커져가던 그녀는 사회학 방법론을 이용해서 이후에 〈도덕과 예의범절을 관찰하는 법How to Observe Morals and Manner (1838)〉이란 논문을 발표했다. 이 논문에서 해리엇은 인간과 사회뿐만 아니라 자연과 문화의 관찰자로서 적절하게 행동하는 법에 대한 자신의 견해를 밝혔다. 이 논문의 핵심은 훌륭한 사회학자가 된다는 말은 인류에 대한 훌륭한 관찰자가 된다는 것이다. 그런 관찰은 관찰자가 시간을 들여서 관찰 대상 주위를 걸어 다녀야만 제대로 할 수 있다고 그녀는 말했다. 해리엇에게 걸어 다니는 사회학자는 "거의 모든 계급의 사람들과 접할 수 있고, 그들이 하는 일에 대한 그들의 시각을 배울 수 있다. 그에게 찾아오는 기회는 헤아릴 수 없을 정도"라고 생각했다. 걷기란 경험에 의한 관찰이자, 외부 세계와 타인이 살아가는 법에 관한 지식을 획득할 방법이다. 또한 걷기에는 사회나 문화적 장벽을 허물 수 있는 힘이 있다고 그녀는 이 책에서 기술했다. 밖에서 활동적으로 돌아다니는 사람들은 실내에 있을 때와 달리 경직된 사회적 계급에 얽매여 있지 않다. 그녀의 글에는 걷기와 대화 간의 관계도 나와 있다. 걷는 철학자는 다른 사회학자보다 일에 대한 사람들의 시각을 접할 수 있는 아주 좋은 위치에 있다는 내용이다. 걷기 자체가 인류의 자연스러운 서식지와 같다고 해리엇은 주장했다.

사회학자를 위한 방법론적 도구로서 도보주의가 가지는 힘의 일부는 거기서 나오는 어마어마한 자유다. 해리엇은 분명 개인적인 경험과 지식을 토대로 걷는 사람들이 경험한 지적, 정서적, 그리고 영적 해방에 대해 썼다.

> 도보 여행자들은 근심으로부터 완전히 자유롭다. … 걷는 동안 그는 지상에서 그 누구보다 자유롭다. 그가 하는 노동은 대개 그의 선택 범위 안에 있다. 어디든 문명사회에 있다면 그러하다. 그는 마음대로 계속 갈 수도 있고 멈출 수도 있다. 갑자기 게으름을 피우고 싶은 충동이 든다면, 어디든 마음에 드는 곳에서 하루나 일주일 정도 머무를 수도 있다. 그는 아름다운 풍경을 허겁지겁 지나치지도 않는다. … 그는 거닐고 싶은 곳은 어디든 정확히 다 다를 수 있다. 자신에게 '난 거기 갈 거야' '난 저기서 쉴 거야'라고 말하고 곧바로 그걸 실천하는 기쁨은 형언할 수 없이 크다. 그는 그러고 싶을 때마다 세차게 흘러가는 개울 한가운데 있는 바위에 걸터앉아 있을 수도 있다. 그는 물소리를 듣고 폭포를 찾아 나설 수도 있다. 마차를 타고 가는 여행객이라면 바퀴 돌아가는 소리에 묻혀 지나칠 수도 있는 그 소리를. 그는 어느 숲속에 있든 마음을 끄는 작은 빈터를 따라갈 수도 있다. 그의 마음에 들기만

자기만의 산책

한다면 그가 앉지 못할, 늙은 나무 밑에 융단처럼 깔린 이끼는 없다. … 시냇가의 으슥한 곳에 있는 오리나무 밑에 앉아 먹는 음식은 무엇을 먹더라도 만족스럽다. 그가 잘 방은 그토록 튼튼하니 마음 편하게 잠을 청할 수 있다. 잠에서 깨어난 그의 시선이 그의 배낭에 머물 때, 그의 심장은 그가 지금 어디 있고 오늘 또 어떤 하루가 펼쳐질지 기억하면서 기쁨에 날뛸 것이다. 날씨조차 다른 여행자들보다 도보 여행자들에게는 그다지 중요하지 않아 보인다. 도보 여행자들은 시간을 넉넉하게 잡기 때문에 비가 오는 날에는 마을에서 쉴 수 있고, 햇빛이 너무 뜨거울 때면 몇 시간씩 숲의 그늘에서 쉴 수 있다.

걷기의 중요성이 객관적인 관찰을 할 기회를 넘어서 좀 더 심미적이고 인상적인 분야로 들어가는 것이 명백히 드러난다. 해리엇으로서는 진지한 사회학자가 되기 위해선 언급한 모든 면이 중요하다. 그녀는 그림을 보고 싶어서 유행을 따르는 여행자들을 거만하게 무시해 버린다. 그들은 창문을 통해 배울 수 있는 것에 만족하게 놔두라고 명령한다. "만약 그들이 풍경이나 사람을 보고 싶다면, 모두 걸어 다닐 힘과 용기가 있어야 하니까."

1845년 건강을 회복한 해리엇은 레이크 지역에 민폐를 끼치는 단순한 관광객 무리의 일부가 되기보다는 레이크 지역의 주민이 되겠다는 결심을 품고 그곳에 도착했다. 그녀는 요양을 하러 왔다가 레이크 지역과 사랑에 빠진다. 그때 그녀는 여름 햇빛을 쬐고, 화창한 날에는 산과 계곡을 돌아다니고, 비가 올 때면 그 나름대로 아름다운 호수(윈더미어)가 내다보이는 창가에서 일하겠다는 의지를 품고 워터헤드에 손님으로 도착했다. 그리고 재빨리 앰블사이드 근처의 땅을 샀다. 이어서 1845년 겨울에서 1846년에 걸쳐 '더 놀'이라는 이름의 집을 지었다. 그녀는 가끔 여행을 떠나느라 집을 비울 때를 제외하면 남은 생을 그곳에서 살았다. 나중에 해리엇은 이렇게 회상했다. "내 평생 가장 깊이 느낀 기쁨에 관해 이야기해야 한다면, 나는 (그해 겨울) 화창한 날에 햇빛을 받으며 걸었던 경험을 언급할 것 같다. 그때 나는 계곡 맞은편에서 우리 집 공사가 진행되는 모습을 봤다." 여기서 그녀는 자신이 한 충고에 따라 모든 계층의 사람들과의 만남을 추구하고 일에 대한 그들의 시각을 배우기 시작했다. 이번에는 레이크 지역을 관찰하고 알기 위한 새로운 인식론적 프로젝트에 열중하는 보행자로서. 그녀가 자신에게 부과한 임무는 완전히 그리고 철저하게 레이크 지역에 정통해져서 진정으로 통달했다는 느낌을 갖는 것이다. 그녀가 언어, 정치 경제학, 역사를 포함한 다른 지적인 분야에서 그런 것처럼. 하지만 그 임무를 수행하자면 두뇌와 신체 둘 다 반드시 필요했다. 해리엇이 추구한 지식은 걷기를 통해서만 획득할 수 있었다.《자서전》에서 그녀는 이 프로젝트를 어떻게 시작했는지 떠올렸다.

건강을 회복하자마자 레이크 지역에 대해 배우는 일에 착수했다. 이곳은 아직 내게 미지의 땅으로, 마음으로, 눈으로 보면 여전히 엷고 환한 안개에 휩싸여 있는 곳이었다. 내 땅을 산 지 1년이 됐을 때 나는 두 개를 뺀 모든 호수와 (내 생각에) 거의 모든 산길을 알게 됐다. … 이 기쁜 노동 중에서도 내가 처음 건강을 회복한 몸으로 레이크 지역을 탐험하고 그것이 서서히 내 앞에 모습을 드러냈을 때보다 기쁜 건 없었다. 그 풍경은 마치 산꼭대기에서 본 것처럼, 지도가 펼쳐진 것처럼, 내 앞에 펼쳐져 있었다.

해리엇의 언어는 멀리 떨어진 땅의 탐험가이자 발견자의 것이다. 이는 또한 이 땅의 지도를 만들고, 이곳을 과학적으로 그리고 체계적으로 측정하고, 수량화하려는 열망에 불탄 지도 제작자의 언어다. 하지만 이는 레이크 지역을 배우고 싶어 하는 겸손한 학생의 언어이기도 하다. 레이크 지역의 지리나 역사를 배우고 싶은 게 아니라 그 나름의 치열한 연구와 노력을 들일 만한 가치가 있는 하나의 주제로서 말이다. 그리고 이 글의 마지막 이미지에서 해리엇은 정상에 서서 자신의 몸을 움직여 지도를 만들고 그 전체적인 모습을 마음속에서 상상하며 탐험가가 됐다. 존 키츠의 시 〈채프먼의 호머를 처음 읽고서 On First Looking into Chapman's Homer〉에 나오는 '통통한 코르테즈' 처럼.

12개월 만에 그토록 철저하게 레이크 지역을 배운다는 것은 대단히 놀라운 육체적 위업이다. 16개의 큰 호수, 셀 수도 없는 산속의 작은 호수와 그보다 더 작은 연못과 한 타는 되는 큰 산길과 거의 천 마일에 달하는 지역에서 해리엇이 호수 두 개만 제외하고 거의 모든 산길을 알게 됐다고 한 주장은 과장처럼 보일 수도 있다. 특히 과거를 회상하며 하는 주장이니 더 그렇게 보일 수 있다. 하지만 그 시기에 그녀가 쓴 편지들을 보면 그녀는 짧은 시간에 무시무시할 정도로 많이 걸었다. 1846년 7월 6일 그녀는 레이크 지역의 북동쪽 구석에 있는 크럼목 호수 근처 스케일 힐 여관에서 친구인 세이무어 트레멘헤레에게 편지를 썼다. 그녀는 최근에 갔던 짧은 여행에 대한 이야기로 그를 즐겁게 해주면서 편지의 내용이 부실한 점을 사과하고 있다.

여행 중이라 제대로 편지를 못 쓰는 걸 용서해 줘. 난 지금 버밍엄에서 온 사랑하는 조카들과 5일간의 도보 여행을 하는 중이야. 이 편지를 다 쓰면 우리는 케직까지 비를 흠뻑 맞으며 12마일을 갈 계획이야. 여기서는 말을 타고 갈 기회도 없고, 날씨가 갤 것 같지도 않아. 어제까지는 날씨가 완벽했는데. 우린 며칠 동안 아주 환상적인 경치를 잔뜩 봤어. 어제는 가이드와 같이 블레이크 산을 넘어서 에너데일 호수에서 크럼목 호수까지 행복하게 갔어. 출발할 때는 해가 쨍쨍했지. 그러다 바다에서 천둥이 올라오고, 어마어마하게 바람이 불었어. 처음엔 그 바람이 우리 얼굴을 내리치더니 갑자기 우리 등을 갈기더라고. (그때 난 몸을 납작 숙였지.) 그러고 나서 폭풍우가 휘몰아쳤는데 그동안 저 밑에 있는 계곡과 호수와 햇빛에 잠겨 있는 고요한 풍경이 보였어. 3분 만에 우리는 홀딱 젖고 말았지. 방수 배낭도 소용없이 전부 다 젖었어. 그런 풍경을 볼 수 있어서 우린 아주 감사했어. 젊은 조카들뿐만 아니라 나도 처음 보는 풍경이었어. 조카들은 생기와 활력이 넘치는 아주 훌륭한 여행자들이야.

전형적인 도보 여행자들과 (나를 포함해서) 달리 비에 흠뻑 젖는 상황에서도 침착한 모습을 보여주는 해리엇은 외진 블레이크산에서의 모험을 한껏 즐긴 것처럼 보인다. 이 편지에서 설레는 모습을 보이긴 했지만, 해리엇은 거침없이 쏟아지는 빗속에서 출발해야 하는 것이 그다지 내키지 않은 것 같았다. 그러나 그녀의 마음이나 배낭이나 오랫동안 축축하게 남아 있진 않았다. 나흘 후 그녀는 다시 세이무어에게 기쁘게 편지를 썼다. "우리는 결국 월요일 밤에 아주 즐거운 산책을 했어. 17마일을 걸었는데 크게 피로를 느끼지도 않은 채 밤에 우리의 행복한 집에 도착했지." 이날 밤도, 자신의 집에서 하룻밤을 쉬자마자 해리엇은 다시 조카들과 (보아하니 지칠 줄 모르는) 여행을 떠났다. 조카 둘 다 지난번 그렉 씨와 로밀리 씨보다는 훨씬 더 잘 다니는 것처럼 보인다. 해리엇은 다시 여행을 떠나기 직전에 리처드 코브던에게 이런 편지를 썼다.

이제 나는 배낭을 짊어지고 커크스톤 산길로 올라갈 거야. 버밍엄에서 온 조카들과 패터데일로 갈 계획이야. 우리는 며칠 동안 이 지방을 전부 다 돌거야. 산꼭대기에 왕관을 씌워서 원주민들을 깜짝 놀라게 하는 것으로 여행을 마무리할 계획이야. 이렇게까지 썼으니 내가 잘 지내고 있다는 말은 굳이 할 필요가 없겠지.

해리엇이 걸어서 이 지방을 다 돌아보겠다고 쓴 것은 과장이 아니었다. 일주일이 조금 넘는 시간에 그녀는 서쪽에서 동쪽으로 가면서 레이크 지역의 대부분을 횡단했다. 까마귀가 날아다니는 그 거리는 대략 30마일 정도였고, 날씨에 상관없이 그보다 먼 거리에 걸쳐 있는 산과 호수를 걸었다. 계곡에 사는 사람들만이 해리엇의 어마어마한 도보 여행에 경악한 건 아닐 듯하다.

걷기를 통해 레이크 지역을 알려고 하는 욕망은 분명 해리엇이 제대로 된 레이크 지역의 주민이 돼가는 과정에서 중요한 부분을 차지했다. 높은 산길을 횡단하고, 그곳의 풍부하고 거대한 호수를 한 바퀴 돌았던 그 모든 여행이 그녀가 새로 찾은 집과 정신적으로나 물질적으로나 끈끈하게 연결되는 데 도움이 됐을 뿐 아니라 전체적으로 기력을 회복하는데 보탬이 됐다. 또한, 그런 지식을 획득함으로써 좀 더 전문적인 목적을 실현하는 데도 도움이 됐다.《자서전》에 따르면 이 지방을 알고자 하는 열망 덕분에 그녀는 레이크 지역에 대한 여행 안내서를 써서 찬사를 받을 수 있었다. 이 책은 "내

이웃들에게는 그들이 사랑하는 이 레이크 지역을 내가 아주 잘 이해하고 있다는 가장 만족스러운 증거"로 드러났다. 해리엇은《영국 호수들에 대한 완전한 여행 안내서Complete Guide to the English Lakes》를 썼는데, 이 책은 1855년 출판됐고 1850년 이후에 그녀는 또 미국의 문학과 예술 협회 잡지에다 한 달에 한 번씩 〈앰블사이드에서 보낸 한 해A Year at Ambleside' a month at a time〉라는 글을 연재했다. 이 여행 안내서의 성공은 해리엇이 보유한 독특하고 다양한 경험의 결합을 토대로 한 것이다. 이 책들은 해리엇이 산을 걸으면서 습득한 지식을 중시했을 뿐만 아니라 사회학적 관찰자로서 다년간 갈고닦은 세세한 관찰력의 힘을 광범위하게 활용했다. 또한《영국 호수들에 대한 완전한 여행 안내서》와 〈앰블사이드에서 보낸 한 해〉둘 다 작가의 문학적 명성이 얼마나 중요한지 깨닫는 계기가 됐고, 이 글과 레이크 지역이 독자들에게 매력적으로 느껴지는 이유에는 그녀가 선택한 장소의 문학적 인맥도 한몫 거들었다. 작가의 명성이 책 판매에 있어 중요한 장점이라는 사실은 〈앰블사이드에서 보낸 한 해〉의 첫 부분부터 명확하게 드러난다. 이 부분에서 글과 장소가 맺은 관계 속으로 자연스럽게 녹아 들어간다.

여기 살러 왔을 때, 나는 오전에 작업을 마친 후 고요하게 명상하면서 걷고 싶다면, 브래이시 계곡을 올라가는 것이 좋다는 점을 곧 알게 됐다. 거기서는 분명 아무와도 마주치지 않을 테니까. 나는 교회가 있는 높은 언덕에서 타의 추종을 불허하는 경치를 굽어볼 수 있고, 그다음엔 러프릭의 가장자리를 지나 문에 기대거나, 히스가 무성하게 우거진 바위 위에서 쉴 수도 있을 것이다. 세 시간 동안 오롯이 그 누구의 얼굴도 보지 않은 채 말이다. 그와 반대로 혼자 생각하는 데 지쳐서 누군가와 어울리고 싶다면, 반대쪽 계곡을 올라가는 편이 낫다. 로사 계곡 쪽으로 가면 작은 마을인 앰블사이드가 점점 가파르게 올라가는 완스펠 밑에 자리 잡고 있다. 그 마을 안에 집이 여러 채 흩어져 있다. 이 계곡을 돌아다니다 내 친구의 집에서 5마일 정도 걸어가다 보면 날씨가 화창한 오후에는 우리가 알고 지내는 사람 대부분을 만날 수 있다.

해리엇은 산책자이자 지식인인 자신의 일상적인 습관을 독자에게 보여줬고, 이로써 독자와 작가 간에 친밀감이란 강력한 감정이 일어나게 된다. 해리엇은 '우리' '우리의' '우리를'과 같은 대명사를 사용해 친밀감이 한층 더 깊어지게 만든다. 독자들은 유명한 작가가 하는 산책을 단순히 읽는 데서 그치는 게 아니라 작가에 의해 산책에 동행하게 된다. 해리엇의 개인적 선호에 대한 묘사에서 "흠, 우리는 이 길로 가서 통행료 징수소로 가죠"라거나 "우리는 지금 공공도로를 나온다" 같이 부드럽지만 집요한 어조로 독자들을 정신없이 몰아친다. 하지만 이런 말투엔 단순한 동료애를 심어주는 것 이상의 의도가 숨어 있다. 집 근처 산책에서 점점 범위가 넓어지면서 해리엇은 독자에게 그녀가 보는 풍경뿐만 아니라 흥미로운 사람들까지 가리킨다. 그래서 한 페이지라는 공간 안에서 우리는 러프릭, 냅스카, 페어필드 편자뿐만 아니라 아놀드 박사가 너무나 사랑했던 집 폭스 하우, 노란색이 눈에 띄는 르 플레밍 부인의 대저택, 워즈워스의 코티지와 험프리 데이비 경의 남동생이 지은 큰 회색 집에 대한 언급을 보게 된다. 그러다 보면 사회적, 지적, 문학적 명사들이 사는 동네 한가운데 있는 해리엇의 집에 대한 묘사도 같이 읽게 된다.

같은 방식으로 자신의 걷기에 대한 해리엇의 설명은 레이크 지역의 빛나는 역사, 특히 최근 이곳에서 살았던 유명한 문인들의 역사와 연결돼 있다. 3월에 쓴 일기에서 그녀는 독자들을 데리고 러프릭으로 올라가는데, 그전에 그래스미어와 앰블사이드를 둘러싼 더 높은 산으로 그들의 주의를 돌린다.

이 산에는 지극히 다양한 종류의 숲이 우거진 협곡이 있고, 여기저기에 폭포가 있어서 중간중간에 눈부시게 반짝이는 풍경이 보인다. 거기다 풀로 뒤덮인 산비탈과 회색 돌로 지은 집도 몇 채 있는데 그걸로 보아 그 풍경을 즐겁게 감상하는 주민들이 있음을 알 수 있다. 왼쪽에는(북서쪽) 이즈데일Easedale의 웅장한 풍경이 펼쳐져 있는데 정상의 위치로 봐서 그사이에 장엄한 계곡 하나가 길게 뻗어 있는 걸 알 수 있었다. 바로 맞은편 호수가 끝나는 지점에 전통적인 방식으로 지은 작은 그래스미어 교회가 있고, 그 주위에 마을이 있다. 오른쪽으로 조금 가서, 북쪽으로 향해 던메일 레이즈를 한참 올라가다 보면 길이 하나 나온다. (지금 우리 눈에 보이는 길처럼.) 그 길은 헬벨린산의 맨 아랫부분에서 케직을 통과한다. 케직산이 멀리 아련하게 보인다. 스키도와 새들백도. 거기서 더 가까이 가면 레이즈에서 대담하게 툭 튀어나온 오래된 헬벨린산이 있다. 우리 쪽으로 더 가까이 있는 저 하얀 집은 스완 여관이다. 여기서 스콧은 매일 맥주를 마시고 주인과 담소를 나눴다. 이때 워즈워스는 스콧의 손님으로 머물고 있었는데 둘 다 청년일 때 이야기다. 그리고 이 여관에서 이 두 청년과 사우디가 만나 헬벨린산을 올랐다.

독자는 집 근처 산을 올라가는 해리엇의 여행에 동참했고, 그 계곡의 모든 자연적 경이와 지적인 경이를 다 볼 수 있도록 정확히 묘사한 지점에 같이 서 있자는 초대를 받는다. 해리엇 본인도 최소한 한 번 이상 헬벨린, 스키도, 블렌캐스라(이제는 새들백이란 이름으로 더 잘 알려져 있다)산을 올랐다. 이 산과 대접 모양으로 움푹 파인 이즈데일에 대한 그녀의 지식은 이 글에 잘 나타나 있다. 그 결과 이 지역에 대한 믿을 만한 지식이 나왔을 뿐 아니라 작가이자 산책자인 월터 스콧 경, 윌리엄 워즈워스, 로버트 사우디와 해리엇 자신 간에 명확한 연결 고리가 만들어졌다. 그녀는 이들의 발자취를 몸으로 따를 뿐만 아니라 상상으로 그리고 문학적으로도 그리고 있다. 하지만 해리엇은 여기서 멈추지 않고 이 계곡의 문학적 성지를 찾아다니는 일종의 도보 순례가 된 산책에 독자들을 끌어들였다.

> 그다음엔 계속 빠르게 걷는다. 우리가 생각했던 것보다 1시간이나 늦었으니까. 그렇게 구불구불한 길을 계속 걸어서, 성 오스왈드 교회의 성수 치료요법 시설을 지나 교회 종탑 밑을 거쳐서, 다리를 건너, 호수를 한 바퀴 돌고 워즈워스가 결혼하기 전에 여동생과 살았던 집을 지나서 계속 오르고 또 올라가서 로마가 만든 도로를 걸어서, 곶 위에 있는 좀 더 높고, 좀 더 짧고 더 아름다운 관통로를 지나 작은 호수를 지나친다. 거기서 라이달 채석장을 내려가면 우편 도로가 나온다. 거기서 호수 끝자락에 있는 하틀리 콜리지의 집을 지나친다. 하틀리는 자기 집의 현관에 서서 모자를 한 손에 든 채 고개가 거의 땅에 닿도록 깊게 숙이는 독특한 방식의 인사를 한다. 거기서 다시 줄줄이 서 있는 잘생긴 플라타너스들을 지나친다. 지금은 그 나무뿌리에 앉아 쉴 시간이 없다. 라이달산 밑을 지나 펠터 다리를 다시 건너, 집으로 돌아온다. … 우리는 10마일을 걸었다.

이 구절에 나오는 모든 지식, 그녀가 보기에 어디가 라이달까지 가기에 가장 아름다운 관통로인지에 대한 지식부터 제시간에 집에 도착하기 위해 상당히 빠른 속도로 걸어야 한다는 지식까지 전부

다 본인이 직접 이 지역을 걸은 경험에서 나온 것이다. 그녀는 이 지역 전문가이자 권위자다. 그녀가 독자들에게 제공하는 것은 이 유명한 장소에 대한 특별한 접근권이다. 오로지 이 지역에서 오래 살면서 이곳에 대한 지식이 풍부한 주민만이 제공할 수 있는 그런 접근권 말이다. 하지만 〈앰블사이드에서 보낸 한 해〉에 이런 글이 포함된 것은 해리엇 자신에 대한 접근권이기도 했다. 글에서 자주 언급하고 묘사된 그녀의 집은 워즈워스가 초기에 살았던 집이나 하틀리 콜리지와 그의 인사만큼이나 유명한 문학적 이정표가 됐다.

해리엇은《영국 호수들에 대한 완전한 여행 안내서》에서도 같은 시도를 한다. 다만 이번에는 윌리엄 워즈워스, 콜리지와 사우디의 문학적 유산을 이어받길 바라는 후계자가 아니라 그들의 경쟁자로 자신을 이 문학적 풍경 속에 집어넣었다. 1810년 처음 출판된 워즈워스의《레이크 지방 여행 안내서》는 이 지역을 그린 스케치가 들어간 에세이로, 그 후 40년 동안 여러 번 중쇄를 찍으면서 나중에는 《레이크 지방의 완전한 여행 안내서》란 제목으로 알려지게 됐다. 워즈워스의 책과 거의 똑같은 제목을 고른 해리엇의 선택은 워즈워스의 책이 누린 인기의 덕을 보고자 하는 용의주도한 전략이었을 것이다. 문학 비평가인 알렉시스 이슬리_{Alexis Easley}는 이렇게 썼다.

워즈워스는 해리엇 마티노처럼 그 장소가 지닌 감성과 작가로서의 감성을 연결하려는 의도를 가졌다. 여행 안내서의 출간을 자신에게 그 지역 전문가라는 권위를 부여한 행위로 보는 것 같았다. 자기표현이라는 문학적 행위를 통해 글로 풍경을 묘사함으로써 두 작가 모두 자신과 자신의 문학적 경력이 영국에서 널리 알려지길 바랐다.

해리엇의 안내서는 경험이 없는 도보 여행자를 세심히 배려하고, 그들이 꼭 봐야 할 것들에 대해 세세히 관심을 기울이고, 여행할 때 챙겨야 할 장비 목록뿐만 아니라 일정과 교통수단에 대한 정보를 주고, 그 지역의 가장 아름답고 외진 곳들에 대한 통찰력과 그 지역에서 걸을 때 얼마나 힘든지에 대한 이해와 공감을 제공하고 있다. 이 글의 초반에서 해리엇은 그래스미어 근처의 이즈데일 호수를 올라갈 때 적당히 가파른 계곡을 따라 올라가는데, 아주 가까이 가기 전까지는 걷는 사람에게 그곳이 보이지 않는다고 말한다.

마침내 몸에 열이 오르고 숨이 찼을 때, 이즈데일 호수에 있는 그 어둡고 서늘하고 후미진 곳이 눈앞에 모습을 드러낸다. 어쩌면 그 끝자락에 있는 아주 큰 바위 옆에 낚시꾼이 하나 서 있을지도 모른다. 어쩌면 양치식물 사이에 양치기가 하나 누워 있을지도 모른다. 하지만 그보다 그 낯선 여행자는 자신이 이곳에 완전히 혼자 있다는 걸 알게 될 가능성이 더 크다. 그 자연 풍경엔 벼랑 밑에 있는 호수처럼 고요하고 차분한 인상을 전할 만한 것은 없을지도 모른다. 그리고 이곳 바위들은 거의 바닥까지 가파르게 밑으로 뻗어 내려가 있다. 그 짙은 색 그림자들은 몇 시간 동안 마치 해시계의 바늘처럼 아주 천천히 움직이는데, 그런 움직임도 주위의 고요하고 평화로운 분위기를 깨지 않는다. 가끔 흥분한 물고기나 파리 그리고 조용히 흘러가는 물결이 그 분위기를 깰 뿐. 또는 거울처럼 잔잔한 수면에 파문이 일지 않도록 아주 조용히 움직이는 야생의 오리와 그의 형제들, 수면에 일렁이는 햇빛이나 지나가는 그림자가 그럴 뿐.

해리엇은 독자를 호수 가장자리로 데려간다. 그곳은 아주 평화롭고 고요한 곳이다. 우리는 땀을 흘리고 숨이 가쁘지만 그 물가 가장자리를 따라간다. 해리엇만큼 이곳의 고요한 분위기를 방해하지 않은 채 조용히 있으려면 여러 번 찾아온 경험이 있어야 한다. 그녀는 이곳에 몇 번이나 와봤기 때문에 이 물가를 둘러싼 풀과 무성하게 난 풀 사이로 조용히 사라지는 것처럼 보인다.

만약 독자들이 해리엇의 산책에 따라가도록 초대를 받는다면 그들은 레이크 지역의 산을 오르라는 지시를 받게 된다. 산에서의 하루를 고찰하기 위해 쓴 글에서 그녀는 독자에게 웨스트모어랜드라는 오래된 고장을 떠나기 전에 "반드시 산에서 하루를 보내야 하고, 혼자일 경우가 더 낫다"고 알려준다. "만약 그가 일상적인 세계에서 아주 멀리 높이 떨어져 있는 곳에서 하루를 보내는 것이 어떤 것인지 안다면, 혼자 있는 것이 좋다는 것도 알고 있을 테니까." 그는 또한 튼튼한 지팡이, 장거리 여행에 필요한 식량(해리엇이 도보 여행에 갈 때마다 항상 가지고 다니는 것)을 넣을 배낭, 그가 보는 풍경이 뭔지 설명해 줄 지도와 갑자기 안개가 낄 때 필요한 휴대용 나침반을 챙겨야 한다. 물론 그녀가 쓴 여행 안내서도 필수품이자 글을 쓰는 도보 여행자의 장비 가방에 꼭 넣어야 할 물건이다. 그것이 자연이라는 환경에서 여행자가 하게 될 경험을 안내하고 형성할 것이기 때문이다. 산을 사랑하는 여행자가 갈 수 있는 완벽한 길로 코니스톤 올드 맨까지 (당일치기 여행으로는 너무 멀다) 포함해 도보로 갈 수 있는 몇 가지 경로를 퇴짜 놓고, 러프릭도 거부하고 (별로 장엄한 풍경이 아니라서) 페어필드 편자 길을 선택한다. 그 등산로를 묘사하고 나서, 해리엇은 거기서 높이 올라갔을 때 독자이자 도보 여행자가 어떤 풍경을 보게 될지 간결하게 설명한다.

이 여행에서 가장 좋은 부분은 한가운데 있는 아주 조용한 곳이다. 북쪽에는 딥데일을 내려다보는 어마어마한 벼랑이 있고, 그 밑으로 한참 내려가면 아주 한갓지고 근사한 장소가 여러 곳 있다. 이 벼랑에서 세차게 굴러떨어지는 물소리가 들릴 만한 거리에서 유랑자는 쉬어야 한다. 그는 이 북쪽 경치와 그 반대쪽에 펼쳐진 긴 초록색 산비탈의 대조적으로 아름다운 풍경은 다른 곳에서는 보지 못할 것이다. 그 비탈길은 라이달 벡의 원천으로 거기서 또 한없이 내려가서 라이달 숲과 산으로 이어진다. 그는 지금 해수면보다 2,950피트 높은 곳에 있으니 여기까지 왔다면 식사를 할 자격이 충분하다. ⋯ 거기서 더 멀리 갈수록 그가 가야 할 머나먼 길에 압도될 것이다. 밑에서 보면 시시하게 보이지만.

페어필드 편자 길이 과연 시시하게 보이는지 아닌지는 의견이 분분할 것이다. 그곳은 그래스미어에서 꼬박 하루가 걸리는 곳으로, 계곡 밑에서 가파른 산이 불쑥 솟아 있는 형상이지만, 해리엇이 이 산길의 크나큰 아름다움에 대해 묘사했을 때는 분명 자신의 경험과 높은 곳까지 정복한 승리감을 토대로 썼을 것이다. 하지만 그 산에서 내려온 그녀의 이야기는 슬프고 섭섭한 감정으로 가득 차 있다. 마치 특별한 곳, 또는 특별한 상태에서 물러나거나 철수하는 것처럼 보인다. 편자 길의 끝에 있는 냅스카에서 여행자가 해야 할 일에 대해 해리엇은 이렇게 썼다.

여행자는 여기서 마지막으로 주변을 철저히 살펴봐야 한다. 여기서부터 가파른 산길을 서둘러 내려와야 하고, 그 모든 풍경을 뒤에 남기고 작별해야 하기 때문이다. 하루는 한 시간처럼 흘러가 버렸다. 햇빛이 근처에 있는 호수의 수면을 떠나는 중이고, 보라색 석양이 가장 먼 산을 물들이고 있다. 서쪽 산길 사이로 세차게 밀려오는 노란색 햇빛으로 보아 일몰이 임박했음을 알 수 있다.

그는 서둘러 내려와야 한다. … 그렇게 집에 와서 놀라게 된다. … 그의 몸이 얼마나 뻣뻣하게 굳고 지쳤는지 깨닫고. 하지만 이보다 열 배나 더 피곤하다고 해도 필경 그렇게 하루를 보냈을 것이다.

현재 시제가 사용된 이 구절은 독자인 내가 지금 이 산길을 걷고 있는 것 같은 느낌이 강하게 들고, 해가 지려면 시간이 얼마 남지 않은 상황에서 빨리 산에서 내려와야 하는 절박성을 강조하는 효과가 있다. 하지만 하루가 저물어갈 무렵의 산 풍경에 대한 이런 서정적인 묘사는 절박성을 강조하는 것을 넘어서 독자에게 유명한 작가가 제공한 렌즈를 통해 그 지역의 지형을 경험할 수 있게 하고, 그 풍경에 대한 작가의 진정성이 있는 해석을 읽는 효과를 준다. 작가가 그곳을 반복해 걸으면서 독자보다 더 오랫동안 그곳을 알아왔기 때문이다. 그 결과 레이크 지역의 여행자들은 그들이 하는 것보다 훨씬 더 현실적인 작가의 해석과 그들로서는 생각지도 못했던 경험과 그곳에 대한 인상을 접할 수 있게 된다. 따라서 페어필드 편자 길을 걸어 올라간 독자들의 추억은 해리엇의 묘사와 뒤섞이고, 독자들의 경험은 그녀의 경험을 토대로 형성된다.

페어필드 편자 길을 따라가는 여행은 해리엇이 여행 안내서에 넣은 수많은 걷기 중 하나일 뿐이다. 스키도, 블렌캐스라, 랭데일즈 파이크(이즈데일이나 버로우데일로 내려오는 선택을 포함해서 완성한), 스코펠, 켄트미어 경로, 캣시캠Catsycam 산맥을 거쳐서 헬블린산을 올라가는 길에 대한 해리엇의 묘사는 고지대에 대한 그녀의 애정을 보여주고 있다. 또한 이 열정은 그녀의 글이 가끔 길과 지형에 대한 객관적인 서술에서 슬그머니 벗어나서 에스크데일, 버로우데일, 랭스트래스, 랭데일과 레이크 지역의 중심에 있는 와스데일을 연결하는 에스크 하우스의 산길을 묘사할 때와 같이 좀 더 개인적인 느낌이 묻어나는 글에서 잘 나타난다.

로셋 계곡을 올라가는 랭스데일 정상에도 아주 힘든 길이 있고, 그에 상응하는 험난한 길이 스테이크 도로 왼쪽에 있는데 … 이 길은 에스크 하우스와 스프링클링 호수에서 스타이 정상으로 이어진다. 이 길은 정말 눈부시게 아름답다. 에스크 하우스에서 세 개의 산으로 이뤄진 풍경이 눈에 들어오는데 … 우리가 에스크 하우스에 있을 때 본 이 세 개의 산으로 이뤄진 장관은 감탄이 절로 나왔다. 케직을 향해 갈 때는 안개가 자욱해서 눈에 보이는 모든 것들이 아주 멀게 느껴졌다. … 에스크데일 방향은 모든 것이 환하고 반짝이는 반면 랭데일과 버로우데일 정상 쪽에선 미처 우리를 질식시킬 것 같은 하얀 안개가 몰려왔다. 아무것도 볼 수 없었고, 바람이 불면 계곡의 옆면이 마치 베일을 들춰낸 것처럼 드러나면서 그 밑에 있는 개울과 들판이 보였다. 이 산에선 이런 풍경의 변화가 아주 독특한 매력을 자아낸다.

　　　　　　　　　　　　　자기만의 산책

이전 글에서 작가와 독자를 아울렀던 '우리'는 여기서 정체를 알 수 없는 '우리'에게 자리를 내준다. 이 글의 '우리'에 독자는 포함되지 않는다. 산에서 벌어지는 빛과 색의 달라지는 패턴을 관찰하는 '우리'에서 배제된 독자는 그저 해리엇이 묘사한 걷기에서 경험한 아름다움을 부러워하며 상상만 할 수 있을 뿐이다.

해리엇의 여행 안내서에는 주요 산길을 찾는 방법에 대한 소상한 내용이든, 지친 도보 여행자에 대한 본능적인 공감이든 모두 그녀가 힘들게 걸으면서 얻은 경험이 담겨 있다. 그녀는 스타이 헤드 호수를 "작고 깨끗한 물이 물결치는 호수, 계곡을 올라가느라 더워서 땀을 흘린 등산객이 어서 그 기슭에 앉아서 쉬려고 뛰어 내려가는 곳"으로 묘사했다. 푹푹 찌는 6월에 나는 이 호숫물이 코리더 루트를 거쳐 스코펠 파이크를 내려오면서 더위에 시달린 사람들이 쓰기에 아주 편한 곳에 있다는 사실을 알았다. 나는 산 정상에서 이 호수를 발견했을 때부터 여기서 수영하는 상상을 했고, 도착했을 때 두 번이나 헤엄쳐서 왕복했다. 그 차가운 물은 상상했던 것보다 훨씬 더 기분 좋고 상쾌했다.

1855년 출간된《영국 호수들에 대한 완전한 여행 안내서》는 산책자이자 작가로서 해리엇의 인생이 끝났음을 나타내는 상징이었다. 책이 나오기 전해에 그녀는 이제 쉰이 넘은 자신의 몸이 예전 같지 않다는 사실을 인정했다. 책이 나오기 얼마 전 친구에게 보내는 편지에 그녀는 이렇게 썼다.

나는 친구들 몇 명과 10월에 커크스톤산에 올라갔어. 거기서 등산하는 사람들 한 무리를 봤지. 치즈로 만든 뾰족한 산봉우리에 달라붙은 진드기들처럼 보이더군. 그때 널 생각했어. 그리고 네가 그 일요일에 했을 그 대단한 등반을 생각했지. 네가 그 자리에서 죽었다 해도 난 별로 놀라지 않았을 거야. 그 산은 오를 수 있을 정도이긴 했지만 정상까지 시간이 너무 많이 걸려. 네가 그날 했던 등산보다 훨씬 더 많이.

난 이제 산에 오르지 않아. 요즘 나는 어르신이라는 칭호를 받아들였는데, 이게 아주 편리하게 쓰일 것 같아. '해리엇 마티노 부인'이라고 말이야.

해리엇의 편지에서 '부인'이라는 (그 당시에는 혼인 여부와 상관없이 사회적으로 중요하고 영향력이 큰 지위에 있는 여성을 존경하는 뜻으로 이렇게 불렀음) 경칭을 바꿨다고 언급한 것은 그녀의 관점에 근본적인 변화가 일어났다는 사실을 표현한 것이다. 그녀가 상상한 '정상'에서 마음의 눈앞에 펼쳐진 레이크 지역의 경치를 품는 대신, 깎아지른 듯한 산을 위험하게 기어 올라가는 대신, 그녀는 다시 평지의 경치가 보이는 자신의 침실 창가로 돌아갔다. 1855년 그녀는 심장병 진단을 받았는데 치명적인 병이라 생각했다. 놀랄 만한 육체적 활력을 선보였던 10년의 세월이 막을 내렸다고 믿고 다시는 앰블사이드 집 밖을 나가지 않았다. 그녀는 자신이 언제든 죽을 거라고 체념하고 병자의 삶을 받아들였다. 다시 집에 갇혀 지내는 생활로 돌아오고 얼마 후에 해리엇은 그간의 세월을 반추하며 칼라일 경에게 이런 편지를 썼다.

경은 우리의 계곡이 언제나 그렇듯 아름답다는 사실을 알게 되겠죠. 이곳 주민들은 많이 변했지만 ⋯ 10년이란 세월은 많은 걸 변하게 하지만, 삶은 어쩐지 더 풍요롭고 더 진지하면서 더 달콤해진 것 같습니다. 그간 자연에서 했던 경험들 덕분이겠지요. 그걸 우리가 기쁜 경험이었다거나 슬픈 것이었다고 하거나 상관없이 말입니다. 그렇게 그 과정을 경험하면서 서서히 인생을 떠나는 것이 무엇보다 가장 좋은 것 같습니다.

이는 아주 걱정스럽고 실망스러운 상황에서도 무척 담대한 생각으로 오랜 세월 제대로 거동하지 못 하다가 건강과 활력을 되찾은 사람만이 할 수 있는 생각일 것이다. 놀라운 회복을 보였던 10년 동안 해리엇은 레이크 지역의 도로, 샛길, 언덕과 산을 수천 마일 걸었고, 그렇게 걸으면서 기쁨과 목적과 위로와 인생을 발견했다. 해리엇은 당대에 레이크 지역을 문학적 성지로 만들었던 그 지방의 시인들과 견줄 만한 산책자이자 작가다. 그러니 산책의 역사에서 그녀가 빠질 수 없는 존재라는 사실을 알아야 한다.

*

    내가 2008년 2월에 처음 레이크 지역의 산을 봤을 때 해리엇 마티노에 대해선 들어본 적이 없었다. 나는 그때 요크서 계곡을 걸으면서 서서히 좀 더 도전적인 등반 여행을 가기 위해 체력을 키우고 있었다. 난 내가 산을 잘 안다고 생각했지만, 둥글둥글한 산봉우리가 솟아 있는 요크셔와 달리 케직을 향해 레이크 지역을 운전해서 지나갈 때 목격한 그 산은 비교도 안 될 정도로 장엄했다. 그 풍경을 보고 나는 첫눈에 반했다. 나는 레이크 지역의 시인 로버트 사우디Robert Southey를 주제로 한 학회에 참석하려고 가는 중이었고, 그 세미나를 조직한 팀과 지난 몇 달간 친해지게 됐다. 학회가 끝날 무렵 팀은 내게 정상까지 등반을 해보자고 했다. 그때는 겨울 등반이 힘들고 위험하다는 사실을 몰랐기 때문에 그러자고 했다.

    우리의 목표는 그레이트 게이블이었다. 전날 밤 지도를 보고 경이로운 마음에 컴브리아 지방의 느낌이 물씬 풍기는 지명들을 읊어보며 우리가 사우어밀크 계곡으로 올라가게 돼서 기뻤다. 다음 날 아침 시냇물 옆에 있는 그 등산로가 얼마나 가파른지 보고 간밤의 흥분이 시들해졌다. 거의 2,625피트에 달하는 겨울 산에 올라간다는 현실을 서서히 실감하게 되자 그동안 느꼈던 모든 낭만적인 감정이 사라져버렸다. 몇 시간씩 힘겹게 올라갔던 기억이 난다. 팀은 종종 먼저 저만치 올라가서 내가 헉헉거리며서 천천히 올라오는 걸 기다

        자기만의 산책

리고 있었다. 그러다 갑자기 그레이트 게이블 정상에 있는 바위들 위에서 팀이 사라져 길도 없는 비탈길을 먼저 올라가 버렸다. 나는 의지할 것 하나 없이 사방에 노출된 상황이 몹시 두려웠다. 다른 길은 아는 게 없어서 천천히 걸어 올라갔다가 산 정상이 내가 두려워했던 것보다 훨씬 더 가까운 걸 알고 안도했다. 하지만 그곳은 얼음에 뒤덮여 있어서 믿을 수 없을 정도로 미끄러웠다. 우리에겐 등산용 아이젠도 없었고, 피켈도 없었다. 게다가 그런 장비가 있었다 해도 사용법도 몰랐다.

내려오는 길은 나 혼자 정상에 올라갈 때보다 훨씬 더 무서웠다. 나는 얼음 바닥에 엉덩이를 대고, 내 다리를 브레이크 삼아서, 비상사태가 발생할 경우에는 두 팔로 바위를 잡고 매달리는 식으로 내려오기로 했다. 한동안은 잘 내려오다가 갑자기 바지가 바위에 걸렸다. 나는 좀 더 내려가서 안전한 곳에 이르렀을 때 일어서서 옷이 얼마나 망가졌는지 살펴봤고 바지의 엉덩이 부분이 찢어져서 바람에 휘날리고, 팬티가 훤히 드러나 있는 걸 발견했다. 상관없었다. 우리가 여기까지 오는 내내 마주친 사람은 하나도 없었고, 우리는 산길로 이어지는 가파른 자갈 비탈길을 내려가고 있었으니까. 산길에 다다르면 바람이 좀 더 잠잠해질 것이다. 우리는 계속 내려갔다. 팀이 앞장서는 동안 나는 뒤에서 따라가며 내 엉덩이를 그에게 보이지 않으면서 최소한의 품위를 유지했다. 그런 식으로 한동안 꽤 잘버텼지만 산길로 내려왔을 때 듀크 오브 에딘버그 프로그램(청소년들의 자기 주도적인 활동과 배움을 통해 잠재력을 개발하는 청소년 개발프로그램-옮긴이)의 일부로 탐험을 나온 십 대 청소년 그룹이 갑자기 나타났다. 나는 몹시 당황스러웠지만 그 순간은 오래 가지 않았다. 내 옆에 선 팀이 우리를 둘러싼 그레이트 엔드와 스코펠과 스코펠 파이크의 경이로운 풍경을 손으로 가리켰다. 그리고 웨스트워터, 버로우데일도. 사방에서 뻗어 나온 길이 다 여기서 만났는데, 그들의 기원은 신비로우면서도 멀리서 보기만 하자니 감질나기도 했다. 레이크랜드의 산이 하나로 모이는 곳에서 바람에 시린 엉덩이를 훤히 드러낸 채 서 있는 동안, 내가 이 모든 길을 탐험하고, 모든 계곡을 엿볼 수 있겠다는 생각에 마음이 한없이 설레고 흥분됐다. 해리엇 마티노가 건강해진 몸으로 어디를 갈 수 있을지 깨달았을 때 느꼈던 그런 설렘을 내가 느꼈던 걸 그때 알았더라면 얼마나 좋았을까?

자기만의 산책

6장

버지니아 울프
Virginia Woolf

어느 날 타비스톡 광장을 걷다가 가끔 글을 쓸 때 그런 것처럼 《등대로》를 마음속에서 썼다. 그 이야기는 무의식 속에서 급류처럼 세차고 격렬하게 쏟아져 나왔다. 하나의 아이디어가 터져 나오면서 곧바로 다른 아이디어를 낳았다. 마치 관으로 비누 거품을 부는 것처럼 수많은 아이디어와 장면이 내 마음속에서 쏜살같이 흘러나왔다. 걸어가는 동안 내 입술이 저절로 말을 뱉어내는 것 같았다. 대체 무엇이 그런 비눗방울을 불었을까? 하필 왜 그때였을까? 나도 정말 모르겠다.

— 버지니아 울프, 《존재의 순간들》

나무가 줄줄이 늘어선 블룸즈베리 광장을 거니는 버지니아 울프는 그 순간 아주 거대한 창조력을 전달하는 수동적인 도구가 된다. 그 창조력은 그녀의 발자국이 빚어내는 리듬 속에 살고 있고, 《등대로》는 일종의 '자동 기술'을 통해 세상에 나타난 것처럼 보인다. 하지만 그런 단어를 추동하는 힘은 외부에 있는 영혼이 아니라 부드럽게 흔들리며 걸어가는 작가의 몸에서 나온다. 몸이 그 아이디어에 형태를 부여하고, 각각의 차원에 맞게 배치했다. 울프의 발자국이 그녀의 입술에서 그녀가 쓴 소설의 단어를 끌어냈다.

걷기는 울프가 쓴 모든 글과 그녀의 경험에서 아주 중요한 역할을 한다. 삶의 다양한 시점에서 걷기는 그녀를 건강하게 만들어주고, 우정을 쌓게 해주고, 추억을 주고, 뮤즈가 됐으며, 크게 호평을 받은 소설 여러 권을 쓴 비결이 되기도 했다. 걷기는 습관적인 행동이자 주목할 만한 행동이었으며, 저항이자 항복의 행위이기도 했다. 울프는 탁 트인 곳에서 하는 산책이나 호젓한 곳에서 하는 산책과 도시의 인도에서 하는 산책을 차별하지 않은 채 그저 그녀의 작품에서 모든 종류의 걷기가 하는 역할을 탐구했다.

걷기는 유년기 시절부터 울프의 취미였고, 특히 그녀의 가족이 집을 한 채 세내서 몇 년 동안 살았던 세인트 아이브스에서 보낸 휴가 때 그런 점이 더 두드러졌다. 서식스에서 살고 있을 때 울프는 도로시 워즈워스도 인정했을 만한 산책자로 살았다. 도로시가 그랬던 것처럼 울프는 산책 나갈 때마다 자연을 관찰하고 기록했다. 울프는 일기에 이렇게 적었다. "사우스이즈에 우편물을 보내러 왔다. … 구릉 지대를 넘어 집으로 왔다. 버섯을 많이 땄는데 땅속으로 움푹 들어간 곳에 있었다." 의무적인 집안일과 습관과 욕망이 섞인 이런 종류의 걷기가 몇 주 동안 일상의 중심이 됐다. 계절이 여름에서 가을로 바뀌면서 집 근처에서 하는 버섯 따기는 블랙베리 따기로 바뀌었다. 그동안 날씨는 계속 안 좋아졌지만 울프는 아랑곳하지 않고 걸었다. 가끔은 혼자 걸었고, 가끔은 사람들과 오랫동안 다녀서 익숙해진 길을 걸었다. 다른 때는 새로운 길을 시도해 보고, 그 평가는 나중에 일기에 적었다. 가끔은 못 갈 경우도 생기지만, 울프는 어디서든 매일의 산책을 토대로 일상을 구축할 수 있었다. 울프는 걸으면서 우정과 행복과 영감을 발견했다.

글의 속도와 리듬을 잡는 것은 모든 소설에 중요하지만, 특히 울프에게 딱 들어맞는 말이었다. 그녀가 쓴 소설의 플롯은 종종 그녀의 보행 리듬에 맞춰졌다. 플롯 역시 종종 걷다가 떠올랐는데, 예를 들어 댈러웨이 부인의 내면의 삶은 울프가 런던 거리를 거닐면서 펼쳐진다. 울프 자신도 등장인물과 상황을 찾아 산책을 나섰고, 놀라운 사람들을 사냥하러, "그 야수들, 우리와 같은 인간들"인 먹이를 찾아 시속 3마일의 속도로 걷곤 했다. 새로운 이야기와 사건, 글에 쓸 구절과 아이디어를 찾아다니는 습관이 울프의 산책에 아주 깊숙이 배어들어 그녀의 머릿속에 떠오른 것들을 기록할 매체가 편지나 일기에 그쳤다 해도, 울프의 걷기는 여전히 환상적인 장면과 희미하게 빛나는 이미지를 자아냈다.

그것은 아주 일찍부터 울프에게 생긴 습관이자, 그녀가 살아가는 내내 글쓰기와 걷기를 접하는 태도에 중요한 영향을 미쳤다. 1906년 노퍽에서 사랑하는 언니이자 화가인 바네사 벨과 함께 스물

네 살의 버지니아 스테판은 "바네사가 오후에 풍차를 어떻게 그리는지, 그리고 떠돌이인 나는 지도 한 장 가지고 어떻게 시골을 몇 마일씩 걸어 다니고, 도랑을 뛰어넘고, 벽을 기어오르고, 교회를 훼손하면서, 걸어가는 내내 아름답고 뛰어난 이야기들을 만드는지"에 대해 썼다. 평화로운 풍차를 그리는 바네사의 조용한 일과 버지니아의 거친 배회 사이의 대조는 버지니아가 선택한 단어에만 있는 게 아니라, 그들이 하는 창조적 활동에도 드러난다. 바네사의 풍차가 조용히 평화롭게 그 자리에 있는 동안 그녀는 붓질로 그 모습을 포착해 낸다. 하지만 버지니아의 뛰어난 이야기는 그녀의 초월적인 걷기에서 나왔다. 자신을 '떠돌이'로 묘사한 울프는 스스로를 탈선한 사람으로, 안정된 사회가 인정하는 평범한 한계 밖에서 존재하는 인물로 그린다. 이 부분은 그녀보다 2세기 전에 살았던 엘리자베스 카터를 연상시킨다. 이런 통제하기 힘든 면은 그녀가 교회를 '훼손하고', 인간과 자연이 만든 장애물을 여성스럽지 못하게 '뛰어넘고' '기어오르는' 행위로 더 강화된다. 울프의 창조성은 행동을 요구한다. 그것도 불법적이고 허락되지 않는 행동을. 이렇게 그녀의 거칠고 난폭해지는 성향과 걷기와 문학적 활동이 모두 연결돼 있다는 점은 울프 자신도 인정했다. 요크셔에서 지내던 그해 초에 그녀는 바이올렛 디킨슨에게 이런 편지를 보냈다.

내 인생에는 당장 얕은 돈을새김 조각을 해도 될 만큼 아름다운

그리스식 엄격함이 존재하고 있어. 절대 씻지도 않고, 머리를 손
질하지도 않는 내 모습을 넌 상상할 수 있을 거야. 그런 모습으로
넓은 황무지를 성큼성큼 걸어가고, 핀다로스의 시를 소리치면서
이 바위에서 저 바위로 뛰어오르고, 마치 엄격하지만 다정한 부
모처럼 날 후려치고 쓰다듬는 바람 속에서 기뻐서 어쩔 줄 모르
지. 그럴 때면 나는 마치 브론테 자매가 된 느낌이야. 진짜 그런
존재가 된 것 같지.

이야기는 문학적으로 양식화돼 있고, 풍자적이며, 세상만사 다
안다는 투로 흘러가지만, 젊은 버지니아 스테판, 기글스윅 위쪽의
요크셔 황무지에서 홀로 거닐며 작가의 꿈을 꾸는 그녀가 에밀리
브론테와 황량한 황무지를 배경으로 한 연인들의 격정적인 사랑 이
야기를 자신이 본받아야 할 모범으로서 의지한다는 점에서 매우 의
미심장하다. 그로부터 2년 후 울프가 자신의 첫 소설이 될《출항The
Voyage Out (1915)》이란 작품을 쓰고 있을 무렵 그녀가 보낸 편지들을
보면 이전에 보낸 편지에 묘사된 자신의 창의적이고 난폭한 면을
즐기고 싶은 욕망과 조용히 앉아서 머릿속에 떠오른 생각을 적어야
할 필요성 사이에 존재하는 긴장이 잘 나타나 있다. 그녀는 형부인
클라이브 벨에게 이런 편지를 썼다.

난 내 미래에 대해 생각을 많이 하고, 어떤 책을 써야 할지 결정

해요. 내 소설을 어떻게 개선해야 할지, 그리고 현재 이리저리 흩어지는 무수한 생각을 잡아서, 그걸 다 작품에 집어넣고, 기이하고 무한한 것들의 형태를 어떻게 잡아갈지 결정하죠. 나는 해가 저물어갈 무렵 숲을 찬찬히 살펴보고, 돌을 깨고 있는 남자들을 강렬한 시선으로 붙들어 놓아요. 그들을 과거와 미래에서 잘라내기 위해. 걸을 때는 이런 수만 가지 흥분이 지속되지만, 내일이면 오래되고 죽어버린 구절을 쓰기 위해 앉아 있어야 하죠. … 나는 걸으면서 계획을 세우겠어요.

걷지 않고 쓰는 것은 울프에겐 둔하고, 생기 없고, 죽은 것이다. 몸을 움직일 때만 그녀는 자신의 말에 생기를 불어넣고, 문장에 생명을 불어넣을 수 있다. 걸을 때 울프가 시간을 베어내는 이유는 남자들을 그들의 '과거와 미래에서' '잘라내서' 그 순간 온전히 그녀의 '시선으로' 붙들기 위해서다. 그런 흥미진진한 가능성은 어쩔 수 없이 '앉아 있어야 하는' 지루하고 필연적인 상황과 슬프게 대조된다. 물론 이 상황에서 유일한 해결책은 산책하러 나가는 것이다.

울프는 자신의 발과 두뇌를 창조적으로 연결할 수 있게 해주는 걷기에 대한 충동과 그녀의 몸이 떠올린 발상을 글로 써야 할 필요성 간의 균형을 점점 더 잘 잡을 수 있게 됐다. 이런 충돌 사이에는 항상 긴장 상태가 존재하지만, 점점 창의력에 도움이 되는 긴장으로 변해갔다. 그녀는 1918년 11월 3일 일기에 이렇게 적었다. "나는 내 소설 속 장면을 처리할 여러 가지 방식을 계속 생각 중이다. 나는 무수한 가능성을 생각하면서, 거리를 걸어 다니며 그와 똑같은 언어로 표현해야 할 거대하고 불투명한 덩어리인 인생을 바라본다. 이런 보행에는 위험이 따른다." 밤에 런던 거리에서 울프는 "어둠 속에서 채링 크로스까지 느긋하게 걸어가며 써야 할 구절과 사건을 만들어낸다. 이러다 죽을 것 같다는 생각이 든다"라고 썼다. 머릿속으로 글을 쓰면서 런던 거리를 멍하니 배회하는 울프는 도브 코티지 뒤쪽 정원에 있는 길을 따라 걸으며 시를 짓는 윌리엄의 도시 버전인 셈이다. 하지만 그녀는 런던을 홀로 걷는 것이 가장 큰 휴식이라고 분명히 말했다. 걷기는 울프를 진정시키면서 기운을 내게 해서 그녀의 정신이 약해질 때마다 슬며시 고개를 드는 자신의 재능에 대한 의심의 목소리를 잠재워줬다. 울프는 때때로 온몸과 마음이 마비되는 우울증에 빠지곤 했는데, 운이 좋을 땐 부츠를 신고 나가 걸음으로써 그런 고통을 앞질러 나갈 수 있었다. 1920년 《제이콥의 방Javob's Room》을 쓰다가 불안이 시작됐을 때 울프는 걷기의 이미지와 은유를 통해 자신의 마음속에서 일어나는 일을 이해하려고 애를 썼다. 10월 25일에 그녀는 일기에 이렇게 썼다. "왜 인생은 이다지도 비극적일까. 마치 심연 위에 놓인 가늘고 긴 보도 같다. 아래를 내려다보면 현기증이 난다. 여기서 어떻게 끝까지 걸어갈 수 있을지 모르겠다." 울프는 자신의 정신건강을 공간감으로 상상했다. 그녀의 광기는 어디가 어딘지 알 수 없는 심연으로 떨어지는 것이고, 그 심연이 아주 가까이 있기에 정신적인 현기증이 일어난다. 하지만 아직까진 희망과 통제력이 남아 있다. 그 길은 아주 좁은 것 같지만 좁고 가파른 산등성이를 걸어가는 것처럼 걸어갈 수 있다. 이런 지형은 확실히 무섭지만 생경하진 않다. 이 보도는 심연이 아니라면 현대 세계에, 런던에 속해 있다. 머리는 어지럽고 흔들거릴지 모르지만, 발은 확실히 길을 찾을 것이다. 분명 울프는 자신의 머릿속 풍경을 이런 식으로 이해했다. 그녀는 2주 후에 어떻게 "밑으로 떨어지지 않고 좁은 보도를 따라 앞으로 걸어갔는지에 대해" 썼다. 정신의 보도를 걷는 것과 실제로 몸을 움직여 런던의 보도 위를 걷는 것이 동시에 이뤄졌는지에 대해서 언급하지 않았지만, 이 둘 사이의 관계는 (자신 속으로 들어왔다 나가기) 울프의 작품을 통해 또렷하게 드러난다.

이는 두 개의 대조적인 일기에서 볼 수 있다. 하나는 1921년 8월 울프가 또다시 정신건강이 악화됐다가 회복했을 때 쓴 것이고, 또 하나는 《댈러웨이 부인Mrs Dalloway》이라는 결과물을 낳은 창의력의 절정에 있을 때 쓴 것으로 거의 3년 후였다. 첫 번째 일기는 일을 하지도, 걷지도 못하게 된 결과 충족되지 못한 에너지가 들끓고 있었다.

기록할 게 하나도 없다. 그저 글을 쓰고 싶은 조바심으로 안절부절못하고 있을 뿐. 여기서 나는 바위에 사슬로 묶인 채 아무것도 못 하는 처지가 돼 모든 잘못과 앙심과 짜증과 집착이 계속 내게 돌아와 나를 긁고 할퀴고 있다. 이는 내가 걷지도, 글을 써서도

자기만의 산책

안 된다는 말을 하려는 것이다. … 할 수만 있다면 뭐든 내놓을 수 있을 것 같다. 퍼럴 숲을 걸을 수만 있다면, 덥고 먼지투성이가 된 채, 내 코는 집을 향해 있고, 내 몸의 모든 근육은 지쳐 있고, 달콤한 라벤더 향기가 들어온 내 뇌는 아주 정상인 데다 시원하고, 내일 해야 할 업무 준비가 돼 있다. 내가 어떻게 모든 것을 알아차려야 할까. 그에 대한 구절은 마치 손에 꼭 맞는 장갑처럼 걸은 후에 찾아온다. 그리고 먼지 긴 길을 나서면 … 내 이야기는 스스로 말하기 시작할 것이다.

울프는 이 일기에서 바위에 무력하게 묶인 프로메테우스로 나타난다. 그녀는 신의 벌을 받아서 옴짝달싹 못 하는 동안 독수리가 날아와 그녀의 마음을 쪼아먹는다. 그녀는 어쩔 수 없이 가만히, 무기력하게, 생기 없는 채로 있다. 걷기가 사라진 곳에는 단지 구절과 문장만 죽은 채로 남아 있는 게 아니다. 울프는 비활동적인 자신과 움직이는 자신을 노골적으로 대비시킨다. 첫 번째 문장의 수동성과 수동태와 주어의 부재에 이어 굉장히 강력한 행동의 장면이 나온다. 이 부분부터는 활기와 생기를 나타내는 동사와 부사로 가득 차 있다. 이런 걷기에 대한 묘사는 온몸을 글을 쓰고 걷는다는 목적에 예속시킨다. 극도로 지친 근육은 뇌를 위한 '달콤한 라벤더' 향기라는 기이한 수확을 한다. 몸이 더워지면서 뇌는 서늘해진다. 그러므로 걷기는 중요한 안전장치가 되고, 마음이 아닌 몸이 '덥고 먼지투성이가' 된다. 그 결과 걷기는 육체적 에너지를 지적인 명료함으로 전환하는 수단이 된다. 몸을 움직이면서 눈이 보이고, 아주 매끄럽고 지속적으로 단어들이 만들어진다. 기이하게도 그 최종 결과는 수동성으로 돌아가서 '이야기'가 그 어떤 창의적인 대리인에게도 의지하지 않은 채 스스로 말하기 시작한다. 울프가 《등대로》에서 걸으면서 썼던 경험을 묘사한 것처럼, 이 글에서도 자동 기술의 느낌이 풍긴다. 울프의 마음은 발의 움직임에 대단히 예민해진다. 마음의 창조력과 발의 움직임 사이의 관계는 《댈러웨이 부인》의 완성에 대한 울프의 글에서 분명하게 드러난다.

> 내 생각에 나는 곧바로 호사스러운 파티에 갈 수 있을 것 같다. 그래서 끝낸다. 셉티머스는 잊자. 그건 아주 치열하고 난감한 일이니까. 피터 월시가 저녁을 먹고 있는 부분도 건너뛴다. 여기도 쓰기 쉽지 않을 것 같다. 그러나 나는 불을 환하게 밝힌 이 방에서 저 방으로 옮겨 다니는 것이 좋다. 내 뇌가 나에겐 그런 존재다. 불을 밝힌 방. 그리고 들판을 걷는 것은 복도를 걷는 것과 같다.

울프는 여기서 기이한 정신적 지형을 상상한다. 이 안에서는 런던의 타운하우스(도시 내에 늘어서 있는, 높고 좁게 생긴 주택 – 옮긴이)의 특징과 시골에 있는 다른 가구의 특징의 경계가 흐려진다. 울프의 마음에 있는 지형은 외부 세계의 그것을 그대로 옮겨왔고, 그 반대

자기만의 산책

도 마찬가지다. 그래서 물리적 존재로 여러 경로를 걸어 다니는 몸이 없으니, 울프의 뇌 속에서 환하게 불이 켜진 방은 소외되고, 모든 관계가 끊기고, 접근할 수 없는 곳이 된다. 울프는 걸어 다닐 때 비로소 들판으로 나가고, 자신의 마음속으로 들어온다. 그녀는 걷기와 글쓰기에 너무 깊이 얽혀 있었기 때문에 소설을 쓰는 것을 걷기의 한 형태로 보게 됐다. 《제이콥의 방》을 구상하던 초기에 울프는 "글을 쓰는 것은 걷는 것과 같다. 자기 앞에 시골 풍경이 펼쳐지는 것을 전에도 본 적이 있는 사람이 걸을 수 있는 것처럼 소설도 그렇게 쓸 수 있다"고 언급했다. 울프에게 세상을 상상하는 방식을 만들고 그것을 담을 수 있는 걷기의 언어가 없었다면, 글쓰기는 불가능했을 것이다.

울프의 모든 글은 걷기와 생각하기가 연결돼 있다. 한동안 떨어져 있다가 1909년 세인트 아이브스 본가로 돌아온 울프는 빠르게 걷고, 생각하고, 읽고, 상상하는 생활 리듬을 정립했다. 그것은 그녀가 살아가는 시간 동안 삶의 패턴이 됐고, 걷기는 그녀의 모든 정신활동을 유지하고 타오르게 했던 연료가 됐다.

식사 후는 아주 즐거운 시간이다. 그럴 때면 난롯가에 앉아 이런저런 구절을 쓰고 싶은 기분이 들고, 오후에 안개 속에서 어떻게 트레스 크로스까지 기어 올라가 정상에 있는 화강암 무덤 위에 앉아, 주위의 땅을 살펴봤는지 생각하게 된다. 그런 내내 빗방울이 살갗에 뚝뚝 떨어지고 있었다. 그곳에는 너도 기억할지 모르지만 머리를 들고 웅크린 자세의 낙타처럼 생긴 바위가 있고, 화강암으로 만든 문기둥이 있고, 그사이에 판판한 잔디 길이 있다. 그걸 다시 생각해 보는 건 기분 좋은 일이다. … 내 인생은 거의 완벽하다. … 침묵이 흐르고, 언제든 근사한 색으로 물든 여러 갈래의 길을 따라 바다가 보이는 절벽까지 걸어갔다가, 차와 난롯불과 책이 있는 불 켜진 창문을 지나 집으로 돌아올 수 있다. 그러다 여러 가지 생각과 세상에 대한 관념과 마치 허공에 날아다니는 잠자리 같은 순간들이 찾아온다. 이 모든 생각으로 내 머릿속은 생기가 넘친다.

울프의 상상은 비에 흠뻑 젖은 12월 콘월의 어느 날 이국적이고 휘황찬란한 것들, 바위, 생각과 시간에 울프의 마음이 들어가 살수 있는 기이한 몸이 주어져 익숙하면서도 기이하고 꿈 같지만, 물질적으로 분명히 존재하는 세계가 만들어진다. 이런 것들이 물질적으로 존재하는 이유는 그녀가 걸었기 때문이다. 울프의 산문은 걷는 동작과 그런 상상을 하면서 떠오른 생각들의 순서를 그대로 반영한다. 걷는 사람이 서둘러 온기와 불빛과 음식이 있는 곳으로 돌아오는 동안, 쉼표들이 잇따라 나타난다. 그러다 그녀가 생각을 다시 시작하면 작가와 독자 둘 다 잠시 숨을 돌릴 틈을 준다. 마음은 몸을 움직여 나오는 활력에서 기운을 받는다.

걷기는 또한 환상을 볼 수 있는 힘이 있다. 그것은 울프가 바위에 활기를 불어넣을 수 있게 해줄 뿐만 아니라 공기와 정지된 시간의 형태를 만들어낼 수 있게 해준다. 그리고 그녀가 사물의 실상을 볼 수 있는 능력을 부여해 준다. 1918년 서식스에 있는 에시엄 하우스에서 울프는 자주 집 위쪽에 있는 낮은 구릉 지대를 배회했다. 에시엄 하우스는 몸의 눈으로 볼 수 있는 풍경을 겨울 안개가 가렸을지 모르지만, 그것은 새로운 내면의 풍경을 열어젖혔다.

> 에시엄 하우스의 가장 좋은 점은 그곳에서 책을 읽는다는 것이다. 그게 얼마나 멋진 일인지. 산책하고 집에 돌아와 난롯가에서 차를 마신 후 읽고 또 읽는다. 오셀로든 뭐든 다 읽는다. 그게 뭔지는 중요하지 않다. 하지만 나의 능력은 기이하게도 아주 또렷해져서 내가 읽는 페이지들이 따로 떨어져 나와 진정한 의미를 드러낸 채 마치 내 눈앞에서 불을 비춘 것처럼 환하게 보인다. 런던에서 자주 그랬던 것처럼 산발적으로, 발작적으로 보이는 게 아니라 전체적으로 아주 잘 보인다. 그러다 잎이 다 떨어져 헐벗은 나무는 쟁기로 갈아놓은 갈색 흙이 된다, 그리고 어제 구릉은 안개를 통해 산이 된다. 그것은 만질 수 없다. 죽어버린 세세한 면이 사라져버렸으니까.

낮은 구릉에서, 페이지에서, '죽어버린 세세한 면들이 사라지면서' 책의 '진정한 의미'와 빛이 환하게 비치는 '땅'이 그 모습을 드러낸다. 그녀의 시력은 완전해져서 그 눈에 보이는 게 완전히 바뀐다. 그래서 낮은 구릉은 산이 되고, '진실'은 명확해진다.

울프의 소설에서 명료함의 중요성은 로드멜에 있는 몽크 하우스에서 1920년 1월 7일에 쓴 일기에 분명하게 나타난다. 그 집은 울프가 20년 이상 살게 될 제1의 집이 된다.

가령 여기에 해가 뜨면 위쪽에 있는 잔가지와 나무가 마치 불길 속에 살짝 담근 것처럼 눈부시게 빛난다. 나무 몸통은 에메랄드 빛 초록색으로, 햇빛을 받은 나무껍질까지 마치 도마뱀 껍질처럼 다양한 색으로 보인다. 그리고 에시엄 언덕에 부옇게 깔린 연기 같은 안개. 햇빛이 반짝이는 긴 열차 창문, 토끼의 축 처진 귀처럼 열차 뒤로 길게 늘어지는 연기. 채석갱은 분홍색으로 빛나고, 나의 강가 목초지는 6월의 그것처럼 푸르게 우거져 있다. 그러다 너는 그 풀이 마치 돔발상어의 등처럼 짧고 거친 모습을 본다. 하지만 나는 한 페이지 한 페이지 넘길 때마다 눈에 보이는 걸 계속 셀 수 있다. 매일 또는 거의 매일 나는 각각 다른 곳을 향해 걸어 갔다가 경이로운 것들을 보고 돌아온다. 5분만 걸어 나가면 대자연이 펼쳐지고, 에시엄 하우스 위로 큰 오르막길이 나타난다. 내가 말한 것처럼 어느 길로 가건 결실을 거둘 수 있다.

걷기는 울프에게 풍성한 수확의 순간과 등장인물과 사건을 제공해서 그녀의 일기장은 종종 문학적 실험실 역할을 했다. 걸으면서 수집한 것들은 그녀의 독특한 소설 스타일을 개발하는 소재가 됐다. 울프는 산책 중 발견한 보물을 집에 가져오기도 했고, 또 다른 산책에서는 본질을 포착한 아름답고 간결한 묘사를 확보했다. 이 두 가지 수집 둘 다 걷기가 아주 필수적인 역할을 했다.

울프는 분명 걷기를 통해 그녀에게 찾아온 구절과 아이디어를 땅에서 나온 일종의 생산물로 봤다. 글쓰기는 그런 언어적, 시각적 수확을 거둬들이는 행위였다. 1926년 여름 서식스로 돌아온 울프는 이렇게 썼다.

앞으로 한 주 동안은 내 두뇌를 쥐어짜지 않을 테니, 세상에서 가장 위대한 책의 첫 페이지를 여기서 쓰겠다. 이 책은 전적으로 나의 생각만으로 쓰일 것이다. 내가 한 생각이 '예술 작품'이 되기 전에 잡아낼 수 있을까? 내 머릿속에서 떠오르는 그 갑작스럽고 따끈따끈한 순간을 잡아낼 수 있을까. 예를 들어 에시엄 언덕을 올라가는 길에. 물론 그럴 순 없다. 언어가 만들어지는 과정은 느리고 기만적이니까.

일은 그녀의 두뇌를 쥐어짜거나 텅 비게 만드는 반면 걷기는 그걸 다시 채워준다고 울프는 생각했다. 그녀는 자신의 마음을 걸으면서 수집한 풍부한 자원을 보관해 두는 그릇으로 생각했다. 1929년 8월 울프가 이렇게 썼듯 말이다.

이제 나를 잡아당기고, 고통스럽게 했던 책과 글은 내 머릿속을 떠났고 내 뇌는 채워지면서 확대되고 가볍고 평화로워진 것 같다. 우리가 여기 온 후로 그동안 수도 없이 짜냈던 뇌가 조용히 채워지는 걸 느끼기 시작했다. 이제 내가 의식하지 못했던 부분도 확장되고 있다. 걸으면서 나는 붉은 옥수수와 파란 평원과 이름을 밝히지 않은 무한한 것을 눈여겨본다. 뭔가 구체적인 것을 생각하고 있진 않다. 이제 다시 나는 내 마음이 형태를 갖춰가는 걸 느낀다. 마치 그 위에 태양이 있는 구름처럼, 어떤 아이디어, 계획이나 이미지가 솟아나지만, 그들은 구름처럼 지평선 위를 흘러가고 있다. 나는 또 다른 생각이 떠오르거나 아무것도 떠오르지 않기를 평화롭게 기다리고 있다. 어느 쪽이건 상관없다.

울프가 글을 쓸 때 개념화하는 과정은 확실히 물질적이다. 그모든 과정이 물질세계와 관련이 있는 직유와 은유를 통해 이해된다. 책과 글이 그녀의 뇌를 '잡아당기는' 동안 그녀는 자신의 뇌가 '확대되고 물질적으로 가벼워지는 것을' 느낄 수 있다고 기록한다. 심지어는 평화로움마저 육체적 감각으로 이해된다. 그녀의 눈은 빛이나 색채에 붙들려 있지만, 그녀의 마음은 변신해서 구름으로 변하는 것을 느낀다. 마음은 새로운 아이디어가 그 안에서 '솟아날 때마다' 편안하고 기쁘게 형태를 바꾸는 것 같다. 울프의 마음속에 있는 생각들은 대류가 공기 안에서 흐르는 것과 같은 방식으로 행동한다. 즉, 깜빡거리면서 인식했다가 다시 꺼져버리는 마법의 형상으로 농축되는 것이다. 이 과정의 핵심에 걷기가 있다. 그리고 이 사실을 알고 있는 것이 울프가 느낀 행복의 원천이 됐다. 1934년 10월 2일 일기에 그녀는 이렇게 썼다.

> 그렇게 여름이 끝났다. … 아, 걷기는 얼마나 즐거웠던가! 이 감정을 이토록 강렬하게 느낀 적은 처음이었다. … 그 무아지경 같은, 수영하는 것 같은, 공기 중에 날아다니는 것 같은, 다양한 감각과 아이디어가 흘러 다니고, 구릉, 길, 색의 느리지만 신선한 변화. 이 모든 것이 사정없이 휘저어지고 합쳐져서 완벽하고 고요한 행복의 아주 얇은 고급 종이로 변한다. 나는 종종 이 종이에 가장 환한 그림을 그린다. 이건 사실이다.

걷기는 울프를 일련의 변화된 상태에 놓이게 한다. 그녀는 무아지경에 빠지고, 수영하고, 공기 중에 날아다닌다. 이 산문은 그녀가 한 번에 이 모든 것일 수도 있다는, 더없이 행복한 가능성을 제시한다. 강렬한 '걷기의 기쁨'과 섞인 이 마법과 같은 상태를 소재로 울프의 마음은 '이 얇은 고급 종이에' 반투명하고 구름 같은 아이디어를 그리고 글자 그대로 찍을 수 있게 된다.

결혼 후 버지니아 울프는 자신의 시간 대부분을 서식스와 런던 두 곳으로 양분해서 썼다. 이 두 장소가 제공한 아주 다른 환경이 그녀가 글을 쓰는 데 똑같이 필요했다는 점이 분명하게 나타난다. 런던에서 너무 오래 시간을 보내면 일종의 '지나친 자극'이 가해져서 마음의 평정을 위태롭게 할 상황이 일어날 수 있지만, 서식스에서 너무 오랜 시간을 보내면 고립된 느낌이 들 수 있다. 이 두 곳은 울프에게 대조적이지만 동시에 상호보완적인 종류의 걷기를 제공했다. 그곳이 그녀에게 보여주는 세상이 달랐기 때문에 그녀는 둘 다 각기 다른 방식으로 가치 있게 여겼다. 울프는 1927년 3월 31일 일기에서 왜 런던 산책을 좋아하는지 이렇게 요약했다. 런던이라는 도시 자체가 "끊임없이 사람을 유혹하고, 자극하고, 내게 그 어떤 문제도 일으키지 않은 채 희곡과 이야기와 시를 준다. 거리에서 내 다리를 끊임없이 움직여야 한다는 점만 제외하면 말이다"라고 했다. 걷기에 대해 울프가 쓴 다른 글과 마찬가지로 여기서도 그녀는 자신을 수동적으로 묘사하고 있다. 즉, 창조성은 런던이라는 도시가 그녀에게 준 선물인 것이다. 하지만 그 선물의 크기가 좀 놀라운 면이 있다. 런던은 그녀에게 희곡이나 이야기를 준 게 아니라 희곡과 이야기와 시를 줬다. 하지만 작가가 한 번에 이 세 개의 선물을 받으면 이걸 가지고 대체 뭘 할 것인가? 따라서 런던에서 걷는 것은 아마도 신중하게 해야 할 일 같다. 걷기가 작가에게 수확물을 제공한다면,

자기만의 산책

도시 산책은 그것을 과다하게 공급하는 경향이 있다.

런던 거리를 걸을 때 주의를 기울여야 하긴 하지만, 그것은 시골에서는 구할 수 없는 경험과 아이디어를 준다.

런던은 고혹적이다. 런던을 산책할 때면 마법의 황갈색 양탄자 위에 올라탄 것 같다. 그리고 손가락 하나 까닥하지 않은 채 아름다움 속으로 실려간다. 새하얀 포르티코(대형 건물 입구에 기둥을 받쳐 만든 현관 지붕 – 옮긴이)와, 널찍하고 조용한 대로가 있는 런던의 밤은 놀랄 만큼 근사하다. 사람들은 슥 나타났다가 마치 토끼처럼 가볍고 빠르게 방향을 바꿔 사라진다. 나는 사우스햄턴 로우 대로를 내려다본다. 그것은 물개의 등처럼 젖어 있거나, 햇빛이 비쳐서 붉거나 노란색으로 빛난다. 나는 버스가 왔다 가는 모습을 보고, 오래되고 괴상한 오르간 소리를 듣는다. 조만간 나는 런던에 대해 쓸 것이고, 그것이 어떻게 개인의 생활을 장악하고 끌어가는지에 대해 쓸 것이다. 지나가는 사람들의 얼굴을 보면 내 마음이 들뜬다. 로드멜의 고요한 환경과는 달리 좀처럼 마음이 진정되지 않는다.

울프는 현관을 나가자마자 《아라비안나이트》의 세계로 옮겨진다. 그곳은 매혹과 마법의 양탄자와 온갖 색채와 소리로 가득 차 있는 곳이다. 하지만 이 묘사를 훑어보다 보면 장소의 중요성과 기쁨을 찾을 수 있다. 서식스에서 울프는 '느리고 변화되는 길'이 주는 창조력에 대해 썼지만, 런던에서 사람, 물건, 아이디어, 생각 들이 무시무시하게 빨리 움직이고, 그것들이 시야에 '슥 들어왔다 재빨리 나가는' 것은 아주 자극적이다. 여기서 그녀의 마음이 진정되지 않는 점이 중요한데 뇌와 모든 감각이 무수한 정보에 압도되기 때문이다. 이런 면 때문에 런던에선 모든 것이 과잉될 위험이 항상 도사리고 있다. 만약 마음이 끝없이 '진정되지' 못하는 상태에 있다면 어떻게 그곳에서의 경험과 떠오른 생각을 언어로 옮길 수 있겠는가? 그리고 울프의 묘사가 암시하는 것처럼 일을 해서 두뇌가 '비워지는' 것과 걷기를 통해 '채워지는 것'이 공생관계에 있다면, 계속해서 채우기만 하는 곳 또한 위험하다.

'런던에 대해 쓰겠다는' 자신의 말을 지킴으로서 이 문제에 대한 우아한 해결책이 발견된 것 같다. 이 작품은 1927년 발간된 《런던 거리 헤매기》라는 긴 에세이로 나왔다. 이 책에서 울프는 런던의 복잡한 거리를 걸음으로써 손에 넣을 수 있었던 창의적이고 상상력이 넘치는 가능성을 분명하게 표현했다. 거기 묘사된 걷기의 동기는 순수해 보이지만 (화자는 연필 한 자루 사기 위해 집을 나오기도 한다) 동시에 사회적 관례에 도전하고 가끔은 그것을 깨기도 하는 위험한 분위기가 넌지시 풍긴다.

어둠과 램프 불빛을 부여하는 저녁 시간도 우리를 무책임하게 만

　　　　　　　　　　　　　　자기만의 산책

든다. 우리는 더는 우리 자신이 아니다. 우리는 어느 화창한 오후 4시에서 6시 사이에 집을 나서면서 친구들이 아는 우리의 모습을 벗어버리고, 거대한 공화주의 집단인 익명의 도보 여행자들의 일부가 된다. 자기만의 방에서 고독한 시간을 보낸 후에 그들과 어울리는 것은 아주 즐겁다.

울프의 묘사 속에 나온 도시 산책은 개인적 책임감과 심지어 정체성까지 녹여버리는 과격한 행동이다. 자아는 마치 피부나 마스크가 벗겨지는 것처럼 벗겨지고, 또 다른 자아, 타인과 공유하는 자아로 대체된다. 여기서 이야기하는 사람은 더는 개인이 아니라 이 '거대한 공화주의 집단'과 하나가 된다. 이들은 얼굴은 없지만 상당히 큰 그룹으로 그 숫자만으로도 사회 질서에 이의를 제기하기에 충분하다. 이 묘사에서 울프는 걷기가 위험할 뿐 아니라 법적으로 의심스럽다는, 오랫동안 간직해 온 대중들의 통념에 대해 한마디한다. 즉, 그녀는 땅 위를 걷고 있기 때문에 부랑죄라는 혐의로 치안판사 앞에 끌려갈지도 모르는 '부랑자'와 사회 질서를 어지럽힐 수 있는 힘을 가지고 있는 '도보 여행자' 사이에 별 차이가 없다는 점을 슬며시 암시한 것이다.

다만 울프에게 걷기의 진정한 힘은 자신을 전적으로 바꿀 수 있는 능력에서 나온다. 그녀는 어떻게 걷기가 불안정한 사회적 구조를 부서버릴 수 있는지 묘사한다. 집을 나설 때 그리고 '부랑자' 무리에 들어갈 때 그런 일이 일어난다. "우리의 영혼이 스스로에게 거처를 제공하기 위해 배설한 그 껍데기 같은 가리개, 타인과 구별되기 위한 형태로 만든 것이 부서지고, 그 모든 주름과 조잡함 속에서 남은 거라곤 지각력을 보유한 굴과 같은, 한가운데 있는 거대한 눈만 하나 남았다." 다시 한번 걷기는 개인적인 정체성을 다 해체해 버리고, 우리 모두가 공유하고 있는, 지각하는 기관인 '거대한 눈' 하나만 남았다. 그 거대한 눈은 누구에게든 속할 수 있고, 우리 모두에게도 속한다. 더는 자신의 몸에 메이지 않은 눈은 움직이는 몸에만 연결돼서 런던의 밤거리를 배회한다. 울프는 이 에세이에서 진정한 자신이 이것도 아니고 저것도 아니며, 여기도 아니고 저기도 없지만, 동시에 이곳저곳을 배회하고 우리가 그것의 소망이 이뤄질 수 있도록 자유를 주고, 그것이 아무 방해도 받지 않은 채 멋대로 굴 수 있게 할 때만 우리는 진실로 우리 자신일 수 있는지 묻고 있다. 자신의 본질은 걷기를 통해서만 이해할 수 있다.

쓸쓸한 거리를 걸어서 집에 오는 길에 나는 난쟁이, 눈먼 사람, 메이페어 저택에서 열린 파티, 문방구점에서 일어난 언쟁에 관한 이야기를 나에게 들려줄 수 있다. 이 각각의 인생 속으로 나는 잠깐, 그러니까 사람은 하나의 마음에 매여 있는 게 아니니 짧게 몇 분 정도는 타인의 몸과 마음을 걸치고 있을 수 있다는 환상을 품을 정도의 시간만 들어갈 수 있다. … 하나의 개성이라는 직선 도로를 벗어나 그 야수들, 우리와 같은 인간들이 사는 검은딸기나무와 굵은 나무 밑을 따라서 숲 한가운데로 이어지는 오솔길로 접어드는 것보다 더 기쁘고 경이로운 일이 뭐가 또 있을까?

들판에서의 산책은 그녀의 마음속에 있는 불이 켜진 방 하나하나로 이어지는 복도와 같다는 울프의 묘사와 아주 유사한 방식으로, 타인의 자아는 그녀가 걸어야 할 오솔길이 된다. 그리고 땅에 난 길이 모두에게 열려 있는 것처럼, 울프의 상상 속에는 '우리와 같은 인간으로' 가는 오솔길이 열려 있고, 모두 공유하고 있다. 타인의 자아는 그에게로 가는 오솔길을 누구든 걸을 수 있게 되면서 접근 가능해진다.

걷기는 울프에게 아주 중요한 역할을 했다. 걷기의 언어를 통해 그녀는 자신의 마음이 작동하는 방식을 이해했고, 그녀가 걸었던 물질적인 세계와 내면의 세계가 꼭 들어맞을 수 있는 중요하고 정형화된 형식이 돼서, 그녀의 경험을 내적으로나 외적으로나 풍요롭게 만들어줬다. 정신병이 재발할 때마다 울프는 걸으면서 정신적 편안함을 회복했고, 익숙한 길을 걸으면서 내면의 지형을 다시 익숙하게 만드는 방법을 찾았다. 작가로서 울프는 자신의 마음과 타인의 마음을 연결하는 보이지 않는 네트워크를 탐험하는 대단한 탐험가였다. 작가이자 한 인간으로서 울프가 이루려고 했던 목표의 대부분을 뒷받침해 주는, 이 복잡하고, 사람을 심란하게 하면서도 스릴이 넘치는 마음의 지도를 만드는 일은 그녀가 평생 물질적인 세계를 걷지 않았다면 불가능했을 것이다.

*

영국 국립 도서관에서 일을 끝냈을 때는 주위가 어둑어둑했지만, 블룸즈베리에 있는 내 방으로 걸어가는 길이 무척 기대됐다. 유스턴 도로는 요란한 소리를 내며 달려가는 택시, 버스, 대형 트럭과 밴으로 시끄러워서, 교통 혼잡 부담금 부과 구역 너머에 있는 거리로 넘어가고 비로소 안도했다. 그곳은 훨씬 조용했다. 나는 혼자지만 약하게 느껴지지 않았다. 나는 타비스톡 광장을 지나 러셀 광장을 향해 걸었다. 거기서 한동안 머물면서 저녁의 온기를 만끽했다. 벤치를 하나 발견해 잠깐 앉아 있었다. 그곳의 상대적인 어두움과 정적은 복잡한 도시의 기록 보관소에서 보낸 하루에 대한 해독제가 됐다. 저녁을 먹고 탐험을 시작했다. 목적지는 생각하지 않았다. 그보다는 호기심에서 나가는 산책이었다. 런던의 이 지역은 이번에 처음 와봐서 울프가 걸으면서 소설을 썼던 곳을 배회한다는 생각만 해도 마음이 한없이 들떴다. 나는 몇 시간 동안 거리를 거닐며, 누구의 시선도 받지 않은 채 세상을 관찰하는 느낌을 즐겼다. 보이지 않는 존재가 된다는 것에는 뭔가 마법 같고 전복적인 느낌이 풍긴다.

7장

낸 셰퍼드

Nan Shepherd

하지만 산을 오르면서 생각의 황홀경에 잠기고,

완등하기 전에, 최후의 정상에 오르기 전에,

시간은 이렇게 빨리 흐른다. 길고 좁은 길 뒤에,

가파른 바윗길을 따라, 뾰족한 처마돌림띠를 두른 것 같은

눈 덮인 동굴 밑에서 얼음처럼 찬물이 굴러 떨어진다.

이제, 이 산중턱의 동굴에서, 정상도 아닌 곳에서,

새파란 세상도 보이지 않고, 멀리, 도달할 수 없지만,

하지만 이 회색 고원, 바위가 흩어져 있는, 거대하고, 조용한 곳,

그 어두운 호수, 그 고생스러운 험준한 바위들, 그 눈.

산은 그 안에서 문을 닫아버리지만, 그것은 하나의 세상.

그토록 광대한 세상. 그래서 아마도 마음은 이루리라,

크나큰 고생, 끝이 보이지 않는 무한, 허나 그것의 공포와 영광과

힘에 대한 거대하고, 어둡고, 불가사의한 느낌을.

　　　　　　　　　　　　　　 — 낸 셰퍼드, 〈코이어 에차찬의 정상 Coire Etchachan〉

낸 셰퍼드

낸 셰퍼드는 경험이 풍부한 산책자이자 산에 관한 이야기를 쓰는 작가다. 그녀는 몇십 년의 세월에 걸쳐 자칭 왕래라고 하는 과정을 통해 케언곰 산맥을 아주 세세한 부분까지 알게 됐다. 산과의 친밀감은 그녀가 쓴 글의 핵심으로, 다년간 산을 오르는 과정에서 세 권의 소설과 시와 에세이와 편지가 나왔다. 산은 그녀의 이웃이며 (그녀가 오랫동안 살았던 애버딘 근처 자택의 정원에서 산을 볼 수 있었다) 또한 그녀의 안식처이자 탈출구였다. 그녀는 시내에 있는 대학의 강사로 일하다 산에서 도피처를 찾곤 했다. 그녀의 명성이 절정에 달한 1931년 한 인터뷰에는 그녀가 할 수 있을 때마다 항상 산으로 도망치곤 했다고 기록돼 있다. 그녀는 부활절에 내리는 눈에도 굴하지 않고 산비탈 위에 있는 작은 농장주인의 집에 가곤 했다. 하지만 가끔은 글쓰다 한숨 돌리려고 산으로 도망치기도 했다. "난 겨울이 오기 전에 다시 소설 작업에서 도망칠 거야. 다음 주말에 산에서 또다시 행복한 한 주를 보내려고 해." 그녀는 친구이자 동료 작가인 닐 건Neil Gunn에게 이렇게 편지를 보냈다. "이번에는 에비모어로 가려고. 혹시 모르지, 어쩌면 거기서 시를 더 많이 쓸 수 있을지도. 어쨌든 나는 케인곰 산맥을 꼭 볼 거야. 그리고 벼랑과 차디찬 눈도 봐야지." 종종 사람이 살기 힘들고 지내기도 힘든 곳에서 셰퍼드는 자신에게 어울리는 안식처를 찾아냈다.

글쓰기에서 '도망치고' 싶은 충동을 느꼈지만, 셰퍼드는 한동안 아주 많은 작품을 발표했다. 그녀가 쓴 소설 세 권은 1928년부터

1933년까지 5년 동안 숨 가쁘게 출간됐고, 그다음 해에 출간된 시집도 대단한 찬사를 받았다. 그러다 침묵이 흘렀다. 적어도 공적으로는 그랬다. 무려 40년이란 세월이 흐른 1977년, 그녀의 생이 끝나갈 무렵 다시 작품이 출간됐다. 《살아 있는 산The Living Mountain》은 몇십 년 전에 완성됐지만 숨겨져 있다가 애버딘 대학교 출판사에서 출간됐다. 3만 단어로 이뤄진, 이 아름다운 작품은 독자들을 당황하게 만들었다. 셰퍼드의 글이 오랫동안 말하지 않았던 진실을 분명하게 표현하고 있었기 때문이다. "나는 당신이 클로츠나벤Clochnaben을 '당신의' 산으로 봐서 기뻐요." 소설가인 제시 케슨Jessie Kesson이 이렇게 썼다. 그는 셰퍼드의 친구이자 동료 등산가다.

> 그리고 나는 당신이 단순히 보는 것 이상을 한다는 걸 알아요. 당신은 당신의 발밑에 있는 그것의 '느낌'을 '알죠'. 당신의 얼굴에 빗방울이 '톡톡' 떨어지고 당신은 산에서 그 냄새를 들이마시죠. 난 그걸 알아요. 나도 그러니까요. 나는 나라는 존재를 그 사랑하는 곳들과 하나로 합친답니다. 나와 산이 혼연일체가 되진 않았지만 (한때는 그랬지만) 그래도 더없이 행복하죠.

산에 대한 지식은 직접적인 만남과 '집중'을 통해서만 얻을 수 있는데, 셰퍼드는 워낙 집중력이 강해서 그녀의 존재 자체로 이 사랑하는 곳과 하나가 된다. 그러한 '집중력'은 또한 능숙한 언어 사용을 통해 드러난다. 그녀는 정확성을 서정적인 표현으로 대체하고, 놀라운 집중력으로 산에 대한 헌신을 나타냈고, 정밀성으로 찬사를 대신했고, 산에 대한 서술로 구성된 묘사를 해냈다.

《살아 있는 산》이 출간된 직후 그녀의 친구이자 동료 시인인 켄 모리스Ken Morrice는 완전히 넋이 나간 상태로 셰퍼드에게 이런 편지를 썼다. "당신의 책은 정말 대단하군요." 그는 이렇게 선언했다. "당신의 예리한 관찰과 뛰어난 시적 표현은 아주 잘 어울립니다. 당신의 글은 부드럽진 않습니다. 그보다는 강하고, 근육질이며, 생생하고, 경험에서 우러난 것입니다. … 이 책을 읽은 경험은 사라지지 않고 내 안에 남아 있습니다." 셰퍼드의 글이 강하다고 본 모리스의 의견에 케슨도 공감했다. 둘 다 그 글에 담긴 육체적인 능력과 경험이 《살아 있는 산》을 하나의 살아 있는 존재로 만들었고, 그 책이 거둔 성공의 비결이라고 봤다. 그들의 말이 맞았다. 셰퍼드가 쓴 글의 핵심은 인간의 육체적 움직임과 자기 성찰과 인간의 인생에서 의미를 만들어내는 자연 풍경 간의 복잡미묘한 상호작용을 신중하면서도 절묘하게 표현해 낸 것이다. 하지만 그게 다가 아니다. 케언곰에서 한 경험을 통해 활기 넘치는 존재가 된 셰퍼드에게 산은 살아 있는 생물과 같았다. 셰퍼드의 글은 단순히 풍경에서 일방적으로 의미를 취하려는 시도가 아니다. 그보다 그녀의 시와 산문을 보면 인간과 산은 둘 다 독립된 존재로 서로 의미를 공유할 수 있다는 강렬하고 깊은 확신이 면면히 흐르고 있다. 셰퍼드에게는 둘 다 각기 다른

자기만의 산책

존재로 대화와 거리와 공감을 통해 다가갈 수 있기 때문이다. 그녀는 케언곰 산맥의 산을 그녀가 '방문할' 수 있는 '친구들'이라고 쓴다. 그리고 그런 산과 들과 같이 있을 때 그녀의 상상력은 마치 '다른 지성'과 접한 것처럼 환하게 빛난다. 하지만 이 말을 단순한 의인화로 오해해선 안 된다. 그보다 셰퍼드는 환생의 가능성, 인간과 돌 사이에 일종의 근본적인 물질 변화가 일어날 가능성을 제시하고 있다. 생기가 넘치는 돌이 인간에게 생기를 불어넣어 석화가 되는 변화 말이다. 이런 엄청난 변신은 셰퍼드가 산에서, 산과 같이 걸음으로써 가능할 수 있었다.

그렇게 몇 시간 동안 계속 걷고 있으면, 모든 감각이 한껏 치솟으면서, 걷는 사람의 살이 투명해진다. 하지만 투명하다는 말은 적당한 비유가 아니고, 공기처럼 가볍다는 말도 적절하지 않다. 육체는 가볍게 무시해 버리도록 만들어지지 않았으며 오히려 가장 중요한 실체다. 살은 소멸된 것이 아니라 채워진 것이다. 몸이 없어진 것이 아니라 근본적인 몸이 된 것이다.
그래서 몸이 최고의 가능성에 이르도록 맞춰지고 조절돼 심오한 조화를 이뤄 무아지경과 비슷한 상태에 이르게 될 때, 나는 존재한다는 것이 어떤 것인지 대체로 알게 된다. 나는 몸에서 걸어 나와 산으로 들어갔다. 나는 별처럼 반짝이는 범의귓과 식물이거나 하얀 날개가 달린 뇌조처럼 산이라는 완전한 생명의 현현이다.

위의 글에서는 걷기 자체가 몸을 움직이는 유사 마법과 같은 과정에 의해 완전한 변화를 겪는다. 말 그대로 물리적으로 심오한 조화가 일어나고 무아지경과 같은 상태로 들어가는 것이다. 발은 정교하게 균형 잡은 진자 역할을 하고, 몸은 그 자체가 최면술사가 된다. 이렇게 황홀경에 빠진 사람은 형체를 가진 존재에서 천상의 존재로 승화된다. 육체는 뒤에 남겨진 상태에서 다만 자아는 온전히 남아 있고 그는 '산속으로' 들어간다. 육체가 산속으로 사라지는 이야기는 피리 부는 사나이와 비슷하지만 그 이상의 의미가 있다. 육체적 존재가 없는 '나'는 이제 자유롭게 공중을 둥둥 떠다니는 것 같고, 그 존재가 '별처럼 반짝이는 범의귓과 식물'과 케언곰 산맥의 단층 지괴 위쪽을 날아다니는 '뇌조'와 섞여들 수 있으니 어디서든 말할 수 있는 것처럼 보인다. 그러니 인간이라는 존재가 어디서 끝나고, 산의 세계가 어디서 시작되는지는 구분할 수 없다.

이 일련의 사건들은 인간과 산 사이에 생길 수 있는 놀라운 친밀함을 암시하고 있다. 다년간, 이 산과 산속 동굴 사이, 그리고 그 속에서 살아왔기에 생기는 친밀함인 것이다. 셰퍼드는 마침내 '고령의 고통을' 받기 전까지 평생 케언곰 산맥을 걸었다. 그녀는 튼튼하고 의지가 강하며 모험심이 넘치는 산책자로 자신이 그토록 사랑하는 산과 같이 있을 때면 기뻐서 반쯤 미치다시피 했다. 셰퍼드에게 산에 대한 애정은 '먹을수록 커지는 식성'과 같았다. 그것은 술과 정열처럼 인생을 황홀할 정도로 강렬하게 만들어줄 것이다. 산에 취한 셰퍼드는 극도로 흥분한 상태가 돼서 금방 죽을 것처럼 보이는 사람들에게 흔히 나타난다고 말하는, 아주 명랑하고 자유분방한 태도로 위험한 곳을 아주 안정적으로 걷고 있는 모습이 종종 목격되곤 했다. 그녀는 "그 어떤 두려움도 없이 내가 가볍게 뛰어다닌 위험한 곳"이 기억날 때면, "그 기억에 온몸이 차갑게 식는다"는 점은 인정하지만, 언제든 산으로 돌아오면 두려움이나 공포는 사라지고, 다시 전처럼 극도로 흥분한 상태로 계속 올라간다고 했다. 처음 산과 사랑에 빠졌을 땐 미숙한 청춘이었던 셰퍼드는 산에 대한 애정 덕분에 어떻게 잘 알지도 못하는 높은 산으로 경솔하게 올라갔는지에 대해 썼다.

나는 6월의 어느 완벽한 날 아침에 신사 두 명과 같이 차를 타고 데리 롯지로 갔다. 거기 도착한 그들은 즉시 브래마 마을로 돌아가기로 결심했는데 그때 네 사람이 탄 차 한 대가 도착했다. 말할 필요도 없지만 그들은 맥두이산으로 가려는 것이다. 그 순간 나는 그들에게 다가가 그날 저녁 브래마로 돌아갈 때 같이 차를 타도 되겠냐고 물었다. 나는 대충 모인 듯한 그 네 명의 등반에 합류하진 않겠지만, 그들이 저만치 보이는 거리에서 따라갈 속셈이었다. 그들이 좋다고 해서 나는 돌아서서 여기까지 같이 왔던 일행에게 작별 인사를 했다. 그러고 돌아섰더니 그 넷은 이미 사라져버리고 없었다. 나는 서둘러 그들을 따라가면서, 시냇물을 따라 흩어져 있는 소나무 사이를 요리조리 빠져나가 올라갔지만, 그들을 따라잡지 못해서 조금 더 서둘렀다. 마침내 소나무가 있는 곳을 넘어갔고, 그러자 나무 한 그루 없는 협곡이 나타났지만, 인간은 하나도 보이지 않았다. … 케언곰 산맥에 오른 건 이번이 두 번째라 신중하게 기다려야 한다는 마음속 경고가 들렸다. 거기다 내가 아까 그 사람들을 앞질러 온 게 아닌가 하는 의심이 들기 시작했다. 하지만 난 기다릴 수 없었다. 그때는 6월이었고, 아침 하늘은 구름 한 점 없이 새파랬고, 나는 젊었다. 그 무엇도 나를 잡을 수 없었다. 산을 향해 세차게 날름거리는 불길처럼 나는 위를 향해 달렸다. 눈 밑에서 이차찬 호수가 그 자태를 드러냈고, 산의 정상은 마치 와인 같았다. 나는 한 번에 천 개의 정상을 봤고, 모두 투명하게 반짝거리고 있었다.

산을 오르고 싶은 셰퍼드의 욕망이 강렬하고 단순하다는 점에서 지극히 원시적이지만, 정상에 올랐을 때 갑자기 안개가 깔린 상황에서 나쁜 일이 생기지 않았던 건 운이 좋아서였다. 그녀의 젊은 이다운 '불길'은 산을 둘러싼 구름의 차가운 수증기에 쉽게 꺼져버렸을 수도 있었다.

그런 대담한 행동 때문에 목숨을 소중히 여기라는 호소를 들었지만, 여행을 하고 난 후 산에 대한 그녀의 갈망은 더 커졌다. 그 산에 뭔가 있다는 걸 그녀는 알았다. 하지만 케언곰 산맥에서 이해란

쌍방향으로 작동한다. "뭔가가 나와 그것 사이에, 걷는 사람과 산 사이에 움직인다"라고 셰퍼드는 적었다. 그 '뭔가'가 무엇인지 확실하진 않지만, 셰퍼드에게는 "장소이자 마음으로 둘 다의 본질이 바뀔 때까지 서로에게 스며드는" 것이란 뜻이었다. 이 '침투'의 수단은 모호하다. 사실 셰퍼드는 "이 움직임이 무엇인지 그걸 이야기하는 방법을 제외하면 표현할 수 없다"고 했다. 그러므로 걷기와 글쓰기와 이해는 같은 것임에 틀림없다. 걷기나 글쓰기 둘 다 이해의 수단이 아니라 그들 자체가 이해의 두 양상이며, 이해는 걷기와 글쓰기 둘 다이다. 육체나 지성 어느 하나만으로는 인간과 산이 맺고 있는 관계의 본질을 만족스럽게 표현하기에 충분하지 않다.

산의 정상에 오르고자 하는 분투 역시 그녀에겐 충분하지 않았다. 셰퍼드는 분명 정상을 사랑했다. 그녀는 케언곰 산맥에서 가장 높은 산이자 영국에서 두 번째로 높은 산인 맥두이산을 처음 올랐을 때의 경험에 대해 미친 듯이 기뻐하며 썼다. 그녀는 거기서 멈추지 않고 계속해서 근처에 있는 다른 거인인 브레이리아크산, 케언 타울산, 스고안로차인우아인산을 올랐다. 이 산들은 케언곰 산맥에 있는 레릭 루Lairig Ghru의 맞은편에 서로 바짝 붙어 있다. 케언곰 산맥도 높이가 4,000피트가 넘지만, 이렇게 높은 산과 비교하면 낮은 편이다. 이 산의 정상은 대단한 절경이 펼쳐지는 곳으로 화창한 날에는 레머뮈어에서 글렌 애프릭, 네비스산에서 블랙 아일까지 볼 수 있다. 하지만 셰퍼드가 산을 오르는 이유는 정상에 올라가기 위해

서가 아니라 '기어 내려오기' 위해서였다. 그녀는 산의 내밀하고 깊은 곳으로 내려가고, 땅속으로 움푹 들어간 곳에 숨겨진 수로와 숨어 있는 곳으로 내려가고 '고도의 알싸한 맛'을 '다시 느끼기 위해 정신 나간' 사람들의 시선 밑으로 내려간다. 그런 이유로《살아 있는 산》에는 산의 정상이나 고도를 봤다는 언급이 별로 없는 것이다. 대신 아주 굳게 결심한 보행자를 통해서만 접할 수 있는, 가기 불편하고 사람들에게 잘 알려지지 않은 곳이 지닌 힘을 예민하게 느낀다. 그런 예 중 하나가 에이븐 호수다. 셰퍼드의 글에 나온 세부사항을 보면 알려지지 않은 수로들을 발견했던 쿡 선장이나 멍고 파크가 쓴 글과 비슷한 분위기가 풍긴다. 하지만 이 글의 정확성은 과학적으로 필요해서라기보다는 산에 오랫동안 지속된 애정에서 나온 것이다.

이 호수는 거의 고도 2,300피트에 위치해 있지만, 그 기슭은 여기서 또 1,500피트 이상 올라가 있다. 사실은 그보다 더 멀리까지 뻗어 있다. 케언곰과 맥두이산이 그 기슭의 연장이라는 말도 있으니까. 이 1.5마일에 달하는 바위 사이에 있는 틈의 아래쪽 출구는 가기는 쉽긴 하지만 아주 길다. 호수로 내려갈 수도 있다. 10마일을 걸어서 케언곰의 황량하고 인적이 끊긴 곳을 지나 인치로리Inchrory로 갈 수 있다. 아니면 분수령이 되는 산길을 통과해서 스트라스네디Sthrathnethy나 글렌 데리나 반스 오브 바이낵을 거쳐

자기만의 산책

서 카이플리치 호수로 가는 쉬운 길도 있다. 하지만 호수 위쪽으로 가면 높은 곳에서 밑으로 굴러떨어지는 개울을 따라 기어 내려가는 방법 말고는 길이 없다. 그것 말고는 쉘터 스톤 위에 있는 산 사이에 벌어져 있는 길로 가서 에차찬 호수로 가는 방법이 있는데 여기서 위로 올라가면 시간이 훨씬 적게 들긴 한다.

이 길게 파인 틈의 안쪽 끝부분은 화강암을 파낸 것이다. 밑에서 위를 올려다보면, 그곳에 흐르는 물은 아주 얕아 보이고, 손으로 휘저으면 물살이 마구 흔들릴 것 같다. 하지만 벼랑 위에서 우리는 목욕을 해도 될 만큼 깊은 개울 하나를 발견했다. 이 으스스한 회색 보루로 쏟아지는 물은 벼랑의 폭포에서 떨어지는 어떤 종류의 침전물도 섞여 있지 않았다. 실제로 그 폭포가 물을 증류하고 공기가 통하게 해서 밑에 있는 호수는 눈부시게 깨끗하다. 이 좁은 호수는 그 어떤 물소리도 나지 않았다고 나는 생각한다. 나는 그곳에 들어가보진 않았지만 깊은 건 알고 있었다.

이 글에는 지질학, 지리학, 지형학 용어가 분수령, 계곡, 증류와 같은 묘사들과 합쳐져 있다. 장소 간의 관계 역시 꼼꼼하게 기록돼 있다. 거리와 연결되는 장소들의 목록이 정확하게 작성돼 있어서 독자는 에이본 호수 근처에 있는 다양한 협곡이 어떻게 연결돼 있는지 분명하게 이해하게 된다. 그들이 이 협곡을 탐험해 보고 싶다면, 케언곰 산맥의 중심에 있는 복잡한 지형을 통과하는 다양한 루트에 대한 셰퍼드의 정확한 묘사 덕분에 모험을 할 수 있을 것이다. 이런 면에서 셰퍼드의 산문은 부분적으로는 길 안내이고, 부분적으로는 글로 쓴 지도이지만, 아무리 과학 용어를 써서 묘사한다고 해도 독자가 이곳을 제대로 알 수는 없다. 그런 지식은 풍경 속에서 몸을 실제로 움직여야만 획득할 수 있다. 다양한 정보의 모음이 아니라 오직 인간의 발만이 산을 제대로 측정할 수 있는 것이다. 셰퍼드의 상세한 지식은 계속 그 산과 에이번 호수와 그 가공할 만한 지형 주위를 걷고 또 걸어서 힘들게 얻은 것이다. 그녀의 몸은 그 어떤 경위의나 측심보다도 거리, 깊이, 움푹 꺼진 구멍과 돌을 측정하는데 더 뛰어나다. 그 몸은 바위 속과 물속에서 의미를 길어낼 수 있는 능력이 있기 때문이다.

다림줄이나 수중 음파 탐지기나 레이저나 GPS를 휘두르는 지도제작자들이 만든 지도는 셰퍼드가 경험하고 아는 만큼 산을 제대로 포착할 수 없다. 산의 표면에만 관심을 두는 표준 지도는 산의 풍경은 거의 인정하지 않는다. 산의 움푹 꺼진 곳들, 동굴, 구석과 구멍은 셰퍼드에게 산을 이해하는 핵심이었다. 그녀가 보기에 산이라는 곳의 광활함과 높이에만 매료되는 것은 무지하고 미숙하며 경험이 부족한 증거였다.

나는 어렸을 때부터 디사이드산과 모나드리아스산 위에서 뛰어다녔기 때문에 산에 익숙하다. 모나드리아스산은 케언곰 산맥의 맞은편에 있는 스페이강의 양옆으로 솟아 있는데 아이가 뛰어놀기엔 아주 이상적인 곳이었다. 끝까지 올라가면 온 세상을 한눈에 굽어볼 수 있는 탁 트인 곳이 나오리라 생각했고, 그건 정말이지 찬란하게 아름다운 순간일 거라고 상상했다. 하지만 힘들게 올라가다 보면 길의 경사가 서서히 완만해지고, 에차찬 오르막길의 끝에서 그렇듯 정상에 다다르면 그 보상으로 탁 트인 공간이 나오는 게 아니라 산의 내부가 보였다. 그 풍경을 보고 나는 경악했다.

산속으로 들어가면서, 셰퍼드는 자신의 내면으로 들어가고, 그렇게 하면서 자신이 '우뚝 솟은 산의 벽으로 사방에 장벽이 쳐진' 곳에 들어왔다는 걸 알고 전율한다.

이런 용기는 절대 과소평가해선 안 된다. 셰퍼드는 에이번 호수에 대한 묘사에서 산속에 들어가는 것은 어렵고 힘들 수 있다는 점을 분명히 밝혔다. 다만 이 이야기에서 자신의 육체적 재능에 대해선 별 언급을 하지 않았다. 반스 오브 바이낵 같은 곳에 올라갈 때 그녀는 종종 물리적으로 위험할 수 있는 도전을 했다. 북쪽으로는 에비모어와 연결되고 북쪽으로는 브래머와 연결되는 바이낵 모어는 아주 매력적인 바위가 모여 있는 정상으로 유명한 산이다. 하지만 정상에서 330피트 떨어진 산의 북쪽 면 밑에서 작은 입구를 넘어가면 반스, 즉 거대한 화강암 덩어리들이 있다. 가장 큰 화강암 덩어리는 아주 거대한 표석으로 "앤 여왕의 저택처럼 누워 있는 거대한 검은색 정육면체"라고 묘사된다. 그렇게 어마어마하게 큰데도 반마일 떨어진 산 정상에서는 보이지 않는다. 셰퍼드는 "그 바위 안쪽에 일종의 계단처럼 파여 있는 곳을 올라가서 마치 창문으로 보는 것처럼 갈라진 틈 사이로 밖을 내다볼 수 있다"라고 묘사해 그 바위들을 계단과 창문 같은 일상적이고 익숙한 존재로 만들어 편안하게 느껴지게 했다. 그 바위 속으로 들어가는 것이 집의 계단을 올라가는 것보다 어렵지 않게 표현했다. 하지만 그런 거대한 바위 속으로 들어가는 것은 결코 사소한 일이 아니며, 내가 마주친 그 어떤 집의 계단을 올라가는 것과도 다른 경험이다.

산의 내부에 있는 은밀한 공간을 그렇게 열정적으로 탐험한 셰퍼드의 글은 다른 도보 문학에서는 쉽게 찾을 수 없는 장소와 내면에 대한 관찰로 가득 차 있다. 이런 관찰은 다년간 케언곰 산맥에 있는 수많은 길을 관통하고 횡단하면서 거기 있는 복잡한 동굴들을 들어가 보고, 거대한 화강암 덩어리 주변과 강과 호수를 걸어 다니면서 쌓인 심오한 지식에서 나온 것이다. 케언곰 산맥의 수로들은 셰퍼드를 강력한 힘으로 휘어잡았다. 아마 그런 수로는 그녀가 탐험하기를 즐기는 어둡고 은밀한 곳에서 나오기 때문이겠지만, 또 한편으로는 그녀가 한평생 디강이 흐르는 곳에서 살았기 때문이기도 할 것이다. 디강은 굉장히 웅장한 강으로 케언타울산과 브레이리아크산 사이에 있는 높은 고원지대에서 발원했다. 디강 어귀의 평평한 땅에 있는 로얄 디사이드의 동쪽 가장자리에 있는 컬트 마을 강가에 집이 있는 셰퍼드는 그녀가 그토록 즐겨 가던 고지대와 가시적인 연결 고리가 있었다. 그녀의 집 옆을 지나쳐 흐르는 그 강물은 몇 주, 몇 달, 몇 년 전일지는 몰라도 그 산맥의 중심에 있는 폭포나 연못에서 흘러나왔으니까.

하지만 디강의 가까운 이웃으로 오래 살아왔어도 셰퍼드에게 케언곰 산맥에 있는 물을 진정으로 이해하는 유일한 방법은 그 물줄기의 근원을 찾아 거슬러 올라가 그 수원에서 보는 것이다. 하지만 그런 시도는 높은 곳에 올라간다는 위험을 넘어서서 다른 면에서도 안전하지 않았다.《살아 있는 산》의 도입부를 쓰면서 셰퍼드는 이렇게 경고했다. "수원을 찾아가는 이 여정을 대수롭지 않게 나서선 안 된다. 그 길에는 자연적인 요소들이 있으며, 그런 요소들은 인간이 다스릴 수 있는 게 아니다. 바람이나 눈처럼 예측할 수 없는 자연 요소와 접함으로써 자신의 내면에서 깨어나는 것도 있다." 케언곰 산맥의 강과 개울을 따라 걷는 것은 변화무쌍하고 위험할 수 있는 산의 날씨 같은 요소들과 마주칠 위험이 있을 뿐만 아니라 그와 똑같이 변덕스럽고 위험할 수 있는 내면의 '날씨'와도 맞닥뜨릴 수 있다. 그럴 때는 자신을 보호하는 것이 불가능하다. 브레이리라크의 정상에 있는 널찍한 반구형 고원을 걸었던 셰퍼드는 디강이 시작된 곳과 마주쳤던 경험에 대해 들려준다. 그것은 산의 영속적이고 좀처럼 수그러들지 않는 삶과 덧없이 흘러가는 인간이라는 존재가 직접

접촉한 크나큰 사건이기도 했다.

침묵 속에서 서 있던 나는 그 침묵이 완전하지 않다는 점을 알
게 된다. 물이 말하고 있다. 그걸 향해 걸어가자 곧바로 그 풍경
이 사라진다. 내가 걷던 고원에 움푹 파인 곳들이 여러 군데 있는
데, 이 구덩이는 아주 널찍하게 땅속으로 깊고 넓게 파인 틈인 가
브 코이어Garbh Coire를 이루고 있다. 그곳에는 잎맥이 보이는 넓적
한 나뭇잎처럼 수로가 놓여 있다. 그 수로는 벼랑의 가장자리에
모여서 폭포가 돼 500피트 밑으로 떨어지고 있다. 이곳이 디강
이다. 놀랍게도, 4,000피트 높이인 이곳에서도 디강은 이미 상당
히 큰 개울이다. 물이 빠져나가는 거대한 나뭇잎 모양의 그 개울
은 위에는 아무것도 덮인 것 없이 바닥에 돌, 자갈, 가끔은 모래
가 보이고, 이끼와 풀이 자라는 곳도 몇 군데 있다. 이끼가 자란
곳 여기저기에 하얀 돌 몇 개가 쌓여 있다. 난 그곳으로 다가간
다. 물이 솟아나고 있다. 강하고 어마어마하게 많은 양의 물, 차
갑고 깨끗한 물이 밖으로 흘러 나가 개울을 이루고, 바위 위로 떨
어지고 있다. 이 물줄기가 바로 디강의 발원지다. 여기가 바로 그
강이다. 그 강력하고 하얀 물질인 물, 신비로운 네 원소 중 하나
인 물의 기원을 볼 수 있다. 모든 심오한 신비처럼 물 또한 지극
히 단순해서 무서워진다. 그것은 바위틈에서 솟아나 밖으로 흘러
간다. 헤아릴 수 없는 세월 동안 바위에서 솟아난 물이 흘러간다.

자기만의 산책

그것은 아무것도 하지 않고, 전적으로 아무것도 아니면서, 철저하게 그 자체로 존재한다.

여기서 현재 시제로 바뀐 셰퍼드의 말은 강이 영원히 존재한다는 인상을 한층 더 강화한다. 그에 비해 인간의 삶은 하루살이와 다를 바 없다. 이곳은 사람의 마음을 동요하게 만드는 곳이자, 근원적인 '신비'를 위한 장소다. 여기서 셰퍼드는 강을 하나의 존재로 명명하고, 마치 아담이 창세기에서 동물의 종과 속을 결정한 것처럼 아마도 같은 방식으로 무뚝뚝하게 그것의 정체를 결정했다. "이 물줄기들이 다 강이다. 이것이 바로 그 강이다." 그것은 사실이다. 아담과 그 후로 신화와 전설에 나와서 사물과 동물의 이름을 지어준 사람들은 그 대상에 대한 힘을 획득했지만, 셰퍼드는 그렇지 않았다. 끊임없이 '솟아나는' 모습으로 구현된 고대의 시간과 직면했을 때 인간의 노력은 무효가 된다. 허나 자신의 무력함을 인식했을 때 셰퍼드는 산과 비교해 자신에 대한 지식을 얻게 된다. '확신에 차서 끝없이 솟구치는 물'을 이해할 수 없고, '그 힘을 가늠할' 수 없고, 그 물을 막으려 하는 어떤 시도도 '터무니없고 헛된 동작'이라는 걸 안 셰퍼드는 그 신비와 함께, 비유적으로 그리고 말 그대로 그럭저럭 살아가게 된다. 인간은 물 없이는 살 수 없고 꽃가루와 꽃의 관계처럼 산과 움직이는 물 역시 떼려야 뗄 수 없는 관계라는 사실을 아는 것만으로도 충분하다.

몸으로 그리고 상상으로 케언곰 산맥의 수로를 여행하는 것은 셰퍼드가 산을 이해하는 데 필수적이었고, 그녀는 발뿐만 아니라 시를 통해 그곳의 강과 실개천을 탐험하려고 시도했다. 셰퍼드에게 시는 아주 특별한 쓰임을 위해 남겨둔 하나의 형식이었지만 시를 쓰는 것은 신체적인 고문이기도 했다. 닐 건에게 보낸 편지에서 그녀는 시를 쓰기 주저되는 이유를 이렇게 들었다. "시를 쓰면 탈진하는 걸 알고 자신도 모르게 움츠러드는 경향 때문이에요. 나는 육체적으로 별로 강하지 않기 때문에 억울해하면서도 내 활력을 갉아먹는 시를 쓰고 있어요. 그건 비겁한 행동이긴 하죠." 셰퍼드가 육체적으로 약해지는 모습은 상상하기 힘들다. 걸어가는 그녀의 몸은 유연하고 힘이 넘친다. 하지만 그녀는 아주 가벼웠다. 1948년 그녀의 체중은 불과 44킬로그램밖에 나가지 않았다. 시를 쓰려면 육체적 역량이 필요하다. 시는 그녀의 영혼을 소모했다. 자신이 쓰는 시가 자신을 갉아먹고 있다고 느끼면서도 시는 셰퍼드가 살아가는 세상의 본질을 이해하는 극히 중요한 방식이다.

시는 내게 너무 큰 의미가 있다. 그것은 내게 모든 경험의 핵심이자 가장 강렬한 존재를 보유하고 있는 것처럼 보인다. 그리고 나는 가끔 생명의 불타는 심장을 (시의 아름다움과 기묘함과 경외심의 암시와 출몰) 스쳐가듯 보게 된다. 그런 느낌을 말로 표현하려고 하면 항상 날 피해 달아나버린다. 그 결과는 작고 시시하다.

처음 셰퍼드는 케언곰 산맥에 있는 강의 '생명의 불타는 심장'을 포착하기 위해 시를 쓰려고 했다. 그리고 이해할 수 없는 자연의 본질과 산에서 활동하고 있는 자연의 힘에 대해 표현하려고 했다. 1934년 《케언곰에서 In the Cairngorms 》에 발표된 〈산이 불탄다〉라는 시는 독자를 비범하고 불안한 여정으로 데려가 산에 깃들어 있는 고대의 시간과 만나게 한다.

그래서 퇴적물도 없이

내가 사는 지방의 깨끗한 개울에 흐르는

지독하게 순수하고

빛처럼 투명하고

하나로 모여드는

무색으로 반짝이는

또는 초록색이거나

마치 깨끗하고 짙은 공기처럼

그 위로 빛이 모여드는

초록색 날개처럼

다가오는 밤의 고통을 쪼개고

자신의 빛 속에서 빛나고

산을 지키는 위대한 천사들

또는 너무나 투명한 호박

낸 셰퍼드

그것은 크리스털 트렁크에서 솟았을지도 모르고

천국의 나무에서 나온 것일지도 모르는

생명의 상징

신의 품 안에서 영원히 자란다.

이 순수한 물은

철석같은 바위에서 솟아오르고

나의 어둡고 완고한 지방의

화강암과 편암에서

으스스하게 높은 곳에서

브레이리아크 고원의

황량하고 쓸쓸한 땅에서 솟아나

7월에도

바람에 폭포처럼 쏟아지고

굉음을 내며 성난 파도처럼 동굴 속으로 떨어지고

에차찬 동굴

벼랑 밑에 있는

좁은 길로

천둥에 맞아 부서진 바위 파편들에게

겨울 폭풍우에 부서지고

원래 있던 곳에서

뮤이치 듀이 정상에서

서리와 오랫동안 얼음에 갈리면서도 저항한 바위로

눈을 멀게 하는 차갑고 성난 구름에 젖고

그 구름 밑으로 눈 내린 들판이 마치 영원한 소멸의 세계에서

불쑥 나타난 유령처럼 나타나고

그리고 저 밑에서, 에차찬 호수의 어두운 물이 반짝이고

깊이를 잴 수 없는 공동

이 산에서

고문에 저항하는 심성암에서

불에서, 공포에서, 암흑과 격변에서

그 투명한 개울이 솟구치고

살아 있는 물

마치 존재의 순수한 정수처럼

그 자체로는 보이지 않고

오직 움직임으로만 보인다.

이 시는 두 개의 세계 사이에서 균형을 유지하고 있다. 첫 번째 세계는 순수와 빛으로 이뤄진 세계, 기독교의 신과 그의 천사가 다스리는 에덴 동산 같은 세계다. 이 세계는 젊다. 성서의 시대는 고작 6천 년이란 시간에 걸쳐 이어져 있다. 그리고 물이 깨끗한 이유는 이 세계가 아직 아담과 이브의 원죄에 더럽혀지지 않았다는 걸 암시한다. 하지만 두 번째 세계는 고대의 세계로 폭력과 격변에 의해

만들어졌고 규정된다. 이 세계는 하데스의 세계이며, 아마도 사탄의 세계일 것이다. 마치 인간의 영혼이 참회하며 고통받고 있는 것처럼 이 산의 바위들은 고문을 견뎌낸다. 그리고 땅은 '불'에서 만들어졌다. 산의 개울은 이 두 세계의 만남에서 태어났다. 그들은 여기 '으스스하게 높은 곳에서', 그리고 브레이리아크 고원의 '황량하고 쓸쓸한 땅'에서 솟아나 그 어떤 얼룩도 묻지 않은 채 생명의 '정수'로 흐른다. 그러므로 이 개울은 고대의 것이면서 동시에 새로운 것이지만, 모순적일 수 있는 이 상황은 셰퍼드가 이들을 '존재'라고 묘사하면서 해결된다. 이 계속되는 시상은 그 안에 과거와 현재 둘 다 품을 수 있다.

셰퍼드는 산의 물이 꽁꽁 어는 한겨울에 고요하게 움직임을 멈출 때 일어나는 일에도 경외감을 품는다. 4,000피트가 넘는 높이에 넓은 땅이 펼쳐져 있는 케언곰은 북부 고지대에서 흔히 보이는 기후인 '귀에 거슬리는 소리로 부는' 바람과 '온 땅을 하얗게 뒤덮는 눈사태'를 겪는다. 그곳에 있는 산길은 얼음이 언 거대한 도로로 변하고, 높은 산의 산비탈과 동쪽으로 면한 동굴은 1년 내내 눈을 품고 있을 수 있다. 걷는 사람으로서 셰퍼드는 물과 얼음이라는 '원소'와 그들이 풍경에 미치는 영향을 보고 흥미로워하는 한편으로 불안해한다. 그 결과 그들이 산비탈을 조각하는 방식에 대한 깊은 애정을 표현하면서도 그들이 지닌 힘을 절대 낭만적으로 묘사하지 않는다. 그리고 셰퍼드는 눈과 얼음이 허약한 인간의 몸에 어떤 짓을 할 수 있는지 정확히 알고 있다. 그녀가 산을 알아가던 젊은 시절에 네 사람이 '눈보라에서 실종됐고', 또 다른 사람은 5월에 눈 쌓인 길에서 미끄러져 목숨을 잃었다. 1977년《살아 있는 산》의 출간 준비를 하다가 30년 전 일을 회상한 셰퍼드는 그보다 더 슬픈 이야기를 들려줬다. 산의 인생에서 보면 아무것도 아니지만 그녀가 회상한 사람들 몇 명에게는 전부였던 일로 눈 내린 산에서는 비극적인 일들이 많이 일어났다.

몇 달 후 그들이 가던 길에서 아주 멀리 떨어진 곳에서 한 남자와 여자가 너무 늦게 발견된다. 그녀는 밑으로 떨어지면서도 어디든 잡으려고 안간힘을 쓰다가 손과 무릎이 다 까져 있다. 아직도 살아 있을 때 본 그녀의 얼굴이 생생히 떠오른다. (그녀는 내 학생 중 하나였다.) 분별 있고, 열정적이고 행복한 얼굴. 그녀는 계속 살아서 나이 들어갔어야 했는데. 스키를 타러 갔다가 돌아오지 않는 사람을 찾기 위해 70명의 인원과 수색견과 헬리콥터 한 대가 출동했지만 시체로 돌아온 일도 있다. 그리고 한 무리의 학생들이 밤에 묵었어야 할 오두막집으로 돌아오지 않았다. 그들은 눈으로 둘러싸인 곳에서 피난처를 찾았지만, 교사의 영웅적인 노력에도 불구하고 아침이 찾아왔을 때 오직 그 교사와 남학생 하나만 살아 있었다.

특히 과거에 자신의 학생이었던 사람의 운명에 대한 셰퍼드의 슬픔이 역력히 드러난다. 그녀는 현재 시제를 써서 30년이 넘는 세월 동안 일어난 이 비극을 다시 현재로 불러왔다. 하지만 다른 곳에서는 등산의 위험에 대해 냉정하고 합리적으로 묘사해서 이런 감정에 대한 균형을 유지했다. 그렇게 많은 사람이 그런 암울한 종말을 맞게 된 결정에 대해 그 어떤 비판도 거부하며 대신 그녀는 그런 선택을 산을 알아야 하는 이유의 본질로 봤다. 그런 위험이야말로 "산에 오를 때 우리가 개인적으로 받아들여야 할 책임이자 위험이며, 그렇게 하기 전까지는 산에 대해 아무것도 알 수 없다"고 말한다.

셰퍼드는 개인적인 책임을 받아들였다. 어떤 야심만만한 목표도 피한 채, 그녀는 한겨울의 어느 날을 통째로 한 개울에서 다른 개울로 배회하는데 보냈다. 그저 물이 흐르는 모습과 단단하게 굳어버린 서리를 보기 위해서였다. 하지만 눈은 계속 변하기 때문에 산을 이해한다는 것은 일시적인 일일 뿐이자, 산이 내린 은혜지만 바람이 변하면 쉽게 거둬들이는 은혜이기도 했다. "햇빛 속에서 바람에 흩날리는 눈은 마치 옥수수 사이로 흐르는 잔물결처럼 보이지만 구름 속에서 바람에 흩날리는 눈은 가까이 다가가면 아주 작은 얼음 입자들로 이뤄져 있다. 그것은 너무 가늘어서 육안으로는 따로 구분할 수 없다." 셰퍼드는 산에 대한 앎의 변화를 가장 정확하게 시로 포착해 냈다. 〈눈〉이라는 제목의 단순성은 시에서 작동하고 있는 자연과 인간이라는 행위자의 복잡성을 절제해서 표현한 것이다.

자기만의 산책

나는 모른다. 내가 어떻게 이해할 수 있겠는가,

사랑이라는 바로 그 이름을 경멸했던 내가?

내 눈은 맑고 내 위의 하늘도 맑다.

기나긴 지평선에 펼쳐진 선명함

나의 요구에 따라 자랑스럽게 질주하는 산들.

너무 경솔해서 승리를 거둘 수 없다,

맑은 구름과 바람, 깨끗한 색, 바람에 날리는

갈색 흙의 덧없음을 아는 나는 충분한

승리를 맛보았지.

그리고 이제, 그리고 이제 나는 나의 세계가

하룻밤 사이에 이토록 크게 바뀐 것을 보고

당혹스럽다

(나는 밤새 단 한 번도 꿈을 꾸지 않았는데)

좀처럼 잊을 수 없는 예언이 당도했다.

그 어떤 소리도, 선언도, 기쁨도, 폭풍도 없이.

아침에 이 땅은 이상하게도 사방이 온통 흰색으로 희미해져 있

었다.

셰퍼드의 시는 앎과 무지 사이에서 긴장을 유지하고 있다. 다
만 그 둘 사이의 차이, 마치 땅의 경계선과 같은 그것은 눈으로 인해
희미해져 있다. 화자는 종종 산에 오르는 노련한 보행자로 맑은 구

름과 바람의 덧없음에 대해 충분히 알고 있고, 산의 날씨가 오래 가는 법이 없다는 사실도 알고 있다. 하지만 화자는 산에서 앎이란 있을 수 없다고 시의 초반부터 명확히 밝히고 있다. 시의 첫 두 단어는 '나는 모른다'고 간단하게 선언하고 있지 않은가. 그렇다면 안다는 것은 4행에서 시작돼 처음에는 시력의 질로, 그다음엔 날씨로, 그다음엔 힘으로 반향을 일으키는 '선명함'과 같지 않다. '기나긴 지평선'을 장악하고 있는 것은 바로 선명함이고, 그 덕분에 화자의 자유 의지에 따라 멀리 있는 산이 '자랑스럽게 질주하는' 듯 보이는 시각적 환영이 일어난다. 하지만 시력도, 선명함도, 앎도 눈의 출현을 이해하기에 충분하지 않다. 눈은 그 등장을 이해할 수 있게 해주는 그 어떤 경고 신호도 없이 갑자기 나타났으니까. 눈이 내린 뒤로는 모두 달라졌다. 땅도, 시야도, 분명 화자도. 화자는 땅이 완전히 '이상하게' 변해버리는 바람에 그 어떤 것에도 확신을 품지 못한다.

셰퍼드에게 앎이란 고통스럽고 위험한 육체적 경험을 통해 힘들게 얻은 것이다. 그런 경험들이 그녀의 작품에 알싸한 맛을 더한다. 봄이 시작됐어야 할 케언곰 산맥의 동쪽에서 셰퍼드 자신도 '판단 착오'를 일으킨 것이다.

4월 하순의 그날, 평온한 날씨가 이어지다가 갑자기 눈보라가 몰아쳤다. 밤새 눈이 내려서 다음 날 햇빛이 환하게 비치는데도 눈이 두껍게 쌓여 있었다. 우리는 더브 로치 오브 벤 부어드로 출발했지만 정상에 올라갈 생각은 없었다. 그리고 나는 눈에 노출되는 상황에 대해 어떤 대비도 하지 않았다. 나는 서리로 뒤덮인 바람이 불 거라고 예상하지 않았고, 뜨거운 태양에 피부가 탈 거란 생각도 하지 않았다. 거기다 그때까지는 눈에 비친 강한 햇빛에 노출된 경험이 한 번도 없었다. 얼마 후에 나는 이글거리는 그 햇빛이 도무지 참을 수 없다는 걸 알게 됐다. 눈에서 진홍색 조각이 어른거리는 게 보였다. 속이 울렁거리면서 힘이 빠졌다. 내 동행은 눈 위에 앉아 있는 나를 그대로 놔두고 가길 거부했고, 나는 그가 등반에 실패하는 걸 거부했다. 그는 아직 겨울 풍경이 남아 있는 호수의 사진을 찍을 생각이었다. 그래서 나는 그의 검은색 손수건으로 눈을 가린 채 힘겹게 앞으로 나아갔다. 눈가리개를 찬 비참한 죄수의 몰골로.

눈 때문에 눈이 보이지 않게 된 상황에 대한 묘사는 독자로서는 읽기 힘들다. 특히 "해가 따뜻하게 내리쬐는 날에도 눈보라가 칠 수 있다는 점을 기억했더라면 피했을지도 모르는" 자신의 불편함에 대해 자책하는 그녀의 말 때문이다. 하지만 셰퍼드의 글에서 진정한 배움은 마치 산에서 걷기처럼 지극히 힘들다고 나와 있다. 산에 대한 진정한 지식은 그 어떤 상황에도 굴하지 않고 끈질기게 발을 움직이면서 느끼는 신체적 고통을 통해서만 얻을 수 있다. 이런 고난이 없었더라면 셰퍼드는 글을 쓸 수 없었을 것이다.

셰퍼드는 종종 산길을 놔두고 누구도 지나간 흔적이 없고, 아무 표시도 없는 길을 따라갔다. 그녀는 《살아 있는 산》에서 이렇게 썼다. "걷기 힘들 때도 눈과 발의 움직임이 조화를 이루면서 그다음에 어디에 발을 디뎌야 할지 알게 된다." 이 지식은 시간이 흐르면서 몸에 익어서 의식적으로 생각하지 않아도 저절로 발의 위치를 알게 된다. 한 번은 야생화가 피어 있는 산비탈을 달려 내려갈 때 그녀의 몸이 알아서 살모사 두 마리를 피해갔던 이야기를 한 적도 있다. 그때 그녀는 "자신의 발이 내는 속력과 확실한 동작에 재미있기도 했고 놀라기도 했다고" 말했다.

셰퍼드는 그런 '거친 걷기'를 꽤 재미있어했지만, 길을 따라가는 것 역시 산과 그 속에서 자신의 위치를 이해하는 데 중요한 역할을 했다. 로버트 맥팔레인은 길이란 "여행자가 공간을 가로지르는 수단일 뿐만 아니라, 느끼고, 존재하고, 아는 방식이기도" 하다고 썼다. 한편 리베카 솔닛은 길을 "앞서갔던 사람들의 기록이며, 그 길을 따라가는 것은 이제는 세상에 없는 사람들을 따라가는 것이기도 하다"고 묘사했다. 셰퍼드가 케언곰의 길에서 발견한 의미에 이 두 가지가 모두 들어 있다.

고원에 올라서자 아주 오랫동안 아무것도 움직이지 않았다. 나는 종일 걸었지만 아무도 보지 못했다. 그 어떤 생명체의 소리도 듣지 못했다. 한번은 외따로 떨어진 동굴 속에서 돌이 하나 떨어지

　　　　　　　　　　　　　자기만의 산책

는 소리에 한 줄로 서서 가던 수사슴 무리가 드러났다. 하지만 여기 위에선 그 어떤 움직임도, 소리도 없다. 인간은 여기서 천 년쯤 떨어진 곳에 있을지 모른다.

하지만 주위를 둘러보자 인간의 존재를 가리키는 많은 것을 접하게 됐다. 그 존재는 그러니까 정상에 올라온 것을 기념하거나, 가야 할 길을 표시하거나, 누군가 죽은 자리를 표시하거나, 강이 시작된 곳을 표시한 돌무덤에서 느낄 수 있었다. 길 자체에서도 느낄 수 있었다. 심지어 둥근 돌과 바위에도 인간이 끊임없이 지나간 흔적을 볼 수 있었다. 레릭 루 정상에 있는, 비바람에 시달린 갈색과 회색 이끼가 낀 돌이 마치 새로 생긴 바위처럼 붉게 빛나는 모습에서도 볼 수 있었다. 그 흔적은 개울 위에 놓인 디딤돌에서 그리고 밑에 있는 협곡에 걸린 다리에서 볼 수 있었다.

셰퍼드는 혼자지만 정상에서 내려다본 여러 개의 길로 간 헤아릴 수 없이 많은 사람과 같이 가고 있다. 그들이 바위에 남긴 표시는 그들이 지나가고 오랜 시간이 흘렀어도 여전히 눈에 띈다. 일종의 유령이 출몰한 것 같지만 다정한 유령이다. 아마 지금은 세상을 떠난 사람들이 남긴 물질적 흔적들이 흩어져 있지만, 그런 것이야말로 사람들의 삶과 경험을 보여주는 증거다. 따라서 셰퍼드의 고립은 부분적일 뿐, 길이 있는 곳에서 다른 사람들로부터 전적으로 고립되는 건 불가능할지 모른다. 그 길은 장소일 뿐만 아니라 공간과 시간을 뛰어넘어 사람들을 연결해 주는 역할을 하기 때문이다.

길은 또한 각기 다른 영역의 경험을 연결해 주는 역할을 하기도 한다. 셰퍼드는 어느 눈 오는 날 길을 가다 자신에게 '동행'이 있음을 발견한 이야기를 들려준다. 눈이 그친 몇 시간 동안 눈에 남은 사람들의 발자국에서 발견한 동행이 아니라 동물과 새의 발자국을 보고 안 것이다. 이런 발자국의 존재는 길이란 공간을 '텅 빈 세계'에서 인간과 동물이 사이좋게 공존하는 장소로 바꿔준다. 그날 아침 셰퍼드는 "토끼가 깡충깡충 뛰어다닌 발자국, 토끼가 재빨리 걸어간 발자국, 여우가 꼬리를 질질 끌고 간 자국, 뇌조가 발로 묵직하게 밟은 자국, 물떼새의 가벼운 발자국, 붉은 사슴과 이리가 다녀갔다는" 증거를 볼 수 있었다. 이 동물은 같이 길을 만들고, 길을 따라가는 동료로 그 결과 셰퍼드의 글에는 인간의 경험이 동물의 그것과 비슷해지고 그 반대도 성립될 수 있는 공감이 묻어난다. 이는 '동행이 있는' 걷기의 중요한 측면이다. 셰퍼드에게 "완벽한 산길 동행은 걷는 동안 그 정체성이 산의 그것과 합쳐져서 마치 상대가 자신처럼 느껴지는" 상대를 뜻한다. 그게 동물과 인간 간의 차이인지, 생물인지 바위인지 그 차이는 중요하지 않다.

1940년, 아마도 《살아 있는 산》을 쓰기 얼마 전이었을 무렵에 낸 셰퍼드는 닐 건에게 그가 최근에 낸 두 권의 소설에 대한 편지를 썼다. 그 전해인 1939년에 그가 쓴 《머리 위에 있는 기러기들Wild Geese Overhead》이 출간됐고, 《두 번째 시력Second Sight》은 막 나왔다. 그녀는 두 권 다 좋아했지만, 특히 두 번째 책을 더 사랑했다.

그 책의 주제나 그것이 암시하는 바에 관한 생각 때문에 좋아하는 건 아닙니다. 그보다는 당신이 내 호흡과 생활과 시각과 이해에 들어온 신비로운 방식 때문에 좋아하게 됐습니다. 그런 것들을 이해한다는 건. 산에서 걷고, 빛이 변하는 풍경, 안개, 어둠을 보고, 그것을 의식하고, 몸 전체를 이용해서 그 느낌을 전한다는 건. 그래요, 그건 누군가 그걸 알고 있고 다른 사람에게도 그게 있다는 걸 아는 은밀한 삶이죠. 하지만 말로서 그리고 말을 통해서 그걸 타인과 공유할 수 있다는 점에 난 정말 놀랐습니다. 말에 그런 힘이 있어선 안 됩니다. 그런 말은 한 사람의 존재를 녹여버리거든요. 너무나도 나를 잘 표현한 글을 읽을 때면 난 더는 내가 아니라 나를 넘어선 생명의 일부가 돼버리는데. … 당신은 존재의 움직임을 취해서 그것을 말로 옮겨놓습니다. 그건 내가 보기에 아주 고귀하고 희귀한 종류의 재능처럼 보입니다.

셰퍼드는 인간 존재의 고갱이인 '존재의 움직임'을 공유할 수 있는 닐의 능력, 우리 각자 내면에 품고 있는 '은밀한 삶'을 분명하게 표현할 수 있는 그의 능력에 경외심을 품었다. 하지만《살아 있는 산》에서 그녀는 그의 업적과 맞먹는 결실을 거뒀다. 여기서 그녀는 자신의 산문을 통해 한 장소를 진실로 안다는 것이 어떤 것인지에 대한 이해와 그것은 걸으면서 알게 된다는 것과 산 그 자체를 발견한다는 것이 어떤 것인지에 대한 이해를 '공유하는 데' 성공했다. 그 지식은 선물과 같다. 《살아 있는 산》은 부분적으로는 셰퍼드가 산과 같이 걸으면서 했던 그 모든 여정에 대한 인정이고, 그중에서도 가장 중요한 건 "그토록 순수한 감각들로 가득 찬 삶을 살고, 그 어떤 종류의 불안에도 잠식되지 않은 채 자기만의 독특한 방식으로" 한 개인이 마침내 셰퍼드가 말하는 '완전한 산'과 만날 수 있었다는 점이다. 아마도 셰퍼드의 글이 남긴 가장 위대한 선물은 경험하고, 느끼고, 걷는 우리의 자아가 어떻게 세상과 인간 존재라는 내면의 미스터리를 꿰뚫어 보는 통찰력을 얻는 수단이 되는지에 대한 윤곽을 제시했다는 점일 것이다. 즉, "사람이 흙, 고도, 날씨, 식물과 곤충의 살아 있는 조직들이 복잡하게 상호작용하는 것에 관해 더 많이 알게 될수록 … 그 신비는 더 깊어진다는 것"이다. 그 신비를 향한 추구 덕분에 셰퍼드는 늙고 기력이 쇠해도 계속 살아갈 수 있었다. 약해진 몸으로 밴초리에 있는 양로원이라는 물리적 공간에 갇히게 됐지만 셰퍼드의 마음은 방랑을 계속하면서 생의 마지막 몇 달간 기쁨을 가져다준 평범한 세계에서도 마법을 발견했다. 심지어 말년에 이르러도 그녀는 집요하게 '끝까지 사는 것처럼' 살았다. 제시 케슨에게 사후 세계를 믿느냐는 질문을 받았을 때 셰퍼드는 이렇게 대답했다. "침체된 인생을 살았던 사람들에겐 그 말이 사실이길 빕니다." 하지만 그녀의 인생은 아주 좋았고, 지극히 만족스러웠다. 그녀는 애버딘의 산과 같이 살았고, 생이 끝날 때도 그 친구들은 평생 그랬던 것처럼 그녀의 옆에 있었다.

*

10월의 케언곰은 하루아침에 풀과 나무에 흰 서리가 내려서 이른 아침에 떠오른 태양 빛을 받은 풍경이 잠시나마 유리 조각처럼 반짝반짝 빛났다. 신발 끈을 재빨리 맨 사람들은 가방을 짊어진 채 일어서서 손을 겨드랑이에 끼고 있거나 펄쩍펄쩍 제자리 뛰기를 했지만 다른 사람들은 얼어붙을 듯 차가운 공기에 곱은 손으로 더듬더듬 신발 끈을 묶고 있었다. 마침내 준비를 마친 우리는 날씨가 너무 추워서 얼른 움직이고 싶은 마음에 신속하게 출발했다. 하늘은 완벽하게 파랬고, 공기는 쌀쌀했다. 우리는 데리 롯지까지 걸어가서 거기서 데리 케언곰과 베인 베호인, 즉 '중간 산'에 오를 계획이었다. 게일어로 된 이름은 케언곰의 중심부에 있는 산의 위치를 나타내고 있었다. 다만 이름과는 달리 가파르기 그지없는 곳이었지만. 그 산에 있는 두 개의 정상 사이에 움푹하게 파인 그릇 모양인 코이어 에차찬이란 땅속에서 에차찬 호수의 깊은 물이 아늑하게 자리 잡고 있고, 높은 산이 그 풍경을 내려다보고 있다. 케언곰의 중심부라고 할 만한 곳이 있다면 바로 코이어 에차찬이고, 거기서 사방으로 가는 길이 교차한다. 하지만 그 완벽한 가을날, 냉기를 품은 태양

낸 셰퍼드

에 사방이 환하게 빛나는 날에도 그곳은 회색 바위로 이뤄진 척박한 풍경이었다. 우리는 거기서 도망쳐서 위로 올라갔다. 좀 더 널찍하면서도 땅속으로, 또는 우리 내면을 깊이 들여다보지 않아도 될 물이 얕은 곳으로 가고 싶었다.

낸 셰퍼드가 80년 전 여름 같은 장소에 서 있을 때 그녀의 반응은 우리와 아주 달랐다. 우리는 두려웠다. 마치 그곳에 둘러싸인 느낌이 들었고, 어쩌면 거기에 묻혀버린 느낌까지도 들었던 것 같지만, 셰퍼드는 이렇게 좁고 사방이 막힌 곳에서 그동안 몰랐던 것을 알고 편안해지면서 아늑함을 느꼈다. 이 산은 우뚝 솟은 산의 벽들로 이뤄진 하늘로 높이 치솟은 요새가 돼서 호수와 풍경과 그녀를 둘러쌌다. 아마 그때 날 위로해 줄 그녀의 말을 알고 있었더라면, 용기를 내서 그곳의 단순하고 무자비한 풍경을 즐길 수 있었겠지만, 내가 그녀를 알게 된 것은 1년이나 지나서였고, 그때의 나는 그저 두려웠다.

다음번에 케언곰의 산을 걸었을 때는 셰퍼드를 마음속에 떠올리고 있었고, 배낭에 그녀의 책도 들어 있었다. 그날은 나의 35번째 생일이었고, 나는 바이넉 보어를 오르기로 했다. 코이어 에차찬처럼 그곳은 셰퍼드에게 내적인 장소이자 케언곰의 차가운 심장에 들어갈 수 있는 곳이란 사실을 알게 된 곳이다. 나는 산의 정상에 오른 후에 반스 오브 바이넉으로 걸어갔다. 그녀가 묘사한 바위로 된 집을 보고 싶었고, 계단을 오르고, 그녀가 했던 것처럼 거기 있는 창문

자기만의 산책

밖으로 세상을 보고 싶었다. 나는 돌로 만들어진 그 웅장한 집을 잠시 내 것으로 만들 생각이었다. 거기서 내가 발견한 것은 탑처럼 높게 솟은 검은 바윗덩어리로, 모든 면이 매끄러웠고 마치 아이가 그린 구름 그림처럼 굴곡이 져 있는데 현실에 존재하는 것처럼 보이지 않았다. 거기다 북쪽 옆면에 이끼가 자란 몇 개의 틈으로 겨우 밖을 내다볼 수 있었다. 놀라울 정도로 선명하고 싱그러운 초록 이끼는 음침한 광택이 흐르는 그 밑의 돌과 보기 좋은 대조를 이뤘다. 그런 색이 나올 수 있었던 건 주위에 물이 있어서였다. 그런 구멍을 보려고 올라갔다가는 튀어나온 가장자리 하나 없이 매끄러운 바위에서 미끄러져 죽을 수도 있을 것 같았다. 구름 한 점 없던 날 반스에서 본 유일한 바위틈은 말라 있었다. 남쪽에서 시작된 거대한 틈은 그 거대한 바위를 거의 두 쪽으로 쪼개놓은 것처럼 보였다. 하지만 그것마저도 내게는 위험해 보였다. 바위 위로 기어 올라갈 수 있을 것 같기도 했지만 거기서 내려올 자신이 없었다. 셰퍼드보다 용기가 없는 나는 어쩔 수 없이 반스를 밖에서 보며 즐길 수밖에 없었다. 그리고 두이넥 모어의 정상에 있는 돌무더기에서 '초보자들'과 아는 건 별로 없으면서 '말로만 떠드는 사람들'의 전유물인 '놀랄 만한 경치'를 봤다는 것으로 자위를 할 수밖에 없었다.

바이넥 모어를 걸은 후 몇 년의 세월이 흐르는 동안 나는 낸 셰퍼드를 전율하게 만들고 그녀를 끌어당긴 그 산의 내부가 지닌 매력을 이해해 보려고 애썼지만, 절대 그녀처럼 되지 못했다. 대신 그 산을 좋아하는 것으로 만족해야 했다. 그 산의 바위, 야생화, 황새풀, 자갈 비탈, 정상에 있는 동굴, 여기저기 흩어져 있는 석영에 반사된 햇빛, 높은 곳에 있는 그 알싸한 공기 같은 것 말이다. 나에게는 그걸로 충분하다.

자기만의 산책

8장

아나이스 닌

Anaïs Nin

어제 나는 내 글에 관해 생각하기 시작했다. 내 인생은 이대로는 부족하다고 느껴지고, 공상과 창조의 문은 닫힌 것처럼 보인다. 나는 가끔 몇 페이지씩 썼다. 오늘 아침은 심각하고, 진지하고, 단호하고, 금욕적인 마음으로 잠에서 깨어났다. 오전 내내 아빠의 책에 대한 작업을 했다. 그리고 점심을 먹은 후에 센강을 따라 걸었다. 강 가까이 있으니 아주 행복했다. 심부름, 카페, 화려함, 생의 이 모든 움직임과 콧노래와 색채에 흠뻑 취해 걸었다. 이런 것들은 크나큰 갈망을 불러일으키지만 그 어떤 해답도 주지 못한다. 그것은 열병이자 마약 같다. 샹젤리제 대로가 날 흔들어 놓는다. 기다리는 남자들, 바라보는 남자들. 따라오는 남자들. 하지만 나는 금욕적이고, 슬프고, 내성적이며, 걸으면서 책을 쓴다.

— 아나이스 닌, 1935년 10월 30일 일기

일기 작가이자, 에세이스트이자, 소설가인 아나이스 닌은 인생의 대부분을 그녀가 살았던 도시의 거리를 걷고, 그렇게 걸으면서 글을 썼다. 1903년 프랑스에서 스페인과 쿠바와 덴마크 혈통이 섞인 음악가 부부에게서 태어난 그녀는 음악가인 아버지의 성공을 위해 어렸을 때부터 하바나와 많은 유럽의 도시를 옮겨 다녔다. 그렇지만 성년을 맞은 곳은 뉴욕이었다. 그녀가 열한 살 때 아버지가 가정을 버렸고 엄마와 형제자매와 함께 뉴욕에 왔다. 여기서 아나이스는 그녀가 작가로서 가장 편하게 느낀 언어인 영어를 배웠고, 여기서 처음으로 걷기 시작했다. 뉴욕 거리에 있는 많은 것이 소녀 아나이스 닌의 상상력을 키우는 데 일조했다. 사춘기 소녀 시절에도 그녀는 예리한 관찰력이 있었고, 그것을 쓸 수 있기를 간절히 바라고 있었다. 열여섯 살 때 학교 친구인 프랑세즈와 같이 걸으며 아나이스는 이런 글을 썼다.

먼저 우리는 112번가에서 77번가로 걸었고 … 우리는 빨리 걸었는데 그 시간에 브로드웨이엔 사람이 많지 않았다. 우리는 6시쯤 극장에서 나와서 다시 브로드웨이를 걸었고 … 이번에 그곳은 온갖 종류의 사람들로 가득 차 있었다. 이것이 바로 내가 묘사하고 싶은 것이다.

여기저기 거칠게 밀치고 다니는 사람들로 북적거리는 뉴욕 거리는 사람에게, 도시 생활이 제공하는 삶의 일면에 가장 관심이 큰 작가 지망생에게 이상적인 훈련소였다. 거리를 걸으면서 아나이스는 매일매일 사람들의 풍부함, 다양함, 기괴함과 접했다. 그녀에겐 그런 면을 알아보는 눈썰미가 일찍부터 있었다. 1919년 3월 30일 일기에서 유행하는 옷을 차려입고 산책하는 여성들을 묘사하려고 해봤지만, 그녀가 처음에 의지한 수단은 글이 아니라 그림이었다. 일기장에는 전체적으로 호리호리하면서 부분적으로 인간의 몸을 재현한 형상 위에 날카롭게 관찰한 여자들의 옷을 그린 스케치 몇 장이 있었다. 하지만 그런 그림으로는 자신이 본 것의 정수를 표현하고 전달하기에 부족하다고 느낀 그녀는 글로 쓴 묘사를 덧붙였다. 거기서 그녀는 어린 나이에 썼다고 보기에는 아주 세속적인 냉소주의를 선보였지만, 한편으로는 인생의 쓴맛과 단맛을 다 아는 것 같은 유머 감각을 보였다.

우리는 그 숙녀들이 아주 작은 보폭으로 걷는 모습을 봤다. 그들은 모두 색칠한 인형처럼 보였다. 여자들은 몇 명의 남자들에게 둘러싸여 있었는데, 지독하게 인공적으로 보였다. 더 사치스럽게 차려입을수록, 이성으로부터 더 많은 관심을 받았다. 남자들은 걸어가다가도 그녀들을 보고 멈춰 서서 감탄하며 바라봤다. 남자들 몇몇은 거리 모퉁이를 느긋하게 걸어 다니다가 서서 지나가는 사람들을 지켜봤다. 그러다 '숙녀'가 걸어오면, 그녀를 따라갔다. 그것은 아주 우스꽝스러우면서 동시에 바보 같아 보였다.

글 전체가 다양한 종류의 걷기와 다양한 종류의 보기 사이의 복잡한 상호작용에 대한 아나이스의 예리한 관찰에 의지하고 있다. 오직 언어만이 이 두 관계가 작동하는 방식을 제대로 포착할 수 있다. 닌의 스케치는 사회적 상호작용이 깊어지는 과정을 기록할 수 없다. 유행을 따라 옷을 차려입은 '숙녀들'은 가식적이고 비효과적인 걷기를 (그렇게 '아주 작은 보폭'으로는 멀리 갈 수 없다) 통해 그들의 여성성과 성적 매력을 드러내고 있다. 동시에 남자들은 거리 모퉁이에서 어슬렁거리고 지나쳐 가는 여자들을 따라다니는 것으로 그들의 남성성을 과시하고 있다. 하지만 이 모든 것의 이면에 아나이스의 걷기와 관찰이 있다. 걸음으로써 그녀는 이 남자들과 여자들을 지켜볼 수 있지만, 언뜻 보기에도 그녀는 남들과 다른 산책자다. 관찰자는 그 현장을 걸으면서도 남자들의 포식자 같은 행동에 영향을 받지 않는다. 이는 닌의 걷기와 글쓰기 스타일의 특징이다. 그녀는 어떤 면에서도 거의 위험을 겪지 않는다. 대신 그녀의 작품은 초연한 관찰자의 시각을 유지하고, 닌은 자신만만하고 객관적인 목격자로서 미국과 유럽의 혼잡한 거리에서 찾을 수 있는 다양하고 난잡한 인생들을 바라본다.

성인이 되고 1924년 후반 스물여섯 살의 나이에 결혼한지 얼마 안 된 아나이스가 파리로 이주했을 때 본격적으로 관찰자적 글쓰기를 연마하기 시작했다. 또한 이 도시와 금세 강렬한 사랑에 빠져들었다. 파리에 도착한 지 채 반년도 지나지 않아, 닌의 문학적 발전은 그 도시와 그곳에 있는 무수한 생활방식과의 관계에 의지하게 됐다. 이런 글쓰기 방식은 그녀의 생활방식을 반영하거나 만들어지는 데 영향을 미쳤다. 이 관계는 닌이 밤이고 낮이고 가리지 않고 거리를 쏘다니는 동안 이뤄지고 유지됐다. 파리의 창조적인 에너지가 그녀의 일기에 열정을 불어넣었다.

그 열병이 다시 시작됐다. 모든 것에 관한 생각이 내 속에서 불타고 있었고, 거기 더해서 일반적인 순서대로 글을 쓰고 싶은 욕망도 타오르고 있다. 그래서 나는 파리지앵인 내 생활에 맞춰 다시 글을 쓰고 있다. 파리지앵으로 살아가는 이 생활이 어쩐지 짜증스럽다는 점을 이제 확신하게 됐다. 왜냐고? 그건 나도 모르겠다. 반짝거리는 표면 깊은 곳에서 그 불순한 감정이 예리하게 느껴진다. 9시가 다 돼서 ··· 나는 거리의 소음에 잠이 깼고, 조용한 만족감이 내 마음을 가득 채웠다. ··· 나는 창가로 걸어가서 덧문을 열고, 날씨를 살피기 위해 철제 난간 너머로 몸을 내민다. 날씨가 화창하면 도저히 참지 못하고 밖으로 끌리듯 나간다. 레나대로는 크고 깨끗하며 귀족적이다. 나는 레이스같이 섬세한 나무 그늘 속에 있는 에투알 광장으로 걸어간다. 모퉁이에서 좀 더 깊게 숨을 쉰다. 가지째 잘려서 꽂혀 있는 꽃의 향기가 공기 중에 짙게 떠돈다. ··· 파리는 거대한 공원 같아서 풍성한 색채가 있고, 분수와 꽃은 축제 분위기를 풍기고, 건조물은 장엄하다. 샹젤리제 꼭대기에 서니 밤나무에 꽃이 활짝 피었고, 반짝거리는 차가 물결처럼 나아간다. 그 하얗고 널찍한 곳에서, 나는 마치 유토피아에서 자라는 과일처럼, 벨벳처럼 부드럽고 윤기가 흐르며, 그윽하고, 생생한 걸 한 입 깨문 것 같은 느낌이 든다.

이 묘사에 흘러넘치는 관능에 압도당할 것 같다. 마지막 문장에서 이어지는 쉼표를 이용해서 닌은 파리 생활의 육체적 감각을 표현하려고 시도했다. 여기에서는 모든 감각이 다 동원됐지만 특히 후각과 촉각이 중요하다. 자두같이 무르익고 단물이 뚝뚝 떨어지는 파리를 지적, 그리고 육체적 자양분으로 '빨아들이는' 것처럼 보인다. 하지만 이 글에서 공간이 개념화되는 방법 역시 의미심장하다. 닌은 이 도시의 물질적 한계를 묘사하기 위해 깊이와 색채의 상호작용을 특히 강렬하게 표현했다. 이 도시와 다양한 육체적 접촉을 통해 도달할 수 있었던 육체적 자각이 차곡차곡 쌓여서 닌은 글을 쓸 수 있는 창의적인 '열병' 상태에 이르게 된다.

닌은 거의 16년 동안 파리 또는 파리 근교에서 살면서 그곳의 대로를 걷고, 그곳에 있는 카페를 찾고, 몽파르나스에 있는 좋아하는 서점과 까다롭게 고른 센 강의 산책로 사이를 배회하거나 도시의 공원과 길을 걸었다. 그녀는 모든 날씨와 모든 빛 속에서 파리를 걸으면서 얼굴을 후려치는 겨울의 지독한 폭풍뿐만 아니라 무더운 여름에도 산책을 즐겼다. 그녀는 자주 혼자 걸었지만, 연인들과도

자기만의 산책

같이 산책했는데 특히 헨리 밀러 Henry Miller 와 자주 걸었고, 남편과는 가끔 걸었다. 하지만 제2차세계대전이 발발하자 어쩔 수 없이 프랑스를 떠나 뉴욕으로 돌아가야 했는데, 그 결정을 어마어마하게 후회했다. 그럴 수밖에 없는 일이었지만 그녀에게 파리와의 작별은 마치 연인과 사별한 것과 같아서 몇 년 동안 몹시 슬퍼했다. 전쟁이 끝나고 몇 년 후 파리에 버리고 떠났던 가구를 다시 찾았을 때 차마 볼 수 없어서 망설이지 않고 다 팔아버렸다.

파리에 있을 때, 그리고 그녀가 집이라고 불렀던 셀 수 없이 많은 도시에 있을 때 그녀는 그 도시에서 어떻게 움직이고 느끼고 살았는지 자세하게 일기를 썼다. 1966년부터 이후 암으로 세상을 떠나기 전까지는 그녀는 11년 더 일기를 썼고 그녀의 일기장은 150권에 달했다. 그 일기장은 브루클린 은행의 귀중품 보관실에 있는 서랍 다섯 개짜리 서류 캐비닛 두 개를 꽉꽉 채웠다. 가끔은 한 해에 거의 100,000자에 달하는 분량을 쓸 정도로 닌의 일기 쓰기는 거의 강박적이면서 방대했다. 그녀의 일기에는 걷기가 삶에서 얼마나 중요한지 기록돼 있다. 정서적 건강을 유지하기 위한 기능부터 그것 그녀의 글쓰기에 어떤 역할을 하는지, 그리고 자신의 성생활을 표현하고 경험하는 방식에 어떤 관련성이 있는지까지 적혀 있었다. 닌은 도시 산책에서 창조성, 탈출, 판타지, 쾌락, 위로를 받을 수 있었다. 그녀는 1935년에 이렇게 썼다. "나는 슬플 때면 가끔 지칠 때까지 걸어서 슬픔을 털어버린다. 나는 기진맥진할 때까지 걷는다. 그러면서 스스로에게 시각적인 연회를 베푼다. 나는 지나치는 모든 상점의 진열창을 바라본다. 생토노레 거리, 보에티 거리, 리볼리 거리, 샹젤리제 대로, 방돔 광장, 빅토르 위고 대로." 일기 덕분에 국제적으로 유명해진 아나이스 닌은 도시 산책을 통해 작가가 됐다. 그녀가 걸었던 셀 수 없는 거리의 형태는 일기장에 기록돼 있지만, 그것은 그녀의 발로 알게 된 것이다.

닌이 작가로서 성장하고, 자신을 이해하는 데 도시 산책이 중요한 역할을 했다는 점에는 의심의 여지가 없다. 닌이 쓴 일기의 독자들은 시간이 흐르면서 닌이 세세한 부분에 주의를 기울이고, 걸으면서 마주친 사람과 장소에 대한 공감에 힘입어 작가이자 한 여성으로 자신감이 커질 수 있었다는 사실을 알 수 있다. 예를 들어 1934년 4월 27일 작가 레베카 웨스트Rebecca West를 만나기 위해 런던을 방문한 닌은 그 경험에 대해 이렇게 썼다. "거리를 걸으며 … 내가 거기 있는 집, 창문, 출입구, 구두닦이의 얼굴, 매춘부, 음울한 비, 리젠트 궁전에서 열린 대만찬회, 피츠로이 퍼브에 매혹됐다는 걸 알았다." 관찰자의 시선은 그 어떤 것도 차별하지 않고, 신분의 고하에 상관없이 모든 것에서 흥미로운 주제를 발견한다. 그 후 며칠 동안 닌은 런던 거리의 창의적인 풍요로움을 한껏 즐겼고, 그다음 주에는 어떻게 그 거리를 행복하게 걸으면서 새로운 책을 구상했는지에 대해 적었다. 그렇게 걸으면서 그녀는 사람들을 많이 알게 되고 '현실의 지도를 소유'할 수 있기 때문이다. 그 지도는 그 어떤 도시의 지도보다 훨씬 더 정확하고, 큰 의미가 있다. 닌은 지도를 들고 걸은 게 아니라 지도를 만들기 위해 걸었다. 현실의 지리를 기록한 지도가 아니라 그녀가 언뜻 스쳐 지나가며 본 다양한 삶의 형이상학적 경이로움을 담은 지도 말이다.

도시 산책의 역사 대부분은 닌이 일기장에 기록한 방식으로 거리를 경험할 가능성이나 심지어 거리를 걷는 여성의 이야기가 있다는 가능성마저 무시하고 있다. 대신 도시를 걷는 남성 산책자라는 경이로운 인간들, 예를 들어 오노레 드 발자크Honoré de Balzac와 샤를 보들레르Charles Baudelaire를 포함한 19세기 프랑스 작가에 집중한다. 보들레르는 남성 산책자의 사회적 환경에 대해 1863년 파리의 신문 〈피가로〉에 실은 에세이에서 이렇게 표현했다.

새의 환경이 공기이고 물고기의 환경이 물인 것처럼, 산책자의 환경은 군중이다. 산책자의 열정이자 일은 군중과 일심동체가 되는 것이다. 완벽한 플라뇌르flâneur(산책자란 뜻의 프랑스 남성형 명사 ─옮긴이), 열정적인 구경꾼에게 무수한 사람들 한가운데 사는 것은 굉장한 기쁨이다. 그는 밀려왔다 밀려가는 사람들의 움직임 속에서, 순간적이고 무한한 사람들의 흐름 속에서 기쁨을 느낄 것이다. 집을 나왔지만, 어딜 가든 집처럼 느끼고, 세상을 보고, 세상의 중심에 있고, 그러면서도 세상으로부터 숨겨진 채 있게 된다. 그 어디에도 치우치지 않는 본질을 말로 표현할 수는 있지만 그건 필연적으로 서투를 수밖에 없다. 구경꾼은 자신의 익명성을 즐기는 사람이다. 삶을 사랑하는 사람은 온 세상을 자신의 가족으로 만든다. 마치 여성을 사랑하는 사람이 그가 지금까지 발견한 모든 아름다운 여성으로부터 자신의 가정을 만드는 것처럼, 그렇기도 하고 아니기도 하고. 그런 연인을 찾을 수 없을 때도 있다. 또는 그림을 사랑하는 사람이 캔버스에 그린 마법 같은 꿈속에서 사는 것처럼. 그래서 보편적인 인생을 사랑하는 사람은 마치 거대한 에너지의 저장소에 들어가는 것처럼 군중 속으로 들어간다. 우리는 그를 거대한 거울에 비유할지도 모르겠다. 또는 의식이라는 재능이 있는 만화경에 비유하거나. 사람 하나하나의 움직임에 반응해서 삶의 다양성과 순식간에 스쳐 지나가는 우아하고 다양한 삶의 환경을 재현해 내는 만화경 말이다.

보들레르의 묘사는 비유에서부터 대명사에 이르기까지 지독하게 남성적이다. 하지만 여기 서술된 산책자의 묘사와 거리를 걷는 여성으로서 닌이 기록한 파리와 런던에서의 강렬한 경험 사이엔 눈에 띄는 유사점이 있다. 닌 또한 마치 물을 만난 고기처럼 군중이라는 자신만의 '환경'이 있다. 특히 그녀가 그들의 일상과 거리를 둔 채 남아 있을 수 있을 때 더 그랬다. 다만 그녀는 자신이 사람들로 북적거리는 도시의 거리에 있으면서 동시에 거기에 부재한다는 본질적인 모순을 잘 알고 있었다. 분명 도시 산책에서 흘러나오는 에

자기만의 산책

너지를 느끼는 것이 전적으로 남성만의 경험이 아니란 것도 확실하다. 닌의 산문은 그 에너지 자체로 윙윙거리고 있으니까. 또한 닌의 경우가 특별하지도 않다. 다른 여성들도 19세기와 20세기에 유럽과 미국의 거리를 걸어 다니면서 자유와 삶의 목적을 발견했다. 그런데도 한두 명의 예외를 제외하면 여성이 도시 문화에서 산책자로 참여했다는 인정은 거의 받지 못하고 있다. 예를 들어 2016년 나온 로런 엘킨Lauren Elkin의 책《도시를 걷는 여자들Flâneuse》은 오직 도시를 거닌 남성들의 이야기만 읽히는 현실에 한탄한다. 그래서 엘킨은 "19세기에 도시 풍경이 어떠했는지에 대해 가장 손쉽게 접할 수 있는 자료들은 남자들이 쓴 것인데 그들은 그들만의 방식으로 도시를 본다"라고 말했다. 전체 인구의 절반에 해당하는 사람들만의 경험이 도시에서, 그리고 도시와 인간의 상호작용을 이해하는 모델이 된 것이다. 도시를 걷는 사람에 대한 우리의 시각은 지금까지 그래왔고, 앞으로도 남성들만의 이야기를 통해 이해하게 될 것이다. 아나이스 닌, 진 라이스Jean Rhys, 조르주 상드George Sand, 케이트 쇼팽Kate Chopin, 버지니아 울프와 다른 여성 작가들도 도시를 걸어 다니는 경험을 적극적으로 창조적 목적을 이루기 위해 이용해 왔는데도 말이다.

　　도시 또는 도시 산책 연구에서 여성의 경험이 빠진 이유는 부분적으로는 여성들이 사회적으로 할 수 있는, 허용되는 일에 대한 추정 때문이었다. 도시 산책을 다룬 대부분의 글에서는 여성이 도시를 걷는 것은 극히 위험하다고 봤다. 성폭행을 당할 위험이 있다고 여기기도 했고, 또 다른 이유는 거리를 걷는 점잖은 여성이 매춘부로 그야말로 전형적인 '스트리트워커' 오해를 받을 수 있다는 것이었다. 하지만 이런 추정은 종종 잘못됐으며, 이미 구식이 된 성 고정관념을 고착시키는 데 일조할 뿐이다. 예를 들어 리베카 솔닛은 이렇게 말했다. "거리를 걷는 남자는 그저 대중주의자일 뿐이지만, 거리를 걷는 여자는 마치 스트리트워커처럼 자신의 성을 파는 판매자다." 로런 엘킨은 도시에서 여성의 걷기에 영향을 미칠 수 있는 "사회적 관습과 제약에 대해 이야기할 수 있지만 여성이 거리에 있다는 사실 자체를 배제할 순 없다"고 말했다. 대신 이렇게 주장한다. "우리는 도시를 걷는 것이 여성들에게 어떤 의미가 있는지 꼭 이해해야 한다." 이 말은 도시라는 공간에서 여성의 존재를 인정하고, 걷는 사람이자 여성으로서 도시의 거리를 어떻게 경험하는지 이해해야 한다는 뜻이다.

닌에게 도시는 분명 위험이 도사리고 있는 복잡한 장소지만, 이 가능성은 그녀가 거리에서 찾아낸 성적, 그리고 창의적 자기표현의 기회보다는 훨씬 덜 중요했다. 닌의 일기는 거리를 걷는 사람과 거리에 존재하는 위험, 그리고 여성 산책자와 도시 간의 관계에 관해 서술했는데 그것은 도시를 걷는 대부분의 여성에게 용납된 관계와는 굉장히 달랐다. 예를 들어 닌은 거리에 있는 남자들의 존재를 간결한 문장으로 인지한다. "기다리는 남자들. 바라보는 남자들. 따라오는 남자들" 이 문장은 분명 위협받는 상황처럼 보인다. 특히 이 남자들이 오로지 시선과 행동으로만 묘사됐기 때문이다. 그 시선에는 어떤 의식도 없고, 신원을 밝힐 수 있는 개인도 없으며, 이해할 수 있는 내면세계도 없고, 행동에 대한 책임을 물을 사람도 없다. 닌은 그들의 존재를 인정하긴 했으나 그들의 시선과 행동은 그녀의 내면세계를 뚫고 들어올 수 없다. 그 세계는 그들이 아니라 '걸으면서' 글을 '쓰는' 자신의 행위에 집중돼 있기 때문이다. 이 남자들이 그녀에게 어떤 위험한 행동을 할 것처럼 보인다 해도, 또는 그럴 것처럼 추정된다고 해도, 닌의 경험은 그들에게 위협받지 않았다.

닌이 가진 자신감의 비결은 자신의 성적 권력과 욕망에 대한 정확한 자각이었다. 그 자각은 1920년대 후반부터 계속해서 그녀의 일기에 아주 솔직하게 표현돼 있었다. 1923년 닌은 미국에서 스코틀랜드 출신 부모에게서 태어난 휴그 '휴고' 귈러Hugh 'Hugo' Guiler 와 만나 결혼했다. 닌은 휴고와의 결혼 생활이 자신의 정서에 아주 필수적이었으며, 그는 자신의 "피난처이자 부드럽고 어둡고 안전한 은신처"라고 썼지만, 그와의 성관계는 자신의 성적 욕구를 만족시키지 못했다고 인정했다. 휴고는 "다른 모든 면에서는 지극히 민감하지만 이쪽으로는 완전히 눈먼 수준"이라고 썼다. 얼마 후 닌은 다양한 혼외 성적 모험에 뛰어든다. 그런 모험은 난교 파티, 동성애 실험, 한번에 다섯 명의 남성과 불륜을 저지른 것까지 포함됐다. 1930년의 어느 한 시기에 그녀는 휴고, 헨리 밀러, 앙토냉 아르토Antonin Artaud 와 지속적인 관계를 맺었는데, 세 남자 모두 그녀가 자신과만 동침하고 있다고 믿었다. 닌의 일기장은 수십 번 아마도 수백 번 했던 불륜을 기록했고, 끝이 없는 그녀의 성적 매력과 성적 흥분의 민감성에 관해 서술했다. 그녀의 성적 취향은 작가로서 그녀의 작품에 영향을 미쳤고 닌이 도시를 어떻게 걸을지 그리고 어떤 목적으로 걸을지도 결정했다. 닌은 섹스를 즐겼고, 남자와 여자 둘 다 유혹하고 매료시킬 수 있는 자신의 능력을 한껏 만끽했다. 그리고 다른 불륜보다 훨씬 더 깊은 사이였던 곤잘로 모레Gonzalo Moré와 한창 사귀고 있을 때 일기장에 그 관계가 어떤 느낌이 들었는지 적었다.

> 거리에서 보는 사람들의 몸과 얼굴에 내 모든 감각이 진동하는 걸 느낀다. 이 순간 나는 모든 나뭇잎, 구름, 거센 바람, 내 주위의 시선들에 열리고 예민해진다. … 점점 더 가벼워지고 순수해진다, 아무것도 없이 걸으면서, 6월에 그렇듯, 모자도 없이, 속옷도 없이, 스타킹도 없이, 현실을 좀 더 잘 느끼고 싶어서, 가난하게 걷는다, 좀 더 가까이 있고 싶어서, 좀 덜 뒤덮여 있고 싶어서, 덜 보호받고 싶어서, 정화되고 싶어서.

이렇게 극도로 흥분한 상태로 파리 거리를 걸으면 닌의 내부에서 그녀가 마주치는 모든 것과 성적 쾌감의 절정에 연결이 이뤄지는 것처럼 보인다. 그 대상이 몸이건 나뭇잎이건. 이런 감각은 속옷을 입지 않는 상태를 통해 한껏 끌어올려진다. 닌은 이 상태를 '가난하게 걷는다'고 표현했다. 한편으로, 걷기가 인간과 자연 세계를 좀 더 가깝게 만들어준다는 생각은 낭만적이면서 산책자와 비슷하지만, 범성욕주의에 근접한 관능성이 엿보인다. 그녀는 이렇게 자연과 가까워진 상태에서 육체적 쾌락을 맛보고 있으니까. 이런 환경에서 성적으로 위협이 되는 대상이나 사람은 있을 수 없다. 닌이 가진 적극적이고 성적인 자신감 덕분에 그녀는 작가와 도시와 거리를 걷는 행위가 만나서 형성되는 아찔하고 관능적인 관계에서 강자의 위치에 서게 된다.

자신의 성적 매력에 대한 자각이 (그것을 이용하는 법에 대한 그녀의 지식도) 생기면서 닌은 점점 더 자신감과 마음의 평정을 얻었다. 그녀의 일기를 보면 이전에는 성적 존재로 별다른 자신감이 없었고, 도시에서 거리를 걸을 때 마주치는 남자들을 두려워했다. 십 대 시절의 닌은 뉴욕에서 걷다가 마주친 남학생들이 얼마나 두려웠는지에 대해 썼다. 열여섯 살 때 닌은 친구인 프랑세즈와 같이 센트럴파크 근처에서 아주 근사한 산책을 하다가 책을 든 젊은 남자들을 봤는데 분명 학생들이었을 거라고 썼다. 그 후 산책길에서 그들과 마주칠 때마다 어린 닌은 평상시 그랬던 것처럼 눈을 내리깔았다. 10년이 지난 후인 1929년 닌은 좀 더 위협적인 만남에 관해 썼다. 다만 그동안 문장력이 향상되면서 그 경험은 좀 더 복잡한 양상으로 바뀌었다.

혼자 걸을 때 나는 빨리 걷는다. 안개 빛깔의 집이 있는 이 서글픈 파리 거리는 추우니까. 내 눈은 불빛을 찾는다. 조악한 인공조명, 약국의 조명, 칫솔, 비누 위에서 춤추는 이미지, 끊임없이 돌아가는 미셰린 타이어는 지하철의 어두운 계단 밑으로 질주하는 불타오르는 붉은 다트가 된다. 〈파리 평론〉을 보려고 깡충깡충 뛴다. 가짜 보석을 비추는 하얗게 반짝이는 조명, 어둠 속에서 나는 그 빛을 따라 걷는다. 나는 가게의 진열장을 비판적으로 흘끗 바라본다. 어떤 젊은 남자가 날 멈춰 세운다. 성난 얼굴, 값싼 생활에 성난 얼굴, 잘생긴 얼굴, 아직 젊은데 주름진 얼굴과 모든 걸 다 봐버린 눈. 그는 굴욕적일 정도로 맑은 미소, 자신의 매력을 너무나 잘 아는 미소로 날 후려친다. "당신은 혼자 걸어 다니기엔 너무 예뻐요." 나는 거리를 건너기로 한다. 재빨리 좌우를 살핀다. 앞으로 나간다. 하지만 주차돼 있던 택시가 갑자기 후진한다. 그 차에 내 몸이 아주 살짝 닿는다. 그 청년은 미소도 짓지 않고, 한마디 말도 없이 때맞춰 나를 뒤로 잡아당긴다. 나는 다시 재빨리 거리를 건너간다. 상점을 보지 않고 걷는다.

파리지앵의 거리 산책을 기록한 것으로 시작한 이 글은 관찰자가 까치처럼 빛에 이끌리게 되는 내용으로 이어진다. 그곳의 일상적인 풍경은 밤의 불빛으로 기묘해진다. 타이어는 지하철을 내려가는 불타는 붉은 다트로 변하는데 그 자체가 지옥처럼 변모된다. 이 글에 쓰인 현재시제 덕분에 독자들은 자신이 관찰자와 같이 형형색색의 경이로운 거리를 걷는 느낌이 든다. 하지만 이 현재시제 때문에 서술자가 성난 남자와 마주칠 때는 우리도 위협받는 느낌이 든다. 그래서 그가 '한마디 말도 없이' 미소도 짓지 않고 관찰자를 택시로부터 끌어당길 때 그건 강압적이고 그 어떤 인간적인 연결도 존재하지 않는 폭행으로 느껴진다. 이렇게 침묵이 흐르는 모호한 만남에서, 닌은 위험한 느낌을 만들어낸다. 이 남자는 사람을 불안하게 하고, 그의 의도가 뭔지 판단할 수 없다. 하지만 여기에는 또한 서술자의 거리감이 존재한다. 관찰자는 택시가 적어도 한동안은 주차돼 있었던 상태를 볼 만한 시간이 있었고, 일련의 사건은 결정, 행동, 결과라는 순서대로 진행된다. 이것이 이 글의 전반부, 그러니까 관찰자가 앞에 펼쳐지는 거리를 보면서 걸어가고 있을 때는 설득력이 있었지만, 다양한 행위자가 관여하는 후반부에서는 공감이 가지 않는다. 닌은 혼자 걷는 여성 산책자가 성적으로, 그리고 육체적으로 취약해지는, 보기만 해도 불안해지는 순간을 떠올리게 했지만, 이는 또한 서술자의 이야기가 순서대로 진행되는 순간이기도 하다. 이 글에서 이야기와 경험이 엉거주춤하게 동석하고 있어서 진실과 서술, 위협과 창의적인 만남 사이의 경계가 어디서 시작되고 어디서 끝나는지 분간할 수 없다.

닌에게는 성적 경험과 성적 자신감과 자신의 문학적 목소리를 개발하는 것 사이에 중요한 연결 관계가 존재한다. 이 모든 것이 그녀가 도시를 걷는 방식과 단단히 얽혀 있다. 1934년 런던에서 쓴 일기에서 그녀는 "오직 남자들의 시선만이 나의 날개를 자를 수 있다. 나는 그들에게 쉽게 흔들릴 것 같지만 그런 시시한 모험은 원하지 않기 때문이다. 아니면 난 그저 겁쟁이일지도 모른다. 내 상상력은 미친 듯이 날뛰지만, 지나가는 사람의 관심에 항복할 수 없다"라고 썼다. 이 관찰자의 '날개를 자르는' 것은 성적 위협이 아니라 자신의 성적 욕구에 대한 자각이다. 이 여성은 남자들의 수동적인 먹이가 아니라, 성적으로 동등한 존재로서 그녀가 추구하는 육체적 만남을 분명하게 선택한다. 남자들의 존재를 인정하는 것은 그녀를 그들의 성적 욕구의 피해자로 만드는 것이 아니라 자신이 가진 욕구의 피해자로 만드는 것이다. 그것은 '시시한 모험', 즉 성적으로 흥미진진하지도 않고, 만족스럽지도 않을 것이기 때문에 그들을 거부한다. 닌의 글을 보면 이것이 바로 남자들과의 만남을 판단하는 근본적인 기준이다. 그녀가 선택하는 기준은 쾌락이지 위험이 아니다. 하지만 닌에게 가장 필요했던 건 '고독'이었다. 그녀는 고독할 때 자신을 진정으로 표현할 수 있다고 느꼈다. "나는 몇 시간씩 혼자 걷는다. 나는 나를 받아들인다. 나는 있는 그대로의 나를 받아들인다. 나는 더는 나를 비난하지 않고, 다른 사람이 날 비난하게 놔두지도 않는다. 내 존재의 신비에 순종하기, 내 일기장이 표현하고 추구하는 것은 오직 그것일 뿐, 더는 설명하려 하지 않는다." 다른 사람들의 비판이나 욕망과 관계없이 닌의 성적 자아와 문학적 자아는 도시의 거리

자기만의 산책

에서 자유롭게 그 형태가 갖춰지고 있다.

파리의 거리 산책이 '자신을 있는 그대로 받아들이겠다는' 결정을 가능하게 해줬고, 다른 사람들의 비판에 저항하겠다는 결심을 할 수 있었다. 걷기는 닌에게 자신을 어떻게 볼지, 그리고 타인에게 어떻게 보이고 싶은지에 대한 새로운 가능성을 열어줬다. 걷기는 또한 닌이 작가로서 무엇을 성취하고 싶은지 이해할 수 있게 도와줬다. 걸으면서 그녀는 자신에 대해 또는 자신을 위해 설명하는 것이 아니라 자신이라는 존재의 '신비'를 '표현하는' 일을 하고 싶다는 점을 이해하게 됐다. 그 목표를 이룰 수 있는 최고의 수단은 일기였다. 작가이자 여성으로서 성숙해 가면서 그녀는 자신이 뭘 했는지, 자신이 어떻게 움직였는지 그리고 자신이 누구인지가 복잡하게 연결된 관계를 깊이 인식하게 됐다.

그 인식에서 나온 결실 중 하나가 《유리종 밑에서Under a Glass Bell 》에 나온 단편인 〈미로The Labyrinth〉다. 이 책은 1944년 아나이스 닌이 운영하는 출판사에서 나온 단편 모음집이다. 오랜 세월 문단의 주목을 받지 못해 좌절한 닌은 이 단편집으로 마침내 평단의 호평과 상업적 성공 둘 다 거머쥐었다. 이 책의 초판은 3주 만에 다 팔렸다. 그녀는 '삶과 예술, 사실과 상상'을 융합하는 데 성공했고, 그녀의 독자들은 '반은 이야기이고, 반은 꿈인' 그녀의 소설에 매료됐다. 〈미로〉는 닌이 열한 살에 일기를 쓰기 시작한 순간부터 시작된 셈이다. 이 전기적인 사실에서 닌은 초현실주의적인 이야기를 만들어냈다. 그것은 실체가 없고 뭐라 규정하기도 힘든 것들이 분명하게 모습을 드러내는 풍경을 배경으로 한 성장 서사다. 이 이야기 속에서 단어와 감정에 물질적 형태가 생기고, 작가는 펜뿐만 아니라 발로도 종이에 글을 쓸 수 있다. 이 이야기는 앨리스 같은 서술자가 물리적인 법칙에 구속되지 않는 꿈의 세계로 들어오는 것으로 시작된다.

> 나의 일기장이라는 미로로 들어간 것은 내가 열한 살 때였다. 나는 그것을 작은 바구니 안에 넣어서 들고 스페인풍 정원의 곰팡이가 핀 계단을 올라가 뉴욕의 어느 집 뒷마당에 단정하게 한 줄로 늘어선 상자 속에 들어 있는 여러 개의 거리와 우연히 마주쳤다. 나는 짙은 초록색 그늘의 보호를 받으며 내가 확실히 기억할 디자인 하나를 따라갔다. 다시 돌아올 수 있도록 그걸 기억해 두고 싶었다. 걸어가면서 나는 다시 그들에게 돌아올 수 있도록 모든 것을 두 번씩 봐두고 싶다는 마음을 품고 걸었다.

이 장소에서 은유는 현실이 되고, 상상과 실제 세계 간의 경계는 무너진다. 여기서 걷기는 육체적 행위이자 쓰기, 생활하기, 경험하기를 대리하는 비유적인 장치로 작용한다. 걷기는 또한 기억과 지도 역할을 하고, 이 기이한 지형에서 길을 찾는데 필요한 아이디어와 지식을 담을 수 있는 그릇이 된다. 이곳은 시작과 끝의 차이가 불확실하고, 심지어 미로의 경계조차 확실하지 않다. 서술자는 오직

자기만의 산책

발을 통해서만 이곳에 대한 지식에 이르게 된다. 걷기는 은유이자 동시에 과정이다.

서술자가 이 원더랜드 같은 곳을 돌아다니는 동안, 말은 추상에서 구체로, 의미의 기표에서 물질적 표면으로 왜곡되고 바뀌기 시작한다. 그래서 서술자는 그 위를 걸을 수 있게 된다. 갑자기 이 표면들이 수평의 공간이 아니라 수직으로 바뀌고, 서술자는 자신이 '단어로 이뤄진 계단을 걸어서 올라가고' 있는 걸 깨닫게 된다. 그러다 그게 아니라 걷고 있는 게 아니고 그저 '연민'이란 말을 계속 다시 밟고 있다는 걸 알게 된다. "나는 연민 연민 연민 연민 연민이라는 단어 위를 걷고 있지만, 그 말은 같은 것이고, 움직이지 않았고, 내 발도 움직이지 않았다." 닌은 우리에게 의사소통이란 육체적 행위이며, 이것이 성공하려면 움직임이 (입, 혀, 발) 필요하다는 점을 일깨워준다. 감정과 경험에도 물질적인 형체가 생겨서 서술자가 걸어갈 수 있는 미로가 된다. 단어들이 '에스컬레이터'가 돼서 서술자를 앞으로 나아가게 한다는 걸 그녀는 알게 된다. "나는 내게 저항하며 걷고 있었고, 내 발밑에서 돌이 폭발했다." 슬픔과 비탄이 장애물로 변해서 서술자의 발이 '하나로 쌓아 올려진' 눈물에 마치 '강둑의 진흙에 미끄러지는 것처럼' 미끄러진다. 그 눈물은 다시 일어나 미로의 벽 자체가 되는데, 그걸 손으로 만질 수 있다는 점에서 악몽 같은 상황이 펼쳐진다. "나는 여기저기 있는 틈 사이로 하얀 거품이 나오는 수정으로 된 벽을 만졌다. 하얀 스펀지 같은 은밀한 슬픔이 끈으로 묶인 채 바짝 말라붙은 식물에 끼워져 있었다. 나뭇잎, 껍질, 살이 바짝 말라 있었고, 거기서 나온 수분과 수액을 그 틈이 다 마셔서 사산된 슬픔의 강둑으로 흘러나오고 있었다.” 그 물 같은 이미지가 계속 흘러나오자 서술자는 이제 발을 디딜 곳을 찾아 안간힘을 쓰다가 자신이 ‘땅과 바다 사이, 땅과 식물 사이에 매달려 있는’ 걸 발견한다. 이 기묘한 중간 세계에서 그림자, 발자국, 메아리는 모두 뒤에 남겨진다. 이 셋은 인간이란 존재의 무상함을 극히 통렬하게 일깨워주는 표지 역할을 한다. 그저 걷는 사람만이 그곳을 잠시 스쳐갈 뿐이다.

이 이야기는 서술자가 ‘상아처럼 하얀 벌집’으로, 음침한 벌집으로 만들어진 ‘백색 도시’로 들어가는 장면에서 절정에 이른다. 그곳에는 오래된 어민들(북방족제비의 흰색 겨울털 – 옮긴이)로 만든 띠처럼 보이는 도시들이 있다. 건물은 ‘햇빛, 사향, 흰색 솜’을 섞어 만든 회반죽을 붙였는데 상아와 어민과 잘 어울리는 옅은 색의 사치인 셈이다. 하지만 이 도시는 실제로는 상아나 어민이나 사향이나 솜이 아니라 종이로 만들어졌다. 서술자는 도시의 다양한 질감을 곰곰이 생각하다가 종이가 펼쳐지는 소리에 깨어난다.

내 발이 종이 위를 디디고 있었다. 그 종이들은 내 일기장의 낱장들로 검은 줄이 쳐진 페이지가 서로 겹치게 놓여 있었다. 구불구불한 벽에는 출입구가 없고, 논점은 없이 욕망만 있었다. 나는 내고백들로 이뤄진 미로 속에서 길을 잃었고, 오직 일기장에서만 베일을 벗는 내 행동의 베일을 쓴 얼굴 사이에서 헤매고 있었다. … 내 발이 쪼글쪼글해진 복잡한 무늬의 꽃잎을 건드렸다, 종이꽃의 잎맥에 도구의 신경이 있었다.

일기장에 들어 있는 행위의 '베일을 벗길' 수 있는 것은 손이 휘두르는 펜이 아니라, 글이자 삶이며, 종이이자 눈물인 '거리'를 걷고 있는 발이다. 꿈과 상상으로 이뤄진 이 내면 풍경의 지도는 오직 발로만 그릴 수 있다.

닌의 '미로'는 내부이자 외부이며, 그녀의 것이자 인류의 것이고, 거길 탐험하려면 현실의 걷기와 상상의 걷기 둘 다 필요하다. 가끔 그녀는 자신이 글쓰기를 통해 이해하려고 애를 쓴 "인간이라는 미로의 신비에서 탈출한 도망자"처럼 느꼈지만, "외부 세계가 너무나 압도적으로 아름다워 나는 기꺼이 밤이나 낮이나 밖을 떠돌면서 머물 곳 없는 방랑자이자 순례자가" 되겠노라고 결심한다. 닌은 특히 그녀의 연인 중 하나와 같이 있을 때 이런 종류의 '방랑'에 열중했다. 둘은 도시의 거리를 걷곤 했다. 보통 밤에 걸었지만, 항상 그랬던 건 아니다. 닌은 그럴 때 느끼는 격렬하고 들뜬 기분, 그 순간에 전적으로 몰입해서 깊은 행복을 느끼게 되는 감정에 관해 썼다. 예를 들어 헨리 밀러와 같이 걸었던 날을 이렇게 묘사했다.

토요일은 마법과 같았다. 나는 할 일이 있었고, 헨리는 휴고가 돌아올 때까지 나를 따라다니는 장난을 시작했다. 우리는 두 명의 남쪽 지방 사람처럼, 두 명의 회복기 환자처럼 도시를 쏘다녔다. 그는 아주 가깝고, 아주 부드럽고, 아주 감상적인 말을 했다. … 다른 어디에서도 이렇게 마법 같고, 이렇게 아름답고, 완벽히 현재에 몰입하는 순간을 찾을 수 없다. 함께 있는 이 순간은 한계가 없어진다.

닌은 연인과 하는 산책에서 일어나는 '마법'을 갈망하지만, 그중에서도 가장 특별한 건 새로운 연인과 함께 걷는 '마법'이다. 이것을 상상하는 것만으로도 닌은 취하고 만다. 헨리 밀러가 지겨워진 그녀는 다른 사람을 찾아 나선다. 일기장에 그녀는 이렇게 썼다. "나는 붉은 러시아풍 드레스와 하얀 코트를 입고 온 세상과 앞으로 다가올 사람과 사랑에 빠져 쇠라의 집이 있었던 거리를 걷고 싶다. 그는 내게 오는 중이고, 나와 같이 여행할 것이다." 1936년 여름 닌은 페루 출신 예술가이자 공산주의자인 곤잘로 모레를 새 연인으로 만늘기로 작정한다. 그 불륜의 궤적은 그들의 시내 산책으로 그려졌다. 둘의 만남이 시작됐을 때 닌은 이렇게 썼다.

밤이면 거리를 거닐며, 키스하고, 향기를 맡아본다. … 나는 그의 검고 아름다운 얼굴, 그의 열정, 그가 쓰는 시의 마법에 푹 빠저버렸다. 우리가 같이 걸을 때, 키스 사이에 하얀 열정이 피어난다. 하지만 그는 그걸 부인함으로써 그 열정을 미묘하고 비뚤어진 방식으로 키워낸다. 그는 나를 갖지 않을 것이다.

추한 도시를 우리는 맹목적으로 걷는다. 한밤중에 우리는 강가에 앉아 있다. … 우리는 키스에 너무 취해 비틀거리며 거리를 걷는다.

닌은 살면서 만난 수많은 남자와 걸었지만, 모레와 걷는 것은 특별한 의미가 있는 것처럼 보인다. 이 시기 그녀의 일기장에는 모레에 대한 감정을 분석하고, 둘이 즐겼던 다양한 산책에 관한 이야기와 파리에 대한 이해가 겹쳐서 서로 영향을 미치는 내용이 여기저기 흩어져 있다. 모레와 닌은 도시 변두리에 있는 '넝마주이와 집시가 사는 마을'을 관통해서 '판잣집이 있는 작은 마을'로 간다. 거기에는 시내에서 먹고 남은 음식, 잡동사니, 걸레, 부서진 파이프 … 무생물 쓰레기와 인간쓰레기가 있다. 둘이 너무 멀리까지 걸어서 닌의 발이 아프기 시작했지만, 그 결과는 큰 기쁨을 줬다. 어느 날 아침 그와 사귄 지 6개월째 접어들었을 때 닌은 '에너지와 용기가 넘치는' 기분으로 잠에서 깼다. 덕분에 힘이 난 그녀는 "일기장을 들고 거리를 걷는다. 나는 곤잘로와 같이 글의 플롯을 짰다. 나는 황홀경에 빠져든다"라고 적었다. 모레와 함께 파리를 걸으면서 그녀는 새 연인의 참신함으로 인해 새로운 종류의 창조적 에너지를 받았을 뿐 아니라 파리의 다른 지역을 탐험하게 됐다. 닌이 다니던 우아한 대로로부터 꽤 멀리 떨어져 있을 때도 있었지만, 가끔은 이런 불결한 장소를 시장, 매음굴, 도살장, 정육점, 과학 실험실, 병원, 몽파르나스를 걷는다는 흥분이 닌의 창조성을 크게 자극했다. 닌은 "내 꿈이 펼쳐지면서 나만의 미로 안에서 길을 잃는 느낌으로 걸을" 수 있을 것 같은 느낌을 받았다고 썼다.

모레의 연인으로 파리를 걷는 게 닌이 이 도시를 개념화하고 이해하는 데 새롭고 중요한 요소가 됐다. 파리의 거칠고 버려진 구석구석의 발견이 그녀의 문학적 창의성을 발달시키는 강력한 기폭제가 됐을 뿐 아니라, 이 도시를 그녀가 맺은 관계로 다시 보기 시작했다. 그 무렵 닌은 파리에서 10년 넘게 살면서 그녀가 나중에 거대한 인맥의 '거미줄'이라 부르게 될 관계 안에서 머물렀다. 그것은 그녀의 지인만 있었던 게 아니라 은행가이자 예술가인 남편을 통해 알게 된 사람들, 그녀의 가족과 그들이 어울리는 사람들, 그녀가 정신적인 사랑을 나누는 지인들로 이뤄진 방대한 네트워크였다. 이렇게 다양한 사회적 공간이 파리에 대한 닌의 기억 속에서 서로 한 자리를 차지하려고 경쟁을 벌였기 때문에 이 상상의 도시에는 불편할 정도로 사람들로 북적였다. 모레와 불륜을 시작한 지 1년째로 접어들었을 때 닌은 이런 글을 썼다.

곤잘로와 나는 부아 뒤쪽을 거쳐서, 수세 대로를 지나갔다. 거기는 내가 처음 오토 랭크를 (그녀의 치료사이자 전 애인) 찾아간 곳이 기도 한데, 그곳을 지나 수세 대로 스튜디오를 지나갔다. 7시에 우리는 패시 역에서 헤어졌다. 7시에 휴고와 호레이스(휴고의 변호사 친구)가 자전거를 타고 부아를 지나가고 있는 동안 나는 다시 패시 거리로 걸어가서 블랭비어 거리에 있는 작은 레스토랑으로 갔다. 헨리와 내가 루드 마로네에에 머물러 있을 때 종종 거기서 식사를 하곤 했다.

언제 남편에게 들킬지 모르는 위기일발의 상황과 이전 연인에 관한 이야기를 통해 닌의 일기장은 현재 연인과 추억의 연인이 영원히 살고 있어서 빈 공간이 하나도 없는 도시를 묘사하고 있다. 이 일기장에 있는 여러 개의 인생이나 경험 사이에는 시간이나 공간적 틈이 거의 없어 보여서 언젠가는 그들 중 몇 명은 필연적으로 마주칠 것처럼 보인다. 그런 위험과 긴장으로 가득 찬 도시는 추억으로 가득 차 있기도 해서 파리에서 산책자로서 닌의 경험은 무척 풍요로워졌다. 그곳의 모든 거리, 모든 카페가 수많은 추억과 사랑으로 뒤덮였다.

2차세계대전이 발발해 미국에 망명해 있는 동안 이런 추억이 그녀를 지탱해 줬다. 모레와의 불륜이 끝나갈 무렵, 그도 역시 뉴욕으로 피했는데, 닌은 행복했던 과거로 불확실한 현재를 감쌀 수 있어 마음의 위안을 얻었다.

곤잘로와 나는 여전히 그 거리를 함께 걷고 있다. … 우리는 여전히 같이 카페에 앉아 있고, 여전히 사랑을 나눌 은신처가 없어서 슬퍼하고, 휴고가 지나가지 않을까 하는 걱정에 은근슬쩍 조심스럽게 하는 포옹으로 만족해야 한다. 하지만 우리는 현재의 거리를 걷는 게 아니라 과거의 거리, 이른 정열의 메아리, 그 인간적인 메아리, 한때 공유했던 열정, 오랫동안 지속될 반향과 함께 타오르는 불길 속에서 걷고 있다. 우리는 현실의 카페가 아니라 그때 그 시절 파리의 카페에 앉아 있다.

닌은 파리의 거리를 그녀가 사랑했던 이들의 기억을 담은 보고로 생각하게 됐다. 그래서 걷기는, 한 세기 전에 도로시 워즈워스가 그랬던 것처럼, 기억의 한 방식이 됐다.

걷는 사람으로서 닌은 그녀가 살아온 세계를 놀라운 방식으로 바꿀 수 있었다. 그녀는 파리와 뉴욕을 걸으며 갈고닦은 능력을 발휘해 파리를 구체적인 형태를 갖춘 곳으로 다시 상상할 수 있었다. 그렇게 될 수 있었던 건 그들이 걸으며 경험한 수많은 거리 덕분이었다. 그녀는 또한 걷기를 일종의 몸으로 하는 글쓰기라고 생각했다. 그 세계에서 그녀가 걷는 길은 글이 쓰인 페이지가 되고, 독자인 우리는 모든 생각을 만지고 잡을 수 있다. 닌의 산책에서 태어난 일기장과 소설은 이런 불가능한 세계에 형상을 부여했고 타인이 그 기이한 곳에 들어갈 수 있게 해줬다. 산책자이자 작가인 닌에게 평범하고 물질적인 세계의 법칙은 적용되지 않는다. 대신 그녀는 "공간 속에서 액체가 돼서, 모든 벽, 모든 문"에서 벗어나 오직 그녀의 발로만 갈 수 있는 곳으로 향했다. 그 세계를 찾는 법을 알고 있는 상상력의 도움을 받아서.

*

처음 아나이스 닌을 발견한 건 내가 보스턴에서 살고 있을 때였다. 그녀의 도시 산책에 대해 잠깐 스치듯 언급된 글을 우연히 읽고, 하버드 와이드너 도서관에서 그녀의 자료를 찾아봤다. 거기서 그녀의 책을 몇 권 찾아냈다. 그날 나는 하버드 광장에서 내 방까지 2마일 거리를 닌의 책을 들고 걸어왔다. 그녀의 상상력이 어떻게 뉴욕과 파리를 가로지르며 뿌리를 내리게 됐는지 강한 흥미가 생겼다. 나는 사실 그들의 삶을 짐작만 할 수 있는 사람들 사이에서 거니는 즐거움에 관심을 기울여본 적이 없었다. 내게 도시는 공격당할 두려움이 있는 곳이었고, 미국에서는 걷기를 선호하는 사람을 이상한 사람으로 볼 거라는 걱정이 있었다. 하지만 보스턴은 초보 산책자를 위한 완벽한 도시였다. 그곳을 찾아오는 사람에겐 그 도시를 걸어서 경험해 보라고 격려할 뿐 아니라, 그 지역 사람들도 끔찍한 도로 사정 때문에 운전을 피하니까.

그때 몇 주 동안 나는 안전하다고 느끼며 밤낮을 가리지 않고 그 도시를 배회했다. 동이 튼 직후에 보스턴의 유명한 항구 주위를 걷다가 멈춰 서서 대서양을 바라봤다. 거기서 나는 우리 집이 바로 수평선 너머에 있을 거라고 상상했다. 커먼 공원을 천천히 걸어가면서 거기 있는 노름꾼들을 지켜봤다. 그리고 보스턴의 유적지를 연결하는 프리덤 트레일로 가면서 기분 내키는 대로 사람들 속으로 들어갔다 나왔다. 거리에 나온 수많은 사람을 보니 즐거웠다. 여자도 아주 많았다. 그중 몇 명과 눈빛을 교환했고, 서로 고개를 끄덕인 사람도 있었다. 이렇게 서로 연결된 순간은 우리의 목적을 공유하는 것처럼 보였다. 우리는 거리를 걷는 사람들이고, 여기는 우리가 걸어가야 할 길이라고.

자기만의 산책

9장

셰릴 스트레이드
Cheryl Strayed

10년 전 내 모습을 상상했을 때, 나는 이때쯤이면 첫 책을 출간했을 거라고 확신하고 있었다. 단편을 몇 개 썼을 것이고, 소설을 본격적으로 시도해 봤을 거라고. 하지만 지금 내 처지에 책은 꿈도 꿀 수 없다. 혼란스러웠던 지난해 글쓰기는 나를 영원히 떠나버린 것처럼 느껴졌지만, 도보 여행을 하면서 그 소설이 다시 내게 돌아오고 있는 걸 느낄 수 있었다. 그것이 내 머릿속을 떠도는 노래의 파편과 광고 CM 사이에서 목소리를 내고 있었다. 그날 아침 올드 스테이션에서 … 나는 시작해 보기로 결심했다.

— 셰릴 스트레이드,《와일드Wild》

퍼시픽 크레스트 트레일PCT은 북아메리카에서 가장 힘든 하이킹 코스다. 멕시코 국경에서 캐나다까지 2,650마일에 달하며, 미국의 서해안과 지극히 건조한 내륙 지방을 분리하는 다양한 산맥이 이어져 있다. 거기서 13,000피트 이상을 올라가야 정상에 오를 수 있다. 한 철에 이 코스를 다 돌고 싶은 사람은 다섯 달은 족히 잡아야 하고, 그것도 최악의 기상 환경인 시에라네바다산맥의 늦겨울에 내리는 눈을 피하고, 산에서 다음 겨울을 맞기 전에 북쪽에 도착할 수 있도록 날짜를 신중하게 잡아야 한다. 이 길의 가장 긴 코스 또는 코스 전체를 다 걷기 위해 세워야 할 계획은 생각만 해도 벅차다. 코스는 정착지에서 멀리 떨어져 있고, 도보 여행자들은 그 코스를 종주하는 데 필요한 음식, 옷, 물과 다른 장비를 지고 끝까지 갈 수 없다. 그래서 그들은 필요한 물품을 소포로 부쳐서 그때그때 자신이 가는 코스 근처에 있는 우체국이나 잡화점에서 받아야 한다. 그렇게 해도 한 철에 그 코스를 완주하는 사람은 거의 없다. 지금까지 그곳을 완주한 사람 중 대략 3분의 1이 여성이었다.

셰릴 스트레이드는 1995년 스물여섯 살에 결혼 생활이 파경을 맞고, 어머니가 돌아가시고, 마약에도 손을 댔고 그런 시기에 퍼시픽 크레스트 트레일의 일부를 걷기 위해 혼자 길을 떠났다. 그 후 석 달에 걸쳐 그 트레일의 두 구간을 횡단해서 총 1,100마일을 걸었고, 그 여정을 2012년 출간한 회고록인 《와일드》에 풀어놨다. 리즈 위더스푼이 주연한 동명의 영화가 2014년 개봉됐다. 스트레이드는 징기 도보 여행을 전혀 해본 적도 없이 혼자서 PCT를 떠나기로 했다. 우연히 집어 든 여행안내서 때문이었다.

나는 그 코스를 걷겠다고 결심했다. 적어도 100일 동안 걸을 수 있을 만큼 걷겠다고 다짐했다. 나는 미네소타주의 미네아폴리스에 있는 스튜디오 아파트에서 혼자 살고 있었다. 남편과 헤어져서 웨이트리스로 일하고 있었는데 살면서 이토록 바닥까지 내려와 정신적으로 고통받은 건 처음이었다. 매일 깊은 우물 속에 서서 위를 올려다보는 심정이었다. 하지만 이제 그 우물에서 나와 혼자 황무지를 걷는 사람이 되기로 했다. 못할 것도 없잖아?

스트레이드의 순진한 낙관주의는 대책 없는 오판에 가까웠고, 장기 도보 여행의 어려움을 잘 아는 노련한 여행자라면 그녀의 말에 발끈했을 가능성이 크다. 하지만 스트레이드가 한 호언장담의 뿌리는 자존심이 아니라 정체성을 찾고자 하는 필사적인 마음이었다. 그녀의 이야기에 따르면 '이미 수많은 존재', 그러니까 '사랑하는 아내'에서 '간통녀'로, '사랑하는 딸'에서 '의미도 없는 직업을 전전하며 마약에도 손을 대고 많은 남자와 자고 다닌 작가 지망생'으로 살아왔지만 '1,100마일의 황무지를 혼자 걷는 여자'가 되기를 열망했다. 그런 여자는 세상의 비난을 받기보다 존경을 받을 것이고, 동정받기보다 찬사를 받을 것이다. 그런 사람은 자신을 더 나은 사람으로 느낄지도 모른다.

이런 정체성을 획득하는 수단은 고통과 절망과 좌절을 통해서만 가질 수 있다는 사실을 스트레이드는 곧 배우게 된다. PCT의 혹독함에 전혀 준비가 안 된 스트레이드는 여행을 출발하는 순간부터 크나큰 육체적 고통과 마주치게 된다. 그러나 무지에서 비롯된 그 고통은 그녀가 계속 앞으로 걸어가자 정화의 한 형태가 됐다. 발에서 피가 날 때까지 걸음으로써 스트레이드는 자신에게 벌을 주고, 자신과 다른 사람에게 했던 모든 형편없는 짓을 고통으로 지워냈다. 퍼시픽 트레일 웨스트를 걷는 행동을 통해 스트레이드는 자신이 변할 수 있다는 점을 믿게 됐다.

남부 캘리포니아 근처 모하비에서 출발할 때부터 스트레이드의 하이킹이 목가적인 산책이 아니라는 점이 드러났다. 그녀의 걷기는 도로시 워즈워스, 버지니아 울프, 그리고 낸 셰퍼드의 걷기와는 그 어떤 유사성도 없다. 그나마 가장 비슷한 예는 엘리자베스 카터와 시골 지방을 횡단하며 걷는 방랑자에 대한 그녀의 애정이겠지만, 그런 종류의 걷기도 스트레이드가 이제부터 떠나려는 걷기와는 비교할 수 없다. 스트레이드의 걷기는 잔인하고 잔혹할 테니까. 지저분한 모텔 주차장에서 하이킹에 가져갈 짐 말고는 아무것도 없이 혼자 서 있는 자신을 발견한 그녀는 "갑자기 사방에 노출된 것 같고, 생각했던 것보다 그렇게 기운이 솟구치지도 않는다"고 느꼈다. 지난 반년 동안 이 여행을 계획하면서도 그 시작이 이렇게 쓸쓸하리라곤 상상하지 못한 것이다. 며칠 후 여행 초반에 그녀는 이런 생각을 했다. "난 매일 여행하면서 카타르시스 넘치는 슬픔과 원기를 회복시키는 기쁨의 눈물을 흘릴 거라고 생각했다. 그러나 신음 소리만 나왔다. 머리가 아파서가 아니다. 발과 허리와 엉덩이 주위에 아직

자기만의 산책

도 벌어져 있는 상처가 아파서였다." 이 상처 중 대부분은 경험이 부족한 스트레이드가 산 장비 때문이었다. 그녀는 먼저 테스트해 봐야 한다는 단호한 충고를 받았는데도 여행을 떠나기 전까지 장비를 써 보지 않았다. 대신 출발하는 날 아침에 배낭을 꾸리면서 진이 빠지고 당황스러울 정도로 많은 장비를 그 안에 다 쑤셔 넣었다.

스트레이드는 "산처럼 쌓여 있는 물건이 더는 들어갈 자리가 없을 때까지 내 배낭에 힘껏 밀어 넣고, 쑤셔 넣었다"고 짐을 꾸린 과정을 묘사했다. 그리고 고무 밧줄 다섯 개를 써서 배낭 바깥쪽에 식량 가방, 텐트, 방수포, 옷 가방과 캠핑용 의자를 매달려고 했던 그녀의 계획은 가방 안에 얼마나 더 많은 물건을 넣어야 하는지 깨닫고 나서 허사가 됐다. 샌들, 카메라, 머그잔, 손전등, 모종삽, 키 체인, 온도계는 가방에 아직 넣지도 않았다. 거기다 그녀는 950밀리미터 플라스틱 물병 두 개와 2.6갤런의 물이 담긴 물주머니를 들고 가야 했다. PCT에서는 신선한 물을 거의 찾을 수 없기 때문이다. 그 물만 해도 11킬로그램이 나가는 것으로 추산했는데, 뜨겁고, 건조하고, 기복이 심한 PCT를 걷는 미숙한 도보 여행자는 말할 것도 없고, 그 누구도 그걸 들고 걷다간 만신창이가 되기 마련일 것이었다. 마침내 스트레이드는 짐을 다 싸고 출발할 준비를 마쳤다.

나는 손목시계를 차고, 분홍색 네오프렌 걸이를 써서 선글라스를 목에 걸고, 모자를 쓰고, 배낭을 바라봤다. 그것은 속이 꽉 찬 데다 어마어마하게 컸는데, 조금 사랑스럽기도 하면서 살짝 겁이 날 정도로 말수가 적어 보였다. 그것은 살아 있는 것 같았다. 그것과 같이 가면 완전히 혼자라는 느낌은 들지 않을 것이다. 그걸 세우자 내 허리까지 올라왔다. 나는 그걸 꼭 잡고 들어 올리려고 허리를 구부렸다.

그것은 꿈쩍도 하지 않았다.

영화 〈와일드〉에서 이 장면은 웃음을 준다. 리즈 위더스푼의 아담한 몸집이 그녀가 들지도 못하는, 괴물처럼 무시무시하게 큰 배낭 때문에 더 작아 보여서 웃음을 자아냈다. 그러다 그녀는 바닥에 눕다시피 해서 배낭에 두 팔을 꿰고 죽을힘을 다해 일으켜 세웠다. 하지만 그 장면에 어떤 유머 감각이 있건 금방 사라졌다. 그걸 지고 허리를 잔뜩 구부린 채 PCT를 걸어야 한다는 사실을 깨달았으니까. 짐을 다시 꾸리는 대신 (또는 그보다 더 나은 방법으로 물건을 버리는 대신) 스트레이드는 어깨에 진 무게를 분산시켜서 좀 더 참을 만하게 만들어보려는 필사적인 시도로 배낭끈을 골반 위로 바싹 조였다. 배낭의 무게는 '아주 끔찍하게' 느껴졌지만 장비를 들고 걷는 하이킹에 철저히 무지했던 스트레이드는 '원래 배낭여행자가 되면 이런 느낌인가 보다'라고만 생각했다.

하지만 스트레이드의 이야기 내내 육체적 고통은 길을 가면서 아주 미미하게 줄어들긴 했지만 코미디나 비극을 초월하는 중요성

자기만의 산책

을 지닌다. 사실 그 고통은 때로 특이한 종류의 보호장치 역할을 하기도 했다. 여행 초반에는 오히려 스트레이드의 두려움을 막아줬다. 그것은 미지의 생물에 대한 두려움, 그녀가 떠난 여행에 대한 두려움, 혼자 황무지에 있다는 두려움, 황무지에서 여성으로 여행하고 있다는 두려움을 막아줬다. 나중에 그녀는 고통에 단련되면서, 육체적으로나 정서적으로나 자신이 강해졌다는 것을 알게 된다. 여행을 떠난 지 일주일 정도 됐을 때 스트레이드는 이렇게 썼다.

> 이런 생각이 들기 시작했다. 길을 걸으면서 며칠씩 내 인생의 슬픔에 대해 숙고하지 않아도 괜찮다고. 어쩔 수 없이 육체적 고통에 정신을 집중하게 된 바람에 정신적인 고통은 어느 정도 사라지는 것 같았다. 두 번째 주가 끝나갈 무렵 이 여행을 떠난 후로 눈물을 단 한 방울도 흘리지 않았다는 사실을 깨달았다.

하지만 강해졌다고 해서 정서적 고통이나 슬픔을 느낄 수 있는 능력을 잃어버린 건 아니다. 그보다 강렬한 감정은 그만큼 극심한 육체적 불편 때문에 줄어들었다고 보는 편이 맞다. 어머니의 죽음에 대한 스트레이드의 슬픔은 없어진 게 아니라 고통으로 승화됐다. 즉, 압도적인 상실감에서 수용 비슷한 감정으로 바뀐 것이다. 스트레이드는 유년기를 떠올리게 하는 야생화 속을 걸어가다가 이런 글을 쓴다. "엄마의 존재감이 너무나 강렬하게 느껴져서 마치 엄마가 여기 있는 것 같은 느낌이 들었다." 길에서 스트레이드는 그녀가 잃어버린 사람들에게 버림받았다는 느낌보다는 그들과 같이 가는 느낌을 받았다.

PCT에서 보낸 시간에 대해 스트레이드가 쓴 글의 핵심에는 육체적 경험이 자리 잡고 있다. 그동안 그녀의 마음이 할 수 있는 것이라곤 그 거친 길을 터덜터덜 걷는 동안 동반자가 된 기이한 종류의 '믹스 테이프 라디오 방송국'에서 나오는 '아무 의미 없는 CM송과 광고들의' 무한 반복이었다고 그녀는 말한다. 그래서 육체적 경험 말고는 쓸 게 별로 없었다. 하지만 여성의 몸을 가졌다는 것은 스트레이드의 경험이 걷는 것이 어떤 의미인지를 주제로 책을 출판한 남자들과는 다르다는 뜻이기도 하다. 스트레이드가 분명히 밝힌 것처럼, 여성이 PCT를 혼자 걷는 것도 흔치 않지만, 그래도 PCT를 걸었던 여성들은 많았다. 그리고 남자 혼자 걷는 것도 흔치 않다는 점도 확실히 기억해 둬야 한다. 이 코스를 완주하려는 동료 여행자인 그렉이 캘리포니아에서 그녀를 따라잡았을 때 이렇게 말했다. 멕시코 국경 근처 남쪽 코스 끝에서 길을 떠난 후로 "당신이 내가 여기 와서 만난 첫 여성이자 여기 등록한 유일한 여성"이라고. 케네디 메도우에서 처음으로 그녀가 부친 여행 물품을 찾아가기 위해 들렀을 때 카운터에 있던 여직원은 '여자' 이름이 적힌 유일한 소포를 그녀에게 내줬다. 케네디 메도우에 모인 여섯 명의 남자들에 둘러싸인 스트레이드는 그때 처음으로 여성 도보 여행자라는 자신의 위치가 가진 의미를 어쩔 수 없이 생각하게 됐다. 그중 한 남자에게 '숲에 있는 유일한 여자'로 묘사된 스트레이드는 자신이 일단의 남자들에게 홀로 둘러싸여 있다는 사실을 의식한다. 그래서 그녀가 한 대응은 "내가 만난 남자들을 성적으로 중화시키기 위해 남자처럼 굴었다"였다. 하지만 스트레이드는 이 경험을 그녀의 몸에 대한 위협으로 보기보다 자신의 정체성에 제기된 위협으로 봤다. 즉, 특별한 종류의 여자라는 정체성에 대한 위협으로 본 것이다.

처음에는 스트레이드가 '남자'가 돼서 자신의 여성성을 부정하고, 따라서 덜 여성적으로 보이는 것이 필요해 보였다. 하지만 스트레이드의 생각에 변화가 일어난다. 길에서 안전하게 느끼기 위해 스트레이드는 자신을 남자로 바꿀 필요 없이 자신을 다른 종류의 여자로 받아들인다. 이제 걷는 사람이 된 스트레이드는 과거에는 옷처럼 입고 다니던 여성적인 정체성을 더는 받아들일 필요가 없게 된 것이다. 이제 그녀에게 남은 건 단 하나의 정체성, 지저분한 얼굴을 온 세상에 보여주는 정체성이다. 그것은 '황무지에서 혼자 걷는' 여성이란 정체성이며 스트레이드 자신이 되고 싶었던 종류의 여성이다.

스트레이드가 길을 따라 점점 더 앞으로 나아가는 동안, 황무지에서 걷는 여성이라는 정체성은 강해지고 단단해지고 단호해져 그녀 안에 좀 더 확실하게 자리 잡는다. 그것은 그저 내면적인 변화일 뿐만 아니라 몸에 새겨진 변화이기도 하다. 여행 3주째에 들어선 스트레이드는 때아니게 내린 눈 때문에 시에라네바다산맥은 가지 않기로 하고 모텔에 들어간다. 14일 만에 처음으로 거울 앞에 선 스트레이드는 자신의 모습을 보고 깜짝 놀란다.

나는 지난 3주 동안 배낭을 메고 황무지를 걸었던 여자가 아니라 폭력과 기이한 범죄의 희생자가 된 여자처럼 보였다. 마치 막대기로 맞은 사람처럼 노란색에서 검은색에 이르는 다채로운 색깔의 멍들이 내 팔과 다리, 허리와 엉덩이에 있었다. 내 엉덩이와 어깨는 물집과 발진으로 뒤덮여서 여기저기 부풀어 오른 데다 배낭에 쓸려서 벌어졌던 상처도 딱지가 앉았다. 그 멍과 상처와 때 밑에서 새로 솟은 근육을 볼 수 있었다. 최근까지만 해도 부드러웠던 내 살이 탄탄해져 있었다.

이 홀로 걷는 여성 여행자의 몸에 가해진 폭력은 전적으로 길을 걸으며 저절로 생긴 것이다. 그래서 이 몸의 변화는 두려워할 일이 아니라 설레는 것이며, 고통을 겪었을 뿐 아니라 버텨냈고 심지어 성장했다는 점에서 스트레이드의 이야기에는 자부심이 엿보인다. 그 멍과 딱지 밑에서 근육질의 새롭고 활력이 넘치는 몸이 나왔다. 하지만 변화는 거기서 끝난 게 아니다. 그로부터 몇 마일을 더 걸어 오리건주의 경계에서 스트레이드는 다시 거울에 비친 자신의 모습을 보게 된다. 그녀는 전보다 더 날씬해졌고, 머리 색은 훨씬 옅어졌다. 하지만 그녀의 몸은 작은 소녀의 몸이 아니라 다부진 근육으로 바뀌어 있었다. 스트레이드의 신체 변화는 그 길의 이글거리듯 타는 치료법에 의해, 그야말로 불순물을 제거하고 근본적인 힘만 남긴 식으로 이뤄진 것이다. 이런 변화는 너무나 근본적이었기 때문에 그녀의 신체 내부도 그녀에게 익숙하지 않은 방식으로 바꿔놓는다.

> 오후 중반쯤 뱃속에서 익숙하게 당기는 느낌을 받았다. 생리가 시작되려 한다는 걸 깨달았다. 길에서 맞는 첫 생리다. 생리가 터질 수 있다는 걸 거의 잊고 있었다. 하이킹을 시작한 후 내 몸에 일어난 새로운 변화를 의식하느라 오래된 방식에 무뎌져 있었는데 … 내 몸속에서 일어난 가장 작은 반향은 사정없이 쑤시는 발과 어깨와 너무 심하게 뭉치고 화끈거리고 아파서 한 시간에 몇 번씩 멈춰서 잠깐이라도 통증을 덜 수 있는 동작을 하게 만드는 노골적인 허리 통증 앞에서 지워져버렸다.

월경이 임박했다는 생리적인 징조들은 과거와 똑같을지 모르지만, 한때는 익숙했던 이 경험에 대한 생각은 PCT에서 육체적 고통을 겪으면서 많이 변했다. 그녀의 생리는 '가장 작은 내부 반향'으로 강등됐고, 생리통이나 배가 당기는 증상은 길을 걸으면서 마치 온몸이 찢기는 것처럼 아픈 근육의 통증과 비교하면 시시하게 느껴진다. 이제 스트레이드는 자신의 내부 세계를 새롭게 경험한다.

그녀의 묘사는 또한 독자로 하여금 색다른 내적 시각을 이해하게 만든다. 여성으로서 구체적인 형태를 갖춘 시각 말이다. 남자들이 쓴 걷기에 대한 이야기만 읽으면 이런 문제는 나오지 않고, 나온다 해도 걷기의 의미를 이해하는 데 전혀 중요하지 않다. 하지만 월경과 그에 관련된 생리통, 기분 변화, 달라진 에너지 수준과 며칠 동안 계속 피를 흘리는 육체적 감각은 분명 걷기를 중요하게 여기는 여성들도 많이 느꼈을 것이다. 스트레이드의 걷기 경험에는 구체적인 몸을 가진 여성으로서 자신에 대한 이해가 드러나고, 길에서 만나는 사람들도 그녀가 육체적으로 강해지는 점을 분명하게 목격하지만, 무엇보다 그녀가 마주치는 여성에게 가장 강한 인상을 남긴다. 도로시 워즈워스와 사라 허친슨이 스코틀랜드에서 가족의 죽음으로 인해 비통해하는 여인의 집에 간 것처럼 스트레이드 역시 남자들은 접할 수 없는 경험을 하고 그런 목소리를 냈다.

눈도 내리고, 여행에 진전도 별로 보이지 않고, 여행 물품도 부족해서 다시 길을 벗어난 그녀는 크리스틴이란 낯선 사람에게 음식과 샤워를 제공받는다. 그녀가 혼자 다니는 여성이기 때문이고, 크리스틴이 스트레이드의 용기에 감명을 받았기 때문이다. 십 대 딸을 눌 키우는 크리스틴은 스트레이드에게서 자신의 두 딸에게 있었으면 싶은 자질을 본다. "내 딸들이 당신 같은 걸 하면 좋을 텐데. 그들이 당신처럼 용감하고 강하다면 말이죠." 그녀는 스트레이드에게 이렇게 말한다. 두 딸은 스트레이드를 차에 태워 그녀가 가던 길로 데려다주면서 엄마처럼 감탄한다. 여자들과 있을 때 스트레이드의 생각이 엄마에게로 향하는 건 우연이 아닐 것이다. 그 순간 스트레이드는 엄마의 존재를 '너무나 강렬하게' 느껴서 숨이 멎을 뻔했다.

며칠 후 벨든 타운에서 스트레이드는 티나와 스테이시와 만난다. 둘 다 PCT 여정을 떠난 지 2, 3일 됐다. 스트레이드는 이 여행에서 남자를 많이 만났고, 그들과 친구가 됐지만, 이런 글을 썼다. "마침내 길에서 여자들을 만났다! 난 너무 안도해서 아무 말도 못하다가 급하게 우리가 살아온 인생에 대해 정신없이 주고받았다." 남자들과의 만남과는 대조적으로 스트레이드는 이 여성들과 즉각 동지애를 느꼈다고 묘사했다. 그녀가 왜 이들과 만나서 '안도했는지'에 대한 이유는 설명하지 않았다. 적어도 직접적으로는. 잠시 후에 그녀는 "하루 종일 여자들과 함께 있었던 순간을 음미하면서 이 길을 나선 후로 거의 해보지 못했던 대화를 나눌 수 있어 감사했다"고 적었다. 스트레이드는 도보 여행자로서 그녀가 지금까지 느꼈던 동지애와는 다른 종류의 동지애를 즐길 수 있었다. 그녀가 '안도'한 이유는 아마도, 육체적 경험과 내면의 삶이 자신과 똑같은 사람들과 있었기 때문일 것이다.

스트레이드가 여성들과 같이 있으면서, 그리고 자신의 몸에 일어난 변화에서 힘과 우정을 발견하긴 했지만, 여성으로서의 경험이 명백히 불리하게 작용한 적도 있다. 여성이 혼자 밖에 다니면 성적으로 취약해진다는 일반적이면서 스트레이드가 글 초반에 밝힌 견해에도 불구하고 이 책에 나온 그 어떤 여성도 남자에게 육체적인 위협을 받았다고 쓰진 않았다. 그래서 스트레이드가 오리건에 있는 마운트 제퍼슨 윌더니스에서 두 남자와 만난 이야기는 더 충격적이다. 그녀가 지금까지 했던 경험에 비춰 봐도 그렇고 (남자 하이커들은 지금까지 그녀에게 친절하고 싹싹했는데) 좀 더 일반적인 면에 비춰 봐도 흔치 않은 일이기 때문이다. 그 만남은 처음에는 그다지 위험해 보이지 않았다. 사냥꾼 두 명이 스트레이드가 막 야영을 하려고 하는 빈터에 들어와서 물을 달라고 부탁했다. 이제 노련한 여행자가 된 스트레이드는 그들에게 자신이 가진 정수 장치를 쓰는 법을 가르쳐 주지만, 그들은 그걸 부주의하게 다루다가 고장 내버린다. 여기서부터 불길한 조짐이 점점 커지면서, 스트레이드는 두 남자 중 하나가 '내 몸을 노골적으로 평가하는' 방식이 불편함을 깨닫는다. 그 남자들은 스트레이드의 강하고 탄력 있는 몸을 그녀에게 불리하게 이용한다. 그들은 "당신 같은 여자가 여기 이렇게 혼자 있다니 믿을 수 없군. 개인적인 생각으로는 당신은 이런데 혼자 있기엔 너무 예쁘단 말이야"라고 말하며 마치 그녀가 그 자리에 없는 것처럼 이야기를 나눴다. 그녀가 만든 강한 여성의 몸을 성적으로 대상화한다. "몸매가 정말 좋군, 그렇지 않아?" 그러자 길색 머리 남자가 대답했다. "건강하면서 몸에 굴곡도 있고. 딱 내가 좋아하는 스타일이야."

이 시점에 이르자 그녀는 그 남자들에게 저쪽으로 가봐야 한다고 거짓말을 해서 그 남자들은 반대 방향으로 간다. 그걸 보고 스트레이드뿐만 아니라 독자도 크게 안도한다. 그녀는 그 긴장된 상황

자기만의 산책

에서 가까스로 회복해 바짝 조였던 목의 힘을 풀고 스스로를 안심시킨다. "그들은 아주 불쾌하고 성차별주의자고 내 정수 장치를 망가뜨렸지만, 내겐 아무 짓도 하지 않았어." 그녀는 천막을 치고 옷을 갈아입지만, 그때 아까 그 남자 중 하나가 돌아온다. 스트레이드는 여기까지 오면서 위험한 동물과 몇 번 마주쳤다. 여행 초반에 흑곰과 맞닥뜨렸고, 방울뱀도 봤다. 하지만 처음으로 그녀를 공격할지도 모르는 포식자를 어떻게든 감당해야 했다. 그 남자가 나타나서 겁에 질린 스트레이드는 마치 퓨마와 마주쳤을 때 같은 느낌이 들었다. 하지만 모든 본능에도 불구하고 절대로 도망쳐선 안 된다는 점을 기억했다. 빠르게 움직여서 그를 자극하거나 두려워하는 모습을 보이면 안 된다. 스트레이드가 지금까지 마주친 모든 야생동물과 황무지에 있는 모든 것도 지금 이 순간 이 남자보다 더 위험하진 않았다. 그는 스트레이드를 계속 성희롱하면서 그녀가 옷을 갈아입는 모습을 지켜봤다. 그녀가 지금까지 이룬 모든 것, 지금까지 그녀가 쌓아온 내면과 외면의 강인함이 금방이라도 허물어져 무로 돌아갈 위험한 순간이었다. 그녀는 마음속에서 아주 크게 쨍그랑하는 소리를 들었다. 그것은 "지금까지 내가 PCT에서 한 모든 것이 이 한순간으로 끝날 수도 있다는 깨달음이었다. 내가 그동안 얼마나 강하거나 튼튼하거나 용감하게 지냈거나 상관없이, 혼자 있는 상태에 얼마나 편안했는지에 상관없이, 그동안 내가 운이 좋았다는" 깨달음이었다. 여기 있는 이 남자가 공격받지 않고 걸을 수 있는 권리를 행운의 문제로 바꿔버렸다. "만약 내 운이 여기서 다한다면, 그 전에는 아무 일도 없었던 것처럼, 이 저녁 한 번으로 그간 보낸 용감한 나날들이 전멸하게 되는 것이다." 여기서 위기에 처한 건 그저 여성으로서 취약한 스트레이드의 몸뿐만 아니라 그녀가 자신을 위해 창조해 냈고, 지금은 그 자아의 핵심이 된 어떤 것이다. 강간은 그녀의 몸을 육체적으로 침해하는 것이지만, 또한 그녀의 정신을 소멸해 버리는 행위이기도 하다. 그것은 그녀가 이 길에서 알게 된 자신을 지워버릴 것이다. 하지만 위기의 순간 그 남자의 동행이 돌아왔다. 두 남자는 같이 떠났지만, 그 순간까지도 포식자로서 위협적인 말을 남기고 갔다. 그는 콜라 캔을 건배하는 척 들어 올리며 말했다. "숲속에서 혼자 있는 젊은 여성을 위해 건배." 육체적 위험은 더 이상 존재하지 않지만, 심리적인 영향은 더 오래 남는다. 이제는 괜찮다며 스스로를 안심시키려는 열의 없는 시도가 실패로 돌아가자 스트레이드는 날이 거의 저물었는데도 그곳에서 도망친다.

나는 배낭에 텐트를 다시 쑤셔 넣고, 스토브를 끄고, 거의 다 끓은 물을 풀에 쏟아버리고, 냄비를 근처 연못에 헹궈서 식혔다. 물을 마시고 물병을 배낭에 쑤셔 넣은 후에 젖은 티셔츠, 브래지어, 반바지도 넣었다. 나는 몬스터(그녀의 배낭 이름)를 들어서, 등에 메고 버클을 찬 후, 날이 점점 어두워지는 가운데 북쪽을 향해 걷기 시작했다. 나는 걷고 또 걸었다. 내 마음에 전진 말고는 아무

자기만의 산책

것도 없는 원시적인 기어를 넣었고, 더 이상 견딜 수 없을 때까지, 더 이상은 한 발짝도 걸을 수 없다는 생각이 들 때까지 걸었다. 달렸다.

그녀는 결국 멈춰서 텐트를 치지만, 한동안 불안에 시달린다. 하지만 결국은 길을 걷는 리듬이 기억의 날카로움을 닳아지게 하고, PCT의 '이글거리듯이 타는 치유법'이 또다시 효과를 발휘해 마음속에 남아 있는 과거의 트라우마보다 현재에 집중하도록 만들었다.

결국 스트레이드의 PCT 하이킹은 마운트 제퍼슨 윌더니스에서 일어난 일로 규정되지 않았다. 그녀는 길 끝을 향해 걸어가면서 아무 감정도 섞이지 않은 완전히 순수한 기쁨이 솟구쳤고, 오리건에서 그전에 발견한 마음 편하고 기분 좋은 동지애에 대해 썼다. 그녀는 심지어 그 길을 겪으며 어쩔 수 없이 겪어야 했던 끝없는 육체적 시련에서 묘한 위로를 받았다. "지금까지 그 모든 길을 왔고, 내 몸은 그 어느 때보다 강해졌고 앞으로도 그렇겠지만, PCT 하이킹은 여전히 힘들다." 하이킹을 끝내고 오리건주의 포틀랜드 남쪽 콜럼비아 강 위에 있는 다리에 올라간 스트레이드는 지금부터 그녀의 인생은 그녀가 방금 해낸 일로 빚어지고 규정될 것이란 점을 깨닫게 됐다. 그리고 오직 PCT 하이킹에 대한 이야기를 할 때만 그녀가 한 경험의 완전한 의미가 "자신 안에서 펼쳐지고 그 비밀은 몇 년이 지난 후 마침내 드러났다"고 썼다. 그것은 스트레이드가 그동안 왔던 길

끝의 다리에 앉아 자신이 걷는 여성, 강하고, 능력 있고, 독립적이며 자유로운 여성이 된 것을 알게 된 바로 그곳에서 자신의 아이들에게 처음으로 들려준 이야기이기도 했다.

*

나는 로스엔젤레스에서 보낸 3주의 대부분을 그 도시를 북쪽에서 둘러싼 산을 보며 사랑에 빠져 보냈다. 내가 거기서 할 수 있었던 유일한 걷기는 아주 더운 날 사람들로 북적거리는 길을 따라 할리우드산에 올라간 것이다. 나는 땀을 뻘뻘 흘리며 할리우드 서쪽에 있는 러니언 협곡으로 올라갔는데 패서디나와 산가브리엘 사이에 보도가 아주 많이 깔려 있었다. 나는 사방으로 뻗어나간 이 거대한 도시의 콘크리트 감옥에서 탈출할 수 없었다. 나는 차에 광적으로 집착하는 걸로 유명한 이 도시에서 머무는 동안은 차는 빌리지 않기로 했는데, 산에 대한 내 애정을 미처 생각하지 못한 결정이었다. 산가브리엘산의 아래쪽 비탈길은 시내에서 대중교통으로 갈 수 있지만 지하철역까지 3.5마일을 걷고, 기차를 30분 타고 가서, 걸어서 갈 수 있는 길의 기점까지 20분을 걸어야 했다. LA의 자연에서 걷고 싶다면 아이러니하게도 차가 필요하다.

그러다 운 좋게 시에라 클럽의 웹사이트를 우연히 발견했다. 구글에 'LA 걷기 클럽'을 검색해 본 건 주말 동안 걷기 위해 차를 빌리

자기만의 산책

느라 90달러가 넘는 돈을 지불하는 걸 피하기 위한 마지막 시도였다. 다양한 클럽 관계자에게 내 사정을 호소하는 메일을 몇 통 보내자 패서디나 지점에 신청해 보라는 답장을 받았다. 그래서 애걸하는 메일을 몇 통 더 보내 패서디나 워킹 그룹의 지도자 중 하나인 돈 브레머와 연락이 됐다. 그는 마침 그 주 주말에 윌슨산에서 걷기 모임을 조직하고 있던 참이었다. 내가 LA 분지의 북쪽 가장자리에 있는 차 공유 지점까지 택시를 타고 올 수 있으면, 돈이 행사가 시작되는 곳까지 태워주고, 끝나면 집에 데려다주기로 했다. 일요일 아침 일찍 나는 지정된 장소에 나가 또 다른 그룹 지도자인 데이브 테일러와 만났다. 내 손을 잡고 악수하는 돈의 손은 따뜻하고 힘이 넘쳤고, 그의 날씬한 팔다리와 길쭉길쭉한 체격을 보니 몇 마일은 거뜬히 걸을 것 같았다.

나는 걷기를 앞두고 그보다 더 흥분한 적은 없었고, 돈의 낡은 차가 우리를 태우고 엔젤스 크레스트 고속도로를 타고 산으로 신나게 올라갈 때 설렘은 엄청난 기쁨으로 바뀌었다. 우리가 탄 차는 빠르게 올라가면서 무시무시한 비탈길을 열심히 올라가는 사이클리스트들을 지나쳤다. 몇 분 만에 광역 도시권에서 60, 70마일 정도 떨어져 서쪽으로는 반짝이는 바다가 살짝 보이고, 우리 밑으로는 언뜻 보기에는 평평한 땅이 펼쳐져 있는 곳에 도착했다.

우리의 목적지인 윌슨산은 로스엔젤레스 위쪽에 있는 유명한 산이다. 거의 6,000피트에 달하는 산가브리엘 동쪽에서 가장 높은 산 중 하나이자, 마치 척추처럼 정상을 따라 송신기 기둥이 솟아 있다. 열네 명인 우리 그룹은 그 기둥 바로 밑에 있는, 산길이 시작되는 지점에서 내렸다. 그 길을 따라 가자 곧바로 수풀과 소나무가 나왔다. 그때가 1월이었는데 짙은 그늘 속에 들어가니 조금 시원했다. 우리는 캘리포니아에서도 해수면에서 5,500피트 위에 있었다. 산길은 구불구불 기분 좋게 삼림지대로 들어갔다. 로스엔젤레스 삼림지대의 흙은 단단하지 않고 알갱이가 고운 편이었다. 이곳은 거의 10년 동안 아주 건조했다. 가끔 '트레드'라고 부르는 것이 부분적으로 무너져서 발 하나를 디딜 자리밖에 남지 않은 곳도 있었다. 걸어가기엔 흙바닥이 안정적이지 않았고, 바위가 흩어져 있는 협곡 위라 위험할 정도로 높기도 했다. 나는 마치 뜨거운 석탄으로 뒤덮여 있는 것처럼 깡충깡충 뛰어서 넘어가면서 땅바닥에 체중을 다 실지 않으려고 무진 애를 썼다. 불과 며칠 전에 첫 아이를 임신한 사실을 알았기 때문에 몸의 생리뿐만 아니라 위기 의식까지도 신속하게 바뀌었다. 그때 물에 젖어 번들거리는 강바닥이 나를 기습했다. 그때까지 우리가 지나간 강바닥은 다 바싹 말라 있었다. 그래서 나는 심장이 멎을 정도로 좁은 그 길에 온 정신을 집중했다. 크고 미끌거리는 바위에 미끄러지기 직전에 나는 풀려 있는 철사줄을 찾아야 한다는 게 기억나서 제때 잡을 수 있었다.

얼마 못가 지형이 변했고, 그제야 길이라고 할 만한 곳을 걷게 됐다. 이제 언제 길이 무너질지 모르는 걱정 없이 주위를 둘러볼 수

자기만의 산책

있었다. 그 길은 산비탈의 윤곽을 따라 여러 개의 협곡과 계곡을 들어왔다 나갔다 하면서 아래로 뻗어나갔다. 갑자기 나무가 사라지고, 멀리 있는 산을 처음으로 볼 수 있었다. 지평선 위로 눈 덮인 정상 하나가 보였다. 사람들이 볼디 산이라고 한 그 산은 산가브리엘에서 가장 높은 산으로 10,000피트가 넘었다. 대개 1월이면 그 산맥 전체가 (우리가 있는 윌슨산까지 포함해서) 눈에 덮이지만, 지난 5년 사이에 단 한 번만 눈이 내렸다고 한다. 이는 기후변화의 무시무시한 공격이겠지만, 우리는 그날 계절에 맞지 않게 따뜻한 날씨 덕분에 그곳을 걸을 수 있었다.

그 길은 산비탈을 따라 나무가 우거진 계곡이 모여 있는 곳을 1마일 정도 더 올라가다가 다시 내려와 밸리 포지 캠프 그라운드 바로 위에 있는 숲으로 우리를 데려다놨다. 우리는 거기서 점심을 먹기 위해 잠시 멈췄다. 햇빛을 쬐며 벤치에 앉았는데, 얼마나 높던지 키가 195.5센티미터인 돈도 마치 아이처럼 다리를 흔들 수 있었다. 우리는 즐겁게 담소를 나누며 간식으로 가져온 과일과 초콜릿을 나눠 먹고 다시 레드 박스에 있는 등산로 끝을 향해 걸었다. 거기서 다시 한번 나무에 둘러싸였다. 여기서 나는 다섯 갈래로 나눠진 잎이 넓적한 플라타너스와 지금까지 본 중 가장 큰 도토리가 떨어진 오크 나무를 봤다. 이런 거대한 도토리를 입에 넣을 수 있을 정도로 입이 큰 다람쥐가 있다면 그들과 만나고 싶지 않았다. 또한 북부 유럽인의 눈으로 보기엔 계절과 어울리지 않는 기묘한 풍경을 보고 당황했다. 오크 나무와 플라타너스는 잎이 졌고, 창백하게 헐벗은 나뭇가지가 달린 유령 같은 자작나무가 으스스하게 빛나는 모습으로 숲의 그늘에 서 있었다. 하지만 철쭉과 유카(용설란과의 여러해살이 풀 – 옮긴이)와 다른 산에서 자라는 풀은 한창때라 그 생기 넘치는 초록색 풍경을 보니 지금이 1월 말이 아니라 한여름 같았다. 하지만 그곳의 온도는 섭씨 20도가 넘었기 때문에 식물이 선사하는 그늘은 아주 반가웠다. 나는 놀랄 정도로 끊이지 않고 계속되는 길을 따라 올라갔다. 마지막 구간은 모래로 뒤덮인 구불구불한 계단으로, 지붕처럼 우거진 나무를 뚫고 올라가면서 내리쬐는 햇볕을 받느라 땀이 흘러내렸지만, 산들바람도 불었다. 갑자기 나는 정상에 서 있었고, 그동안 제대로 못 쉰 숨을 쉬느라 헉헉거리는 동안 눈은 또다시 머나먼 지평선을 배회하며 멀리 있는 퍼시픽 크레스트의 산봉우리들을 바라봤다.

10장

린다 크랙넬

Linda Cracknell

어떤 이야기든 그걸 쓰는 것은 대체로 다시 쓰는 것이다. … 나는 그것을 반복해서 하는 걷기로 생각한다. 모양이 다양하거나 방향이 바뀌는 고리 같은 것으로 본다. 우리의 기억을 다시 찾아가 보는 것도 이와 같다. 우리는 기억을 되짚어 보는 과정에서 그걸 미묘하게 재구성한다. 그래서 우리 인생의 이야기는 사진으로 찍은 것처럼 객관적인 현실이라기보다는 다시 만들고 또 만드는 상상의 연극과 더 비슷하다.

— 린다 크랙넬,《되돌아가다》

    도로시 워즈워스, 낸 셰퍼드, 아나이스 닌, 린다 크랙넬을 포함해 걷는 여성들에게 같은 곳을 다시 걷는 행위는 현재의 자아와 미래를 연결해 준다. 인간의 짧은 수명이란 한계를 넘어서 존재하는 길의 힘 덕분에 우리는 과거의 자아와 같은 공간에 있을 수 있고, 앞으로 올 미래의 자아를 위해 그 길을 열어놓을 수 있다. 크랙넬에게 (그리고 셰퍼드와 닌과 그들보다 앞서 걸은 워즈워스에게) 갔던 길을 다시 걷는 것은 시간을 거슬러 손을 뻗을 수 있을 만큼 강력한 개인과 공감으로 연결되는 수단이기도 하다. 2014년 크랙넬은 《되돌아가다 Doubling Back》란 책을 출간했는데, 그 책의 목적은 과거의 중요성으로 가득 찬 길을 다시 걸음으로써 연대의 힘과 의미를 탐구하는 것이었다. 지난 발자국을 되짚어가고, 지나갔던 길을 다시 걸으려는 시도에는 위험이 존재한다. 크랙넬은 콘월의 보스캐슬 마을을 방문한 지 30년이 지난 후에 이곳으로 돌아와 아주 부드럽게 발을 디디면서 다녔다. 새 추억을 만들어내는 과정에서 옛 추억을 파괴하지 않기 위해서였고, 과거가 지나간 길에 너무 묵직한 발자국을 남겨서 꿈을 박살낼까 봐 두려워서였다. 하지만 그곳으로 돌아가 보니 거기서 보냈던 시간들의 경이로움이나 생기는 하나도 부서지지 않았다. 그보다 크랙넬은 걷는 사람의 경이와 비슷한 감정을 경험했다. 자신이 여행을 시작한 곳에서 과거를 돌아보니 그동안 자신의 발이 얼마나 멀리까지 자신을 데리고 왔는지 깨닫게 된 것이다. 자신이 걸어온 발자국을 되짚어봄으로써 크랙넬은 "그림을 그리고 색칠하는 법을 배우고 있던 17세 소녀와 2008년 글을 쓰고 있는 여인 사이에 놓인 뚜렷한 길"을 볼 수 있게 됐다. 크랙넬은 그런 자신을 이렇게 표현했다. "우리는 그렇게 다르지 않다. 나는 성장해서 … 문학뿐만 아니라 길과 걷기에 대한 열정에서 벗어난 게 아니다. 현재의 나는 그저 그 길을 따라 전보다 더 멀리 온 나 자신일 뿐이다."

자기만의 산책

하지만 크랙넬이 걷는 목적은 젊은 자신과 다시 연결되는 것이 아니라, 세상을 떠난 이들과 연결될 방법을 찾는 것이다. 그녀는 고인이 된 이들이 걸었던 길들을 답사하는 방식으로 걷기를 통해 그들과 공감하려 한다. 크랙넬은 '인간적인 반향이 울려 퍼지는 길을' 걷기를 바랐고, 자신의 몸을 하나의 수단으로 이용해 '다른 이의 이야기를 다시 해서' 사람들에게 잊힌 이들의 중요한 뭔가를 찾아낼 수 있기를 바랐다. 크랙넬과 도로시 워즈워스와 다른 여성 산책자들에게 걷는 몸은 과거, 현재, 미래가 연결되는 하나의 도관이 된다. 육체적 자아 자체가 시간, 이야기, 삶이 모두 교차되는 도구인 것이다. 크랙넬에게 이 점이 특히 중요한 이유는 그녀가 되짚어가는 길 중 하나가 바로 그녀의 아버지가 걸었던 길이기 때문이다. 그는 그녀의 몸에 생명을 불어넣은 사람이며 그녀가 어렸을 때 암으로 사망했다. 이 책에서 크랙넬은 아버지의 이름은 밝히지 않았다. 그녀는 자신이 말을 익히기도 전에 아버지가 돌아가셔서 아버지 없이 자라야했지만, 아버지의 발자국을 따라 걸음으로써 그가 어떤 사람이었는지 이해할 수 있게 됐다고 적었다. 이 발자국이 크랙넬을 알프스로 이끌었다. 그곳은 크랙넬의 아버지가 옥스퍼드 대학에 다니면서 옥스퍼드 대학 등산회의 일원으로 활동했을 때 등반한 곳이다. 아버지가 올랐던 높고 반짝거리는 봉우리에 둘러싸인 크랙넬은 자신의 아버지를 알프스에서 야영하는 '무리의 생명이자 영혼'으로 상상할 수 있었다. 그리고 크랙넬은 핀스터아어호른산에 오를 때 아버지가 갔던 곳과 같은 길을 감으로써 아버지에게 일종의 생명을 불어넣을 수 있었다. 그녀는 '성인'으로서의 인생이 시작되기 전에 모험을 하면서 알프스의 깨끗한 공기를 들이마시며 가슴 속 깊은 곳에서 생명의 환희를 느꼈을 아버지의 모습을 상상했다. 반세기 후에 크랙넬 자신이 그 길을 걸으며 그 환희를 절절히 느끼게 된다.

알프스를 걸음으로써 그녀의 인생과 아버지의 인생이 교차됐고, 이 '깊은 얼음이라는 만남의 장소'를 애정을 가지고 바라보며 아버지와 공명하는 귀한 경험을 할 수 있었다. 그녀 역시 이 산에 아버지와 같은 방식으로 자신의 존재를 새겼으니까. 하지만 아버지의 걷기와 그녀의 걷기, 그리고 두 개의 물질적 현실에는 차이가 있다. 우선 한 가지 차이점은, 1950년대의 등산복과 현대에 악천후와 위험으로부터 신체를 보호하려는 목적으로 입는 등산복은 비교가 안 된다.

아버지가 산에서 찍은 사진을 보면 캔버스 천, 양모와 대마로 만든 등산용품이 보인다. 나는 등반 준비를 하려고 등산 장비를 판매하는 웹사이트를 몇 개 봤다가 거기 있는 경량 아이젠, 바람막이 등산복, 폴라텍 파워쉴드, 쉘러 드라이스킨 익스트림 같은 제품들을 추천하는 어마어마한 광고에 그만 압도되고 말았다. 그래서 20년 된 피켈, 다른 사람에게 빌린 아이젠, 가벼운 여름용 바지 속에 양모 레깅스를 입고 가는 식으로 때우기로 했다.

자기만의 산책

1950년대와 2000년대 사이 어딘가에 어색하게 자리 잡은 크랙넬의 장비는 알프스를 여행한 아버지가 쓴 장비보다 더 낫기도 하고 더 안 좋기도 했다. 하지만 그녀의 아버지가 열성적이고 노련한 알프스 등산가로 그곳에서 안전하게 다니는데 필요한 장비를 능숙하게 쓰고 그곳 지형에도 익숙한 반면, 딸은 그때그때 임시변통으로 다니면서 남에게 빌린 장비로 때웠다. 그리고 크랙넬은 아버지와 달리 알프스 최고봉에 대한 애정이 자신에게 없음을 깨달았고, '부상과 죽음의 치명적인 위협이 알프스 등산가들을 항상 따라다니는' 이곳을 꼭 오르고 싶은지 자신에게 물어봐야 했다는 사실을 인정했다. 크랙넬은 아버지의 몸은 자신의 몸이 아니라는, 그의 생명도 자신의 생명은 아니라는 현실과 직면했다. 그 사실은 그녀가 "아직도 생명이 남아 있는 곳, 초록색 풀이 자라는 좀 더 낮은 산길과 등산로를" 강하게 선호하는 점에서도 드러났다. 알프스를 걷는 것은 크랙넬을 아버지에게 좀 더 가깝게 다가가게 만들기도 했고, 더 멀어지게 만들기도 했다. 그 느낌은 이제 부녀 둘 다 걸었던 산의 완만하게 펼쳐진 빙하라는 물리적 형태로 나타났다. 아버지의 발자국은 반세기가 흐르면서 얼음 속에서 계속 떠내려가서 그녀에게서 멀어져 하류로 갔다. 하지만 그 빙하 위를 걸어간 크랙넬 역시 발자국을 남겼고, 그것 또한 시간이 흐르면 계곡 밑으로 흘러갈 것이고, 그곳은 산산이 흩어졌을 인생들의 위대한 만남의 장소가 될 것이다.

　　크랙넬에게 걷기와 글쓰기는 근본적으로 타인에게 감정을 이

입하는 활동이다. 문학은 우리를 타인의 삶과 연결시켜 준다고 그녀는 썼는데, 그것은 걷기도 비슷하다. "다른 사람의 신을 신고 … 그들이 간 길을 감으로써 그들의 이야기에 연결된다"는 맥락에서 그렇다. 이것은 그녀가 오래전에 잃어버린 아버지와 연결되려는 가장 중요한 점이기도 하다. 하지만 그녀는 자신의 창의적 활동에도 걷기가 중요하다는 점을 의식하고 있다. "움직일 때 생각이 더 잘되고, 더 창의적인 생각이 나온다. … 그리고 내면과 외면의 풍경에 더 주의를 기울이게 된다." 크랙넬은 자신의 이야기를 타인과 연결시키는 데 있어서 걷기를 중요하게 활용한 다른 여인들의 본보기를 따르려한다. 그 첫 번째 여성은 스코틀랜드 소설가이자 시인, BBC 라디오 극작가인 제시 케슨이다. 케슨은 1930년대에 한동안 네스호 위에 있는 애시뷰에 살았다. 낸 셰퍼드의 친구였던 케슨은 라디오 드라마뿐 아니라 여러 권의 소설에서 그레이트 글렌(스코틀랜드 북부를 남서로부터 북동으로 가로지르는 골짜기 – 옮긴이)에 있는 산속에서 돌아다녔던 경험에 대해 썼다. 케슨은 혼란스럽기 그지없었던 유년기로 인해 정신병원에서 1년 동안 감금됐다 퇴원한 후 땅에서 위안을 찾았다. 케슨에게 걷기는 자신과 다시 연결되는 수단이었고, 그녀가 아주 많이 사랑했지만 문제가 많았던 엄마와 여기저기 옮겨 다니며 살았던 어린 시절에 배운 것이기도 했다.

내 유년기의 첫 8년은 도시의 다세대 주택에 있는 작은 방 한 칸에서 보냈다. 시골에서 태어나고 자란 우리 엄마는 가족과 소원해졌기 때문에 봄과 여름은 항상 엄마의 고향인 모레이주로 연결되는 고속도로와 샛길을 배회하며 보냈다. 우리는 그곳의 거대한 풍경에 출몰했다. 대중교통에 쓸 돈이 없었기 때문에 항상 걸어 다녔던 내 발은 새 가죽만큼 질겨졌다. 대부분의 사람은 여행을 갈 때 구체적인 목적지를 염두에 둔다. 여행 갈 곳, 우아한 집, 대중에게 공개된 정원, 지나가는 길에 '들를지도' 모르는 지인 같은 목적지가 있다. 우리는 아니다. 우리는 한 번도 그런 적이 없었다. 시골 자체가 우리를 끌어당기는 자석이었다.

케슨은 애시뷰 근처에서 6개월 동안 사는 동안 그곳 풍경에도 '출몰'했다. 그녀는 작은 농장을 하는 한 노파와 같이 살았다고 크랙넬은 기록했다. 거기서 케슨은 그녀를 가두는 그 어떤 벽도 없이 자유롭게 거닐 수 있었다. 목적지가 필요하지 않았기에 어디든 갈 수 있는 곳을 걸었고, 그 결과 "시간이 흐른 후에도 봄철에 그곳에서 느낀 가슴 벅찬 전율이 그녀가 쓰는 각기 다른 장르의 글에서 고동치고 있다"고 크랙넬은 썼다. 케슨은 네스호 위에서 살았던 자신의 경험을 잡지 기사부터 시에 이르기까지 다양한 글에 엮어 놓았다. 그리고 그 장소의 물질적 특징을 얼마나 세세하게 관찰했고, 걷기를 통해 그 장소를 얼마나 철저하게 '배우게' 됐는지 묘사했다.

인버네스 서쪽으로 9마일 올라간 높은 산비탈. 그곳에 험준한 바윗덩어리, 깊은 계곡과 산을 이루는 모든 것이 모여 있었다. 초록색으로 잔잔하면서도 그토록 물이 많은 샘이 있는 걸 보고 기이하게 느꼈다. 4월에 그 산비탈에선 갈색 흙을 찾기가 힘들 것이다. 거기엔 하일랜드 사람들이 '사랑스러운 저주'라고 부르는 고사리가 짙고 거대하고 힘센 질경이처럼 쫙 깔려 있을 것이고, 고사리 사이로 셀 수도 없이 많은 프림로즈(앵초과의 야생화 – 옮긴이), 즉 향신료 냄새가 나는 두껍고 노란 야생화가 피어 있을 테니까.

그 산은 붉은 바위로 이뤄져 있고, 맑은 날 봄 햇살이 그 바위를 불길처럼 타오르게 비출 것이다. 그곳은 아주 높아서 거기 섰다가 깜빡 잘못하면 그 밑에 있는 네스호로 굴러떨어질 것 같은 느낌이 든다. 사람들은 그 호수가 바닥이 안 보이는 위험한 곳이라고 하지만, 바람이 불지 않는 날엔 콜리지는 그곳을 '색칠한 바다'라고 표현했다.

산의 봄은 세상에서 가장 위대한 예술가도 그릴 수 없을 정도로 거대한 파노라마로 다가올 것이나. 그가 그 풍경을 제대로 포착할 수 있을지 믿음이 가지 않는다. 봄의 그곳은 색채 이상의 것이 존재하니까. 그곳엔 음악과 향기가 있다. 개울은 말 그대로 콧노래를 흥얼거리며 산비탈을 흘러내려오고, 나무는 리듬에 맞춰 몸을 흔든다. 산에 번지는 봄 향기는 짙은 토탄, 고사리 곰팡내, 향

자기만의 산책

신료처럼 톡 쏘는 꽃향기, 나쁜 냄새를 빠르게 몰아내는 바람이 골고루 섞인 것이다. 아래쪽에 있는 구멍 속에는 향기를 잃은 아네모네가 희미하게 들어오는 햇빛에 어슴푸레 빛난다.

80년 전 레이크 지역에서 해리엇 마티노가 그랬던 것처럼 케슨은 산에서 육체적 구속에서 풀려난 해방감을 발견한다. 그리고 마티노처럼 삶이 확장될 수 있는 곳을 걸으면서 이 자유를 찬미하고 내면화한다. 그래서 케슨이 나무 한 그루 한 그루가 살랑거리는 독특한 '리듬'에 동조하게 된 것이다.

크랙넬이 애시뷰에 온 것도 봄이었다. 그녀는 케슨의 강력한 영향과 접촉하고, 인생과 걷기에 대한 그녀의 충일함을 공유하길 바랐다. 네스호 위에 있는 산비탈에서 크랙넬은 어린 케슨이 그곳에서 뛰어노는 모습을 상상했다. 부서진 돌 조각이 깔려 있는 가파른 산길은 어린아이들에게 위험과 도전을 제공한다. 크랙넬이 이곳을 탐험하면서 이런 이미지들은 좀 더 실체를 갖게 되고 어린 자신의 방랑에 대한 케슨의 묘사와 비슷한 모습이 출몰하는 으스스한 장면이 펼쳐진다. 좀 더 높이 있는 황무지에 올라간 크랙넬은 이렇게 썼다.

바람이 호수 가장자리를 깎아내리고, 헐벗은 자작나무가 맑은 하늘을 배경으로 적갈색으로 주위를 둘러싸고 있다. 겨울이라 색이 탁해진 야생화가 피어 있는 오르막 위로 사슴이 쏟아져 나온다.

뻣뻣한 야생화 가지가 신발 끈에 걸려 툭툭 부러진다. 나는 계속 돌아서면서, 내 발자국을 따라오는 이는 누구일지 궁금해하며, 한 줄로 서 있던 아이들이 킬킬 웃으며 뒤로 물러서는 모습이 보일 거라고 반쯤 예상하기도 했다.

또한 병원에서 퇴원한 후 처음으로 이 산에 오른 케슨의 느낌을 상상해 보려고 함으로써 크랙넬은 비로소 이곳에 존재하게 된다. 봄의 공기는 새가 지저귀는 것같이 물이 졸졸 흐르는 소리부터 독수리가 가냘프게 우는 소리에서 풀에서 일어나는 설명할 수 없이 조용히 뭔가 펑 터지는 소리에 이르기까지 온갖 소리로 윙윙거리며, 그것은 케슨이 이 땅을 밟았을 때 들은 소리와 같다. 두 사람 사이에 놓인 70년이란 세월은 무한히 반복되는 봄의 교향악에 의해 지워진다.

나는 제시 케슨이 정신병원의 울타리와 퀴퀴한 공기에서 벗어나 소리의 불협화음이 들리는 이 높은 곳으로 오는 모습을 상상한다. 개인의 모든 생각과 행동이 엄격하게 관리되고 통제되며, 타인의 삶으로 붐비는 곳을 니와 찾아온 이곳은 그녀의 자유로운 영혼을 자극하고 그녀의 발에 생기를 불어넣어 탐험에 나서게 했을 것이다. 아마 그 탐험은 케슨으로 하여금 엄마와 같이 맨발로 걷던 산책과 자연 속에서 쏘다니고 싶은 자아를 억제하며 지냈던 시기를 떠올리게 했을 것이다.

크랙넬은 그 장소의 '음악'에 주의를 기울였고, 케슨이 음조와 소리의 미묘한 변형에 민감한 방식으로 산의 청각적 지형을 만들어 낸 것처럼 산의 그런 면을 알고자 했다. 높은 황야에서 내려온 크랙넬은 케슨이 그 작은 농장에서 내려온 바로 그 길을 찾아봤다. 한 개울에서 케슨이 내려온 길을 확신한 후 크랙넬은 은밀하고 교묘하게 숨어 있는 길을 따라 케슨의 발자국을 다시 짚는다.

나는 개울을 건너 남쪽으로 길을 따라가면서 케슨이 다음번에 내려갈 길을 어디서 찾았을지 궁금해했다. 그런데 거기 두 개의 개울 사이에 문이 하나 있었고, 갈색 나뭇잎이 한 줄로 뿌려진 방식으로 표시된 길이 하나 있었다. 그 길이 나무 사이로 뻗어 내려갔다. 지도에 나와 있지 않았고, 조용하고 은밀하게 숨어 있는 그 길을 발견해 아주 기뻤다. 여기에 자작나무 잎이 부르는 소프라노와 오크 나뭇잎이 모여서 부르는 구릿빛 테너의 목소리가 들린다.

크랙넬은 케슨이 했던 것처럼 기꺼이 자신의 몸을 써서, 즉 귀와 마음을 이용해서 여러 음조를 지닌 개울의 감미로운 음악을 들어보고 구분하려고 한다. 그 결과 그녀는 단순한 상상을 넘어 케슨이 음미한 감각과 경험에 다시 한번 생기를 불어넣어 그것을 부활시킨다. 산책이 끝났을 때 크랙넬은 마치 개울 옆에서 흐르는 초록색 노래 터널 속에 나오는 등장인물과 어깨를 스친 것 같은 느낌을 받는다. 크랙넬은 발에서 귀까지 몸을 쓰는 방식으로 잠시나마 케슨의 육체적 존재감 비슷한 것을 되살릴 수 있었다.

결말

내가 처음 벅스 오브 애버펠디를 걸은 건 몇 년 전 1월의 어느 흐리고 보슬비가 오는 날이었다. 전해 여름에 글렌 리용 근처에 있는 먼로를 올라가면서 진을 뺐지만, 10월에 요추 5번과 천추 1번 디스크가 극적으로 무너졌고, 그 후로 넉 달간에 걸친 집중적인 회복 과정 끝에 물리치료사가 가볍게 산을 걷는 것 정도는 시작해도 된다고 허락해 줬다. 벅스가 완벽한 곳으로 보였다. 나무가 아름답게 우거진 협곡을 한 시간 정도 천천히 올라가면 허리에 부담을 주지 않고 걸을 수 있을 것이고 시내에 있는 근사한 카페에서 초콜릿 한 잔 마실 시간도 충분할 것이다. 하지만 그곳을 걸어야 할 다른 이유가 있었다. 오빠와 같이 스코틀랜드를 여행할 때 이곳을 다녀간 도로시 워즈워스의 이야기와 린다 크랙넬의 사랑스러운 묘사를 읽은 나는 직접 그 길을 경험하고 그들의 발자취를 따라감으로써 크랙넬이 네스호 위에 있는 산비탈에서 제시 케슨을 경험했던 것과 똑같은 공유를 느낄 수 있을지 궁금했다. 내가 아주 오랫동안 읽고 생각해 온 인물들과 '어깨를 스치고' 싶었기 때문이다. 확실히 벅스에서 도로시 워즈워스의 존재감은 크랙넬에게 크게 다가왔다. 이 지역의 아름다움을 기록한 시인이자 작가로 도로시 워즈워스보다 더 자주 기억되는 로버트 번스Robert Burns 보다 훨씬 더 컸다. 그곳에는 그의 방문을 기념하는 조각상이 있었다. 가짜 녹청으로 마무리한 이 새로운 조각상과 느닷없이 마주친 크랙넬은 그의 시 대신 그라는 인물을 촌스럽게 기념한 방식을 보고 경악한다. 크랙넬은 1803년 도로시 워즈워스의 방문을 떠올리며 이렇게 쓴다. "나는 그녀가 이곳을 걷는 모습을 상상하고 싶다. 그녀의 구부정한 걸음걸이와 햇볕에 탄 얼굴을. 자작나무 대신 땅에 심어진 금련화에 대해 그녀가 언급한 것을." 워즈워스에게는 그 다채로운 색의 아름다움이 가을에 본 그 어떤 것보다 아름다웠으니까. "도로시는 자신이 쓴 글에 대해 조각상을 받지는 못했다"라고 크랙넬은 신랄하게 글을 끝냈다.

도로시의 일기와 크랙넬의 글을 읽고 또 읽으면서, 나는 시대를 넘어 같은 길을 걸어온 두 여성을 어떻게 하나로 묶었는지에 감동을 받았다. 벅스를 걸으면서 나는 둘 다 마음속에 떠올리고 있었다. 그들이 걸으면서 뭘 생각했는지, 어떻게 느꼈는지. 하지만 나는 그 둘 중 누구와도 식섭석으로 연결됐다는 느낌은 받지 못했다. 다른 여성들의 경험과 내 경험을 비교해 보는 것은 확실히 즐거웠지만, 나는 어떤 종류의 공감과 연대 의식도 경험하지 못했다.

1년 전 워즈워스와 레이크 지역의 문학에 대해 쓴 학자들과 같이 레이크 지역을 걸었다. 우리는 티를머어 위에 있는 산등성이인

레이즈에서 그리스데일 호수를 거쳐 그래스미어로 내려가기로 했다. 우리는 워즈워스 남매가 걸었던 산을 걷는다는 것, 그것도 친구들과 같이 걷는다는 사실에 즐거웠다. 우리는 베일에 있는 세인트 존에서 출발해서 산으로 올라가기로 했다. 우리가 가는 길의 문학적 역사에 대해 반추해 볼 기회가 있기를 바랐지만, 조용한 계곡을 따라 올라가기 시작하자, 곧 한두 명이 아니라 수십 명의 사람들과 마주쳤다. 우리가 가는 산마다 그리고 길마다 사람들이 크고 널찍한 길을 만들어놓은 걸 볼 수 있었다. 수백, 어쩌면 수천 명의 사람들이 지나간 흔적이 있었다. 우리는 재빨리 헬벨린산을 넘어가서 상대적으로 조용한 돌리웨건 파이크를 지나 그리스데일 호수로 향하면서 거기는 사람이 없기를 빌었다. 물가에 가까워졌을 때 나는 다시 도로시와 윌리엄 워즈워스가 바로 그 장소에서 존에게 작별 인사를 했던 걸 생각하며 존이 죽은 후 도로시가 매번 그곳에 돌아왔을 때 느꼈을 슬픔을 상상해 보려 했다. 하지만 내가 아무리 크랙넬과 셰퍼드, 닌과 울프에 의해 강렬하게 써 내려간 종류의 연대 의식을 맺어보려고 애를 써도, 워즈워스 남매를 그 풍경으로 불러낼 수 없었다. 나는 그들이 물가 가장자리에 서 있는 모습을 상상하려고 애를 썼다. 도로시가 남동생을 마지막으로 봤던 날 무슨 옷을 입었을지 상상해 보려고 했지만, 그럴 수 없었다. 내가 떠올리는 그들의 수수한 색채는 산비탈을 따라 쏟아져 내려오는 등산복의 화려한 색채와 도저히 경쟁이 되지 않았다.

그리스데일에서 그리고 벅스에서 그렇게 실패한 경험 때문에 나는 한동안 괴로웠다. 하지만 이 책을 쓰면서, 점점 더 많은 여성 작가들을 머릿속에 떠올리면서 걷는 동안 그들의 경험과 글이 내 뇌 속으로 스며 들어와 가끔은 같이 걷고 있는 사람들 위로 흘러넘칠 때도 있었다. 이제 나는 산책하러 나갈 때마다, 그 길이 여성 작가들이 걸었던 길이건, 또는 내가 좋아하는 길이건, 또는 새로 개척한 길이건, 그들 모두를 마음에 품고 간다. 그들은 내 방수 재킷과 부츠만큼이나 산책에 필수품이 됐기 때문에 그들을 조심스럽게 데려간다. 나는 이제 스스로를 걷는 여성으로 자각하고 있으며, 그 정의에 따라붙는 풍요로운 문화적 유산도 인식하고 있다. 나는 또한 다른 사람들과 같이 걷거나 남편과 같이 걸을 때와 달리 혼자 걸을 때 더 자주 걷는 여성들과 이야기를 나누게 됐다는 점을 알아차렸다. 그리고 이런 만남이 도로시 워즈워스, 사라 스토다트 해즐릿과 엘렌 위튼의 경험과 공통점이 있다는 것도 이해하고 있다. 내 계획은 이제 낸 셰퍼드의 사랑스러운 표현을 빌려서 이 여성 방랑자들을 나의 '동행으로' 삼는 것이다.

*

18세기 극작가인 한나 무어Hannah More에서 19세기 소설가인 조르주 상드, 20세기 단편 소설가인 캐서린 맨스필드Katherine Mansfield에서 21세기의 리베카 솔닛, 레이노어 윈Raynor Winn, 케이트 험블Kate Humble과 같이 걷기를 사랑하고 그에 대해 글을 쓴 여성들은 아주 많다. 여성들은 항상 걸었다. 처음에는 필요해서 걸었고, 나중에는 사회적으로 여가 시간이 늘어나면서 재미로 걸었다. 여성 작가들은 걷기가 자신의 창작과 자아의식을 형성하는 데 필수적이라는 점을 발견했다. 걷기는 다양한 목적을 수행해 왔다. 그것은 세상을 떠난 이들과 교감하는 수단이었고, 인습에 저항하는 행위였으며, 자아 발견을 위한 것이었고, 개인적인 어려움에서 벗어나는 수단이기도 했다. 그리고 수 세기에 걸쳐 걸어온 수백 명의 다른 여성 작가에게는 그 외에도 다른 목적을 이뤄줬다. 물론 여성은 안전과 취약성이란 개념뿐만 아니라 집안일과 육아라는 책임을 포함해서 걸을 수 있는 능력에 다양한 구속을 당해왔다. 하지만 그런 구속이 그들의 걷기에 영향을 미치긴 했어도 그들의 걷기를 막진 못했다. 하지만 여성이 뭘 할 수 있는지 혹은 할 수 없는지에 대한 추정은 걷기의 중요성에 관해 쓴 많은 작가들이 그런 여성들의 이야기를 찾는 것조차 실패하는 이유로 쓰였다. 더는 이런 추정과 걷기 문학에서 여성을 빠뜨리는 행위가 정당화될 수 없다. 걷는 여성들과 그들의 문학적 창의성은 남성들만큼이나 단단하고 심오하게 하나로 묶여 있으니까. 하지만 여성들은 다르게 움직이고, 다른 걸 보고, 자신의 경험에 대해 다르게 쓴다. 그런 그들의 이야기가 존재하지 않는다고 부정하는 것은 우리에게 우리의 역사가 없다고 부정하는 것과 같다.

부록

나는 공정하고 엄격하게 세운 기준에 따라 이 책에 소개할 작가를 선정했다. 물론 다들 걷는 사람들이었지만, 자신의 걷기에 대해 적극적으로 생각하고 돌이켜 본 작가 또는 자신을 작가이자 한 인간으로 이해하는 데 걷기가 도움이 됐다는 사실을 알게 된 작가를 물색했다. 그래서 걷기가 그들의 삶뿐 아니라 작품에 큰 영향을 미친 작가를 택했다. 이 접근법으로 여성 작가들의 삶에서 걷기가 수행한 복잡하고 다양한 역할을 효과적으로 조명했기를 바라며, 그들의 작품을 좀 더 깊고 다면적으로 이해할 수 있었다. 지난 몇 세기 동안 걷는 여성들은 수백, 아니 수천 명이 있었지만, 그들을 다뤘거나, 각각의 여성이 지닌 풍요로운 경험을 전달한 책은 그동안 단 한 권도 나오지 않았다. 그래서 오랫동안 걸었던 다른 여성들, 또는 여성의 걷기에 대한 글을 발표한 이들을 소개하고자 한다. 이들 중 몇 명은 자신의 걷기를 소설로 썼고, 반면 자주 걷긴 했어도 그에 관한 글은 별로 쓰지 않은 사람도 있다. 하지만 그들의 삶과 글에서 걷기가 중요한 역할을 한 사실은 분명하다.

자기만의 산책

제인 오스틴 Jane Austen, 1775 ~ 1817

오스틴이 만들어낸 여자 주인공 중에서는 엘리자베스 베넷이 가장 유명할 것이다. 당시 통용되던 사회적 규칙을 철저히 무시하는 그녀의 성향은 《오만과 편견Pride and Prejudice》에서 산책자로 묘사된 부분에서 잘 드러난다. 오스틴 본인도 햄프셔 초튼에 있는 자택 주위를 열심히 걸어 다녔지만, 겨울이면 진흙투성이가 되는 길을 걷기의 장애물로 봤다. 오스틴은 자신의 걷기에 관한 글을 계속 쓰지는 않았지만 그녀가 보낸 여러 통의 편지에서 자택 근처를 자주 걸어 다녔다는 이야기가 나온다.

클레어 볼딩 Clare Balding, 1971년 출생

TV와 라디오 진행자인 클레어 볼딩은 다년간 많은 이들의 사랑을 받은 장수 라디오 프로그램 〈산책www.bbc.co.uk〉의 진행자로 활동했고, 《걸어서 집에 가다Walking Home》란 책에서 자신의 걷기에 관해 썼다.

바바라 보디촌 Barbara Bodichon, 1827 ~ 1891

인습에 얽매이지 않는 집안에서 (양친은 급진주의자이자 유니테리언 교도로 결혼하지 않았다) 태어난 보디촌은 젊었을 때 먹고살 수 있는 상당한 돈을 받았다. 여성의 재정적 독립은 당시로선 흔치 않은 일이었고, 덕분에 여성의 교육과 권리를 증진하는데 평생 헌신해서 결국 캠브리지의 거튼 칼리지를 설립했다. 그녀는 열정적인 산책자였지만 징을 박은 구두를 신고 밑단을 잘라낸 스커트를 입고 친구인 제시 파크스Jessie Parkes와 함께 유럽 대륙을 도보로 여행했던 근사한 이야기는 안타깝게도 사실이 아닌 듯하다. 보디촌은 《미국 다이어리An American Diary》를 포함해 여러 작품에서 자신의 여행에 대한 글을 남겼다.

샬럿 브론테 Charlotte Brontë, 1816 ~1855
에밀리 브론테 Emily Brontë, 1818 ~1848
앤 브론테 Anne Brontë, 1820 ~1849

브론테 세 자매는 하워스에 있는 요크셔 자택 주위의 황무지를 자주 거닐었다. 이들이 이 경험에 의지해 소설을 썼다고 주장하는 비평가들은 셀 수 없이 많다. 특히 《폭풍의 언덕Wuthering Heights》은 요크셔 고지대의 날씨에 정통한 작가의 지식을 토대로 쓴 것으로 알려져 있다. 아마도 샬럿 브론테가 친구와 지인에게 보낸 편지들이 이 세 자매의 산책 습관을 살펴볼 수 있는 가장 좋은 정보원일 것이다. 그 편지에서 그녀는 집으로 걸어갔던 일, 외국에 있을 때 했던 산책과 친구들과 우정을 다지기 위해 그리고 사랑하는 이들을 추모하기 위해 걸었던 일을 묘사했다. 안타깝게도 앤이나 에밀리의 사적인 기록은 거의 남아 있지 않다. 《선별된 편지들Selected Letters》과 《브론테 자매: 편지들에 담긴 인생The Brontes: A Life in Letters》을 참고하기 바란다.

피오나 캠벨 Ffyona Campbell, 1967년 출생

캠벨은 전문적인 장거리 도보 여행자다. 그녀가 이룬 성취에는 미국, 호주, 아프리카와 유럽 대륙 횡단이 포함돼 있다. 캠벨은 이 다양한 여행에 대한 경험을 세 권의 책 《걸어서 아프리카 횡단On Foot through Africa》, 《완전한 이야기The Whole Story》와 《진흙으로 만든 발: 걸어서 호주 횡단Feet of Clay: On Foot Through Australia 》에 담았다.

케이트 쇼팽 Kate Chopin, 1850~1904

미국의 단편 소설가인 케이트 쇼팽의 작품 대다수는 걷기라는 행위를 주로 다루고 있다. 그녀의 작품에 등장하는 여인들은 환경이나 결혼 생활에 갇혀 있다가 걷기라는 매개체를 통해 그 오래된 세계를 떠날 수 있었다. 쇼팽 본인이 열정적인 산책자로 1870년 떠난 신혼여행에서 여러 유럽 도시를 걸었고, 때로는 혼자 걷기도 했다. 나중에 그녀는 미주리주의 세인트루이스 거리나 루이지애나의 뉴올리언스 거리를 아침 일찍 혼자 걷는 습관이 생겼고, 가끔은 기괴한 옷을 입고 걷기도 했다. 그녀의 가장 유명한 소설 《어웨이크닝Awakening 》에서도 걷기가 아주 중요한 역할을 했다. 쇼팽에게 처음 문학적 명성을 가져다준 단편집으로는 《케이트 쇼팽 선집A Kate Chopin Miscellany 》이 있다.

엘리너 파전 Eleanor Farjeon, 1881~1965

아동 문학가로 유명한 파전은 유명 작가로서 그녀는 오랫동안 활동하면서 주요 상을 세 개나 수상했다. 시인인 에드워드 토마스Edward Thomas 와도 가까운 친구였고 토마스와 같이 20세기 초반에 자주 도보 여행을 다녔다. 그녀는 절반은 전기이고 절반은 회고록인 책《에드워드 토마스: 마지막 4년Edward Thomas: The Last Four Years 》에서 둘의 관계에 관해 썼다.

제시 케슨 Jessie Kesson, 1916~1994

소설가이자 극작가이자 라디오 프로듀서인 케슨은 다양한 장르의 작품을 남겼다. 그녀의 작품 대부분 스코틀랜드의 산악 지대, 특히 인버네스에서 살았던 경험에서 영감을 받아 쓴 것이다. 매춘부가 된 어머니에게 태어난 케슨은 보육원에 맡겨졌고, 그 후에 가사도우미로 일하다 신경쇠약을 일으켜 정신병원에 1년 동안 입원했다. 퇴원 후 회복 과정에서 케슨은 네스호 위에 있는 작은 농장에서 한 노파와 같이 살았고 나중에 낸 셰퍼드의 친구가 된다. 케슨은 소설을 여러 권 썼는데 그중에《하얀 새가 날아다니는 산길The White Bird Passers 》과 《글리터 오브 미카A Glitter of Mica 》가 있다. 케슨은 또한 걷기와 시골에 관해 썼는데 그중에《시골 주민의 시절: 자연의 쓰기A Country Dweller's Years: Nature Writings 》가 있다.

캐서린 맨스필드 Katherine Mansfield, 1888 ~1923

뉴질랜드 웰링턴 출생인 맨스필드는 열아홉 살 때 모국을 떠나 영국으로 갔다. 뉴질랜드에서 글을 쓰고 출판을 시작했지만, 영국에서 단편 작가로 명성을 얻었다. 걷기는 그녀의 삶에서 중요한 일부였고, 어렵고 고통스러운 시기에 그녀를 위로해 줬다. 또한, 걷기를 통해 고국과 1차세계대전에서 사망한 오빠를 기억할 수 있었다. 그녀의 걷기는 《캐서린 맨스필드의 일기 The Journal of Katherine Mansfield 》에 잘 나타나 있다.

엠마 미첼 Emma Mitchell, 현재 활동 중

미첼이 쓴 《야생의 위로 The Wild Remedy 》는 건강한 정신을 유지하는 데 있어서 자연에서 걷기가 지닌 중요성을 연구한 책이다. 미첼은 이 책에서 자연을 자세히 관찰하고 여러 장의 그림으로 산책에 관한 이야기를 들려준다.

한나 무어 Hannah More, 1754 ~1833

시인이자, 극작가이자, 소설가이자, 교사인 한나 무어는 노년에 이르러서는 건강이 나빠져 큰 고통을 겪었지만, 30, 40대에는 열정적인 산책자로서 먼 곳으로 가는 산책뿐만 아니라 브리스톨 근교 시골도 즐겨 걸었다. 윌리엄 윌버포스 William Wilberforce 와 같이 떠난 도보여행에서 무어는 친구를 설득해 영국에서 노예무역을 폐지하려는 운동에 참여하게 했다. 이 일화는 윌버포스의 일기장에 기록돼 있다. 걷기에 관한 무어의 경험은 다양한 편지에 나와 있다.

* www.hannahmore.co.uk

앤 레드클리프 Ann Radcliffe, 1764 ~1823

18세기 후반 활동한 유명한 소설가 중 하나인 레드클리프는《유돌포의 괴기 The Mysteries of Udolpho》를 포함한 고딕 소설로 큰 돈을 벌었다. 그녀 또한 걸었고, 레이크 지역을 여행한 이야기를 출판했다.《랭커셔, 웨스트모어랜드, 컴버랜드 호수들 여행기 Observations during a Tour to the Lakes of Lancashire, Westmoreland, and Cumberland》라는 제목의 책이다.

진 라이스 Jean Rhys, 1890 ~1979

도미니카에서 태어난 리스는 열여섯 살 때 영국에 왔다. 1910년대와 1920년대에 영국과 유럽을 떠돌며 살았고, 파리에서 걸어 다니던 시절도 있었다. 리스는 파리에서 한동안 살다가 기자인 남편과 함께 여러 유럽 도시를 옮겨 다니며 살았다. 걷기, 특히 파리에서 걷기는 작가이자 여성으로서 리스에게 아주 중요한 역할을 했고, 1934년 그곳에서 그녀의 소설《어둠 속의 항해 Voyage in the Dark》가 출간되면서 작가로서 크게 도약할 수 있었다.

카린 새그너 Karin Sagner, 현재 활동 중

새그너의 책《여성의 걷기: 자유, 모험, 독립 Women Walking: Freedom, Adventure, Independence 》은 18세기부터 현재까지 걷는 여성을 묘사한 수많은 미술 작품을 선보인다.

조르주 상드 George Sand, 1804 ~ 1876

프랑스 소설가이자 회고록 집필자인 상드는 열성적인 산책자로 특히 파리의 거리를 즐겨 걸었다. 그녀의 회고록에 자신의 걷기에 관한 이야기는 자세히 나오지 않지만, 좀 더 자유롭게 다니기 위해 가끔 남자 복장을 하고 걸었던 상황이 설명돼 있다. 그녀는 품질 좋은 부츠가 산책자에게 아주 중요하다고 생각했다.《내 인생의 이야기: 조르주 상드의 자서전 Story of My Life: The Autobiography of George Sand 》를 참고하길.

메리 셸리 울스톤크래프트 Mary Shelly Wollstonecraft, 1797~1851

엄마인 메리 울스톤크래프트처럼, 메리 셸리는 유럽 전역을 여행했다. 십 대 시절 그녀는 연인인 퍼서 비시 셸리 Percy Bysshe Shelley와 같이 중요한 문화 유적지를 방문했다. 유럽에 있는 동안 작가로서 자신의 목소리를 발견하기 시작했고, 나중에 그녀의 가장 유명한 작품이 될 《프랑켄슈타인 Frankenstein 》을 쓰기 시작했다. 첫 소설이 출간되기 전에 메리 셸리는 자신의 유럽 여행을 《6주간의 여행 이야기 Six Weeks Tour 》라는 제목으로 발표했다.

리베카 솔닛 Rebecca Solnit, 1961년 출생

솔닛이 쓴《걷기의 인문학Wanderlust》은 여성이 쓴 몇 안 되는 걷기의 역사책 중 하나다. 이 책을 쓰면서 솔닛의 책에서 큰 도움을 받았고, 캘리포니아 북부를 걸었던 솔닛의 이야기 또한 중요한 기록이었다.

알렉산드라 스튜어트 Alexandra Stewart, 1896년 출생

퍼스샤이어에 있는 리온 협곡에서 자동차가 세상에 나오기도 전에 태어난 스튜어트는《협곡의 딸들Daughters of the Glen》이라는 책에서 어렸을 때 걸어 다닌 이야기를 적었다. 하지만 그때는 목적이 있어서 걸었고, 협곡을 따라 여행하다 보면 걸을 수밖에 없었다. 하지만 스튜어트는 그저 걷기가 좋아서 특별한 목적지가 없어도 자주 걸었다는 이야기도 들려줬다. 협곡의 아름다움에 오랫동안 익숙해져 있던 스튜어트는 역사적, 사회적 변화, 스코틀랜드의 산악 지방에서 살아가는 현실과 걷기를 통해 그 땅을 알게 된 중요성을 모두 합쳐 강력한 이야기를 만들어냈다.

플로라 톰슨 Flora Thompson, 1876 ~ 1947

우체국장으로 오랫동안 일했던 플로라 톰슨은 직업상 매일 수 마일씩 걸어야 했다. 이런 경험 덕분에 그녀는 글을 쓸 수 있었고, 특히 1939년 출판된《캔들포드로 종달새가 날아오른다Lark Rise to Candleford》3부작에 그 점이 잘 나타나 있다.

레이노어 윈Raynor Winn, 현재 활동 중

전직 농부인 윈과 그녀의 남편은 노숙자가 된 후 텐트 하나와 아주 적은 돈만 가지고 서해안 길을 걸었던 여정을 《소금길The Salt Path》이 란 책에 담았다.

메리 울스턴크래프트Mary Wollstonecraft, 1759 ~ 1797

연인인 길버트 임레이를 만나기 전에 울스턴크래프트는 가정교사 로 일했고, 나중에 문학 비평가이자 논객이 돼서 1790년에 《남성 의 권리옹호A Vindication of the Rights of Men》를, 1792년에 《여성의 권리옹호 A Vindication of the Rights of Woman》를 출간했다. 이 두 권의 책에서 그녀는 급 진적인 정치적·사회적 개혁을 주장했다. 1790년대 중반 울스턴크 래프트는 스칸디나비아로 여행을 떠났다. 당시 그곳은 사람들이 많 이 찾지도 않았고, 잘 알려지지도 않았다. 울스턴크래프트는 갓난아 기인 패니만 데리고 거기서 미국 시민인 임레이를 위한 비밀 임무 를 수행했다. 그곳에 있는 동안 그녀는 수도 없이 걸었는데, 정서적 으로 아주 고통스러울 때 자주 그랬다. (당시 임레이와 그녀의 관계가 무 너지고 있었다.) 그녀는 그 경험을 1796년 《스웨덴, 노르웨이, 덴마크 에서 짧게 사는 동안 썼던 편지들Letters Written During a Short Residence in Sweden, Norway and Denmark》이란 책에 담아 출간했다.

감사의 글

이 책을 쓰면서 정말 기뻤습니다. 저는 이 책이 나오기까지 대략 7년이란 시간 동안 많은 분과 걸었고 함께 이야기 나누는 즐거움을 한껏 누릴 수 있었습니다. 가장 기억에 남는 분들은 어느 늦은 오후에 벤 크루컨 정상에서 만난 가족이었습니다. 그들 덕분에 그 편자 모양의 길을 끝까지 걸어 도로로 다시 나올 수 있었습니다. 이런 식으로 걷기에 어떤 의미가 있고, 왜 중요한지에 대한 제 철학을 형성하게 된 우연한 만남이 아주 많았습니다. 그런 소중한 경험을 할 수 있게 해준 분들 모두에게 감사의 마음을 전합니다.

오래전에 해야 했을 감사를 전하면서, 길에서 얼마나 많은 우정이 시작됐는지 소중해졌는지 깨달았습니다. 저는 스코틀랜드산을 오르는 모험을 이완 테이트와 크리스틴 테이트와 같이 하면서 즐겁게 지낼 수 있었습니다. 지난 몇 년 동안 제가 했던 걷기 프로젝트의 이야기를 지치지도 않고 친절하게 들어준 두 사람에게 고맙다는 말을 하고 싶습니다. 매트 생스터, 바이트리스 터너, 필립 애퍼니와 헬

자기만의 산책

렌 스타크는 2014년 화창한 가을날 그래스미어의 호수를 걸으면서 도로시 워즈워스에 대한 꼭지를 구상하는 작업을 도와줬습니다. 조 테일러는 해리엇 마티노를 알아보라는 제안을 했습니다. 그리고 레이크 지역, 서머셋과 요크셔 지방의 황야를 걸을 때 항상 유쾌한 동반자가 됐습니다. 사라 오스몬드 스미스, 수잔 앤더슨, 사라 레오나르도, 새넌 드라우커와 에밀리 나이트는 블루스타킹과 엘리자베스 카터를 연구해 보라는 좋은 조언을 했습니다. 그리고 LA 사람 특유의 활기로 저를 즐겁게 해줬습니다. 또 문학 컨설턴트에서 근무하는 레슬리 맥도웰이 해준 초고에 대한 유용한 피드백에 고맙다는 말을 전하고 싶습니다. 작가 협회도 중요한 단계에서 도움이 많이 되는 조언을 해주셨습니다. 데이비드 왓킨스는 제 책을 책임지고 만들어 줬죠. 그와 릭션 출판사 팀원들 모두의 노고에 감사드립니다.

마이클 게이머, 달리아 포터, 가베 세반, 알란 바디, 줄리아 칼슨은 다양한 시점에 해변에 산책하러 나가자고 재촉해서 이 프로젝트에 대해 좀 더 구체적으로 생각할 수 있게 도와줬고, 맥주와 크림티와 비평을 통해 제게 여러모로 도움을 줬습니다. 폴 로렌스, 스튜어트 오르, 제니퍼와 마틴 캠벨, 다이앤 번, 아노슈 폴포드, 게마 로빈슨, 게마 번사이드에게도 고맙다는 말을 전하고 싶습니다. 이들과 저는 스코틀랜드 하일랜드로 여러 번 기억에 남을 등반을 했습니다. 걷기라는 공통의 애정을 통해 다시 우정을 찾게 된 캐시 클레이에게도 고맙다는 말을 하고 싶습니다. 캐시 덕분에 저는 산책자의 천국인 스코틀랜드 국경에 열정을 품을 수 있게 됐습니다. 페이 해밀은 이 프로젝트에 제가 믿음을 가지기도 전에 먼저 믿어줬고, 그후 몇 년 동안 저의 작업을 지지하고 후원했습니다. 시에라 클럽의 로스앤젤레스 지부장인 돈 브렘너와 그 걷기 클럽의 다른 회원들은 제가 그 도시를 벗어나고자 필사적으로 노력했을 때 큰 도움을 주셨습니다. 그분들과 같이 걸으면서 향수병을 달랠 수 있었습니다. 토비 앤드류, 사라트 레츠맨과 제니 윌킨슨이 이 모든 일을 시작할 수 있게 해주셨죠, 감사합니다.

특히 호수를 사랑하고 호수에서 수영하길 좋아하는 폴리 앳킨에게 고맙다는 인사를 전하고 싶습니다. 제가 아직 완성도 안 된 아이디어를 떠들어 델 때 그걸 가치 있게 봐주셔서 감사합니다. 폴리 앳킨과 윌 스미스가 보여준 다년간의 우정은 아주 큰 축복이었습니다. 스코틀랜드 산에 대한 제 애정은 글래스고 등반 클럽과 스코틀랜드 등반 활동 그룹 회원들의 지지와 도움 없이는 애초에 생겨나지 못했을 겁니다. 특히 헬렌 멜론, 피오나 모리슨, 패트릭 케언스와 길리언 맥폴에게 고맙다는 말을 전하고 싶습니다. 여러분과 걸었던 덕분에 지는 산을 오르는 기술과 자신감 그리고 아주 특별한 추억들을 쌓을 수 있었습니다.

그리고 팀 폴포드에게는 큰 빚을 졌습니다. 그는 그레이트 게이블, 헬벨린과 스카펠을 비롯해 우리 집 뒷산에 이르기까지 10년 동안 저와 함께 산을 오르며 아주 많은 걸 가르쳐줬습니다. 그는 이 책을 쓴 긴 세월 동안 책에 관한 이야기를 끈기 있게 들어주면서 저와 걸었습니다. 여러 개의 초고를 읽고 비평해 줬고 낭만주의 시대 문학에 대한 깊고 해박한 지식을 나눠 줬습니다.

이 책의 일부는 제가 산후우울증에서 회복하던 시기에 쓴 겁니다. 사실 이 책 자체가 저의 회복이라고 할 수 있습니다. 저에게 끝없는 친절과 지원을 베풀어준 린다 핸더슨, 줄리, 나탈리, 그리고 국경 보호 팀원들에게도 고맙다는 말을 전하고 싶습니다. 콜레트에게도 마찬가지고요.

런던의 대영 도서관 사서들의 노고에도 감사를 표합니다. 마찬가지로 하버드 대학의 호튼과 아이드너 도서관 사서들, 로스앤젤레스의 헌팅턴 도서관, 특히 에든버러의 스코틀랜드 국립 도서관 사서분들 감사합니다. 모두 제 질문과 검색을 끈기 있게 도와주셨습니다. 이분들의 도움 없이는 제 책은 세상에 나오지 못했을 겁니다.

* 허가

낸 셰퍼드의 《살아 있는 산(1977)》과 그의 원고에서 나온 시들은 낸 셰퍼드 협회의 허가를 받아 여기에 수록했습니다. 저작권은 낸 셰퍼드 협회에 있습니다.

감사의 글

참고 도서

디어드레 베어, 《아나이스 닌의 전기》, New York, 1995

매슈 보몬트, 《밤산책: 런던의 밤의 역사》, London, 2015

디 버켓, 《사람의 발길이 닿지 않는 곳: 3세기에 걸친 여성 여행자들》, London, 2004

윌리엄 할렘 보너, 〈사라와 윌리엄 해즐릿의 일기 1822‒1831〉, 《University of Buffalo Studies》, xxiv/3, 1959, pp. 172‒281

엘리자베스 카터, 《엘리자베스 카터가 몬테규 부인에게 보낸 편지들》, London, 1817

엘리자베스 카터, 《엘리자베스 카터와 캐서린 탤벗 양 사이에 오간 편지들》, London, 1809

노르마 클라크, 《존슨 박사의 여인들》, London, 2001

사무엘 테일러 콜리지, 시무스 페리 편집, 《콜리지의 노트 선집》, Oxford, 2002

멀린 코벌리, 《방랑의 기술: 작가로서의 산책자》, Harpenden, 2012

린다 크랙넬, 하일랜드 등반 블로그, www.walkhighlands.co.uk

린디 크랙넬, 《되돌아가다: 내가 걸었던 열 개의 길을 추억하며》, Glasgow, 2014

토머스 드 퀸시, 데이비드 메이슨 편집 《토머스 드 퀸시의 글 모음》, London, 1896

알렉시스 이즐리, 〈영국의 여성 작가들: 해리엇 마티노와 호수 지방〉, 《빅토리아 시대 문학과 문화》, xxxiv/1, March, 2006, pp. 291‒310

엘리자베스 에게르, 《블루스타킹: 계몽주의에서 낭만주의 시대 여성 지성들》, Basingstoke and New York, 2012

로런 엘킨, 《도시를 걷는 여자들》, London, 2016

멜리사 해리슨,《비: 영국 날씨에서 네 번의 걷기》, London, 2016

케이트 험블,《걸으면서 생각하기: 걷기라는 소소한 즐거움》, London, 2018

팀 잉골드, 조 리 버건스트 편집,《걷기의 방식: 민족지와 산책의 관행》, Aldershot and
        Burlington, 2008

수잔 레빈,《도로시 워즈워스와 낭만주의》, New Brunswick, nj, and London, 1987

로버트 맥팔레인,《그 오래된 길》, London, 2012

모리스 마플,《도보: 걷기 연구》, London, 1959

해리엇 마티노,《자서전》, Boston, ma, 1877

해리엇 마티노, 데보라 안나 로건 편집,《해리엇 마티노의 편지들》, London, 2007

해리엇 마티노,《영국 호수에 대한 완전한 여행 안내서》, Windermere, 1855

해리엇 마티노,《예의범절을 지키는 법》, New York, 1838

헬렌 모트와 다수의 편집,《방법 찾기: 여성들의 모험에 관한 글과 시와 그림 선집》,
        Sheffield, 2018

이소벨 머레이,《제시 케슨: 그녀의 삶에 대한 기록》, Glasgow, 2011

루시 뉼린,《윌리엄과 도로시 워즈워스: 서로에게서 모든 것을》, Oxford, 2013

아나이스 닌, 건터 스톨맨 편집,《아나이스 닌의 일기》, New York and London, 1974

아나이스 닌,《아나이스 닌의 초기 일기》, Boston, ma, 1983

아나이스 닌,《불: 사랑의 일기: 아나이스 닌의 뜻밖의 일기》, New York and London, 1995

아나이스 닌,《근친상간: 뜻밖의 일기들》, London and Chicago, il, 1992

아나이스 닌,《리노트: 아나이스 닌의 초기 일기》, San Diego, ca, 1978

아나이스 닌,《신기루들: 아나이스 닌의 뜻밖의 일기》, Athens, oh, 2013

아나이스 닌,《달에 더 가까이: 사랑의 일기에서: 아나이스 닌의 뜻밖의 일기》, London,
        1996

샬롯 피콕,《산속으로: 낸 셰퍼드의 일생》, Cambridge, 2017

몬테규 페닝턴,《엘리자베스 카터 전기》, London, 1809

장자크 루소,《고독한 산책자의 몽상》, Oxford, 2016

어니스트 셀린 코트 편집,《도로시 워즈워스의 일기들》, London, 1941

어니스트 셀런 코트 편집, 《윌리엄과 도로시 워즈워스의 편지들》, Oxford, 1967

낸 셰퍼드, 《케언곰에서》, Cambridge, 2014

낸 셰퍼드, 《살아 있는 산》, Edinburgh, 2011

게일 시몬스, 《호수 지방》, Chalfont St Peter, 2019

리베카 솔닛, 《걷기의 인문학》, London, 2002

알렉산드라 스튜어트, 이니스 맥베스 편집, 《협곡의 딸들》, Aberfeldy, 1986

셰릴 스트레이드, 《와일드》, London, 2013

킴 태플린, 《영국의 길》, Ipswich, 1979

바바라 토드, 《앰블사이드에서 해리엇 마티노, 앰블사이드에서 보낸 한 해》, Carlisle, 2002

엘렌 위튼, J. J. 베이글리 편집, 《위튼 양의 가정교사 일기》, Newton Abbott, 1969

레이노어 윈, 《소금길》, London, 2018

앨리슨 윈터, 《매료되다: 빅토리아 시대 지성들》, Cambridge, 1998

버지니아 울프, 앤 올리버 벨 편집, 《버지니아 울프 일기》, London, 1979

버지니아 울프, 나이젤 니콜슨, 조안 트랫치먼 편집, 《마음의 비행: 버지니아 울프의 편지
　　　들,》, London, 1975

버지니아 울프, 《거리 산책: 런던 모험》, n.p, 2012

도로시 워즈워스, 파멜라 우프 편집, 《그래스미어와 알폭스덴 일기》, Oxford, 2002

도로시 워즈워스, 지로 나가사와 편집, 《스코틀랜드 두 번째 여행 일기》, Tokyo, 1989

도로시 워즈워스, 캐롤 카이로스 편집, 《스코틀랜드 여행 회상, 산책자》, London, 1997

도로시 워즈워스, 〈병상에서 한 생각들〉, 1832, www.rc.umd.edu

윌리엄 워즈워스, 마이클 게이머와 달리아 포터 편집, 《서정시집》, Peterborough, on, 2008

색인

자기만의 산책

자기만의 산책

초판 1쇄 인쇄 2022년 3월 21일
초판 1쇄 발행 2022년 3월 30일

지은이 케리 앤드류스
옮긴이 박산호
펴낸이 정용수

편집장 김민정
책임편집 김민영   편집 조혜린
디자인 데시그
영업·마케팅 김상연 정경민
제작 김동명   관리 윤지연

펴낸곳 ㈜예문아카이브
출판등록 2016년 8월 8일 제2016-000240호
주소 서울시 마포구 동교로18길 10 2층(서교동 465-4)
문의전화 02-2038-3372 주문전화 031-955-0550 팩스 031-955-0660
이메일 archive.rights@gmail.com 홈페이지 ymarchive.com
인스타그램 yeamoon.arv